그 남자의
피아노
그 여자의 소나타

그 남자의
피아노
그 여자의
소나타

최지영 장편소설

arte

| 일러두기 |

작품에 등장하는 피아노 연주곡의 곡명은 악보, 논문 등에 사용되는 정통 표기에 따라 No, Op, K, Hob 등의 기호를 사용하여 표기하고, 동일한 곡이 여러 번 등장할 때나 인물의 대사 속에서 언급될 때는 우리말로 자연스럽게 풀어 표기했습니다.

- **Op.**   '작품'을 뜻하는 라틴어 'Opus'의 약자. 곡의 출판 순서에 따라 붙인다.

- **K.**   오스트리아의 식물학자 쾨헬(Köchel)이 모차르트 작품을 목록화하기 위해 만든 번호.

- **Hob.**   호보켄(Anthony van Hoboken)에 의해 정리된 하이든의 작품 번호로, 작곡 순서대로 나열되어 있다. 로마자는 소나타의 장르를 나타낸다.

반채율

부동산 재벌의 무남독녀 외동딸. 오스트리아 빈에서 피아노를 배우고 한국으로 귀국하는 도중 아버지 반회장이 죽고 회사가 도산한 사실을 알게 된다. 이후 오갈 데 없이 빚만 떠안고 도망 다니다가 원동호의 공장에 얹혀살게 된다.

원동호

탈북자 출신 전직 피아니스트. 한때 유럽에서 촉망받던 천재 피아니스트였으나 몇 년 전 불의의 사고로 두 손가락을 잃고 현재는 삼겹살용 돌 구이 판을 대형 마트에 납품하는 영세 하청업체 '동우리빙아트'를 운영하고 있다.

노수창

유통업계 대기업 S마트 대표이사. MK그룹의 장남으로 한때 피아니스트로 국제무대에서 활약했으나 번번이 원동호에게 밀려 패배했던 과거가 있다.

이귀인

채율의 고등학교 동창. 오스트리아로 유학 가는 채율을 따라가 돌보고 챙기는 조건으로 채율의 아버지 반회장에게 음대 학비와 유학 자금을 지원받았다.

1

　비행기는 열 시간에 가까운 긴 여정을 마치고 인천 공항의 긴 활주로 위에 사뿐하게 내려앉았다. 비즈니스석 우측 창가에 앉아있던 반채율은 착륙이 일으킨 가벼운 충격으로 잠에서 깨, 졸음 가득한 눈으로 창밖을 내다봤다. 탁 트인 활주로에 하얀 아침 햇살이 눈부시게 쏟아지고 있었다. 오랜만의 귀국을 반기는 듯 화창한 봄 날씨였다.

　채율은 오스트리아의 왕립 음악학교 '슈트라우스 비엔나'에서 10년간의 유학 생활을 마치고 돌아오는 귀국길이었다. 채율은 그곳에서 피아노를 전공했지만, 유학 첫 1년을 제외하고는 전공에 전혀 흥미를 붙이지 못했다. 귀국 후에도 피아니스트가 된다거나 피아노 연주를 계속할 생각 따위는 없었다.

　계류장 게이트에서 입국장까지 이르는 통로는 생각보다 길었다. 양손은 물론이고 두 어깨에 쇼핑백을 주렁주렁 둘러멘 탓에 온몸이 찌릿찌릿 저려왔다. 빈의 공항 면세점에서 모용하에게 줄 선물을 고르다 보니 한 짐이 되어버린 탓이었다.

도중 몇 번씩이나 멈춰서 짐을 내려놓고 가쁜 숨을 골랐다. 비행기에서 함께 내린 승객들 대개는 이미 그녀를 지나쳐 벌써 저만치 앞서 가고 있었다.

'이럴 줄 알았으면 귀인이랑 같이 올 걸.'

이귀인은 채율의 고교 동창이다. 귀인은 유학 내내 마치 비서처럼 채율을 챙겨주었다. 본래 내달 중순 경 귀인과 함께 천천히 귀국할 예정이었지만, 채율의 돌연한 조급증 때문에 계획보다 빨리 오게 되었다. 바로 모용하 때문이었다.

5년 전 여름 방학을 핑계로 잠시 한국에 들어왔을 때 모용하를 처음 만난 채율은 그를 보고 첫눈에 반했다. 가슴 떨리던 감정은 오스트리아로 돌아온 뒤로도 빛바랠 줄을 몰랐지만, 고백만큼은 훗날로 미뤄두었다. 고백만큼은 모용하로부터 먼저 받고 싶었기 때문이다.

'하지만 이렇게 미적지근 미루는 사이 용하 오빠한테 다른 여자가 생기면 그땐 어떡한다?'

언제부터인가 채율은 걱정이 마구 일어났다. 시도 때도 없이 속이 시끄럽고, 종잡지 못할 감정들까지 모두 한꺼번에 덤벼들었다. 하루 종일 머릿속이 어지럽고 생각이 뒤엉켜 미쳐버릴 것만 같았다. 이런 상태로는 단 하루도 빈에서 버텨낼 수 없을 것 같아 단숨에 여행 가방을 챙겨 서울로 날아왔다.

채율은 타인의 보살핌이 익숙한 아가씨였다. 하지만 이번 귀국길은 즉흥적으로 혼자 나선 여정이라 모두 스스로 해결해야 했다. 짐을 찾아 카트에 싣는 것도 직접 자기 손으로 했다.

까다로운 세관을 통과하고 입국장 밖 로비로 빠져나오자 채율은 팽팽하게 당겨졌던 긴장이 낡은 운동화 끈처럼 스르르 풀렸다.

채율은 근처 의자에 털썩 주저앉았다. 꺼놓았던 휴대폰 전원을 켜고 통화 버튼을 누르니, 액정에 이름 세 글자가 선명히 떠올랐다.

'모용하'

채율이 송화음을 들으며 스스로 진정하자고 되뇌었다. 그래도 옆 사람까지 들릴 만큼 가슴은 큰 소리로 쿵쾅댔다. 그런데 그의 목소리 대신 딱딱한 안내 멘트가 휴대폰에서 흘러나왔다.

'지금 거신 번호는 없는 번호입니다. 다시 확인하신 후 걸어주시기 바랍니다.'

가슴이 덜컥 내려앉았다. 낯설고 불길한 느낌이 한꺼번에 스쳤다.

'전화번호가 바뀌었나? 너무해. 나한테는 알려주지도 않고.'

서운한 감정이 뒤따랐다. 바보같이 눈물이 핑 돌고 눈앞이 뿌예졌다. 눈물을 훔치며 시선을 돌리니 서너 걸음 떨어진 곳에서 사람들이 텔레비전 주위에 몰려들어 웅성거리고 있었다. 커다란 텔레비전 화면이 채율의 시야에 꽉 차게 들어왔다.

뉴스 화면에는 어느 고급 호텔 로비가 비쳤다. 출동한 119 구급차, 주변에 모인 수많은 취재진과 구경꾼들 모습이 한데 뒤엉키며 빠르게 지나갔다. 화면 하단에는 하얀색의 굵은 자막이 지난밤 호텔에서 발생한 사건을 단 몇 글자로 요약했다.

'반석그룹 부도-반인철 회장 서울 J호텔에서 급사'

곧바로 뉴스 화면에는 시신에 하얀 천을 씌워 실은 들것이 구급차 안으로 다급히 실리는 모습이 보였다.

'아빠…….'

채율은 눈앞이 까마득했다. 지금 보는 것, 듣는 것, 어느 것 하나 믿기지 않았다. 아빠가 저렇게 돌아가시다니…….

반인철 회장의 사망 원인은 차마 입에 올리기도 민망한 복상사였다. 뉴스 속 기자는 그 멘트를 올림픽 금메달 소식 전하듯 목청껏 떠들었다. 그러더니 화면을 격렬하게 채우던 현장 상황이 싹 사라지고, 대기하던 스튜디오 패널들의 얼굴이 클로즈업되었다. 경제 전문가 패널들은 반석그룹의 주거래 은행들이 현 시각부터 어음과 수표 결제를 일체 거부하고 있다고 했다. 이런 추세대로라면 그룹의 공중분해는 단지 시간문제일 뿐이라는 절망적인 예상만 내놓았다.

채율은 담담하고 차분한 태도로 처음부터 끝까지 뉴스를 지켜보았다. 아빠의 갑작스런 죽음 앞에 슬프고 망연했지만, 당장 앞으로 어떻게 할지부터 생각해야 했다. 마냥 주저앉아 슬퍼할 때가 아니었다. 회사 비서실에 전화를 걸어 설명을 들어야 했다. 그러나 현실은 생각보다 차갑고 빠르게 닥쳐왔다. 그사이 휴대폰이 서비스 정지를 먹어 발신 신호조차 가지 않았다.

채율은 설마 싶어 가까운 카페로 달려갔다.

"아이스 아메리카노 한 잔 주세요."

채율은 가슴이 증기 기관처럼 파르르 떨렸지만, 최대한 태연함을 가장하며 신용카드를 내밀었다. 그리고 바로 우려했던 대답이 돌아왔다.

"손님, 혹시 다른 카드는 없으세요?"

대답을 듣자마자 채율은 카페에서 내빼듯 튀어나왔다. 그러나 채 몇 걸음 내딛기도 전에 다리에 힘이 빠져 바닥에 주저앉고 말았다.

'아빠, 난 이제 어떻게 해야 해요?'

바닥에 널브러진 채율을 행인들이 흘끔대며 지나갔다. 몇몇은 마치 더러운 것을 피하듯 멀리 에둘러 지났다. 채율은 짧은 시간 동안 일어난 이 상황을 도저히 믿을 수가 없었다. 한국 땅을 밟은 지 채 한 시간도 안 돼 부잣집 외동딸에서 알거지로 추락하다니, 만화라도 이런 엉터리는 없었다.

채율의 입에서 참았던 울음이 왈칵 터졌다. 슬픔과 더불어 세상에 혼자 내팽개쳐졌다는 두려움이 온몸을 휘감았다. 아빠가 더없이 미웠다. 엄마가 일찍 돌아가신 게 아빠 탓이라고 여겨왔는데, 아빠는 하나뿐인 딸마저 무책임하게 버려두고 훌쩍 혼자 도망친 것이다.

눈물과 콧물이 보기 흉하게 뒤엉켜 꼴이 엉망이 됐다. 그녀의 대성통곡에 사람들은 모여들어 숙덕거리며 손가락질했다. 하지만 한번 터진 채율의 울음은 쉽게 사그라지지 않았다.

얼마쯤 지났을까, 채율의 시야에 저 멀리서 공항 경찰대가 수상하다는 눈초리로 접근하는 게 보였다. 실성한 여자가 입국장 로비에서 큰소리로 통곡하며 난장을 친다는 신고가 들어간 것 같았다.

'이러고 있을 때가 아니야. 한시라도 빨리 집으로 돌아가야 해.'

채율은 정신을 차리고 벌떡 일어나 가까운 여자 화장실로 들어갔다. 거울 앞에 서니 괴물이 따로 없었다. 물을 적신 휴지로 검게 흘러내린 마스카라를 대충 닦아내고 흐트러진 머리카락을 포니테일 스타일로 한데 묶었다. 요동치던 가슴이 다소 차분해졌다. 일단 지갑을 꺼내 확인해보니, 지갑에는 굴러다니는 동전 몇 푼이 전부였다.

'이게 내 돈 전부란 말이야?'

한숨이 절로 나왔다. 뭔가 뾰족한 수가 떠오르지 않을 때는 일단 닥치는 대로 저지르고 보는 것이 그녀의 방식이었다. 채율은 카트를 밀며 공항 건물을 빠져나와 정차해있던 검정색 택시의 뒷문을 열었다.

"기사님, 한남동이오. 최대한 빨리 가주세요."

차창 밖에는 활주로에서 보았던 화창한 날씨가 얄밉게도 여전했다. 택시가 공항을 빠져나가는 동안 길가의 가로수들이 바람에 푸르르 잎사귀를 날렸다.

'자꾸 눈물이 나도 하는 수 없어. 슬프다고 주저앉아봤자 무슨 수가 나는 것도 아니잖아. 아빠 돌아가신 일은 일단 나중에 생각하자.'

생각이 정리되자 눈꺼풀이 납덩이처럼 무거워졌다. 한바탕 울음을 터트린 뒤라 졸음이 쏴아 몰려들었다.

2

한남동 집 앞은 아수라장이었다. 한 건 건지려는 취재기자들과 채권자들이 너나없이 몰려들어 집 앞 골목은 시골 장터 바닥처럼 소란스러웠다. 카메라 플래시가 쉴 새 없이 터지고 사방에서 성난 고성이 난무했다. 방송국에서 출동한 현장 중계진도 서너 팀 눈에 띄었다. 대책 없이 그냥 내렸다가는 꼼짝없이 당할 게 뻔했다.

"기사님, 여기 말고 좀 뒤로 돌아가서 내려주시면 안 될까요?"

"미터기 벌써 세웠는데요."

"아무튼요. 제 말대로 해주세요. 어차피 지금 돈도 없거든요."

택시기사의 말끝이 당장 반말로 짧아졌다.

"아니, 이 아가씨가 미쳤나? 돈도 없는 년이 택시는 왜 타?"

"년이라뇨?"

'년'이라는 소리에 채율이 눈매를 모로 세웠다.

"돈도 없이 택시 덜컥 잡아 타는 댁을 그럼 님이라고 불러?"

"그러니까 제가 말씀드리잖아요. 뒤쪽에 잠깐 차 세우고 기다리세요. 집에 들어가서 금방 택시비 가지고 나올게요. 아셨죠?"

어쩔 수 없이 택시는 조용히 집 뒤편으로 돌아 들어갔다. 채율은 가방 속에서 모자를 꺼내 머리에 푹 눌러썼다. 유학 중 이따금 근교 강가에 갈 때 쓰곤 했던 챙 넓은 밀짚모자는 얼굴 가리기에 안성맞춤이었다. 알 큰 선글라스도 빼놓지 않았다.

'돈이든 뭐든 집 안에 남아있어야 할 텐데……'

집 안으로 잠입하자면 대문 안팎 난잡한 인파의 틈을 요령껏 통과해야 했다.

다행히 취재진과 채권자들은 채율이 집 안으로 들어가는 걸 눈치채지 못했다. 엉성한 변장으로 대문 문턱을 넘어서는데도 제지하거나 붙잡는 손이 없었다. 대문을 무사히 통과한 뒤 현관으로 내딛을 즈음, 채율은 앞뜰에서 잠시 걸음을 멈췄다. 정원에선 거실의 대형 유리창을 통해 집 내부를 살피기가 좋았다. 안은 이미 세무서 직원들이 장악한 듯했다. 현관문 앞에 징수하러 온 건장한 젊은이 서넛이 떡 버티고 선 채 출입 인원을 제한하고 있었다. 따라서 집 내부로 무사히 진입하는 것은 불가능했다. 설사 용케 발을 들인다 해도 과연 소득이 있을까도 의문이었다.

'이런 상황이라면 집 안에 남아있는 건 아무 것도 없을 거야. 어떡하지?'

한참 망설이는데 중년의 걸걸한 사내 목소리가 뿌연 담배 연기와 함께 넘어왔다.

"반회장 그 양반 가시는 모양새가 너무 심하게 빠지는 거 아냐? 술집 년까지 빚잔치에 나타나게 하고 말이지."

듣자하니 밀짚모자에 선글라스를 낀 채율을 두고 주고받는 말이 분명했다.

"가실 때 가시더라도 아가씨 꽃값은 떼먹는 게 아닌데, 안 그래?"

중년 사내가 채율을 흘끗거리며 담뱃진 섞인 가래를 잔디 위에 내뱉었다. 일행으로 보이는 빡빡머리가 짝다리로 선 채 말을 받았다.

"에이, 가는 모양새가 어때서요? 아주 예술이셨구먼, 뭘."

"예술이긴 뭐가 예술이여?"

"새파란 년 배꼽 위였잖아요. 인생 마침표치곤 황홀 그 자체 아니우? 게다가 주민증 엊그제 뗀 어린 계집애라던데."

"클클클, 그런 거 보면 반회장은 끝까지 완전 잡놈이셨어, 그렇지?"

"회춘하려다 완전 골로 가신 거죠, 헤헤헤."

중년 사내와 빡빡머리의 농지거리는 그칠 줄을 몰랐다. 채율은 점점 화가 치밀어 올라 호통이 와락 터져 나왔다.

"야, 이 새끼들아! 그 아가리 못 닥쳐?"

녀석들은 낄낄대기를 멈추고 채율 쪽을 돌아보았지만 움찔하는 기색은 잠시뿐, 미간을 좁히며 인상을 거칠게 썼다.

"이년이 미쳤나? 왜 사람 많은 데서 악을 쓰고 지랄이냐, 너?"

빡빡머리는 마치 당장이라도 달려들 듯 무섭게 으르렁댔다. 그러나 놈이 몇 마디 욕을 더 붙이기도 전에 채율의 힐이 놈의 무릎에 전광석화처럼 날아들었다.

"아악!"

빡빡머리가 비명을 지르며 마당에 뒹굴자 중년 사내가 쌍소리와 함께 채율의 머리채를 잡아챘다. 그 바람에 밀짚모자가 홀러덩 벗겨졌고 선글라스도 잔디 위에 내동댕이쳐졌다.

"이건 또 뭐야?"

변장이 벗겨지자 중년 사내가 어리둥절해하며 채율을 아래위로 유

15

심히 살폈다.

"반회장 딸내미가 나타났다!"

중년 사내가 큰 소리로 외치자, 주위가 빠르게 웅성대기 시작했다. 무릎을 싸쥐고 나뒹굴던 빡빡머리도 엄살을 뚝 멈추고는 눈을 크게 떴다.

"진짜요, 형님? 이 쌍년이 반회장 딸년 맞아요?"

아차 싶었지만 이미 상황은 벌어져버렸다. 서둘러 이곳에서 벗어나야 했다. 하지만 채율이 슬금슬금 뒷걸음질 치는 낌새를 보이자 중년 사내가 득달같이 달려들어 채율을 와락 부여잡았다.

"어딜 내빼시려고?"

"이거 못 놔?"

"너라면 놓겠냐?"

"어서 놓으라니까!"

"햐, 이거 굴곡도 적당하고 너 느낌 참 좋다. 관리 많이 하셨어요?"

채율을 부둥켜안은 중년 사내가 누런 잇몸을 드러내며 징그럽게 웃었다.

"더러운 치한 새끼!"

채율의 하이힐 굽이 높이 치솟았다. 채율이 중년 사내의 발등을 힘껏 내리밟자, 빡빡머리가 내질렀던 비명의 네 배쯤 되는 성량의 비명이 마당을 뒤흔들었다. 사내의 팔이 힘없이 풀리자 채율은 돌계단을 내달려 재빨리 대문 밖으로 뛰쳐나갔다. 반회장 딸을 잡으라는 외침이 뒤에서 들려왔지만 단 한 번도 뒤돌아보지 않았다. 그럴 겨를이 전혀 없었다.

정신없이 골목을 내달리다 보니 어느새 힐 한 짝 굽이 부서져 떨어져 나갔다. 쩔뚝거리느니 차라리 맨발이 낫겠다 싶어 힐을 벗어서 들었다. 초등학교 시절 학년 대표 계주를 도맡았을 만큼 달리는 것은 자신 있었다. 엄마의 강요 섞인 기대만 없었더라면 피아노 대신 러닝화를 인생의 아이콘 삼았을지도 모를 일이었다.

발바닥이 뭔가에 찔렸는지 따끔거렸지만, 살펴볼 새가 없었다. 잔뜩 독 오른 채권자들의 무리가 꽁무니에 바짝 따라붙고 있었다. 선두에 있는 중년 사내와 빡빡머리 손에 걸렸다간 봉변을 면치 못할 게 뻔했다.

급히 우측으로 방향을 틀자 언덕배기 중턱으로 이어지는 큰길이 보였다. 인근에 경찰 치안센터 같은 게 있었던 게 생각났다. 그러나 큰길가에 이르자 치안센터가 있었던 곳엔 못 보던 편의점이 새로 들어서있었다. 채율은 발을 동동 구르며 찢기고 해진 스타킹을 내려다보았다. 숨도 가빴다.

'어쩌면 좋지?'

막막하고 아무 계산도 서지 않았다. 그런데 문득 시선을 강하게 잡아끄는 게 있었다. 2.5톤 타이탄 트럭이 마치 얼른 안으로 들어와 꼭꼭 숨으라는 듯 운전석 문을 활짝 열어 놓고 있었다. 더 망설일 것 없이 채율은 몸을 던지듯 재빨리 트럭에 올라탔다. 문을 잽싸게 닫고 좌석 아래로 최대한 몸을 숙여 쫓아온 채권자들의 눈을 피했다. 문을 단단히 잠그는 것도 빼놓지 않았다.

채권자들은 한발 늦게 다다라 거친 숨을 씩씩거리며 주위를 어슬렁댈 뿐 운전석에 숨은 채율을 알아차리지 못했다. 그러고는 저희들끼리 시끄럽게 갑론을박하기를 얼마쯤 했을까, 패를 둘로 나누더니 길 아래쪽과 위쪽으로 흩어졌다.

'스물여덟, 스물아홉, 서른!'

채율은 입속으로 딱 서른까지만 센 뒤, 밖을 살피려고 빠끔히 고개를 들었다. 예상대로 채권자들은 이미 사라지고 없었다. 그래도 완벽하게 따돌리자면 좀 더 숨어있을 필요가 있었다. 좌석 아래는 매우 좁아서 몸을 바짝 숙이고 있자니 불편했다. 살짝 허리를 펴고 다리도 조금 뻗는다는 게 그만 운전석 부근의 뭔가를 건드리고 말았다.

"뭐지?"

사이드 브레이크였다. 순간 두둑, 뭔가 풀리는 둔탁한 소리가 났고 이어서 트럭 차체가 언덕 아래로 서서히 움직이기 시작했다. 한번 구르기 시작하자 금세 가속도가 붙었다. 차창 밖 풍경이 빠르게 뒤편으로 물러섰다.

차안에 갇힌 채율은 당황했다. 위급하다는 건 알지만 뭘 어찌할지는 몰랐다. 운전도 무면허인 데다가 트럭에 대해선 아는 게 더욱 없었다. 갑자기 브레이크가 떠올랐다. 생각과 동시에 채율은 브레이크 페달을 끝까지 밟았다.

끼이이익—

브레이크를 꾸욱 밟자 이번엔 트럭이 불길한 금속음을 내질렀다. 차체가 중심을 잃는가 싶더니 침몰하듯이 왼편으로 기우뚱 기울었다. 트럭은 다행히 전복하지는 않았지만 기울어진 채로 방향만 살짝 틀어 한동안 계속 앞으로 내달렸다.

쿵!

마침내 트럭은 가까운 신호등 기둥을 들이받고 멈췄다.

'아, 진짜 다행이다. 죽을 뻔했어.'

하지만 안도하긴 아직 일렀다.

와르르르—

산사태 같은 소음이 뒤에서 들려왔다. 채율은 화물칸에 있던 물건들이 길바닥에 죄 쏟아져 내리는 것을 백미러로 보고는 머릿속이 하얘졌다. 수습은 도저히 불가능해 보였다. 차 주인이 나타나기 전에 트럭에서 빠져나와 도망치는 게 상책이었다. 또 도망친다고? 발바닥은 까져서 피가 나고 엉망인 데다 수중에 돈 한 푼 없는데? 채율은 울상이 된 얼굴을 핸들에 파묻어버렸다.

'될 대로 되라지.'

운전석 차창을 부술 듯 두들기는 소리에 놀라 고개를 들자 얼굴을 구긴 사내가 뚫어져라 그녀를 노려보고 있었다. 삐죽삐죽 솟은 밤송이 머리에 면도는 며칠 걸렀는지 턱밑이 거뭇한, 서른 중반의 거친 인상의 남자였다. 채율은 차창을 내리며 짐짓 침착한 척했다.

"왜 그러세요?"

"왜 그러세요? 그러는 에미나인 대체 뭐이요?"

사내는 열이 받을 대로 받아 무례한 어조로 대뜸 되받아쳤다.

"그쪽은 누구신데요?"

"내레 이 트럭 주인이오."

트럭 주인? 순간 너무 당황해 채율은 아무 대꾸도 못 했다. 큰 눈을 그저 슴벅이기만 했다. 사내는 가슴을 쫙 펴 보이더니 엄지손가락을 아래위로 흔들었다. 빨리 트럭에서 내리라는 시늉이었다. 채율이 목을 자라처럼 집어넣고 정말 면목 없다는 표정을 지었지만 오히려 사내의 짜증을 부추길 뿐이었다. 사내는 문을 쾅쾅 두들기며 재촉했다. 이윽고 채율이 내려서자 사내는 길바닥에 보기 흉하게 깨져있는 화물들을 턱짓으로 가리켰다.

"보오, 대체 저건 어이 할 거이요?"

파손된 화물은 사내의 트럭이 운반하던 삼겹살용 돌 구이 판이었다. 사내는 그 삼겹살용 돌 구이 판들을 싣고 대형 마트 물류센터로 납품하러 가던 길이었다. 그런데 채율 때문에 트럭도 파손됐고 적재했던 돌 구이 판까지 모조리 아스팔트 위에 깨먹어버린 것이다. 사내는 사천왕 같은 눈매를 부라리며 채율의 설명을 기다렸다.

"그게."

채율은 적당한 변명을 찾지 못해 머뭇거렸다. 그때였다. 사내의 뒤통수 너머로 잡아먹을 듯 쫓아오던 채권자 무리가 다시 모습을 드러냈다. 그들 역시 트럭 옆에 선 그녀를 발견한 모양이었다. 그리고 먹잇감을 발견한 맹수처럼 맹렬한 속도로 달려오기 시작했다.

"저기 있다! 잡아라!"

고래고래 고함을 치는 선두는 빡빡머리였다. 채율은 당황해 트럭 안으로 다시 튀어 올라탔다.

"이거이 뭐 하는 짓인가?"

영문을 알 턱 없는 트럭 사내가 미간을 찡그렸다. 하지만 미주알고주알 설명하고 사정할 때가 아니었다.

"제가 지금 나쁜 놈들한테 쫓겨서 그러는데요. 나중에 몽땅 배상해드릴 테니까 일단 여기서 빨리 빠져나가요, 제발요."

사내는 울상이 되어가는 채율과 성난 소처럼 달려오는 채권자 무리를 번갈아 쳐다볼 뿐 어벙한 반응이었다.

"어서요, 제발."

다급해진 채율이 두 손 닳도록 싹싹 빌고 캑캑 마른기침까지 터트렸다. 사내는 측은함과 분노가 뒤섞인 눈으로 바라보더니 손바닥에 침을 퉤 뱉고는 탁탁 털었다. 이어 용수철처럼 몸을 튕겨 운전석에 올랐다.

"일단 조수석으로 비켜 보기요."

"감사합니다. 정말 감사합니다."

"그리고 에미나이가 다 배상하기로 약속한 거요, 알겠소?"

"그럼요!"

부르릉, 시동 거는 소리가 우렁찼다.

사내는 후진해 충돌 지점에서 트럭을 빼낸 다음 차선 한가운데로 몰았다. 트럭이 요란한 소음을 내지르며 언덕 아래로 내달리기 시작했다. 채율은 창문을 열고 뒤를 돌아보았다. 성난 채권자들이 트럭 꽁무니를 아슬아슬하게 놓치며 자빠지는 우스꽝스런 모습이 보였다. 곧 그들은 깨알처럼 작아졌다가 그나마도 아예 사라져버렸다.

사내는 묵묵히 운전만 할 뿐 숨소리조차 내지 않았다. 채율은 슬며시 사내의 옆얼굴을 힐끔힐끔 훔쳐보았다. 인상은 여전히 까칠해 보이지만 찬찬히 보니 차분하고 반듯한 면도 없지 않았다. 남루한 감색 점퍼가 유독 눈길을 끌었는데, 목덜미와 손목 부분이 한참 닳고 때도 쩔대로 쩐 걸 보니 사시사철 입은 모양이었다.

'구두쇠가 틀림없어.'

트럭은 한남대교를 건너 경부 고속도로를 타는가 싶더니 어느새 한적한 순환도로 쪽으로 빠져나왔다. 어딜 가는 걸까, 그런 의문이 막 드는 찰나 사내가 트럭을 갓길에 세우고 사이드 브레이크를 넣더니 그녀를 향해 그만 내리라는 손짓을 했다.

"지금 여기서 내리라고요?"

"기렇소."

"여기서 내려주면 저더러 어쩌라고요?"

"거야 내레 알 바 아니다. 기리니끼니 물건 값하고 트럭 수리비부터 지금 날래 물어주시라요."

"지금 당장은 그게……."

채율이 자신감을 잃고 말끝을 흐리자 사내의 눈썹이 아까처럼 사납게 치솟았다.

"기럼 안 내놓겠다는 거이요?"

"죄송한데요, 지금은 돈이 없어요. 저기, 나중에 드리면 안 될까요?"

"나중에?"

"네, 나중에요. 사실 제가 반석그룹 외동딸이거든요. 아시죠, 반석 그룹? 광고도 하고 신문에도 나오고, 아마 뉴스 같은 데서 몇 번 들으셨을 거예요. 그런데 제가 지금 당장은 사정이 아주 나빠져서 돈이 한 푼도 없거든요. 하지만 며칠 내로……."

"시끄럽소!"

사내가 빽 소리를 질렀다.

"부잣집 딸이디만 지금은 땡전 한 푼 없다? 이 에미나이 내레 바보 천치로 아나?"

"그게 아니고요."

"됐고, 아무래도 안 되갔구만. 기럼 경찰서 가서 해결합시다!"

안 그래도 염라대왕 같던 사내의 눈이 경찰서 운운하며 더욱 험악하게 찌그러졌다. 그는 더운 콧김까지 내뿜으며 물어내야 할 제품 값과 차량 수리비를 계산기로 두드려댔다.

"거짓말 아닌데……."

채율이 울먹이기 시작했다. 서러움이 복받쳐 올랐다. 자신의 꼴은 스스로 생각해도 형편없었다. 구두 굽은 수선조차 불가능할 만큼 심하게 망가진 데다 원피스는 어딘가에 걸려 뜯어졌는지 실밥이 새어 나왔다. 팔꿈치와 어깨도 트럭이 신호등과 충돌했던 충격으로 욱신거렸다. 왈칵 눈물이 쏟아졌다.

"흑흑흑."

채율의 흐느낌은 점점 더 커졌다.

"미치갔구만. 이보오, 울고 싶은 거는 바로 내 쪽이오."

갑작스런 채율의 울음보에 사내는 적잖이 당황하는 눈치였다. 그저 차창 문을 열고 한숨만 퍽퍽 내쉬었다. 그렇게 20여 분이 지났다. 채율이 제풀에 차츰 잦아들고 쌕쌕 마른 숨소리를 내며 진정하는 기미이자 사내가 언성을 부드럽게 낮춰 다시 말했다.

"기리믄 언제, 어떻게 갚을 거이요?"

여전히 사내의 주제는 돈이었다.

"오래 안 걸릴 거예요."

채율이 울먹이며 대꾸했다.

"알갔소. 그런데 내레 아가씨 어드렇게 믿갔소? 집은 있소? 전화번호는?"

하지만 대답이 궁했다. 사실 당장 갈 곳도, 연락 주고받을 전화번호도 없었다.

"아무튼 지금 당장은 돈이 없어요. 당분간 시간을 좀 주세요."

"내레 무작정 갚겠다는 그쪽 말만 믿고 거북이 방생하듯 그냥 보내줄 수는 없디 않갔소?"

"그렇긴 해도 지금 상황으론 어쩔 수 없어요."

"됐소. 아니면 경찰서 가든가."

사내가 고개를 절레절레 흔들고는 다시 시동을 걸었다. 진짜 경찰서까지 가려는 눈치였다. 이번엔 채율도 경찰서 운운에 오기가 일어 발끈했다. 수중에 돈이 없다는 걸 뻔히 알아먹을 만한데도 모질게 구는 사내가 괘씸했다.

"좋아요. 정 그러면 같이 가자고요, 경찰서!"

고작 5분이었다. 위풍당당하던 채율은 경찰서 정문 앞에 이르자 금세 꼬리를 감았다. 아무래도 경찰 앞에 서는 건 여러모로 거북한 게 많았다. 신원을 조회하면 자신이 누군지 들통 나는 건 금방이었다. 그러면 기자들이 우르르 몰려들 테고 다음 차례는 피라미 떼처럼 사정없이 물어뜯을 채권자들이었다.

'그럼 빡빡머리도, 배불뚝이 중년 사내놈도 어김없이 등장하겠지!'

상상만으로도 몸서리가 쳐졌다.

"저기요, 아저씨, 꼭 이렇게까지 해야 할까요?"

기가 죽은 채율은 꼬리를 슬그머니 말았다.

"이렇게 안 하면 내레 그쪽한테서 돈 받아낼 방법이 따로 있기나 하갔소?"

사내는 전혀 동요하는 기색이 없었다. 무심한 얼굴로 경찰서 주차장 한구석에 트럭을 세울 뿐이었다.

"그쪽 말대로 경찰서 다 왔으니끼니 날래 내리시오."

"그런데 아저씨, 조선족이세요? 말투가 무척 특이하시네요."

뜬금없이 채율이 사내의 어투를 물고 늘어졌다.

"그리고 왼손도 크게 다쳤었나 봐요? 손가락 두 개가 없으신 걸 보면."

운전대를 잡은 왼손에는 약지와 소지가 한 치 정도의 짧은 마디만 남긴 채 사라지고 없었다. 절단된 부분은 보기 싫은 흉터처럼 뭉뚝한 모양새로 아물어있었다.

"누구랑 싸우다 그런 건 아니죠?"

사내의 입은 자물쇠처럼 꾹 닫힌 채였다. 채율은 눈치 없는 질문을 했다 싶어 머쓱해졌고 잠자코 눈치만 살폈다. 잠시 어색한 침묵이 흘렀다.

'설마 화 난 건 아니겠지?'

문득 인터넷에서 읽었던 괴담들이 뇌리에 스쳤다. 각종 게시판에 떠도는 괴담은 하나같이 조선족이 괴물인 양 얼마나 험하고 무서운 존재인지 묘사하고 있었다. 그 가운데는 젊은 여자의 장기를 적출해 밀매하거나 인육을 냉장고에 넣어놓고 먹는다는 풍문도 있었다. 그 이야기들이 떠오르자 채율은 등줄기에 싸르르 소름이 돋았다. 조선족 말투를 쓰는 이 사내 역시 트럭에 칼과 톱 같은 흉기들을 숨기고 있을지 모를 일이었다.

'어쩌면 경찰서로 온 게 차라리 잘된 일인지도 몰라. 당장 뛰어 들어가 보호를 요청해야겠어.'

게다가 사내는 꼭 무슨 일이라도 당장 저지를 것만 같은 표정이었다. 그때였다.

꼬르륵-

채율의 배에서 난 소리였다. 그러고 보니 비행기에서 내린 뒤 여태 아무것도 먹지 못했다. 기내식이 마지막 식사였으니 벌써 두 끼를 거른 셈이었다.

"굶었소?"

사내가 시선을 돌려 채율에게 물었다. 채율이 민망한 표정으로 고개를 끄덕이자 사내는 풀썩 트럭 밖으로 뛰어내리고는 따라오라는 시늉을 해보였다. 채율이 갸웃하며 머뭇거렸다.

"날래 따라오기요. 배고프디 않소?"

　사내는 경찰서 주차장을 걸어 나와 맞은편 방향으로 큰길을 가로질렀다. 채율도 사내 뒤를 따라 길을 건넜다. 설렁탕 집이 있었다.

"여기 도가니탕 둘에 수육 한 접시 주시라요."

　식당 문을 열자마자 사내가 큰 소리로 주문을 했다. 뭘 먹고 싶은지 채율에게 묻지도 않았다.

"설렁탕 가게에 뭐 특별히 다른 것이라도 있갔소?"

　사내는 혼잣말처럼 변명을 했다.

"금강산도 식후경이라 했소. 고저 창자부터 채우고 보기요."

"나중에 음식 값도 얹어서 청구할 건가요?"

　채율이 사내에게 물었다.

"고저 그걸 말이라 하오?"

"……."

"기래서 못 먹갔다는 거요? 기럼 하는 수 없고."

　채율은 뭐라 대꾸할 말이 없었다. 저항하기엔 배가 너무 고팠다. 그녀가 두 손으로 물 컵을 만지작대며 말 돌릴 화제를 찾는 동안, 구석진 선반에 놓인 텔레비전이 뉴스를 웅얼대고 있었다.

　뉴스는 마침 반석그룹의 부도 소식을 상세히 전하고 있었다. 한남동 저택에서 도망치는 채율의 모습이 화면에 반복해 나왔다. 앵커는 편파적이랄 만큼 채권자들 편에 선 논조로 목청 높여 채율의 행방을 수소문하고 있었다. 앵커의 선동에 식당 안의 손님들은 차츰 흥분하더니 반회장 딸내미가 거액의 돈을 숨겨둔 게 틀림없다면서 당장 체포하는 게 대한민국 정의를 구현하는 길이라고 입을 모았다. 격앙된 몇몇은 제 분에 못 이겨 주먹으로 식탁을 탕탕 치기까지 했다. 험악한 분위기 속에서 정체가 탄로날까 봐 채율은 내내 고개를 폭 숙이고 머리카락으로 얼굴을 가렸다.

"설마 그쪽 에미나이는 아니갔지, 응?"

사내가 화면에서 시선을 거두어 채율 쪽으로 옮겼다. 거짓말해 봤자 소용없을 것 같았다.

"제가 그랬잖아요, 정말로 땡전 한 푼 없다고. 저 진짜 빈털터리 맞아요."

채율은 볼멘소리라도 다른 손님들 귀에는 들리지 않도록 목소리를 최대한 낮췄다. 사내의 반응은 의외로 간단했다. 흥, 짧은 코웃음을 내뱉는 것이 다였다.

"실망했어요?"

"약간."

얄궂은 상황을 아는지 모르는지 채율의 뱃속은 주책이 없었다. 설렁탕에 밥 한 그릇 뚝딱 해치우고 나서도 여전히 허전해서 물을 연거푸 마셨다. 배를 물로라도 채울 심산이었다. 그러자 사내가 밥 한 공기를 더 주문해줬다.

"고마워요."

채율이 눈을 껌뻑거리며 어색히 고마움을 표했다.

'이 여자, 이미 어마어마한 빚에 몰려 쫓기는 신세다. 경찰에 넘겨봤자 부서진 트럭과 화물 따위는 배상 순위에서 밀려도 한참 뒤로 밀리겠지. 그렇다고 모른 체 놔줄 수도 없고. 어떻게 하지?'

머릿속이 복잡해진 사내가 한동안 시선을 물끄러미 채율의 얼굴에 두었다.

"뭘 그렇게 빤히 쳐다봐요?"

눈길이 부담스러워진 채율이 휘휘 손사래를 치자 사내가 제안했다.

"기럼 이리 하면 어떻갔소?"

"뭘요?"

"그짝이 오데 따로 갈 곳도 없다니끼니 고저 나를 따라오기요. 돈은 우리 쪽 공장에서 일해서 갚도록 하오. 다 갚으면 그때 떠나든가 말든 가."

"어머, 기가 막혀. 지금 뭐라고 했어요? 그러니까 날더러 몸으로 때 우라는 말이에요?"

너무나 황당한 제안이었다. 씹던 밥알이 입 밖으로 튀어나왔다.

"지금 그쪽 상황에서 무작정 흥분할 일은 아니지 않소?"

"아무리 그래도 그렇지!"

아무리 생각해도 어처구니없었다. 채율이 벌떡 의자를 박차고 일어섰다.

"고저 앉으시오, 밥 먹는 사람 정신 산란하니끼니."

정작 사내는 별일 아니라는 표정으로 남은 밥을 설렁탕 그릇에 말아 넣었다.

"별꼴이야."

채율이 무심코 창밖으로 시선을 틀자 길 건너편 경찰서가 보였다. 머릿속이 엉킨 실처럼 꼬이기 시작했다. 냉정히 따지면 다른 선택지는 없다. 눈앞에서 밥숟가락을 떠넣는 사내의 표정에서는 아무런 감정도 읽어낼 수 없었다. 채율은 저도 몰래 눈물이 글썽거렸고 흘러내리자마자 얼른 뺨을 닦았다.

"알았어요, 그렇게 해요. 대신 설렁탕 국물 좀 더 달라고 해줘요. 밥을 너무 많이 말아서 뻑뻑하네요."

식당을 나선 채율은 사내를 따라 다시 트럭에 올랐다. 트럭은 천천히 시내를 빠져나갔다. 채율은 창백한 얼굴로 내내 조수석 창문에 고개를 기대고 있었다. 시 경계를 넘어서자 높다란 빌딩 숲이 창밖에서 사라지고 나무와 벌판이 빈자리를 채웠다.

창문을 반쯤 열었더니 교외의 시원한 바람이 기분 좋게 들이쳤다. 선선한 바람에 머리카락을 귀 뒤로 쓸어 넘기자 답답하게 조였던 가슴이 조금은 열리는 것 같았다. 규칙적인 진동도 왠지 편안하게 느껴졌다. 긴장이 절로 풀리고 눈꺼풀도 스르르 감겼다. 바람 소리가 귀를 울리더니 그마저도 어느새 아득해졌다.

3

채율의 부친인 반석그룹 회장 반인철은 30여 년 전만 해도 평범한 시골 노총각에 불과했다. 내세울 만한 기술도 없었고 재산이라고는 선대 부친이 과수원을 하다 뒤엎어버린 땅덩이가 전부였다. 그래도 땅은 제법 너른 편이라서 그곳에서 흙벽돌을 말려 내다 파는 일을 생업으로 삼았다. 그러던 어느 날 수도권 일대에 신도시 열풍이 불어닥쳤고 흙벽돌을 찍던 그에게 인생역전의 기회가 왔다. 땅은 하루아침에 신도시 아파트와 상가가 들어설 금싸라기 부동산으로 탈바꿈했고 반인철은 순식간에 엄청난 부(富)에 올라앉았다.

그러나 반인철은 멈추지 않았다. 돈맛을 알아버린 반인철은 부동산 사업에 본격적으로 손을 댔고 전국적 땅 투기 붐에 맞춰 사업은 귀신이 곡할 정도로 타이밍이 딱딱 맞아떨어졌다. 여덟 평짜리 작은 사무실이던 회사는 순식간에 대여섯 개의 계열사를 거느린 중소 재벌로 성장했다.

반인철은 10원 한 푼이라도 돈이 걸린 사업이라면 얼음처럼 냉정했으나 가족만큼은 지나치다 싶을 정도로 아꼈다. 무남독녀 외동딸 반채율은 귀하디귀한 공주님, 그 이상이었던 까닭에 비정상적인 과보호 아래 스물아홉 살이 되도록 세상 물정 모르는 철부지로 자랐다. 그런 채율의 약점을 모두 메웠던 건 고등학교 친구이자 유학 생활을 함께 했던 이귀인의 몫이었다. 귀인은 오스트리아 체류 내내 채율의 뒤치다꺼리를 맡는 대가로 학비와 생활비 등을 채율의 부친으로부터 지원받았다.

귀인의 가족들은 일찍이 사업 실패로 오랫동안 가난에서 벗어나지 못했다. 그래서 귀인은 어려서부터의 꿈인 피아니스트의 꿈을 하마터면 포기할 뻔했다. 그때 반회장이 손을 뻗었다. 귀인에게 채율과 오스트리아에 동행할 것을 제안한 것이다. 귀인은 숨도 쉬지 않고 승낙했다. 말이 동행이지 실상은 고교 동창의 시중을 드는 하녀였지만 꿈을 포기하지 않으려면 어쩔 수 없었다.

본래 반회장은 채율에게 피아노를 시킬 생각이 아예 없었다. 땅만 볼 줄 알던 그로서는 피아노는 먼 나라 남의 이야기일 뿐 일말의 관심도 없었다. 채율의 유학은 반회장의 부인, 채율의 엄마가 원했던 꿈이었다.

소싯적 채율의 엄마는 고학으로 음대를 다니며 카페에서 피아노 치는 아르바이트를 했다. 그 무렵 반회장은 청담동 카페 거리를 자주 드나들다가 파트타임으로 피아노를 연주하던 그 아르바이트생에게 마음을 그만 홀딱 빼앗겨버렸다. 그때까지 노총각 딱지를 못 떼고 있던 반회장은 무려 열다섯 살이나 연하인 피아노 전공 음대생에게 그날 이후 줄기차게 대시했고 나이 차이 탓에 1년 넘게 망설이던 음대생을 그녀의 졸업식날 밤 마침내 품에 안을 수 있었다.

1년 뒤 엄마는 채율을 순산했다. 그리고 이후 피아노 건반 대신 계산기를 두드리며 남편의 회사 일을 도왔다. 그렇게 한창 때를 보내버린 채율의 엄마는 뒤늦게 피아노 앞에 다시 앉으려 했지만 그때는 이미 너무 늦은 나이가 되어있었다. 그래도 채율의 엄마는 피아노를 쉽게 포기하지 못했다. 못 이룬 자신의 꿈을 어린 딸에게 그대로 물려주고 싶어 남편을 간곡하게 설득했고 고등학교 졸업과 동시에 해외로 유학을 보냈다.

다행히 채율은 어릴 때부터 크고 작은 국내 콩쿠르에 수차례 입상하는 등 성장 가능성을 충분히 보여주었다. 또한 오스트리아에 도착해 슈트라우스 비엔나에 입학할 때만 해도 피아노에 대한 열정과 애착이 어느 누구보다도 강했다. 그러나 채율은 유학 이듬해 엄마가 위암 선고를 받고 갑작스레 세상을 등지자 무섭게 돌변했다. 엄마의 죽음은 피아노를 계속해야 할 이유와 의욕을 송두리째 빼앗아버렸다. 채율은 자신의 연주를 들으며 진심으로 기뻐해줄 사람은 이제 세상에 존재하지 않고, 다시는 존재할 수도 없다고 믿었다. 채율에게 엄마는 피아노였고 피아노는 엄마였다. 그 등식이 깨져버린 이상 피아노에 매달릴 이유가 사라진 셈이었다.

엄마의 죽음 이후 채율은 피아노와 전혀 상관없는 것들을 찾아내는 데 열중했다. 그리고 그 안에 자신을 파묻고 골몰했다. 여행, 쇼핑 등에 밀려 피아노는 뒷전이었다. 담당 교수가 여러 차례 엄중한 경고를 내렸지만 전혀 소용이 없었다. 더군다나 담당 교수와는 입학 초기부터 불화를 빚던 사이였다. 교수의 꾸지람은 도리어 역효과만 가져왔다.

채율은 아버지 반회장에게 매일같이 국제전화를 걸었다. 당장이라도 자퇴하고 귀국을 허락해달라고 졸랐지만 반회장은 딸의 요청을 받아들일 수 없었다. 피아노에 대한 꿈이나 미련 따윈 애초부터 없던 그였지만 아내는 딸의 졸업을 유언으로 남기며 숨을 거뒀다. 반회장은 딸이 학위 졸업장을 받을 때까지만 빈의 음악 학교에 얌전히 머물러 있기를 바랐다.

그러나 채율은 피아니스트의 꿈을 놓아버린 뒤 유학 생활이 감옥과 다름없었다. 수업을 펑크 내는 건 다반사고 국경 너머 다른 나라로 여행을 떠나기도 했다. 그럴수록 채율의 귀국은 점점 더 멀어졌다. 학점 미달 처분으로 제적되어 늘어난 학기가 2년을 넘어섰다.

채율이 귀국하려고 조바심을 냈던 건 피아노를 놓았기 때문만이 아니라 모용하라는 은행원 때문이었다. 5년이라는 시간이 지났지만 그와 처음 만났던 순간은 마치 어제 일인 양 뇌리에 또렷하게 각인되어 있었다.

다섯 해 전 여름방학을 맞아 채율이 서울에 머물던 어느 여름날이었다. 그날은 반회장의 비서가 결근했고 그 바람에 채율은 직접 환전하러 집 근처의 은행을 찾아갔다.

채율이 번호표를 뽑고서는 멀뚱히 있는 사이 순서가 그만 지나가버렸다. 무려 한 시간이나 흘렀지만 채율은 알지 못했다. 그저 자기 순서가 되면 직원 누군가가 와서 불러줄 거라고만 믿었다. 결국 채율이 뒤늦게야 자신이 멍청했음을 깨닫고 당황과 부끄러움으로 얼굴이 새빨개졌을 때였다.

"고객님, 번호표를 볼 수 있을까요?"

어느 젊은 직원이 다가와 허리를 굽히며 공손한 태도로 물었다. 하얀 와이셔츠 위에 맨 감색 사선 무늬 타이가 인상적인 남자였다. 그는 채율의 번호표를 확인하고는 죄송한 표정을 해보였다.

"어떡하죠? 고객님 차례가 한참 지나셨네요. 제가 새 번호표를 뽑아다 드릴 테니까 순서를 다시 기다리시는 게 어떨까요?"

그런데 그가 흠칫 말을 멈췄다. 그러고는 잠시 뭔가 궁리하는 눈치 같더니 다시 말을 이었다.

"아닙니다. 제가 잘못 생각했네요. 벌써 한 시간도 넘게 기다리셨는데 더 기다리시게 할 수는 없죠. 자, 저를 따라오시죠."

그는 객장 왼편 유리문을 지나 다른 장소로 안내했다. 인테리어부터 매우 깔끔하고 고급스러웠다. VIP고객을 상대하는 프리미엄 카운터라고 했다. 분위기도 차분하고 조용했다.

"고객님의 용무는 여기서 처리해드리죠. 무슨 일로 오셨나요?"

채율의 시선이 무심코 그의 밤색 마호가니 책상의 명패에 가 닿았다. 투명한 아크릴에 직책과 이름이 선명하게 새겨져있었다.

'프리미엄 고객부 과장 모용하'

채율은 첫눈에 모용하에게 반했다. 따라오는 동안 그의 곳곳을 훔쳐보고 이미 탐색을 끝낸 뒤였다. 일단 건장한 체격부터 마음에 들었다. 날렵하면서도 적당히 큰 키, 보기 좋게 벌어진 어깨, 그리고 얇은 와이셔츠 밖으로 비치는 근육……. 뿐만 아니었다. 미소 지을 때마다 반달 모양이 되는 눈매는 치명적이었다.

"이거 대단한 우연인데요, 고객님께서 반인철 회장님의 따님이셨다니."

일상적인 태도로 용무를 처리해가던 그가 깜짝 놀란 표정으로 채율을 보았다. 두 다리를 다소곳이 모으고 새침을 떠는 여성 고객의 정체를 그제야 파악한 모양이었다. 그는 놀랍다는 감탄사를 연발하며 공교롭게도 자신의 부서가 반인철 회장의 개인 계좌를 몇 년째 관리하고 있다는 영업 비밀까지 털어놓았다.

그날 이후 채율은 이런저런 핑계를 대며 프리미엄 카운터를 제집처럼 드나들기 시작했고 모용하와의 관계는 여름방학이 끝나 오스트리아로 돌아가는 비행기를 타는 날까지 계속됐다. 그 무렵엔 그들은 오빠와 친한 동생으로 진전되어 채율이 빈에 돌아와서도 연락을 이어갔다.

채율은 모용하와의 만남을 엄청난 행운으로 여겼다. 엄마가 세상을 떠난 뒤 방황했던 그녀에게 모용하는 눈부신 한줄기 빛이자 따뜻한 희망이었다. 채율은 마음을 다잡고 기약 없이 밀어두었던 남은 학과 일정을 끝마친 뒤 마침내 졸업장까지 받아들었다. 이젠 더 기다릴 게 없었다. 용기를 내 그 빛과 희망으로 과감히 다가설 때라고 믿었다.

'그래, 저지르는 거야. 용기 있게 고백하는 거야.'

비행기를 타고 한국으로 오는 동안에도 채율은 그에게 사랑을 고백하고 하나가 되는 로맨틱한 순간을 수도 없이 머릿속에 그려보았다. 상상만 해도 쿵쾅쿵쾅 가슴이 뛰었고 얼굴이 화끈 달아올랐다.

"저희 비행기는 곧 인천 공항에 착륙할 예정입니다. 승객 여러분께서는……."

이윽고 목적지 도착을 알리는 기내 방송이 흘러나왔다. 창밖의 하얀 구름 사이로 야트막한 산과 도로, 마치 장난감 마을의 자그마한 소품 같은 아파트 단지가 하나둘씩 드러났다.

쿵, 덜컹–

난데없는 충격으로 비행기가 심하게 요동치는 바람에 채율은 놀라 눈을 떴다. 그런데 비행기 안이 아니라 트럭의 조수석이었다. 사내의 트럭이 막 비포장도로에 접어들며 좌우로 심하게 흔들렸다. 앞유리 너머 희뿌연 먼지 사이로 아직 가건물인 공장들이 드문드문 보였다.

표지판의 흐릿하게 바랜 글자들은 목적지를 어렴풋이나마 알려주고 있었다. 채율은 아무리 발버둥 쳐도 빠져나오지 못할 구덩이에 빠지고 있다는 느낌이 들었다.

4

　트럭은 경기도 광주시 태전동의 공장 밀집 지역으로 들어섰다. 비포장도로가 끝날 즈음 개울 위 콘크리트 다리를 하나 건너고 야트막한 비탈을 오르자 비로소 목적지가 나타났다. 건물은 회색빛이었다. 옥상 바로 아래 회사명을 알리는 철제 간판이 걸려있었다.

　'동우리빙아트'

　사내는 건물 앞 10여 평쯤 되는 조그만 공간에 트럭을 세웠다.

　채율은 창밖을 찬찬히 둘러보았다. 단출한 슬레이트 2층 반짜리 건물 한 채와 맞은편의 천막이 보였다. 두 건물 사이에는 마당 삼아 쓰는 공간이 있었는데, 넉넉히 어림잡더라도 공장 전체가 400평도 안 되어 보였다. 트럭에서 뛰어내린 사내는 정문에 세로로 붙은 간판을 가리켰다.

　"이곳은 동우리빙아트라는 회사 겸 공장이오. 난 대표이사 원동호고."

　"사명이 거창하네요. 영어도 들어가고."

　"이름만 그렇디, 뭐."

동호가 순순히 인정했다. 실제로 회사는 삼겹살용 돌 구이 판을 생산해 대형 할인마트에 납품하는 소규모 제조 업체였다.

"잘 부탁해요. 전 반채율이라고 해요."

"기거야 뉴스서 이미 들었고."

동호는 채율에게 따라오라고 손짓했다. 이제부터 공장을 안내할 모양이었다. 조그만 공장을 둘러보는 투어는 10분도 걸리지 않았다. 공장 1층이 핵심으로, 삼겹살용 돌 구이 판을 금속 틀에 맞춰 조립하는 컨베이어 시설이 있었다. 2층에는 사무실이 있고 그 위에는 합판으로 층을 올린 소위 '2층 반'이 있었는데 샘플실이라고 했다. 샘플실은 이름 그대로 샘플 제품을 전시하고 바이어와 판매를 상담하는 장소였다.

채율이 동호의 뒤를 졸졸 따라다니며 둘러보는 동안 공장 식구들이 우르르 몰려나와 그들을 둘러쌌다. 공장에 머물러 일하는 몽골인과 캄보디아인 노동자 세 명과 딸린 가족들로, 마당 한편에 설치한 컨테이너 세 칸에 나눠 살고 있었다.

그들은 한결같이 호기심 가득한 얼굴이었고 이방인의 방문을 어리둥절해했다. 채율의 일거수일투족을 유심히 관찰하며 간간히 저들끼리 낄낄거리기도 했다. 아마 동호의 새 여자친구쯤으로 여기는 눈치였다.

채율과 동호는 짧은 한국말과 외국어를 섞어가며 수군대는 그들을 뒤로한 채 2층 사무실로 올라갔다. 2층에는 새로운 사내가 기다리고 있었다. 사내는 책상에서 벌떡 일어나 동호를 맞았다. 언뜻 봐도 동호보다 너덧 살쯤 어리다는 게 확 티가 났다.

"찾아도 안 보이더니 방금까지 오데 갔었네?"

동호가 질책하자 사내가 뒷머리를 긁었다.

"화장실요. 갑자기 배가 아파서요."

"석수 넌 화장실을 그리 자주 가서 쓰갔어?"

"제가 뭘요?"

"오전에 한 번, 오후에 한 번, 그래서 하루에 반드시 두 번 이상, 그 것도 식사 시간에는 전혀 안 가고 말이다. 그리고 일단 한번 가면 30 분 이상씩. 게다가 안에서 뭔 일을 보는지 계속 카톡, 카톡, 카톡."

"아, 또 빡빡하게 왜 그래요, 형님?"

핀잔을 얻어 들은 사내는 동호를 형이라고 불렀다.

"옆에 누굽니까?"

사내는 낯선 젊은 아가씨가 난데없이 등장하자 눈을 휘둥그레 떴다.

"누구긴. 새로 구해온 일꾼이다."

"일꾼요?"

동호가 서랍을 열어 목장갑을 집어던지듯 채율에게 건네고는 퉁명 스레 지시를 내리기 시작했다.

"그쪽은 지금부터 고석수, 아니, 고 차장을 따라 1층으로 내려가 요. 돌 구이 판을 포장 박스에 하나씩 잘 넣어서 창고에 쌓는 것부터 작업하는 거요, 알갔소?"

"당장요?"

채율은 어안이 벙벙했다. 도착하자마자 숨 돌릴 틈도 없이 작업이 라니…….

"기렇소. 그리고 보아하니 나보다 나이가 한참 아래 같은데…….."

"왜요, 오빠라고 불러드려요?"

채율이 빈정거리자 곧바로 맞받아칠 줄 알았던 동호가 피식 웃었다.

"기럴 필요까지 있갔소? 내레 그쪽한테 말을 놔도 큰 문제가 없을 거라 보는데, 어떻소?"

"맘대로 하세요, 찜 쪄 드시든 삶아 드시든."

채율은 시선을 창밖으로 돌렸다. 저 멀리 끝을 알 수 없는 기다란 토마토 밭이 보였다. 감옥을 탈출하려는 무기수가 아마 이런 기분일까. 토마토 밭을 가로질러 이곳에서 빠져나가고 싶다는 생각이 간절했다. 고석수라는 젊은 사내는 보기보다 눈치가 빨랐다. 경직되어가는 채율의 기색이 심상치 않았는지 동호의 옆구리를 쿡쿡 찔렀다.

"지금 곧바로 일을 시키라고요? 설마, 아니죠, 형님?"

"아니긴 무어가 아니네? 몸으로 빚 때우러 온 에미나이야. 다른 건 전혀 신경 쓰지 마라우."

채율은 석수를 따라 1층으로 내려가 도착했을 때 본 맞은편 천막 안으로 들어갔다. 그곳에는 채율이 작업해야 할 돌 구이 판들이 언덕처럼 수북하게 쌓여있었다.

'책에서 읽은 강제 노역이란 게 바로 이런 걸까?'

채율은 난생 처음 손에 목장갑을 끼었다. 이어서 석수가 작업하는 모습을 눈여겨보며 제품 포장을 찬찬히 배워나갔다. 석수 말로는 포장이 다른 공정에 비해 비교적 수월하고 단순한 작업이라고 했다. 하지만 돌과 금속으로 이뤄진 무거운 완성품을 반복해서 포장대 위에 옮기자면 어느 정도 근력이 있어야 했다. 따라서 노동이란 걸 처음 접하는 채율에게는 상당히 벅찼다. 이내 뼈마디가 쑤시고 팔다리가 말을 듣지 않았다. 피아노를 치던 가냘픈 손목은 곧 마른 나뭇가지처럼 뚝 부러져 나갈 것 같은 데다가 연거푸 넘어지는 몸은 한번 넘어지면 쉽게 일으켜지지 않았다. 한 시간도 채 지나지 않아 빚이고 뭐고 죄 때려치우고 싶어졌다. 교도소를 가라면 그냥 가고 싶었다.

"그래도 채율 씨는 정말 운이 좋은 거예요. 열처리와 코팅하는 건너편 1층은 말도 못 해요. 거기에 비하면 포장 일은 진짜 누워서 떡 먹기라고요."

간신히 버티는 채율에게 석수가 위로랍시고 말을 건넸다.

"아뇨, 차라리 그 편이 낫겠어요."

채율이 이를 악물고 심통스럽게 되받았다.

"그럴 것 같죠? 나중에 해보면 알아요. 괜히 외국인 애들한테 맡겨놓는 게 아니거든요. 진짜 근력 없으면 못 해요, 저쪽 일은."

"무슨 뜻이에요, 그게? 앞으로 나한테 더 심한 일도 시킬 거라는 건가요?"

"거야 모르죠. 사장인 동호 형님 마음이라."

그때였다. 뒤통수에서 갑자기 벼락 같은 호통이 떨어졌다.

"뭘 기렇게들 수다를 떠네? 해 다 떨어져가는데 날래 일하지 않고서리."

언제 들어왔는지 동호가 노예 감독관 같은 얼굴로 큰소리쳤다.

"게으름 피우다 걸리면 즉시 1층 작업장으로 보내버리갔어."

이후로도 동호의 으름장이 계속됐다. 그 탓에 채율은 화장실 한 번 편히 가지 못하고 작업에 꼼짝없이 매달렸다. 이마와 관자놀이에 눈 뜨기조차 힘들 만큼 땀방울이 비 오듯 쏟아졌다.

'대체 일을 언제까지 해야 저치에게 진 빚을 갚을 수 있을까?'

채율의 머릿속엔 온통 그 생각뿐이었다. 그렇게 두 시간 즈음 지났을까, 도저히 끝날 것 같지 않던 포장이 드디어 완료됐다. 그러나 끝이 아니었다. 다음엔 포장된 물품들을 창고 한 귀퉁이에 차곡차곡 쌓아야 했다.

"잠시 화장실 좀 다녀올게요, 그런데 어디에요, 여자 화장실?"

"여자 화장실은 따로 없고요, 나가서 왼쪽으로 가시면……."

채율은 석수가 알려준 방향으로 쏜살같이 내달렸다. 화장실 안에 들어가 문고리를 닫아 쥐는데 힘이 모조리 빠져나갔는지 다리가 휘청거렸다. 갑자기 울컥 울음이 솟았다. 변기에 주저앉아 한참 울음을 쏟아냈다. 자신을 이딴 곤경에 몰아넣고 훌쩍 세상을 떠나버린 아빠가 정말 미웠다.

날이 저물자 새로운 고민거리가 튀어나왔다.

"뭘 걱정하우? 근처 여관에 장기 투숙하면 되죠. 안 그래요, 형님?"

채율이 머물 곳을 두고 석수가 뿌듯한 얼굴로 아이디어를 냈다. 그러자 동호는 단숨에 면박을 주었다.

"내레 이 에미나이한테 받을 돈이 얼만지는 아네? 그런데 또 돈을 대라는 거네? 기딴 개소린 얼른 집어치우라우."

"그럼 어쩌시게요? 길바닥에 재우시게요?"

두 남자의 입씨름을 보다 못한 채율이 불쑥 끼어들었다.

"정 그러면 그냥 절 보내줘요, 그럼 되잖아요."

"기건 더욱 안 되는 일이고."

"그럼 어떡하자고요?"

긴 궁리 끝에 동호가 마침내 결론을 냈다.

"딱히 좋은 방법이 없구먼기래. 우리 숙소에서 같이 지내는 수밖에."

동호가 말하는 숙소란 그가 석수와 함께 지내는 인근 상가의 옥탑방을 가리키는 말이었다.

"헐, 그게 말이나 돼요? 남자 둘이 사는 곳에서 같이 지내라고요?"

"기래. 그런데 그게 왜 말이 안 되네?"

"안 돼요, 못 가요."

"왜?"

"당연 안 되죠, 이 음란마귀님들아."

채율이 발끈해 날카롭게 쏘아붙였다.

"무시기? 음란마귀?"

"그쪽 말하는 게 그렇잖아요. 시커먼 사내 둘만 사는 곳에서 함께 지내자니, 숙녀한테 할 소리예요? 안 돼요, 절대로 그런 일은 없을 겁니다."

채율은 발악하듯 줄기차게 저항했다. 그러자 동호가 순순히 고개를 끄덕였다.

"좋아, 기러믄 여기 공장 사무실 비품 창고는 어떻네?"

비품 창고는 2층 사무실 옆 작은 공간을 말했다.

"창고요? 여기 창고에서 자라고요?"

"기래. 공장 곳곳에는 세콤도 설치되어 있으니끼니 그쪽 원대로 아주 안전하갔디, 뭐."

동호가 사무실 비품 창고의 출입문을 채율 면전에 활짝 열어주었다. 안은 스티로폼과 비닐로 창문을 죄 틀어막아 해 지기 전인데도 벌써 적이 어두컴컴했다. 성큼 먼저 들어간 동호가 어지럽게 쌓인 비품들을 한쪽으로 치우고 공간을 만들어 간이침대를 펴주었다. 그리고 그 위에 이불과 요로 삼을 만한 침낭 몇 개도 겹쳐 깔았다.

"맘에 드네? 대신 밤에 무섭다고 칭얼대기는 없다우."

동호가 채율에게 못을 박았다.

"천만에요."

그러나 채율의 장담은 그저 말뿐이었다. 밤새도록 그녀는 단 한숨도 눈을 붙이지 못했다. 천장에선 쥐들이 쉴 틈 없이 찍찍 울며 제멋대로 뛰어다녔다. 더 끔찍했던 것은 금방이라도 천장이 무너져 내릴 것만 같다는 상상이었다. 얼굴로 쥐 떼가 와르르 쏟아져 내린다고 생각하니 소름이 쫙 돋고 손발이 장작개비처럼 뻣뻣하게 굳었다.

채율은 침낭을 돌돌 말아 몸 전체를 감싸고 질끈 눈을 감았다. 이번엔 어디선가 귀신이 흐느끼는 것 같은 기괴한 비명 소리가 들렸다. 창문마다 덧대놓은 비닐막이 바깥바람에 펄럭이는 소리였는데, 묘한 음조와 박자를 타면서 마치 한 맺힌 귀신의 곡성 같은 기분 나쁜 상상을 일으켰다.

채율은 결국 뜬눈으로 밤을 새웠다. 그리고 다음날 아침이 밝자마자 두 손 들고 항복했다. 그 결과 시커먼 음란마귀들의 소굴에서 함께 기거하는 것으로 상황은 정리되었다. 동호는 그가 쓰던 방을 채율에게 내주고 자신은 석수와 한 방을 쓰기로 했다.

"공짜라고 생각하지는 마라우."

"그럼 저한테 방값을 받겠단 건가요?"

"아니, 네가 돈이 어딨네? 방값 대신 채율이 네가 할 일을 지정해 줄 테니끼니 귓구멍 열고 똑똑히 들으라우. 고저 빨래와 청소, 아침 식사 준비는 그쪽 몫이다우. 점심하고 저녁은 회사에서 먹으니끼니 고건 빼도 되고, 어떻네?"

"미안한데, 전 사장님네 식모가 아니거든요. 하녀도 아니고."

"기럼 방까지 공짜로 차지하면서 아무것도 못 하겠단 거이가?"

"그런 건 아니지만……. 아무튼 전 그런 걸 해본 적이 없단 말예요."

"허어, 이기 아주 맹랑한 에미나이로구먼기래."

채율이 버티자 동호가 쌍심지를 돋웠다. 석수가 얼른 나서며 말렸다.

"형님, 아침은 제가 할게요. 나머지만 채율 씨 손에 맡기죠, 네?"

"기럴 순 없어. 적어도 밥값이랑 잠자리 값은 치러야 하지 않갔어?"

석수의 중재에도 동호는 완강했다. 물러설 생각이라곤 눈곱만큼도 없어 보였다. 채율도 오기가 발동했다.

"좋아요. 아침 식사든 뭐든 제가 다 할 테니까 나중에 후회하지는 마요. 일단 신용카드부터 내놔 봐요."

"네가 신용카드는 왜?"

"저보고 아침 차리라면서요? 그러려면 시장을 봐야 되고 돈을 줘야 할 것 아녜요?"

"신용카드?"

"하지 마요, 그럼?"

"해야디. 하지만 요 앞 큰길에 나가면 재래시장 있지 않네? 고저 거기 가서 장을 보라우."

마지못해 동호는 채율 손에 신용카드를 내주며 재래시장에 가라고 신신당부했다. 채율은 그럴수록 심사가 뒤틀렸다. 채율은 지금껏 당한 걸 앙갚음하고 싶어 택시를 잡아타고 시내의 백화점 식품 코너로 직행해 천부적인 과소비 재능을 유감없이 발휘했다.

다음날 해 뜨기 무섭게 채율은 두 남자가 자는 방문을 활짝 열어젖히고 귀청이 떨어져라 외쳤다.

"그만 일어나서 아침식사 하시죠!"

이른 새벽이라 두 남자는 깊은 잠에 취해 알 수 없는 말만 웅얼거릴 뿐 이불 밖으로 나올 기미가 없었다. 채율은 이번엔 귀에 입을 바짝 대고 큰 소리로 또박또박 기상을 알렸다.

"일어나요! 아! 침! 식! 사! 다 됐다고요!"

그들은 허우적대며 떠밀리다시피 걸어 나왔지만 여직 잠이 덜 깬 상태였다. 어깨가 부서져라 기지개를 켜자 화려한 상차림이 시야에 쓰나미처럼 밀고 들어왔다.

"이게 다 뭐이네?"

깜짝 놀란 동호가 묻자 채율이 능청스레 대답했다.

"뭐긴요, 소고기 중에 가장 비싼 살치살이죠, 어서들 드세요."

동호는 눈꺼풀에 달렸던 잠이 확 달아났다.

"살치살?"

식탁 한가운데 놓인 휴대용 가스레인지 불판에 언뜻 봐도 아주 비싼 얇게 저민 소고기 조각들이 고기 내음을 풍기며 지글지글 익고 있었다. 주위에는 김치와 쌈장, 파 무침을 비롯해 백화점 식품 코너에서 산 밑반찬들이 포장도 뜯지 않은 채 즐비하게 널려있었다. 대충 계산해봐도 일주일치 식비를 한꺼번에 쏟아부은 게 틀림없었다.

"야, 이 망할 에미나이야, 당장 영수증 몽땅 다 내놓으라우."

동호가 빽하고 소리를 질렀다.

"왜 아침부터 소리는 지르고 그래요? 아무튼 여기요."

채율은 주섬주섬 영수증 뭉치를 꺼내놓았고 합계는 동호가 예상한 그대로였다.

"너 미친 거 아니네? 아침식사 한 끼에 30만 원을 쏟아 붓는 사람이 세상이 어디 있네?"

"에이, 아침으로 이 정도는 먹어줘야죠. 안 그래도 엄청 힘쓰는 일인데 고기를 섭취해야 제대로 일할 것 아녜요, 안 그래요?"

"야, 이 에미나이, 정말 제 정신 아니구먼기래, 응?"

"타박할 거면 애초부터 시키지를 말든가! 새벽부터 일어나서 밥 차려도 이 난리시네."

"뭐이야, 너 지금 말 다 했네?"

"아이, 두 사람 왜 그래요? 형님, 형님이 참아요, 네?"

아침의 분란은 석수가 머리끝까지 화난 동호를 1층까지 끌고 가 간신히 진정시킨 다음에야 대충 마무리되었다. 그리고 그사이 1등급 살치살은 새까만 숯덩이가 되었다. 채율과 동호가 출근한 뒤로 눈도 마주치지 않는 탓에 석수는 둘 사이를 왔다갔다하며 말을 전하느라 하루 종일 진땀을 빼야 했다.

그러나 살치살 소동은 앞으로 일어날 길고 지루한 싸움의 서막에 불과했다. 반채율이라는 아가씨는 스물아홉 해 동안 가난, 궁핍, 근검절약 따위와는 전혀 상관없이 살아온 여자였다. 그런 그녀에게 동호와의 '궁기(窮氣) 찌든 동거'는 모든 면에서 고통을 넘어 고문이었다.

옥탑방에는 채율과는 죄 맞지 않는 것들뿐이었다. 특히나 비좁고 지저분한 남녀 공용 화장실은 가장 참기 어려웠다. 고약한 냄새는 그렇다고 쳐도 순간온수기 같은 최소한의 시설조차 없었다. 그저 수도꼭지에 고무호스로 연결한 녹슨 샤워기가 전부였다. 고된 일과 끝에 땀을 씻어내고 지친 몸을 더운 물에 폭 담글 수 있는 욕조는 꿈도 꾸지 못했다.

상황이 이러니 비데는 그야말로 언감생심이었다. 채율은 화장실에

갈 때마다 스트레스를 한 바가지씩 받았다. 그래서인지 악성 변비가 덮쳤고 여드름과 기미, 두통을 늘 이고 살았다. 마침내 인내심이 바닥난 채율이 집주인인 동호에게 따지고 들었다.

"이보세요, 사장님!"

"또 왜 그러네?"

"왜 그러긴요? 적어도 숙녀와 함께 생활하게 됐으면 최소한의 배려란 게 있어야 하잖아요?"

"배려? 대체 뭘 말하고 싶은데?"

"단도직입적으로 말씀드리죠. 싸구려 비데라도 당장 설치해주세요."

"비데가 뭐이가?"

동호가 고개를 갸웃했다. 정말로 비데가 뭔지 모르는 눈치였다. 채율은 인터넷에서 사진을 찾아 그 기능을 설명했다.

"기럼, 그 비데 사용료까지 받아야 하겠구먼기래."

"뭐라고요?"

"돈 내기 싫으믄 고저 화장실 샤워기로 해결하라우. 설명을 들어보니 그걸로도 충분히 가능하갔어, 아니 그러네?"

"샤워기랑은 완전 다르다니까요."

채율은 말문이 턱 막혔다. 상대는 무슨 말을 해도 설득이란 게 먹히지 않는 단단한 철벽 같았다.

"이제 알았으믄 그만 가서 계속 일 보라우. 곧 해 떨어지갔어. 그리고 앞으로 집안일은 회사 말고 집에서 상의하자우. 아무리 동거하는 사이래도 공사는 확실히 구분해야디 않간?"

동호는 약이 올라 씩씩대는 채율의 어깨를 툭툭 치고는 도망치듯 사라졌다.

'헐, 저 짠 내 풀풀 나는 구두쇠를 대체 어떻게 당해낸담? 아니, 동거하는 사이는 또 뭐야? 내가 지 마누라도 된다는 거야 뭐야. 별꼴이네, 진짜.'

채율은 분이 풀리지 않아 동호를 또 한번 골탕 먹이고 싶어졌다. 신용카드는 압수당했지만 복수할 방법은 얼마든지 있었다. 왜냐하면 그의 말대로 그들은 '동거하는 사이'니까.

채율은 나중에야 알게 된 사실이지만 원동호와 고석수 두 사람은 탈북자였다. 이는 술에 취한 석수가 자신이 한때 잘 나가던 정찰총국 정예 군인이었다며 자랑스레 떠벌리는 바람에 공공연한 비밀이 되었다. 반면 동호는 과거사를 전혀 털어놓지 않아 어떤 사연이 있는지 짐작조차 안 됐다. 탈북 경력은 석수가 동호보다 1년 선배였지만 석수가 두 살 아래여서 동호를 깍듯하게 형님으로 대접했다. 석수 말로는 새터민 모임에서 동호를 처음 만났다고 했다. 그러다가 우연한 기회에 삼겹살용 돌 구이 판 제조 아이디어로 의기투합했고 지금의 사업을 시작하게 됐다고 했다. 대표이사는 뚝심 있는 동호가 맡았고 공장 실무는 친화력 뛰어난 석수가 도맡아 동업을 수년째 이어오는 중이었다.

그야말로 목숨 걸고 탈북한 단단한 사내들이었다. 뿐만 아니라 혈혈단신의 이방인으로서 맨주먹 하나로 나름 사업이란 걸 일으킨 불굴의 남자들이었다. 그래서인지 그들에겐 탈북자 특유의 절박함이 배어있었다. 특히 동호는 더욱 그랬다. 천성 자체가 워낙 낙천적인 석수는 남한 분위기에 꽤나 적응한 터라 상대적으로 여유롭고 유연했지만, 동호는 매사에 야박할 정도로 돈을 아끼고 허리띠를 졸라맸다. 게다가 본래 타고나길 남달리 검박하고 일에만 오롯이 매진하는 성격이었다.

철부지 금지옥엽으로 자라 사치와 낭비가 일상인 채율과 사사건건 충돌하는 건 어쩌면 정해진 순서였다. 둘은 서로에게 피치 못할 재난이었다. 아니, 제대로 임자를 만난 셈이다.

5

오전 내내 채율은 공장 마당에서 포장 작업을 했다. 오후부터는 포장된 상자들을 천막 창고 안으로 날라야 했다. 작업하는 몇 시간 동안 정수리에 쏟아지는 쨍한 햇볕을 견디는 것은 쉽지 않았다. 불볕더위에 땀이 비처럼 쏟아지고 숨이 턱턱 막혔다.

그뿐이라면 견딜 만했겠지만 가장 괴로운 건 새까맣게 타들어가는 얼굴과 팔뚝이었다. 기미와 주근깨도 검버섯처럼 피어올라서, 채율은 덥더라도 얼굴에 수건을 칭칭 둘러쌌다. 몽골인 노동자 바이라의 아내에게 얻은 긴소매 웃옷과 작업용 긴 바지도 겹쳐 입었다.

천막 창고 안은 직사광선은 피할 수 있었지만 열기가 문제였다. 천장과 사방 벽을 온통 타포린 재질의 두꺼운 천막으로 둘러친 탓에 안에는 바람 한 줄기 흐르지 않아 밖보다 온도가 오히려 높았다. 더구나 오후 두시가 지나면 빠져나가지 못한 복사열 때문에 천막 안은 펄펄 끓는 탕 같은 열하지옥(熱河地獄)이 되어버렸다.

찜통처럼 사정없이 푹푹 찌는 창고의 체감 온도는 밖보다 10도, 아니 20도 이상 높았다. 그래도 채율은 피부를 태우고 상하게 하는 고약한 햇볕보다는 창고의 살인적인 열기가 차라리 나았다.

채율이 상자 몇 개를 포개 안고 창고의 2층 계단을 오를 때였다. 갑자기 속이 심하게 울렁거리기 시작했다. 숨이 턱까지 차고, 다리에 힘이 풀리고 시야가 뿌옇게 흐려지면서 계단이 돋보기로 보는 것처럼 왜곡돼 보였다. 발을 똑바로 디디려 하는데 철제 계단이 마치 현수교처럼 출렁출렁 미친 듯이 흔들리더니 한순간 직각으로 곤추섰다.

"헉."

채율은 놀라 들고 있던 상자들을 와르르 떨어트리고는 그대로 정신을 잃었다. 바로 뒤에 동호가 뒤따랐던 건 천만다행이었다. 엉덩방아를 찧으며 자빠지는 채율을 동호가 재빨리 받지 못했다면 끔찍한 추락사고로 이어질 뻔했다. 동호는 채율을 둘러업고 재빨리 창고 밖 수돗가로 달려가 기절한 채율의 얼굴에 찬물을 끼었었다. 그러나 채율은 깨어날 기미가 없었다. 땀만 비 오듯 흘렀고 심장 박동도 갈수록 빨라졌다.

"젠장, 이 에미나이 기어이 일을 치는구먼기래."

그사이 공장 사람들이 웅성웅성 주위에 몰려들었다. 캄보디아 출신인 썸밧은 고향 마을에서 이렇게 더위를 먹어 목숨까지 잃는 경우를 여러 번 본 적 있다며 요란스레 호들갑을 떨었다.

동호는 트럭에 채율을 태우고는 곧장 광주 시내의 큰 병원을 향해 내달렸다. 그런데 하필이면 심한 교통체증에 걸리고 말았다. 성남-장호원 사이 고속도로 공사 때문에 태전동에서 광주 시내로 들어가는 국도 양 차선은 꽉 막혀있었다. 이러다간 병원까지 30분도 더 걸릴 것 같았다. 조수석에는 채율이 핏기 없는 얼굴로 죽은 듯이 쓰러져있었다.

15분이 지났지만 여전히 도로를 꽉 채운 행렬은 줄어들 줄 몰랐다.

바로 50미터 앞 교차로만 해도 신호를 서너 번 받아야 지날 수 있을 것 같았다. 핸들을 움켜쥔 동호의 손에 식은땀이 배어났다. 더는 기다릴 수 없었던 동호는 핸들을 왼쪽으로 확 꺾어 중앙 차선을 넘었다.

"여기가…… 어디예요?"

채율의 눈에 회색빛 천장과 형광등, 하얀 커튼이 보였다. 응급 침대에 앉아 잠시 눈을 붙였던 동호가 그녀의 목소리에 부스스 깨며 허리를 일으켰다.

"어디긴 어디네? 병원이디."

"제가 병원에는 왜……."

"왜긴 왜간? 고저 고 몇 시간 일했다고 허수아비처럼 픽하고 자빠지고서리."

"아야야……."

채율은 여전히 두통이 있는지 미간을 찌푸렸다.

"받을 돈만 해도 기천만 원인데, 거기에 병원까지, 쯧쯧."

쓸데없이 돈을 또 썼다며 동호가 불평을 쏟았다. 너무도 동호다운 불평이었다. 채율도 익숙해진 터였지만 이번만큼은 서글펐다. 따뜻한 위로의 말은 바라지도 않았지만 병원에 와서까지 이토록 돈 이야기만 퍼붓는 건 정말 아니었다. 가슴이 서늘하고 시렸다. 울기 싫었는데 저도 몰래 굵은 눈물방울이 후두둑 떨어졌다.

"우는 거네?"

동호는 채율의 눈물에 당황해 화장실 핑계를 대며 자리를 피하려 들었다.

"아, 아니, 내레 말이 그렇다는 거디, 일단 이렇게 된 거이 무에 별

수 있간? 아무튼 내레 배가 막 아파서리 화장실 좀 날래 다녀와야갔어. 좀 쉬라우."

다행히 의사의 말로는 채율은 가볍게 더위를 먹었을 뿐이라고 했다. 수액 주사를 맞고 일주일치의 내복약을 처방 받는 것으로 치료는 끝났다. 태전동 옥탑방으로 돌아오는 동안 어느덧 땅거미가 내려앉았다. 어둠이 산과 하늘의 경계를 천천히 그리고 희미하게 지워나갔다. 두 사람은 아무 이야기도 나누지 않았다.

동호는 갈피를 잡지 못하고 있었다. 애초 채율에게 쓸데없는 제안 따위를 들먹이는 게 아니었다는 후회가 뒤늦게 밀려들었다. 손해를 배상받겠다는 심산에 괜한 부담만 떠안은 셈이다. 게다가 그는 이미 너무도 잘 알고 있었다. 채율은 땀 흘리는 공장 노동이 어울리는 여자가 아니었다. 그런데도 그녀에게 무리하게 일을 강요한다면 예상 못 한 말썽이 계속 일어날 게 틀림없었다.

그럼 채율을 어떻게 할 것인가. 천지사방 오갈 데 없는 그녀를 모른 척 길바닥에 내치는 것은 사람으로서, 그리고 남자로서 할 짓이 못 됐다. 또한 동호 역시 과거 어느 때 그런 절망의 구렁텅이에 빠져본 적이 있었다.

한편 조수석의 채율도 나름대로 심각한 고민에 빠져있었다.

'어쩌다 내 처지가 이렇게 된 거야?'

생각할수록 스스로가 처량했다. 아빠가 갑자기 돌아가신 것도, 반석그룹이 공중분해된 것도 결코 그녀 탓이 아니었다. 트럭 사고 역시 고의가 아니라 피치 못할 상황에서 운이 나빠 생긴 해프닝이었다. 그러나 현실은 그 모든 것의 결과물이었고 채율은 혼자 잘못을 뒤집어

쓰고 책임지는 얄궂은 상황에 있었다. 그런데도 동호는 딱한 그녀를 위로해주기는커녕 매사 분통을 터뜨리거나 타박했다. 그와는 더 이상 같이 갈 수 없다. 그의 인색함을 견디고 참아낼 이유가 이젠 없다.

"그만 공장에서 나가겠어요."

채율이 선언했다. 하지만 트럭이 덜덜거리는 소음에 채율의 목소리는 금세 묻혀버렸다.

"지금 너 무시기라 했네?"

"못 들었어요? 저 이제 공장에서 나가겠다고요. 더는 못 견디겠어요."

의외로 채율의 폭탄 선언에 동호는 아무런 대꾸가 없었다. 아무것도 못 들은 듯 그저 그런 표정이었다.

"혹시 사장님 받을 돈이 걱정돼서 그래요? 걱정 마요, 식당을 열든 카페를 열든 해서 10원 한 푼까지 다 갚을 테니까."

"푸하하하하."

앞 창에 시선을 박고 있던 동호가 별안간 폭소를 터뜨렸다.

"이보라우, 식당도 좋고 카페도 좋은데 말이디, 너 가게 차릴 돈은 가지고 있네? 식당 부엌에서 설거지를 한다면 몰라도."

"놀리지 마요. 전 엄청 진지하다고요."

"아하, 그럼 어디 몰래 숨겨둔 돈이라도 따로 있는 모양이구먼기래."

"아, 아니, 그게 아니라, 사장님이 저한테 투자를 하면 되잖아요. 그럼 전 그 투자를 받아 식당이나 까페를 열고요."

"투자? 푸하하하하하. 이 에미나이가 진짜 코미디를 하누만."

동호가 재차 면전에 폭소를 쏟아냈다. 그래도 채율은 여전히 진지했다. 그냥 지나가며 지껄이는 농담 같지 않았다.

"아니면 더위 병에 정신이 완전히 나간 것일 테고. 여튼 꼴값 그만 떨라우."

"이봐요, 사장님. 전 장난 아녜요. 정말 아주 진짜 진지하다니까요."

채율이 느닷없이 독립(?)을 궁리하게 된 까닭은 병실에 누워있는 동안 우연히 얻어 들은 라디오 뉴스 때문이었다. 반석그룹에 대한 최근 소식이었다. 정부가 반석그룹을 비롯한 열한 개 중견 기업 집단 도산 사태를 두고 마침내 적극적으로 팔을 걷었다고 했다. 또한 관계 부처와 채권단이 전 금융권 차원에서 해결책 마련을 위해 고심 중이라고 했다. 게다가 국회 역시 필요하다면 입법 등 법제적 지원을 아끼지 않겠다는 입장이라는 거였다. 인터뷰에 응한 경제 전문가들은 정부가 도산 기업들의 채무 전액을 채권 은행단에서 떠안도록 하는 획기적인 구제책을 내놓을 것이라며 낙관적으로 예상하고 있었다.

다음날부터 채율은 전에 없던 용기가 불끈불끈 샘솟았다. 뉴스대로만 상황이 흘러준다면 고약한 빚쟁이들에 쫓기거나 괴롭힘 당할 염려가 없어질 것이었다. 빚 독촉에서 벗어날 수 있을 뿐 아니라 아무 두려움 없이 뭐든 새로 시작할 수 있었다.

그러나 호주머니 사정은 참담했다. 수중에 땡전 한 푼 없는 현실은 새 출발을 가로막는 높디높은 허들이었다. 우선 동호에게 새 출발을 위한 자금 융통을 부탁했지만 예상대로 씨알도 안 먹혔다. 그는 손해배상금 5천만 원부터 갚는 게 순서 아니냐며 비아냥거렸다.

채율은 곧바로 플랜B를 추진했다. 케이블 방송에서 요란하게 광고를 때리는 대부업체가 대안이었다. 특히 여자고객에게 쉽게 돈을 빌려준다기에 솔깃해진 채율은 용기백배하고 부리나케 찾아갔다.

그러나 업체가 제시하는 금액은 백만 원도 안 됐다. 여타 대부업체들도 일일이 찾아가 알아봤지만 담보도 없는 그녀에게 덥석 큰돈을 꿔줄 곳은 어디에도 없었다. 거절에 거절이 연이었다.

"알았어요. 그럼 뭐, 다른 데를 알아보죠. 수고하세요."

마지막 기대를 걸었던 대부업체마저 최종 거절을 통보해왔다. 채율은 사무실 계단에 털썩 쪼그리고 앉았다.

'이쯤이면 됐어. 새 출발할 꿈 따위는 그만 접어야 할까 봐.'

자조적인 웃음이 비실비실 새 나왔다. 입매는 웃고 있었지만 코끝이 시큰하고 눈가도 달아올랐다. 돈 때문에 쩔쩔 짜는 건 바보 같다는 생각으로 눈을 꾹 감고 숨을 들이마실 때였다. 한참 잊고 지내던 얼굴이 둥실 떠올랐다. 그는 반달눈을 하며 한없이 부드러운 미소를 짓고 있었다.

'어머나! 내가 왜 진작 오빠 생각을 못 했지?'

모용하. 아빠가 갑자기 돌아가시고 빚쟁이들에 쫓겨 공장으로 도망친 지금, 엄청난 삶의 파고로 일말의 생각조차 미칠 겨를 없었던 이, 분명 그 남자라면 그녀를 둘러싼 모든 곤란을 날려버리고 수렁에서 단박에 꺼내주리라.

'용하 오빠라면 틀림없이 도와줄 거야. 그것도 세상에서 가장 멋진 방법으로!'

축 처졌던 어깨가 펴졌다. 갑자기 모용하의 얼굴뿐 아니라 아득한 기억 속에 잠겨있던 아빠의 유언도 떠올랐다.

'혹시라도 아빠한테 나쁜 일이 생기거든 모 군에게 도움을 청하려무나. 모 군에게 미리 비상조치를 마련해놓을 터이니.'

오래전부터 반회장이 입버릇처럼 딸에게 당부하던 말로, '모 군'이란 모용하를 말했다. 하루빨리 아빠의 비밀 계좌를 관리하던 모용하를 만나 숨겨진 유산을 건네받아야 했다.

전날 저녁 메뉴가 국수였던 탓에 새벽녘부터 허기를 느낀 동호는 평소보다 이르게 눈을 떴다. 뭔가 먹을 것을 찾아온 부엌은 인기척 없이 조용했다. 식탁엔 채율이 남긴 메모가 덩그러니 있었다.
'카드 빌려가요. 나중에 꼭 갚을게요! —반채율'

6

채율은 새벽 어스름을 깨고 도둑고양이처럼 옥탑방을 슬며시 빠져 나와 버스로 분당까지 간 다음 서울 가는 지하철로 갈아탔다. 그리고 선릉역에서 내려 당분간 머물기로 한 가까운 일류 호텔에 들어갔다.

호텔 프런트에는 동호의 신용카드를 내밀었다. 카드 승인을 기다리는 동안 공항에서 당했던 수난이 떠올랐지만 잠시뿐이었다. 결제는 무사히 진행되었고 채율은 공손히 17층 객실로 안내되었다. 객실에 들어서자 눈부시게 새하얀 침대 시트가 제일 먼저 반겼다. 채율은 까르르 웃음을 터트리며 침대로 풀썩 몸을 날렸다.

'그래, 바로 이 기분이야, 오랜만에 느껴보는 기분! 너무 그리웠어.'

기분이 한껏 들떴다. 뒤이어 욕조에 더운 물을 가득 받은 다음 구질구질한 옷들을 허물 까내듯 벗어버렸다. 여유로이 거품 목욕을 즐기니 콧노래가 나왔다. 빚쟁이에게 쫓겨 다니는 것도, 돌 구이 판 공장 노예 생활도 영영 굿바이, 안녕이었다.

동호에게 말도 없이 도망 나온 게 마음에 걸리긴 했지만 어쩔 수 없었다. 아빠의 비밀 유산을 되찾으면 그동안 신세 진 것을 몇 배로 갚아주면 된다. 그때쯤이면 동호는 도리어 신용카드를 빌려간 채율에게 무척 고마워할는지도 모른다.

'돈만 아는 남자니까 엄청 굽실댈 게 분명해.'

채율은 목욕을 마치고 텔레비전을 돌려보며 방에서 휴식을 취했다. 몇 시간 뒤에는 소기의 목적을 달성하기 위해 당당히 호텔을 나서서 택시를 불러 모용하가 근무하는 은행을 찾아갔다.

"모용하 과장님요? 여기 그만두셨는데요."

모용하가 있던 자리는 낯선 직원이 차지하고 있었다. 순간 뭔가 잘못되어간다는 기분 나쁜 육감이 닥쳤다.

"그럼 혹시 어디로 옮기셨는지는 알 수 없을까요?"

"그건 저희도 잘……."

상대의 표정을 보아하니 캐물어봤자 더 나올 건 없어 보였다.

'뭐야, 용하 오빠가 어디론가 사라져버렸단 거야? 그럼 어쩌지?'

머리가 어지러워 비틀거리며 출입문을 막 나서려는 때였다. 창구 안쪽에서 어슬렁대다가 채율을 알아본 지점장이 그녀를 불러 세우고 서둘러 걸어왔다.

"하이고, 걱정 많이 했습니다."

잡아끌듯 채율을 집무실 소파에 앉힌 지점장은 녹차 잔을 밀어주며 염려부터 늘어놓았다. 채율은 지점장과 오래전에 안면을 튼 사이였다. 모용하와 교제를 처음 시작할 무렵 채율은 하루가 멀다 하고 지점에 찾아와 종일토록 모용하 곁에 그림자처럼 찰싹 달라붙어있었으니, 지점장이 그녀를 못 알아본다면 그게 이상한 일이었다.

"그러니까 채율 씨는 모 과장 찾는 거죠?"

지점장은 채율이 하고 싶었던 질문을 스스로 꺼냈다. 그러고는 곧바로 전화번호를 메모지에 휘갈겨주었다.

"모용하 과장은 지난달에 그만뒀어요, 참 유능했던 사람인데. 아무튼 사직하는 까닭은 이야기 안 하더군요. 들리는 소문에는 MK그룹에 스카우트되었다네요. 이건 그곳 대표번호입니다, 인터넷 검색해도 금방 알 수 있는 거지만."

"MK그룹이요?"

"그 있잖아요, 서초동에 본사 빌딩 있는."

"네, 알아요."

"스카우트도 그저 소문일 뿐이에요. 수고스럽더라도 채율 씨가 직접 알아보시는 게 좋을 겁니다."

"정말 고맙습니다, 지점장님."

지점장은 현관 회전문 바깥까지 나와 배웅하는 친절을 베풀었다. 그리고 채율이 모퉁이를 돌아 모습을 완전히 감출 때까지도 손을 흔들며 밖에 서있었다. 반회장 덕분에 수년 동안 높은 실적을 쌓아 지점장 자리를 이때껏 보전하고 있기 때문이었을까? 채율은 그가 요즘 세상에 지난 의리를 지키는 아주 드문 사람이라고 생각됐다.

'아마 용하 오빠도 지점장님처럼 나를 반갑고 따뜻하게 맞아줄 게 틀림없어.'

채율은 모용하도 분명히 그럴 것이라 믿었다. 저도 모르게 어깨가 으쓱했다.

MK그룹 대표번호로 걸어볼 까닭이 없었다. 용하 오빠가 실제로 그곳에서 근무한다면 그냥 찾아가서 만나면 될 일이다. MK그룹은 대한민국 재계 순위 5위 안에 드는 거대 재벌이었다. 최근에는 강남 요지에 지은 신사옥 단지로 계열사 전체가 이사해서 근처 상권이 때 아닌 호황을 누리고 있었다.

채율이 탄 택시는 한남대교를 건너 양재 사거리 쪽으로 내달렸다. 벌써 논현역쯤에서부터 30층이 넘는 높이의 엄청난 빌딩숲이 저 멀리 보이기 시작했다. MK그룹 사옥이었다. 채율은 사옥 현관 바로 앞에서 내려 크고 육중한 회전 유리문을 힘차게 밀었다. 로비의 수많은 사람은 몹시 분주하게 움직이고 있었다.

'어머, 용하 오빠가 근무하는 부서를 알아내기가 쉽진 않겠네.'

약간 걱정되었는데 그 불길한 예감은 서서히 맞아들어 갔다.

"전 반채율이라고 하고요. 여기 근무하는 모용하라는 분을 만나러 왔거든요. 어느 부서에 계신지 연락이 가능할까요?"

로비 안내 데스크의 여직원은 잠자코 채율을 아래위로 훑어보기만 했다. 그러고는 세상에서 가장 성의 없고 사무적인 어조로 대답했다.

"죄송합니다. 사전에 약속하고 오신 게 아니면 알려드리기 곤란합니다."

"전 친한 동생이에요. 실은 외국에서 며칠 전에 갑자기 들어왔거든요. 그래서 오빠 연락처가 없어요. 정 못 믿으시겠다면 본인이 직접 내려와서 절 확인해주면 될 텐데."

"죄송합니다. 저희 방침 때문에요. 부디 이해주십시오."

여직원은 고개를 옆으로 까닥 기울이며 무척 상냥한 척 굴었다. 그래도 거절은 거절이었다. 몇 번을 부탁해도 요지부동이었다. 교대하고 온 다른 직원의 응답도 마찬가지였다.

결국 마냥 로비에 죽치고 앉아 모용하가 지나가기를 기다려보는 수

밖에 없었다. MK그룹에 스카우트되었다는 지점장의 귀띔이 틀리지 않았다면 언젠가 이곳을 지나가리라. 우선 사람들 출입이 가장 잘 보이는 지점에 터를 잡았다. 그런데 앉아있을 곳이 못 돼서 벽에 기대고 서있어야 했다. 한참을 있자니 종아리가 아파오고 30분을 넘어서자 다리에 쥐까지 났다.

"아, 아파."

또 훌쩍 한 시간이 지났다. 하체의 고통과 인내 어린 전투를 치르고 있는데 갑자기 왁자지껄한 소리가 들렸다. 그 가운데는 채율의 귀에 너무나 익숙한 기분 좋은 바리톤 음색이 섞여있었다. 채율은 본능적으로 고개를 돌리고 소리의 진원지를 찾아 빠르게 주위를 둘러봤다.

진원지는 맞은편의 고층 전용 고속 승강기 쪽이었다. 한 무리의 사내들이 승강기를 기다리며 서있었다. 사내들은 모두 말쑥한 정장차림이었고 뭔가 중요한 사안을 두고 손짓을 섞어가며 열심히 토론하고 있었다. 그사이로 우뚝 솟은 훤칠한 키, 탄탄한 체격의 젊은 남자가 유독 눈에 박혔다. 모용하였다.

"용하 오빠!"

채율은 반가운 마음에 그의 이름을 외친 뒤 용수철처럼 튀어 나갔다. 마침 모용하는 승강기에 막 올라타려던 참이었다. 거리를 충분히 좁히지 못한 채율은 다급해져서 이름을 몇 번이고 외쳤다. 그러나 모용하는 채율 쪽을 한 번도 돌아보지 않았다. 대화에 온통 정신이 팔린 때문인지 아니면 소음에 채율의 목소리가 묻혀버린 탓인지 전혀 알아차리지 못하는 눈치였다. 그사이 덜컹, 매몰찬 기계음과 함께 승강기가 닫혔다.

"어떡하지?"

이대로 포기할 순 없었다. 바로 옆 승강기를 타고 쫓아 올라가기 위해 채율은 출입 차단기를 허들 넘듯 훌쩍 뛰어넘었다. 고층 전용 고속 승강기까지 접근하려면 어쩔 수 없었다. 출입증이 없는 그녀로서는 차단기를 뛰어넘는 무리한 방법밖에 없었다. 돌연 억센 힘이 채율의 팔을 잡아 세웠다.

"이곳은 임직원만 출입이 가능합니다. 업무상 필요한 방문이시면 방문자 카드를 받아 다시 오십시오."

덩치 큰 보안요원이 채율을 제지하며 차단기 밖으로 끌어낸 뒤 허튼짓을 벌이지 못하도록 벽처럼 막아섰다. 그사이 모용하가 탄 승강기는 층수를 알아볼 수 없을 만큼 빠르게 올라가버렸다.

"그러고 싶어서 그런 게 아니고요. 방금 저 사람을 꼭 만나야 한단 말이에요, 네?"

채율은 안타까움에 발을 동동 구르며 통사정했지만 소용이 없었다. 보안요원은 석상처럼 꿈쩍도 하지 않고 쓸데없이 주목만 끌었다. 채율은 사람들이 삼삼오오 멈춰 서서 수군대기 시작하자 그제야 무엇이 잘못되었는지를 깨달았다. 안내 데스크의 거절도, 보안요원의 철벽같은 방해도 모두 자신의 형편없는 꼬락서니 때문이었다.

'일단 옷부터 새로 사 입자. 미용실에서 머리도 해야겠어.'

채율은 동호의 신용카드에 좀 더 신세 지기로 마음먹었다. 종종걸음으로 MK그룹 사옥을 빠져나와 청담동으로 가기 위해 얼른 택시를 잡아탔다.

7

"형님, 당장 카드부터 정지 시키세요."

동호와 석수는 그날 오전 내내 입씨름을 벌였다. 동호는 채율이 정오 전에 돌아오기만 하면 없던 일로 치고 넘어갈 생각이었지만 벽시계는 12시를 훌쩍 넘겨 2시를 향해 무심하게 달려가고 있었다.

석수는 당사자인 동호보다 훨씬 흥분하며 펄펄 뛰었다. 남한 계집애들이 얼마나 닳고 닳았는지 형님은 아직 모른다면서 처음부터 인상이 별로였다는 둥, 그럴 줄 알았다는 둥, 귀가 아프도록 험담을 쏟아냈다. 석수의 수다는 잠자코 참고 있는 동호의 심기를 더욱 긁었다.

"아, 진짜 못쓰겠네. 콱 콩밥을 멕여봐야 정신을 차리지."

"쌍, 그만 못 하간?"

듣다 못한 동호가 버럭 소리를 내질렀다.

"그래서리 카드가 돌아오갔어? 돌아와도 그 에미나이가 지 발로 갖고 와야 하는 거 아니네? 거 생각 좀 해야 하갔으니 조용히 하라우."

"참, 형님도. 걔가 스스로 나 잘못했수, 하고 순순히 그걸 들고 오겠수? 일단 빨리 카드 회사하고 경찰에 신고부터 하자니까요. 무사태평

있다가는 큰 사고 나요."

"석수 너도 참 어이가 없구먼기래. 나랑 다툴 때면 늘상 그 에미나이 편을 들더만."

"에이, 형님, 그거랑은 다르죠. 전 오히려 형님이 이해가 안 됩니다. 채율이한테 하던 걸 봐서는 누구보다 도난 신고 먼저 하실 분 아닙니까?"

"그래도 야, 한솥밥 먹던 사이인데, 옳다구나 경찰부터 끌어들이면 되갔네?"

석수는 사실 채율에 대한 실망이 남달리 컸다. 돌아보면 만사 채율을 믿고 배려했던 건 동호보다 석수였다. 채율이 신용카드를 훔쳐 달아났다는 사실은 그에게 엄청난 실망을 안겨주었다. 석수가 분노하고 배신감을 느끼는 건 당연했다. 오후 3시를 넘기자 석수는 더 기다려보는 건 무의미하다며 동호를 다시 닦달했다. 하지만 동호는 채율에게 현금이 한 푼도 없는 것이 마음에 걸렸다. 어디서 뭘 하든 갑자기 신용카드가 정지되면 곤란할 것이었다.

"그래도 다 큰 성인인데 아무 생각 없이 카드를 긁지는 않갔디."

동호는 고개를 절레절레 흔들며 도난 신고를 하려고 든 휴대폰을 내려놓았다.

"정말 신고 안 하시게요, 형님?"

"야, 자정까지만 기다려보자우, 정 못 미더우면 니가 카드 회사에 전화하든지. 도난 신고는 말고 거 있지 않네, 휴대폰에 결제 정보 받아 보는 서비스, 그저 고거만 신청하고 끝내라, 알갔어?"

"아, 형님!"

"고만 닥치지 못하겠네!"

동호는 석수의 볼멘소리를 무뚝뚝하게 끊어버리고는 휭하니 사무실을 빠져나갔다.

상가 건물의 5층, 동호의 옥탑방 마당 맞은편에는 나무 창고가 있었다. 이름만 창고였지 판자때기로 얼기설기 엇대어 벽을 세운 허름한 가건물에 불과했다. 그래도 동호에게는 소중하고 비밀스런 개인 공간이었다. 다른 사람은— 그래봤자 석수 한 사람 뿐이었지만— 얼씬도 못하게 하고 열쇠도 혼자 보관했다.

도망치듯 일찍 퇴근한 동호는 오랜만에 창고 안으로 들어갔다. 생각해보니 채율이 온 뒤로는 딱 한 차례 문을 열어봤고 그 이후로 한 번도 열어본 적 없는 것 같았다. 동호는 깊은 구석의 하얀 천을 씌운 육중한 물건에 천천히 다가가 잠시 물끄러미 내려다보았다.

"그동안 잘 지냈네?"

혼잣말 비슷한 인사를 건넨 동호가 천을 단숨에 걷었다.

풀썩-

수북이 쌓였던 먼지가 뽀얗게 일어나고 창틈으로 새어든 햇빛이 먼지 알갱이에 부딪혀 어지러웠다. 동시에 아이보리 그랜드 피아노가 매끈한 자태를 드러냈다. 동호는 피아노 건반의 덮개를 열어젖히고 의자를 끌어내 앞에 앉았다.

"푸우."

두 손을 조심스레 건반에 올린 동호가 얕은 숨을 서너 차례 내쉬고 신중하게 건반을 누르기 시작했다. 라흐마니노프의 〈피아노 소나타 No.1 in D minor Op.28〉, 오래전 러시아에서 유학하던 때 런던피아노콩쿠르의 대상을 거머쥐게 해준 곡이었다. 머릿속에 각인된 악보는 세월이 지난 지금도 당시만큼이나 또렷했다.

동호는 뇌리에 새겨진 음표 하나하나를 건반 위에 정성스레 옮겨나갔다. 불현듯 화려하고 영광스럽던 과거의 잔상이 몰려들었다. 한때 동호에게 피아노는 알파였고 오메가였다. 여든여덟 개 건반 위에서 펼쳐 보인 세계는 오직 그만의 왕국이었고 세상 그 누구도 그의 머리 위 면류관을 빼앗아가지 못했다. 그러나 이젠 한낱 기억일 뿐, 여덟 개 뿐인 손가락으로 잃어버린 왕국을 되찾을 수는 없었다. 신의 기적을 빌리지 않고는 결코 이루어질 리 없는 바람이었다.

원동호는 휴전선 북쪽, 조선 인민민주주의공화국의 수도 평양에서 태어났다. 일찍이 피아노 신동으로 이름을 날렸던 그는 당의 배려로 모스크바 유학을 떠날 수 있었으며 러시아 국립음악원에서 청소년기의 대부분을 보냈다. 음악원에서 만난 스승들은 첫눈에 원동호의 타고난 자질을 알아보고 그의 등에 튼튼한 날개를 달아주었다.

원동호의 재능이 가장 빛을 발했던 부분은 오만하다 할 정도의 자의적인 곡 해석이었다. 독특하고 창의적인 기교가 이를 뒷받침했기에 다행히 스승들은 그의 실험적 시도를 존중했으며 전형적 틀에 가두지 않고 다양한 길을 열어주었다. 그 열렬한 성원에 힘입어 동양인 제자는 신예 피아니스트로 빠르게 성장했다.

세계적인 콩쿠르에서 잇달아 승승장구하며 기염을 토하던 원동호에게 거칠 것이란 아무것도 없었다. 마침내 그의 주무대였던 동유럽 음악계는 이제 막 여드름투성이를 벗어난 원동호에게 '아시아의 호로비츠'라는 극찬까지 선사했다. 그러나 냉정한 조국은 예정된 유학 기간이 만료되자 원동호를 미련 없이 평양으로 불러들였다.

원동호는 벅찬 가슴으로 순안 공항에 내렸으나 금의환향을 기대했던 그를 기다리는 것은 아무것도 없었다. 대신 당의 명령이란 이름으로 조선국립교향악단 소속의 일개 연주자 자리가 떨어졌다. 단지 그뿐이었다. 세계 음악계를 경탄케 했던 실력을 선보일 기회는 일체 없었다. 공화국을 대표하는 일류 피아니스트로 활약하리라는 기대는 그야말로 헛된 꿈이었다.

귀국 후 그렇게 수년이 흘렀다. 그동안 변변한 독주나 협연은 한 번도 없었다. 더욱 어처구니없었던 것은 당이 원동호에게 내린, 소위 '과업'이란 것이었다. 그는 하찮은 하급 행정기관이나 지방 군부대 행사 따위에 시도 때도 없이 불려 다니며 합창단 반주까지 맡아야 했다. 당은 공화국의 혁명과업 완수를 위한 당연한 의무라며 강권했다.

그러다가 원동호는 한 여자를 알게 되었다. 보천보 전자악단 소속의 젊고 예쁘장한 여가수였는데, 자그마한 체구에 귀여운 얼굴이 매력이었다. 우연히 그녀가 속한 악단과 함께 연주하는 일이 몇 차례 있었고 자주 마주치던 차에 그녀 쪽에서 마음을 고백해왔다. 인민학교 시절부터 피아노 천재 원동호를 동경하고 짝사랑해왔다고.

두 남녀는 빠르게 사랑에 빠졌고 그녀는 원동호의 척박한 삶 속에 한 줄기 빛이 되었다. 그런데 하필 그녀는 공화국 최고 실세의 내밀한 눈길을 받고 있던 여자였다. 나중에야 깨달은 원동호는 경악했지만 이미 엎질러진 물이었다. 관계는 선을 한참 넘었고 되돌리기에는 너무 멀리 와있었다. 비밀 연애가 발각되는 순간 모든 것은 끝장이었다.

설상가상 그즈음 평양에서는 반동분자 색출을 위한 대규모 숙청이 불어닥치고 있었다. 당과 군부의 수많은 고위간부들이 이러저러한 죄명을 뒤집어쓰고 하루아침에 몰락해 처형장으로 끌려나갔다. 이른바

피의 공포정치가 시작된 것이었다. 원동호 같은 일개 피아니스트가 한 순간 세상에서 사라지는 건 일도 아니었다. 쥐도 새도 몰래 끌려가 죽임을 당한다 해도 하등 이상할 게 없었다.

벌써 악단 가운데 몇몇은 동호와 그녀와의 관계를 눈치 챈 낌새였다. 그들은 심상찮은 눈빛으로 원동호를 관찰했는데, 결정적인 증거만 입수하면 상부에 밀고할 게 틀림없었다. 두 사람 다 얼토당토않은 개 죽음을 당할 바엔 탈북하는 편이 최선이었다. 그 결행만이 목숨을 보전하는 길이었다.

하지만 그녀는 연로한 부모님을 남겨두고 혼자만 몸을 뺄 수는 없다고 주저했다. 더구나 매일 밤 어디론가 은밀히 불려 다니는 횟수가 부쩍 늘어난 만큼 당에 삼엄하게 감시받고 있었다.

"기래서 나랑 같이 못 가갔단 거네?"

"죄송합네다. 원 선생님 혼자 가시라요."

"정희야!"

"아바이, 오마니를 남겨 두고서리 내레 결코 못 내려갑네다. 만약 선생님을 따라나섰다가 공화국을 배반하게 되면 저희 부모님께 어떤 화가 닥칠지는 선생님도 잘 아시잖습네까?"

정희는 끝까지 완강했다. 결국 동호가 먼저 스스로 선택해야 했다. 어쩌면 연인의 신변을 위해서라면 그가 사라지는 편이 나을 수도 있었다. 늙은 권력자의 노리개로 전락한 정희 주위에서 자신이 흔적 없이 증발해야만 그녀가 비로소 살길을 찾을 수 있을지도 몰랐다. 그리고 그것만이 밀고로부터 정희와 그녀 가족의 안전을 지켜주리라.

그러나 평양에서의 마지막 날 밤 원동호는 뜻밖의 배신을 당했다. 정희가 가족의 안전을 보다 확실하게 담보하고자 권력자에게 쪼르 달려가 원동호와의 관계는 물론 그의 탈북 계획까지 고자질한 것이다. 다행히 원동호의 움직임이 조금 더 빨랐다. 보안원들이 들이닥치기 전에 간신히 몸을 빼 가까스로 체포를 면했다. 그리고 그날밤 조중(朝中) 국경을 향해 달아날 수 있었다.

사랑했던 연인의 배신과 밀고는 처음엔 믿기지 않았다. 국경을 향해 달리는 내내 피눈물이 흐를 만큼 분하고 슬펐다. 그러나 국경을 넘으면서는 마음을 접었다. 차라리 잘된 일이었다. 마지막까지 끈질기게 그의 발길을 붙잡던 것은 정희에 대한 감정이었는데 미련을 훌훌 털어버릴 수 있었다.

무사히 국경을 넘었다고 해서 아직 안심할 단계는 아니었다. 대부분의 탈북자들이 그러했던 것처럼 동호에게도 중국을 거쳐 남한으로 입국하는 과정은 목숨을 건 도박이었다. 탈북자 가운데는 브로커에게 속아 큰돈만 날리고 공화국으로 다시 끌려간 수가 적지 않았고 국경을 넘는 과정에서 수비대 총에 맞아 비명횡사하는 경우도 부지기수였다.

다행히 원동호는 대한민국 영토를 무사히 밟을 수 있었다. 어렵사리 사선을 넘어 자유 대한의 품에 안겼건만 남한 땅에서 원동호는 일개 탈북자일 뿐이었다. 피아니스트로서 인정받는 길은 탈북보다 더 험난한 여정이었다.

남한 음악계는 극도로 배타적이라 원동호를 거들떠보려고도 하지 않았다. 세계적인 콩쿠르에서 수차례 입상한 실력만큼은 어쩔 수 없이 인정했지만 원동호의 이름 석 자 앞엔 '탈북자 출신'이라는 불편한 수식어를 낙인처럼 늘 갖다 붙였다. 넝쿨처럼 얽히고설킨 폐쇄적 인맥으로 굴러가는 남한 음악계에서 원동호는 철저히 이방인이었다. 초창기 몇 개월 동안은 모진 박대를 헤쳐 나갈 용기가 있었다. 그런데 각종 콩쿠르에 빠짐없이 출전했지만 결과는 번번이 예선 탈락이었다. 심사위원들이 등을 돌리고 그의 실력을 억지로 깎아내렸던 것이다. 예선 탈락하는 수모를 수차례 겪고 난 뒤에야 원동호는 무릎을 꺾었다. 탈북인은 결코 환영받을 수 없는 존재라는 차가운 진리, 돈과 인맥 없이는 어디도 발붙일 곳 없다는 냉정하고 비참한 현실을 알아버렸다.

하지만 그때의 절망은 불행의 전조일 뿐이었다. 원동호가 재기의 마지막 희망을 품고 찾아간 재계의 유력 인사는 도리어 그를 잔인하게 폭행했다. 재계 거물은 스폰서가 돼주겠다며 외딴 곳으로 불러내서 깡패들을 동원해 원동호에게 무지막지한 린치를 가했다. 그날밤 그의 왼손 약지와 소지의 두 마디가 어이없이 잘려나갔다.

그날 밤 피아니스트 원동호는 죽었다. 숨이 끊긴 것과 하등 다를 바가 없었다. 아무리 천재적인 피아니스트라고 하더라도 왼손 약지와 소지가 없는 불구의 상태로는 어느 곡도 완벽히 소화할 수 없었다. 그가 사랑하는 라흐마니노프의 곡은 더욱 그랬다.

창고에서 벌어지는 동호의 연주는 그야말로 처절한 사투였다. 두 손가락이 없는 그가 라흐마니노프를 친다는 건 상식적으로 불가능했다. 곡 후반부에 이르면서 연주가 빠르게 엉망이 될수록 그의 얼굴도 절망으로 일그러졌다.

쾅-

돌연 동호가 건반을 부술 듯 힘껏 내리쳤다. 천둥 같은 불협화음이 창고를 뒤흔들었다. 가쁜 호흡이 목젖을 타고 올라왔다. 그는 극도의 히스테리에 이성을 가누지 못했다.

문득 전에 채율이 던진 한마디가 환청처럼 들렸다.

"어울리지 않게 웬 그랜드 피아노예요?"

동호가 문단속을 깜빡하고 창고 문을 열어두었던 때였다. 마침 나무 창고에 대한 호기심을 부풀리던 채율이 우연히 들어왔고 하얀 천 아래 감추어둔 그랜드 피아노를 찾아냈다.

채율은 의외의 발견이 무척이나 반가웠던 모양이었다. 건반 몇 개를 짚어보며 간단한 연주를 하는데, 소리를 듣고 동호가 득달같이 뛰어들어와 이유불문 채율을 거칠게 내쫓았다.

그 사건 뒤로 몇 번인가 채율은 동호에게 '어울리지 않게 웬 그랜드 피아노냐'고 도발하곤 했다. 그때마다 동호가 다시는 피아노에 얼씬 말라며 불같이 엄포를 놓았다. 그래도 채율은 한동안 석수나 다른 사람에게 피아노에 대한 사연을 계속해 캐묻고 다니는 눈치였다.

채율의 호기심을 그토록 돋운 것은 동호의 역할이 컸다. 살치살을 사느라 백화점에서 카드를 긁었을 때도 동호는 그만큼 화내지 않았다. 반면 창고 안에 숨겨둔 피아노 이야기만 꺼내면 그는 이성 잃은 사람처럼 폭주했다. 누구라도 수상히 여기는 게 당연했다. 더군다나 그랜드 피아노는 채율의 말마따나 삼겹살 돌 구이 판 공장 사장과 그리 잘 어울리는 물건이 아니었다.

아무튼 채율을 만족시키는 답은 쉽게 얻어지지 않았다. 사연을 알 법한 석수는 좀처럼 입을 열려 하지 않았고 동호는 피아노 이야기만 나오면 버럭 화를 내기 일쑤였다. 얼마 안 돼 채율은 탐문수사를 스스로 포기하는 듯했다. 동호 역시 그날 이후로는 나무 창고를 꽁꽁 걸어 잠그고 단 한 번도 다시 열지 않았다.

'어울리지 않게, 라고?'

그때의 기억이 새삼스레 떠오르자 동호는 입술을 흉하게 일그러트
렸다.

띠리링-

휴대폰이 신용카드 사용내역을 알려왔다. 당부한 대로 석수가 카드
회사에 알림 서비스를 신청한 모양이었다.

띠리링, 띠리링, 그 뒤로도 신호음은 잇달았다. 그때마다 휴대폰 화면
에는 채율이 긁어 대는 카드 내역들이 고자질하듯 조르르 올라왔다.

'이 에미나이, 고 고약한 버릇을 내레 오늘 단단히 고쳐주갔어. 봐
주는 것도 한계가 있는 법이거든.'

동호는 카드 회사에 전화를 걸었고 수분 안에 분실 신고를 마쳤다.
그러자 신호음이 더는 울리지 않았다.

8

채율이 찾아간 곳은 청담동의 이른바 명품 편집 숍이었다. 꽃무늬가 들어간 원피스와 높다란 힐, 금장 로고가 박힌 가방을 골라 차려입자 그제야 본연의 제 모습으로 되돌아온 기분이 들었다. 완벽해지기 위한 최종 단계는 뷰티 숍에 들러 헤어와 메이크업을 받는 것이었다. 그러나 오랜만의 사치는 딱 거기에서 멈췄다.

"헤어와 메이크업까지 모두 50만 원입니다."

채율은 자연스럽게 신용카드를 꺼내 캐셔에게 내밀었다. 그런데 카드를 단말기에 몇 차례 긁어보던 캐셔가 난감해하며 물었다.

"고객님, 혹시 다른 카드는 없으세요? 이건 분실 신고가 되어서 결제가 안 된다고 뜨네요."

"뭐라고요? 분실 카드라고요?"

순간 채율의 얼굴이 화끈 달아올랐다.

"잠시만 기다려주시겠어요? 다른 카드를 찾아볼게요."

채율이 홍당무처럼 빨개진 얼굴로 가방을 뒤지는 척 시간을 끌었지만 달리 뾰족한 수가 생각나지 않았다.

방금 전만 해도 입안의 혀인 양 더없이 친절하던 뷰티 숍 직원들이 일시에 안색을 바꾸고는 수상하다는 눈으로 쳐다보기 시작했다. 그리고 슬며시 채율의 주위를 에워싸며 도망을 사전에 방지하려는 움직임마저 보였다.

그때였다. 어느 낯선 여인이 다가와 바들바들 떨고 있는 채율의 어깨에 부드럽게 손을 얹었다. 그리고 여인은 핸드백에서 자신의 신용카드를 꺼내 건넸다.

"이 실장, 여기 이분 거, 내 카드로 결제해줘요. 내가 아는 분이시니까."

낯선 여인은 한쪽 눈을 채율에게 찡긋 감아보였다.

"어머나, 이분이 민대표님 지인 분이셨어요? 어휴, 저희가 실수할 뻔했지 뭐예요, 어쩌죠?"

여인은 서른 초반 즈음의 우아한 여성이었다. 하늘하늘하고 가냘픈 몸매와 세련된 분위기, 백학처럼 고고하고 자연스러운 기품은 여자의 눈에도 매력적이었다. 여인의 일거수일투족은 뷰티 숍의 공기를 순식간에 마법처럼 바꾸어놓았다. 채율을 도둑년 보듯 했던 실장의 표정이 눈 녹듯 사라지고 직원들도 처음의 친절한 얼굴로 금세 되돌아왔다.

여인이 계산을 치른 뒤 뷰티 숍을 나서자 실장과 직원 전원이 현관 밖까지 나와 정성스레 배웅했다. 실장은 머리를 잔뜩 조아리며 정말로 어쩔 줄을 몰라 했다.

"민대표님, 그럼 조심히 가시고요. 이쪽 고객님께서도 다음번에 꼭 다시 들려주세요."

채율은 영문을 알 수 없었다. 대체 이 여인의 정체는 뭐람? 하지만 호기심을 키우기 앞서 감사 인사부터 했다.

"정말 감사합니다. 오늘은 큰 신세를 졌어요. 지금은 돈을 갚을 형편이 못 되지만 나중에 뵈면 꼭 갚겠습니다."

"괜찮아요. 무슨 사정이 있으셨겠죠."

"네……."

"그런데 세상이 참 무섭죠? 금세 표변하는 태도들이 사실 좀 그래요."

여인은 뷰티 숍 사람들의 변화를 줄곧 유심히 관찰했던 게 분명했다.

"다 제 잘못이죠. 아무튼 빚은 꼭 갚겠습니다."

"안 갚아도 된다니까요. 마음 쓸 필요 없어요."

"그래도……."

"그럼 이렇게 하는 게 어때요? 이렇게 만난 것도 인연이니까 나 일하는 곳에 한번 와줘요. 그때 차 한잔 같이해요, 쿠키도 먹고. 괜찮죠?"

여인은 예의 부드러운 미소와 함께 핸드백에서 명함을 꺼냈다.

'현암아트센터 대표 민나현'

은은한 미색 용지에 정갈한 글씨체가 인상적이었다. 명함을 받은 채율은 여인의 분위기와 닮아있다는 생각을 문득 했다.

"그럼 담에 봐요."

민나현은 벤츠 승용차에 올라 뷰티 숍 주차장을 빠져나갔다.

'왜 생면부지의 나를 도와주었을까?'

어느덧 늦은 오후 해가 빠르게 서편으로 기울고 있었다. 서늘한 저녁 바람이 맨 팔뚝에 살짝 느껴졌다.

이러고 있을 때가 아니었다. 퇴근 시간에 모용하와 마주치려면 MK그룹 사옥으로 서둘러 돌아가야 했다. 그러나 수중에는 사용 가능한 카드도, 현금도 없이 오직 두 다리뿐이었다. 뛰어야 했다.

도착하니 오후 5시가 살짝 넘어 있었다. 퇴근 시간까지는 다소 여유가 있었다. 아까 봐두었던 자리를 다시 찾아 쪼그려 앉았다. 새로 산 원피스에 때가 타고 주름이 지는 건 마뜩치 않았지만 킬 힐을 신은 채 청담동에서 서초동까지 수 킬로미터를 걸어온 터였다. 더 이상 버틸 힘이 없었을 뿐 아니라 뒤꿈치와 발가락에 물집이 잡혀 살을 에는 고통이 몰려왔다. 그래도 채율의 눈빛만은 여전히 초롱초롱했다. 채율은 승강기와 출입문으로 들고 나는 이들의 움직임을 눈에 불을 켜고 살폈다. 잠시 한눈을 파는 사이에 자칫 모용하를 놓칠 수 있었다.

채 20분도 지나지 않아 슬그머니 졸음이 찾아들었다. 졸다 깨다를 반복하며 잠과 일진일퇴 공방을 벌이던 채율은 결국 백기를 들고 말았다. 잠시 눈을 붙인다고 벽에 머리를 기댄 지 대체 얼마쯤 흘렀을까. 어슴푸레한 잠결에 남자의 신경질적인 목소리가 귓등을 때리고 거친 손길이 어깨를 다급히 흔들어 깨웠다.

"아가씨, 그만 일어나요, 일어나!"

채율이 부스스 눈을 떴다. 눈앞에는 늙수그레한 야간 경비원이 쪼그리고 앉아 그녀의 얼굴을 마주 보고 있었다.

"아가씨! 이제 좀 정신 나요? 그럼 일어나요, 어서!"

경비원은 채율이 깬 것을 확인하자마자 일어나라고 채근하기 시작했다.

"몇 시예요, 지금?"

여전히 잠이 덜 깬 목소리로 채율이 물었다.

"에휴, 12시가 다 되어가요, 아가씨."

"네? 12시요?"

채율이 소스라치게 놀라며 벌떡 일어서자 경비원의 어깨 너머로 양복차림의 사내 한 무리가 시야에 잡혔다. 그 가운데는 방금 전 잠결에 들었던 히스테릭한 목소리의 주인공도 섞여있었다.

"뭐야, 일어났어? 당장 내보내지 않고 뭐 해?"

목소리의 주인공은 이쪽을 내내 지켜보았던 모양으로, 양미간에 내 천(川) 자를 그리며 고래고래 고함쳤다.

"뭐 하는 여자래? 빨리 내보내라니까!"

유난히도 어깨가 기형처럼 떡 벌어진 남자였다. 주위는 검은 양복을 각 세워 차려입은 많은 경호원들에게 삼엄히 둘러싸여있었다. 그는 경비원을 향해 호통치는 것으로는 도무지 성에 차지 않는지, 이번엔 채율에게 막말을 퍼붓기 시작했다.

"술집 년이야? 어쩌다 저런 잡년들까지 회사 로비에 얼씬대는 거지, 응?"

술집 년이라고? 잡년이라고? 채율은 남았던 잠기운이 한순간 모두 달아났다. 정신이 또렷해지면서 전투 의욕이 마구 솟구쳐 올랐다. 낯선 사내에게 '년'이라는 욕설까지 들은 이상 그냥 넘길 수는 없었다.

"너 지금 뭐라고 했니?"

채율이 사내의 앞까지 곧장 걸어가서는 눈을 똑바로 올려다보며 물었다.

"뭐?"

의외의 반응에 사내는 당황하는 눈치였다.

"나보고 방금 잡년, 술집 년이랬니, 너?"

"너어?"

사내는 급작스런 상황 전개에 좌우를 돌아보며 곤혹한 기색을 숨기지 못했다.

"너 나 술집에서 한 번이라도 본 적 있어?"

"어?"

"나보고 술집 년이라며?"

"아닌가? 아니면 말고……."

찰싹-

사내가 대답을 마치기도 전에 채율의 손바닥이 번개처럼 날았다. 사내는 휘청 중심을 잃었다. 그러자 둘러서있던 경호원들이 얼른 그를 부축했다. 이어 나머지는 가해자인 채율의 양팔을 붙잡아 거리를 떼어놓았다.

"아니, 이 여자가, 이분이 뉘신 줄 알고……."

돌연히 벌어진 소동에 경비원은 기겁을 하며 하얗게 질린 얼굴로 모든 게 자신의 잘못인 양 넙죽 엎드려 용서를 구했다.

"노대표님, 안 다치셨습니까?"

노대표라고 불린 사내는 자세를 바로잡고 혀를 입속에서 몇 번 돌려보고는 피 섞인 침을 손등에 뱉었다.

"손이 제법 맵네. 피도 나고, 응?"

사내는 피식 웃으며 경호원들 손에 잡혀 버둥대는 채율을 아래위로 천천히 훑어보았다.

"놔, 이거 못 놔?"

채율은 여전히 기죽지 않고 독이 바짝 오른 표정으로 사내를 잡아먹을 듯 노려보았다.

"넌 아직 몇 대 더 맞아야 되거든! 이거 안 놓을래, 정말?"

"골 때리는 계집애로구먼."

사내가 혀를 끌끌 차며 손바닥 자국이 선명한 자신의 뺨을 어루만졌다.

채율이 따귀를 올려붙인 사내는 노수창으로, 유통업계 계열사인 S마트의 대표이사이자, 장차 MK그룹을 이끌 후계자였다. 그가 로비에서 널브러져 곯아떨어진 채율을 발견한 것은 임원진들과 마라톤 회의를 막 끝내고 퇴근하던 참이었다. 그가 제안하는 아이디어마다 번번이 토를 달며 반대하는 늙은 임원들 때문에 결론을 내지 못한 채 시간만 허비했고 결국 노수창은 회의장을 박차고 나왔다. 그러던 차에 사옥 로비가 안방인 양 퍼 자는 볼썽사나운 여자를 발견하고 잘됐다 싶어 화풀이 대상으로 삼으려던 것이었다.

"잘 알아먹게 조치해서 빨리 쫓아내."

노수창은 마치 채율을 머릿속에 담으려는 것처럼 유심히 한참 쳐다보더니만 황급히 자리를 떠났다.

"야, 임마, 너 사장이면 다야? 앞으로 조심해, 알았어?"

채율이 멀어지는 노수창의 뒤통수에 대고 을러댔다. 그러자 경호원들이 우격다짐으로 그녀를 어디론가 질질 끌고 갔다.

"야, 이 불한당들아, 내 발로 나간다 했잖아!"

채율은 건물 뒤편의 비상구 바깥으로 짐짝처럼 내동댕이쳐졌다. 약이 오를 대로 오른 채율이 길길이 악다구니를 썼지만 경호원들은 프로그래밍 된 기계처럼 무표정으로 할 일을 마친 뒤 순식간에 건물 안으로 사라졌다.

"뭐야, 저 자식들!"

새로 산 채율의 원피스는 이미 걸레처럼 엉망이 되었고 힐도 곳곳이 까져 볼품이 없었다. 뒤편 화단을 둘러싼 야트막한 석벽에 힘없이 기대고 앉아 고개를 한껏 뒤로 젖히자 건물 꼭대기가 보였다.

'용하 오빠는 저 위 어딘가에 있었을 테지.'

모용하의 얼굴이 환영처럼 스쳐 지나갔다. 눈이 아리면서 눈물이 솟았다.

자정이 넘어가면서 인적은 빠른 속도로 사라졌다. 거리를 환히 밝히던 상점의 조명도 하나둘씩 꺼지고 주위는 어느새 캄캄한 어둠에 묻혔다.

'이제 어디로 간담?'

피로가 쌓인 두 다리는 솜처럼 풀어지고 배는 고팠다. 길 건너편에 등대 같은 불빛을 뿜는 24시간 편의점이 보였다. 그러나 정지된 신용카드로는 할 수 있는 게 아무것도 없었다. 호텔로도, 태전동의 옥탑방으로도 돌아갈 수 없었다. 세상은 빈털터리에게 아무것도 허락하지 않았다.

"치사하네, 정말. 분명 내가 빌려 가는 거라고 메모를 써놨는데 하루도 안 돼서 도난 신고를 해? 정말 너무하잖아."

꼬르륵, 허기진 창자가 비명을 질렀다. 오후 내내 아무것도 먹지 못했다는 사실이 그제야 떠올랐다. 이제는 어쩔 수 없었다. 아무래도 동호에게 전화를 걸어 데리러 와달라고 부탁해야 할 것 같았다. 지갑에 동전 몇 개가 굴러다니던 게 기억났다.

그러나 주변에는 공중전화가 보이지 않았다. 가까운 지하철역에도 이상하게 없었다. 납덩이처럼 무거워진 몸을 이끌고 발품을 얼마 더 팔고 나서야 가까스로 전화 부스 하나를 발견했다. 부스에 들어가자마자 핸드백을 열어 지갑을 찾았다. 그런데 웬걸, 지갑은 온데간데없이 사라지고 없었다. 핸드백 밑바닥에 구멍이 뻥 뚫려있었다.

'아, 몰라, 전화 한 통 걸 돈도 없어.'

채율은 그야말로 오도 가도 못 할 처지였다.

그런데 다음 순간 꿈같은 일이 눈앞에서 일어났다. 망연자실한 채율 앞에 외제차가 스르르 멈추어 섰다. 그러더니 그 안에서 조각같이 잘생긴 꽃미남이 미소 가득한 얼굴을 내밀었다.

"어디 가세요? 혹시 같은 방향이면 태워드릴게요."

"호의는 고맙지만, 집이 서울이 아니라서요."

"서울이 아녜요? 음, 아니더라도 편히 말씀해보세요."

꽃미남이 한쪽 눈을 찡긋 감아 보였다.

"태, 태전동요, 경기도 광주시 태전동……."

"광주요? 와, 정말 잘됐네요. 전 지금 분당 가는데, 타세요."

밤늦은 시각이라 약간 의심도 들었지만 달콤한 유혹이었다. 다리도 아프겠다, 졸음도 쏟아지겠다, 거절해야 할 까닭들이 금세 머릿속에서 하나둘 사라졌다.

채율은 꽃미남이 열어주는 승용차 조수석에 올라탔다. 그리고 그가 권하는 음료수를 마시고 까무룩 정신을 잃었다.

9

"그간 오데 다친 데는 없네?"

트럭이 중부고속도로 상행선으로 차선을 옮겨 탈 무렵이었다. 동호는 그제야 채율의 안부를 물어보았다. 채율은 대답 대신 고개만 계속 주억거렸다.

"아픈 데도 없고?"

동호의 질문은 방금 전과 똑같이 무심하고 무뚝뚝했다. 채율의 반응 역시 다르지 않았다.

"아무튼 꼴 좋구먼기래."

채율은 쥐구멍이 있다면 당장이라도 숨고 싶었다. 그러나 한편으로는 솔직히 동호가 원망스러웠다. 그녀의 독특한 논리에 따르면 동호는 이 모든 사달의 실마리를 제공한 원흉이었다.

"제가 분명히 카드는 빌려 가는 거라고 했잖아요. 그런데 어떻게 분실 신고를 해요?"

"니가 훔쳐가 갉은 금액이 얼마인지나 알고서리 지금 주둥이를 터는 거네?"

"제, 제가……. 어, 얼마나 썼다고요?"

당당하게 항의하려는 건 생각뿐, 저절로 말끝이 흐려지고 목소리는 점점 작아졌다. 동호가 혀를 끌끌 차며 고개를 가로저었다.

"이 에미나이 정신차리려믄 아직도 한참 멀었구먼기래."

"뭐, 어쨌든 구해줘서 고마워요."

"고맙네 뭐네 고저 기딴 소리는 죄 집어치우라우. 내레 카드 값에 다방 주인 놈한테 뺏긴 몸값까지 몽땅 채율이 너한테 받을 돈에 얹갔어. 그러니끼니 앞으로 계산 똑바로 하라우."

한 달 전쯤의 밤, 꽃미남의 고급 승용차에 동승해 음료수를 마시고 기절해버린 채율이 정신을 차린 것은 다음날 정오쯤이었다. 그리고 통통배에 실려 이름 모를 섬으로 가고 있는 자신을 발견했다.

인신매매단의 검은 손에 걸려든 채율이 섬에서 빠져나올 길은 없었다. 섬은 온통 그녀를 감시하는 눈길이었기 때문에 뭍으로 나가는 배에 탈 생각은 아예 엄두조차 내지 못했다. 지박령처럼 섬에 묶여 커피를 타고 배달하는 생활을 밤낮없이 반복했다. 만약 동호네 공장의 포장 박스를 우연히 발견하지 못했더라면 평생 섬에서 노예처럼 살았을지도 모를 일이었다.

채율은 포장 박스를 다방 주인에게 보여주며 친오빠가 돌 구이 판 공장 사장이고 연락만 닿으면 충분히 자신의 몸값을 치러줄 것이라고 장담했다. 그전에도 채율은 오빠한테 연락을 허락해달라고 수차례 졸랐으나 그때마다 다방 주인은 쓸데없이 도망칠 궁리 말라며 귓등으로 흘려 듣곤 했다. 그런데 포장 박스를 눈앞에 들이밀자 이번엔 반신반의하는 눈치였다. 진짜로 친오빠가 뭍에서 공장을 돌릴 정도 되는 위인이라면 그녀를 이곳 낙도 다방에 묶어놓으니 차라리 한몫 두둑이 타는 편이 훨씬 이문 남는 장사라고 생각하는 듯했다.

다방 주인은 포장 박스에 인쇄된 태전동 공장 번호로 전화를 넣어 확인했다. 의외로 동호는 채율의 친오빠를 선선히 자처하며 곧바로 그녀를 빼내기 위한 흥정을 시작했다. 그런 다음 이틀 후 섬으로 배를 타고 들어와 약속한 계산을 치른 뒤 다시 뭍으로 채율을 데리고 나왔다.

트럭으로 옮겨 탄 뒤 동호는 채율에게 단 한마디도 건네지 않았다. 그녀가 부린 말썽에 대해 화내지도 않았고 그렇다고 따뜻한 위로도 건네지 않았다. 그러더니 몇 시간이 지나서야 비로소 꽉 닫은 입을 가까스로 열었다. 그러나 화제는 돈에서 시작해서 돈으로 끝났다. 채율은 동호의 은혜에 무척 고마웠지만 동시에 서운한 감정을 감출 수 없었다.

문득 동호가 손을 뻗어 좌석 뒤편에서 낡은 점퍼를 꺼내 채율의 무릎 위로 던졌다.

"이거 입으라우."

"이걸요? 나 안 추워요."

"고저 날래 걸치지 못 하간? 에미나이 꼬락서니가 기래 헤퍼서리 오데 쓰갔네?"

섬 다방에서 몸을 급히 빼는 바람에 채율의 의상은 그다지 얌전한 편이 못 됐다. 휴게소에서 야한 옷차림 탓에 이미 한바탕 소동을 겪은 터였다. 낮술에 얼큰하게 취한 어느 미친놈이 여자 화장실에서 일을 보는 채율에게 다짜고짜 들이댄 것이었다. 다행히 동호가 녀석의 면상에 주먹을 꽂아 넣으면서 상황은 그럭저럭 종료됐다.

"싫어요, 이 색깔 너무 칙칙해요."

채율이 질색하며 고개를 절레절레 흔들었다.

"날래 못 입네? 내레 눈깔 둘 데가 없어서 그래, 야."

동호의 호통에 채율은 마지못해 그의 낡은 공장 점퍼를 양 어깨에 걸쳤다. 점퍼는 의외로 포근했다. 이 남자 어깨가 이렇게도 넓었나 싶은 생각도 들었다. 채율은 들킬까 싶어 얼른 시선을 창밖으로 돌렸다. 고속도로는 온통 어두워져있었다. 까만 밤하늘이 반짝이는 별들로 빽빽했다.

다시는 못 돌아올 것 같았던 옥탑방이었다. 옥상 마당에 들어서자 채율은 이상하게도 마치 고향에 돌아온 것처럼 가슴이 푸근해졌다.

'이게 웬일이래.'

채율은 스스로의 심경이 그저 놀랍고 신기했다. 그런데 옥상 마당에는 처음 보는 사람이 있었다.

"채율 언니시죠? 정말 고생 많으셨어요. 참, 전 석수 오빠 동생 현주예요, 친동생은 아니지만 그래도 친남매나 다름없어요."

낯선 아가씨는 채율의 손을 스스럼없이 잡으며 첫인사를 건넸다. 석수의 고향 동생이라면서 압록강을 함께 건너 남한으로 들어왔다고 했다.

"아, 안녕하세요. 반채율이라고 해요."

"알아요, 언니. 벌써 말씀 많이 들었어요. 근처로 이사 와서 앞으로 자주 뵐 테니 잘 부탁드려요, 언니."

현주는 붙임성이 좋았다. 초면부터 채율을 언니라고 부르며 살갑고 싹싹하게 굴었다. 저녁식사를 마친 뒤에는 채율과 설거지를 하며 이사 오게 된 전후 사정을 시시콜콜 들려주었다. 현주 말로는 그간 천안에 홀로 외롭게 떨어져 살았는데 이번에 성남 시내에 운 좋게 일자리를 구해서 아예 태전동으로 거처를 옮겼다고 했다.

　보아하니 은근 동호를 좋아하는 눈치였다. 직장은 이사를 위한 핑계인 듯 싶었다. 그러거나 말거나 채율은 개의치 않기로 했다. 채율의 마음속에는 온통 모용하가 살고 있었으니까…….

10

　태전동으로 돌아온 이후 채율은 거짓말처럼 다른 사람이 되었다. 우선 끼니때마다 빼놓지 않던 음식 까탈이 완전히 사라졌다. 뿐만 아니라 매사 불평불만을 쏟아내던 불량한 근무 태도 역시 없어졌다. 도리어 궂은일이면 먼저 나서 척척 해결하는 등 이전과는 백 퍼센트 딴판이었다.

　채율의 변화에 동호를 비롯한 공장 식구들의 반응은 가지각색이었다. 이제야 철이 조금 든 것 같다며 기쁘게 받아들이는 사람도 있었고, 더 두고 보자는 신중파도 있었다. 대부분은 뜨뜻미지근하게 채율의 개과천선을 곧이곧대로 받아들이지 못했다. 일단 그들은 채율의 변화가 어색하기도 했거니와 혹 다른 꿍꿍이를 숨기고 있는 건 아닐까 의심스럽기도 했다. 그만큼 그녀는 언제 터질지 모르는 시한폭탄이었다. 일거수일투족이 관심 대상이었고 늘 주위를 조마조마하게 만들곤 했다. 때문에 동호는 석수에게 종종 넌지시 일러뒀다.

　"언제 또 무슨 사고를 칠지 모르는 에미나이다. 기리니끼니 똑바로 잘 감시하라우."

"에이, 설마 그렇게 험한 꼴 당하고서도 또 그러려고요, 형님."

"긴장 풀지 말래도! 반채율이가 예사 에미나이가 아닌 거 넌 정말 모르네?"

그럼에도 불구하고 태전동 공장의 시간은 아주 평화롭게 흘러갔다. 적어도 표면적으로는 그랬다. 채율도 공장 일이 손에 익었는지 제법 속도를 붙일 줄 알았다.

어느 날 점심 회식 자리에서 동호가 뉴스를 발표했다.

"우리 제품을 앞으로 S마트에 납품하기로 했다."

채율은 씹던 밥이 목에 턱 걸렸다. S마트라고? S마트라면 한 달 전 그녀가 귀싸대기를 날린 녀석이 사장으로 있는 회사였다. 채율은 잠자코 침묵했다. 그날 있었던 해프닝을 미주알고주알 털어놔봤자 분위기에 찬물 끼얹었다고 동호에게 타박만 들을 게 뻔했다.

"S마트에서 방금 전 연락이 왔구먼기래. 다음 달부터 우리 공장 새 모델을 전량 구매하겠다고 말이야. 기리니끼니 고저 형식상이긴 하갔디만 그쪽 경영진 승인도 받아야 되고 해서리 우선 샘플 생산부터 서둘러야갔어."

동호는 그날 오전 S마트 구매 담당 부장으로부터 돌 구이 판 새 모델 주문을 전격 통보받았다면서 S마트에 납품하기 위한 그간의 공과 노력이 마침내 결실을 맺었다고 했다. 점심의 번개 회식은 깜짝 발표를 위한 자리였던 것이다.

물론 새 모델 생산에 필요한 다이 캐스팅(구리, 알루미늄, 주석, 납 따위를 녹여서 강철로 만든 거푸집에 넣은 정밀 주조 방법) 거푸집은 이미 S마트 측 실무진과 사전 협의를 완료한 상태이며 시제품 조립을 위한 주형틀도 몇 개 나와있는 상태라고 했다. 따라서 동호의 장담을 액면 그대로 믿자면 S마트 최고 경영진의 절차적인 승인과 계약 날인만 남겨놓은 셈이었다.

희소식에 공장 식구들은 앞다퉈 건배를 외쳤고 마치 자기 일처럼 기뻐했다. 외국인 노동자들도 즐거움을 나누는 데는 예외일 수 없었다. 하지만 채율만은 입을 꾹 다문 채 S마트와의 거래가 자신 때문에 망하지 않기를 바랄 뿐이었다.

"당장 오늘부터 바빠질 것 같으니끼니 모두를 날래 움직이라우. 그리고 고석수 차장은 나와 같이 시제품에 붙어줘야 되갔어. 반채율이는 계약서와 필요한 서류들 잘 챙기고. 여튼 주말쯤 돼지고기로 한 턱 다시 크게 쏘갔으니 다들 기대하라우."

그날 오후 동호는 김포의 돌판 협력 업체부터 날듯이 서둘러 달려갔다. 새 모델의 시제품을 조립하자면 최상급 돌판을 구해야 하기 때문이었다. 돌 구이 판 생산 공정은 태전동 공장에서 전부 이뤄지는 것이 아니었다. 중국에서 돌의 원판을 수입하면 먼저 김포에 있는 돌판 가공 업체에 맡겨 말끔한 원형으로 깎았다. 그런 다음 가공된 원형 돌판을 태전동 공장으로 옮겨 특수합금으로 다이 캐스팅한 주형틀로 조립하고 코팅을 입혔다. 그러고 나면 대략 제품이 완성되는 셈인데, 끝으로 판매용 박스에 넣어 포장한 뒤 대형마트 물류센터로 보내면 생산의 최종 단계까지 모두 마쳤다고 할 수 있었다.

동호는 김포를 부리나케 다녀오더니만 시제품을 만드느라 그날 밤을 꼴딱 새웠다. 그리고 이튿날 아침 일찍부터 서둘렀다. 깔끔하게 포장된 시제품 박스를 트럭에 신고 채율과 함께 공장을 나서려 할 때였다. MK그룹 사옥에서 벌였던 소동이 마음에 걸린 채율이 동행을 거부했다.

"왜 안 가겠다는 거간?"

"몰라요, 아무튼 가기 싫다고요!"

동호가 캐물었지만 채율은 대충 얼버무리기만 했다. 채율은 실토할 수 없는 입장이 스스로도 답답했다. 하지만 따라나섰다가 S마트 사장이란 그놈과 마주치기라도 한다면 그땐 어쩔 것인가. 상상만 해도 아찔했다. 잔뜩 부풀어오른 동호의 사업 구상이 와장창 깨질 것이 틀림없다.

"아무래도 전 안 가는 게 좋겠어요. 솔직히 제가 안 가려고 하는 건 사장님, 아니, 우리 공장 전체를 위해서 그러는 거라고요. 그렇게만 알고 계세요, 네? 자꾸 묻지 마시고요."

"기래, 정 사정이 있다면 채율이 너 편할 대로 하라우. 그래도 주차장까지 동행하는 건 큰 문제 없갔지?"

"주차장이라뇨?"

"MK그룹 주차장 말이야. 나랑 같이 가되 지하 주차장에서 기다리라우."

"그러니까 전 사무실에 안 들어가고 트럭에 남아있어도 된다는 건가요?"

"기렇다니까니. 대신 계약 서류만 잘 챙기라우, 어때?"

그렇게 대충 합의가 이루어졌다. 그제야 채율은 비로소 동호의 트럭에 올라탈 수 있었다. 그런데 안전벨트를 매는 동안 돌연 새로운 아이디어가 떠올랐다.

'아니지, 이번 기회를 피할 까닭이 전혀 없어. MK그룹 사옥 내부로 들어갈 수 있는 절호의 기회잖아. 다시 말해서 용하 오빠를 찾아서 만날 절호의 찬스란 거지. 사실 그 망할 사장 놈과 다시 마주칠 확률이

얼마나 되겠어.'

채율이 트럭에서 홀쩍 뛰어내렸다. 그리고 10분만 시간을 달라면서 2층 사무실 안으로 달음질쳐 올라갔다가 잠시 후 두툼한 쇼핑백을 들고 금세 다시 나타났다.

"그건 뭐인가?"

"알 거 없습니다."

못 이기는 척 굴던 소극적 자세는 순식간에 사라지고 대신 채율은 쉴 새 없이 거울을 꺼내 화장을 살피고 또 살폈다. 시계(市界)를 넘어 서울로 들어가는 동안, 또 목적지에 도착할 때까지 그녀는 MK그룹 사옥 방문을 공격적으로 준비해댔다. 치장한답시고 옆자리에서 채율이 갖은 유난을 떨어대는데도 동호는 수상한 낌새를 전혀 알아채지 못했다. 그의 관심은 납품 계약에만 온통 쏠려있었다.

"전 화장실 먼저 다녀올게요."

MK그룹 사옥 주차장에 도착하자 채율이 조수석 뒤편에서 가져온 쇼핑백을 재빨리 꺼냈다.

"화장실?"

"네, 그런데 오래 걸릴지도 몰라요. 그러니까 기다리지 말고 먼저 올라가세요."

말을 마치자마자 채율은 트럭에서 홀쩍 뛰어내렸다. 동호가 채율의 뒤통수에 대고 다급하게 물었다.

"야, 반채율이, 계약 서류는?"

그러나 그녀는 시야에서 이미 바람처럼 사라져버린 뒤였다.

"저 에미나이 고저 아직 정신 못 차렸고먼기래. 그런데 이 건물 지리는 알고 저리 나대는 거네? 화장실이 오덴지도 모를 텐데."

동호는 조수석 아래 채율이 아무렇게나 내팽개친 서류 뭉치를 시제품 박스와 함께 챙겼다. 동호가 18층 구매부로 올라가기 위해 승강기를 타자 채율은 멀리 가지 않고 주차장 기둥 뒤에 숨어 지켜보다가 얼른 기둥에서 튀어나와 근처 여자 화장실로 들어갔다. 채율은 쇼핑백 안에서 블라우스와 스커트를 꺼내 잽싸게 갈아입었다.

'이 정도면 제법 회사원 같겠지?'

채율이 거울을 보며 흡족한 미소를 지었다. 다음은 이 커다란 건물 어딘가에 있을 모용하를 찾는 거였다. 그리고 그 비밀 작전은 동호가 계약을 마치기 전까지 끝내야 했다.

"어이쿠, 이거 오래 기다리게 해서 미안합니다."

"아닙네다. 많이 바쁘실 텐데 이해합네다."

S마트의 구매 담당 부장은 약속보다 20분이나 늦게 상담실에 나타났다. 그는 잠시 뜸을 들인 뒤 곧바로 본론으로 직진했다.

"실은 저희가 오늘 계약서에 도장을 찍으려 했습니다만, 다른 업체에서 더 낮은 단가를 제안했네요. 그래서 아쉽게도 납품 업체를 변경하는 쪽으로 방금 전 최종 결정이 났습니다."

"네? 지금 뭐라 하셨습네까?"

"죄송합니다. 원사장님과 거래는 다음 기회에 다시 조율해봐야 할 것 같습니다. 제 선에서 결정하는 문제가 아니라서, 정말 죄송하게 됐습니다."

"기리니끼니 저희랑 거래를 안 하시겠다는 말씀입네까?"

"아쉽지만 결론만 말씀드리자면 그렇습니다."

"이유가 뭡네까? 혹시 저희가 단가를 더 낮추면 가능하갔습네까?"

구매부장은 시원한 답을 내주지 않았다. 그저 입꼬리를 늘어트리며 자신 역시 곤혹스러운 입장임을 암시했다.

"음, 그게, 단순히 납품 단가가 전부는 아니겠지요. 윗선에서 내린 결정이라서 부장인 저로서는 더 뭐라고 드릴 말씀이 없군요. 아무튼 저는 다음 일정이 있어서 이만."

구매 부장은 도망치듯 상담실을 떠났다.

덩그마니 남겨진 동호는 머릿속이 하얘졌다. 이미 새 모델 생산을 위해 많은 돈을 쏟아부은 마당에 갑작스런 납품 계약 무산은 동호의 공장 같은 소규모 업체에게 사망 선고와 다름없었다. 동호는 S마트의 일방적인 결정을 순순히 받아들일 수 없었다. 그냥 이대로 되돌아가서는 안 됐다. 시제품 박스는 채 열어보지도 못했다.

'그저 이럴 수는 없다. 암, 이렇게 당하고 물러설 수는 없고말고.'

박스를 부둥켜안은 그의 팔뚝에 힘줄이 불끈 솟아올랐다.

한편 채율은 직원인 척 사옥을 한 층씩 살살이 돌아보았다. 그러나 모용하의 모습은 쉽사리 눈에 띄지 않았다. 사옥은 초고층인 데다 각 층의 면적이 엄청 넓었으며 구조 역시 복잡했다. 때문에 전부 차근히 돌아보다간 한 달도 더 걸릴 것 같았다.

채율은 고층 어디선가 그만 길을 잃고 말았다. 방금 전 지난 복도를 얼른 거슬러 되돌아가봤지만 이상하게도 모든 풍경이 새롭고 낯설었다. 아까 봤던 곳과 완전히 다른 곳처럼 보였다. 잠시 정신을 다른 데 파는 사이 미궁에 빠진 게 틀림없었다.

'내가 어디서 출발했더라.'

처음부터 기억을 찬찬히 다시 더듬었다. 길을 찾으려면 애당초 출발했던 곳, 간단히 말해 승강기부터 찾아야 했다. 채율은 의심하는 시선을 감내하며 지나는 사람마다 붙들고 승강기 위치를 묻고 또 물었다. 그런데 귀를 잡아끄는 소리 때문에 걸음을 잠시 멈춰야 했다.

피아노 소리였다. 처음엔 복도 스피커에서 흘러나오는 음악이겠거니 했는데 가만 들어보니 아니었다. 실제 피아노 현이 공명하는 생생한 음향이었다.

'피아노? 누가 여기서 피아노를 치는 거지? 이런 회사 안에서 그럴 리가 없잖아.'

채율의 걸음이 자석에 이끌리듯 소리의 진원지를 향해 움직였다. 소리는 좌측 복도 끝으로부터 흘러나오고 있었다. 안내판에는 대회의실이라고 쓰여있었다. 채율은 문 앞에서 걸음을 멈추고 고개를 갸우뚱하며 잠시 망설였다.

'굳이 문까지 열어볼 것까지는 없잖아. 괜한 말썽만 날 수 있어.'

하지만 모락모락 피어나는 호기심은 어쩔 수 없었다. 아주 잠깐 안만 살짝 살펴보기로 했다.

채율이 육중한 나무 문을 살그머니 밀었다. 이어서 조심스레 훔쳐본 내부는 무척이나 인상적이었다. 제일 먼저 널따란 중앙 단상 위에 놓인 그랜드 피아노가 눈길을 잡아끌었다. 피아노는 흑요석을 깎아놓은 듯이 진한 흑색이었다. 그 앞에는 연주에 심취한 사내가 앉아있었다. 몸에 딱 맞는 검은색 슈트 차림의 사내는 머리칼을 심하게 헝클어트려가며 건반을 신경질적으로 눌러댔다.

연주곡은 쇼팽의 〈에튀드 Op.10 No.12 in C minor '혁명'〉이었다. 1831년 러시아가 폴란드 혁명을 탄압하고 바르샤바를 점령했을 때 쇼팽이 작곡한 곡이다. 공교롭게도 채율이 오스트리아 유학 시절 토할 정도로 연습했던 곡이기도 했다. 그곳에서 듣는 느낌은 사뭇 달랐다.

'야, 이런 해석도 있었네, 왜 여태 몰랐지?'

채율은 무심코 리듬에 맞춰 손가락을 튕기고 바닥에 발을 쿵쿵 굴렀다.

"누구얏!"

돌연 사내가 연주를 멈추고 뒤를 돌아보았다. 사내는 문 앞에 서있는 채율을 단박에 알아봤다.

"헐, 또 너냐?"

노수창은 그 즉시 안전관리실의 보안요원들을 대회의실로 호출했다. 그러자 몇 분도 안 돼 덩치 큰 남자들이 급하게 뛰어올라와 채율을 짐짝 들듯 번쩍 들었다.

"잠깐만요, 내 발로 나가면 되잖아요."

"바퀴벌레 같은 게 어떻게 여기까지 숨어서 기어올라 왔지? 하긴 바퀴 따위는 콱 눌러 으깨줘야 제맛이겠지."

노수창이 입매를 길게 찢으며 통쾌하게 웃었다.

"뭐라고, 바퀴벌레?"

"회사에 살충제를 뿌려야겠어. 당장 그 벌레부터 처리해."

"야! 저게 어따 대고 바퀴벌레라는 거야, 너!"

채율이 앙칼지게 쏘아붙였지만 노수창은 개의치 않았다. 대신 여유로운 웃음으로 보안요원들에게 턱짓했다.

"뭐해들? 빨리 안 움직이고."

"야! 나 놓아주라고 당장 명령 안 해? 어머, 어딜 만져!"

역부족이었다. 채율이 아무리 발버둥쳐도 건장한 사내들의 완력을 당해낼 수는 없었다. 그녀는 사옥 뒤편에 예전과 똑같은 모습으로 또 다시 내던져졌다.

"나쁜놈들!"

채율의 입에서 욕지거리가 쏟아져 나왔다. 바락바락 소리를 지르며 비상구 철문을 발로 쾅쾅 차댔다.

빵빵-

요란스런 경적소리마저 뒤통수를 갈기자 채율은 짜증이 치밀어 올랐다.

'오냐, 이참에 너 아주 잘 걸렸다.'

그러나 경적소리의 주인은 실망스럽게도 동호였다. 그가 트럭 차창을 열고 어서 타라고 손짓하고 있었다.

"여태 오데 있었네?"

"있어요, 그럴 만한 사정."

채율은 한숨과 함께 이마에 쏟아진 머리카락을 시원스레 쓸어 올렸다. 그녀가 깡총 조수석에 올라타자 동호는 곧바로 트럭의 엑셀을 밟았다.

"지하 주차장에서 아무리 기다려도 오지 않기에 밖에 나와 봤구면 기래. 길바닥 혼자 싸돌아 댕기다 또 저번처럼 섬으로 잡혀가는 건 아닌가해서리."

"지금 날 놀리고 싶어요?"

"그나저나 대체 오데 가서 사라졌다가 이제야 나타난 거네?"

"뭐, 저도 처리해야 할 비즈니스가 좀 있어서."

동호가 대답을 대충 뭉개는 채율의 옷차림을 찬찬히 아래위로 훑어봤다.

"비즈니스? 기런데 그 옷은 또 뭐이네? 올 때 걸친 건 아인 거 같은데."

동호는 채율의 달라진 옷차림에 주목했다. 하긴 블라우스에 스커트로 말끔히 변신한 것을 수상히 여기지 않는다면 그게 더 이상했다.

"뭘 봐요, 자꾸. 부끄럽게."

"부끄러워하라고 보는 거 아니다우. 올 때 입고 온 옷은 오데 있간?"

"몰라요, 아무튼 사정이 그렇게 됐어요. 부탁이니까 제발 더 묻지 말아줘요."

"도깨비 같은 에미나이!"

"진짜 오늘 별별 소리 다 듣네, 바퀴벌레에 도깨비에."

"바퀴벌레는 또 뭐이네?"

"묻지 말래도요. 그나저나 사장님 표정은 왜 그래요? 얼굴이 꼭 우박 맞은 호박 상이시네."

"……."

"설마 계약 못 한 건 아니겠죠?"

동호는 입 근육을 조금 씰룩이기만 할 뿐 대답은 해주지 않았다.

"뭔데요, 한번 말해봐요. 사람 답답하잖아요."

"납품이 취소됐구먼."

동호는 마지못해 내뱉었다. 그러고는 속이 꽉 막혔는지 차창을 활짝 열어젖혔다. 창을 통해 바람이 쏴 하고 밀려 들어왔다. 얇은 블라우스를 입은 탓에 채율은 바깥 공기가 다소 차갑게 느껴졌다. 그러나 흙빛이 다 된 동호 면전에 차마 창을 닫아달라고 긁을 수는 없었다. 어쩌면 지금 당장 위로가 필요한 사람은 그녀보다 동호인지도 몰랐다.

"공장으로 돌아가는 거 아니었어요?"

트럭은 시외로 빠지는 대신 시내 방향으로 달렸다. 궁금해진 채율이 행선지를 물었지만 동호는 실마리조차 주지 않았다.

얼마 뒤 트럭은 시내 유명 백화점의 야외 주차장으로 들어섰다. 채율이 눈을 휘둥그레 뜨며 주위를 연신 둘러보았다. 고급 차들이 즐비한 이곳은 동호의 트럭 따위가 잠시라도 서있을 수 있는 공간이 아니었다.

"여긴 뭐 하러 왔어요? 혹시 여기 백화점이 사장님네 물건 납품 받는대요?"

"잠자코 내리라우, 아니면 차에서 기다리든지."

동호는 별다른 설명을 할 생각이 없어 보였다. 차 열쇠를 뽑더니 트럭에서 뛰어내렸다.

"저도 갈래요, 사장님이 뭘 하실지는 모르겠지만."

냉큼 채율이 동호를 따라 내렸다.

"고저 살 게 있어 왔구먼기래."

동호가 퉁명스러운 목소리로 쥐꼬리만한 정보를 흘렸다.

"어라? 사장님은 백화점 같은 데 싫어하시는 줄 알았는데요."

"당연히 싫어하지."

"싫은데 여기서 뭘 사게요?"

채율이 잔뜩 기대한 표정이 되어 동호를 막아섰다.

"설마 제 옷요?"

"실성했네?"

백화점 내부에 들어서자 채율은 금세 신이 났다. 백화점의 공기는 달라도 너무 달랐다. 상쾌하고 아늑하며 달콤했다. 곳곳을 영원히 순례하고픈 욕망을 주체할 수 없었다. 그러나 채율이 안방처럼 드나들던 명품 코너는 이제 불가침의 영역이었다. 그래도 자꾸 걸음은 그 주위를 얼쩡거렸다.

명품 매장 직원들은 카운터 뒤에 뻣뻣하게 선 채 채율을 넌지시 감시하는 눈치였다. 어차피 사지도 않을 거면서 신경만 쓰이게 한다는 표정이었다. 채율은 맘에 드는 명품들을 눈과 손으로 닥치는 대로 더듬었다. 직원들이 주는 눈치나 푸대접 따위는 아랑곳하지 않았다. 백화점의 달달한 공기에 취해 완전히 넋이 나가있었다. 보다 못한 동호가 채율을 잡아끌듯 데리고 나와 지하 주류 코너로 내려갔다.

"어? 사장님은 술 잘 안 하잖아요?"

"물론 안 하디."

동호가 전시된 술 중 다섯 번째로 비싼 양주를 덥석 골라 계산대로 향했다.

"그런데 왜 사요? 이건 정말 비싼 술인데. 진짜 사시려고요?"

"내레 긴히 선물할 데가 있구먼기래."

"선물? 와아, 받을 사람이 엄청 중요한 사람인가 보다. 짠돌이 사장님이 이렇게 비싼 양주를 덜컥 사시는 걸 보면."

"중요하디, 기럼, 아주 엄청."

계산을 마친 동호는 이윽고 주차장으로 향했다. 채율이 딱 한 시간만 더 돌아보자고 애원했지만 어림없다는 반응이었다. 주차비만 올라간다는 게 이유였다.

"자꾸 보믄 뭐하네? 어차피 사지도 못할 거면서 마음만 괜히 쓰리고 아프디."

"지금 저는 마음이 쓰리고 아파보고 싶어서 그러는 거거든요. 사장

101

님은 그런 기분 모르죠?"

"내레 그런 기분까지 왜 알아야 하는데?"

그런데 동호의 행동이 좀 이상했다. 주차장에서 트럭을 몰고 나와서 까닭 없이 빙빙 돌기만 했다. 그러다가 뒷골목 한적한 공간에 갑자기 트럭을 세우는 것이었다. 손목시계를 보며 동호가 아무렇지 않게 말했다.

"시간이 많이 남았으니끼니, 그동안 백화점에 다녀오라우."

"네?"

"백화점 구경하고 싶다 하지 않았네? 고저 내레 여기서 기다리고 있을 테니 편하게 다녀오라우. 5시까지 늦지 않게 돌아오고."

말을 마치자 동호는 낮잠이라도 청하려는지 운전석을 뒤로 홀쩍 젖혔다. 채율의 얼굴에는 활짝 해가 떴다.

"진짜요? 웬일이래요?"

"분명히 늦지 마라 했다."

"예썰, 사장 동지."

채율은 눈썹에 경례를 과장스레 착 올려붙인 뒤 고무공 튀듯 트럭에서 뛰어내렸다. 동호는 피식 웃음이 새 나왔다. 백화점을 향해 달음질치는 채율의 뒷모습이 딱 소풍 보물찾기에 들뜬 유치원생 같았다.

'학창시절 뜀뛰기 선수를 했었다더니만 고 에미나이 날래긴 엄청 날래구먼기래.'

동호가 그렇게 혼잣말을 하는 사이 채율의 모습은 거짓말처럼 그의 시야에서 어느새 사라졌다. 밤새 한숨도 자지 못해 쌓인 피곤이 그의 눈꺼풀 위로 한꺼번에 쏟아졌다.

"야, 지금이 5시네?"

동호가 버럭 소리를 내질렀다. 채율이 한 시간도 더 훌쩍 넘겨 돌아왔기 때문이었다. 동호는 서둘러 트럭을 출발시켰다. 잠시 후 그 서슬에 숨죽였던 채율이 거북목처럼 움츠렸던 고개를 펴며 변명을 붙였다.

"죄송하긴 한데요, 사장님. 실은 그게 제 잘못만은 아녜요. 어휴, 백화점이 생각보다 너무너무 크더라고요, 글쎄. 그래서 대충 절반만 돌아보자 했는데도 시간이 그 정도 걸리지 뭐예요. 만약 내가 전부 돌아봐야겠다고 마음먹었으면 진짜 어쩔 뻔했어요? 6시는 어림도 없을 걸요. 그러니까 사장님은 결국 내 덕에 다행히 안 늦은 거예요, 그렇죠?"

"거, 되도 않는 소리 고저 집어치우라우."

"그런데 진짜 말 안 해줄 거예요? 대체 술은 누구 주려고 산 거예요? 그 엄청나게 중요한 사람이 도대체 누군데요?"

채율이 화제를 슬쩍 동호가 산 고급 양주로 돌렸다. 그러자 동호가 설핏 쓸쓸한 기색을 비치며 중얼거렸다.

"S마트 대표 놈."

"S마트 대표요?"

"기래, 거기 대표이사 놈한테 선물할 양주디."

채율은 갑자기 숨이 턱 막혔다. 하마터면 바로 욕지기가 튀어나올 뻔했다. S마트 대표라면 노수창을 말하는 게 분명했다. 오늘 아침 채율을 바퀴벌레 취급하며 살충제 운운하던 그 개 아들 놈이기도 했다.

"그 대표이사라는 놈이 납품 계약의 키를 쥐고 있다는구먼기래. 기러니끼니 내레 뭘 어찌하갔네. 계약 성사시키려믄 그놈한테 가서 죽는 소리라도 해야 하지 않갔어?"

그러나 동호에게 그 악연을 들켜서는 안 됐다. 그래서 짐짓 시치미를 떼며 동호를 놀리고 들었다.

"오호라, 쉽게 말해서 뇌물이구나. 야, 우리 사장님이 남한 와서 진짜 나쁜 것만 배우셨네."

"아가리 고저 못 닥치갔네?"

"그런데 선물 같은 거 주고받을 만큼 그 사람하고 잘 알아요? 뇌물이 먹히는 놈인지 아닌지는 알고나 덤벼야죠."

"……."

"기본을 모르시네. 뇌물이든 선물이든 서로 안면 튼 사이나 되어야 약발이 먹힌다고요."

채율의 핀잔에 동호는 별다른 반응이 없었다. 씁쓸한 기운이 얼굴을 짓밟고 지나갔다. 입가 근육이 불안히 실룩거리는 게 뭔가를 말하고 싶은데 눌러 참는 기색이 역력했다.

"하긴, 사정이 정 거시기하면 안면 없는 사이라도 한번 부딪혀보긴 해야겠지만요, 뭐."

채율이 꼬리를 감으며 말했다.

"그런데요, 그 공장 점퍼, 어떻게 좀 하면 안 돼요? 백화점 갔을 때 새로 사 입지."

"뭐이가 또?"

"쳇, 오늘도 저러고 갔었으니 퇴짜나 맞고 될 일도 안 됐겠지, 뭐."

동호의 차림새를 실눈으로 흘기며 채율이 다시 참견했다.

"어쭈, 네가 내 마누라네? 이 에미나이가 오데서 바가지 긁고 그러네?"

"옆에서 보기 딱해서 그래요. S마트 대표 만난다면서 그런 차림으로 찾아가는 사람이 어디 있어요? 도둑이나 강도로 의심 안 받는 게 오히려 이상할걸요."

"그딴 걱정은 붙들어 매라우. 그쪽에서 의심할 일 없으니끼니. 아니, 의심할 수가 없디, 기럼."

동호가 채율을 돌아보며 의미심장하게 웃었다. 마치 S마트 대표를 개인적으로 잘 안다는 듯 자신감 넘치는 태도였다.

"아, 참, 그리고 전 저 앞 지하철역 근처에서 내려주세요. 먼저 공장 가볼게요."

채율은 노수창과 마주치고 싶지 않았고 만나서도 안 됐다.

"왜? 같이 안 가게?"

"에이, 종업원은 얼른 공장 돌아가서 일해야죠, 일. 오늘은 포장을 한 개도 못 했네, 헤헤헤."

"내레 사장 아니네. 기리니끼니 종업원께서는 잠자코 따라만 오라우."

"에휴, 전 술도 못 마시고, 아부도 못 하는 스타일의 종업원이라 사장님한테 아무 도움이 안 돼요. 그러니까 그냥 사장님 혼자 가세요."

트럭이 지하철역을 지나쳐 속도를 올리자 채율의 목소리는 아예 애원조로 변했다.

"진짜 우리 빨리 찢어져요, 네? 전 그냥 버스 타고 갈게요, 진짜 다 사장님 위해서 드리는 말씀이라니까요. 아, 정말 미치겠네."

채율은 발을 동동 굴렀다. 금방이라도 조수석 문을 열고 튀어나갈 기세였다. 동호가 문득 낮은 목소리로 진지하게 채율을 불렀다.

"이보라우, 반채율이."

"네?"

"내가 부탁 하나 하갔어. 무겁게 들으라우."

"뭘 무겁게 들어요, 어서 내려줘요."

"부탁인데 제발 같이 가자우. 내레 혼자 갔다간 그 새끼 두들겨 패 버리든지 큰 사고 칠 거 같아서 기래. 기러니끼니 넌 옆에 있다가 기럴 것 같으면 고저 날 막으라우. 알갔어?"

"뭐라고요? 사장님이 S마트 대표를 두들겨 팰지 모른다고요?"

"……."

"설마 납품 안 받아준다고 폭력을 휘두르겠다는 건 아니시죠? 우리 사장님이 그럴 분은 물론 아닐 테고."

"……."

"그럼 혹시 사장님, 그 대표라는 사람하고 좀 아는 사이에요? 진짜 그런 거예요?"

놀라 되묻는 채율에게 동호는 더는 아무런 대꾸를 하지 않았다. 채율은 뭔가 짚이는 느낌이었다. 짐작컨대 두 남자 사이에는 말 못할 사연이 있는 게 틀림없었다.

하지만 당장은 그게 문제가 아니라 노수창과의 악연이 골칫거리였다. 이대로 마주쳤다가는 말썽이 날 게 뻔했다. 도망칠 핑계를 찾아야 하는데 동호는 꿈쩍도 안 하니 정말 미칠 지경이었다. 관자놀이가 슬 슬 지끈거리기 시작했다. 딱 도살장으로 실려가는 소가 된 기분이었다.

과연 MK그룹 후계자답게 노수창의 자택은 규모가 어마어마했다. 채율이 반회장과 살던 한남동 집도 꽤 크고 멋졌지만 노수창의 저택 은 급이 달랐다. 입구에서부터 노수창이 거주하는 본관까지 잇는 도 로만도 거의 1킬로미터 가까이 되는 것 같았다. 차를 타지 않고 걸어 들어가기는 곤란할 만큼 드넓고 웅장했다.

"교외 부지라서 이렇게 넓은 거예요. 서울 시내였으면 땅값 때문에라도 어림없었을걸요."

트럭이 입구를 통과해 정원을 가로지르는 동안 채율이 입을 삐쭉거리며 아는 체했다.

"다시 말씀드리지만 전 트럭 안에만 있을 겁니다. 아셨죠, 사장님?"

채율은 재차 확인했다.

"웃기디 마라우."

"정말 싫다니까요."

"트럭에만 있을 거면 뭐 하러 같이 온 거네?"

"같이 오다니요? 강제로 끌려온 거지."

초로의 집사가 동호와 채율을 맞았다. 노수창에게 알리러 간 집사는 그들을 한 시간 넘게 현관 밖에 세워두더니 기다림에 지쳐 녹초가 될 무렵 다시 나타났다.

"말씀은 전해드렸습니다만 대표님께서는 납품업자는 개인적으로 만나지 않으신다 하셨습니다. 죄송합니다."

말은 죄송하다지만 집사의 얼굴에 미안한 기색이란 조금도 찾아볼 수 없었다.

"아니, 뭡네까? 이제까지 기다리게 했으면서 정말 너무하지 않습네까?"

"급하신 용건이라면 메모로 남겨주시죠, 제가 전하겠습니다. 그러니 두 분께선 그만 돌아가십시오."

살 붙은 두툼한 턱을 치켜들며 집사가 재차 거절의 뜻을 전했다.

"잠시라도 뵙고 선물만 드리고 가겠습네다."

동호가 굳은 표정을 간신히 누그러트리며 다시 청했다.

"아니요. 선물 전달도 제가 하겠습니다. 왜냐하면 대표님께선 이 시간엔 방문객을 일체 만나지 않는 분이시니까요. 방해받는 걸 아주 질색하신답니다."

집사는 꿈쩍도 안 했다. 그만 물러나야 할 것 같았다. 동호는 집사가 내주는 메모지에 납품 건을 재검토해달라는 부탁을 빼곡하게 적어넣었다. 그때였다. 2층 베란다에서 피아노 소리가 새나왔다. 경쾌한 선율, 모차르트의 〈피아노 소나타 No.1 in G Major, K.283〉였다.

"뭐야? 차라리 저번 쇼팽 연주가 훨씬 나았어."

채율의 입에서 혼잣말이 툭 튀어나왔다. 그런데 동호가 끄덕이며 바로 말을 받았다.

"어쩌면 수창이가 여전히 과거 속에서 헤맨다는 증거이갔디."

다음 순간 두 사람은 화들짝 놀라 마주 보았다.

"반채율이 넌 노수창이를 어떻게 아네?"

"사장님도 그 사람 아시는 모양 같은데요. 어떻게 된 거예요?"

"내레 먼저 물었거든."

"아무튼요."

두 사람이 공방을 벌이는 동안 연주는 또르륵 또르륵 1악장을 지나 2악장 안단테로 넘어가고 있었다. 한동안 동호는 2층 베란다에서 시선을 떼지 않았다. 이윽고 연주가 끝나자 동호는 집안에서도 들을 수 있을 만큼 큰 소리로 웃어젖혔다. 의미를 짚기 어려운 홀가분한 표정이었다.

'아무튼 정말 다행이야.'

양주와 메모를 남기고 주차장까지 되돌아오는 동안 채율은 가슴을 쓸어내렸다. 노수창과 정면으로 맞닥뜨릴 위험은 일단 사라진 셈이었다. 동호 입장에서는 아쉬운 결말인지 몰라도 채율에겐 천만다행

108

이었다.

"사장님 얼굴이 많이 지쳐 보이세요."

"기래 보이네?"

"네, 어때요, 갈 때는 내가 운전해볼까요?"

한결 여유를 되찾은 채율이 짓궂은 표정으로 장난을 걸었다.

"미쳤구먼기래, 면허도 없는 에미나이가. 내레 너랑 황천길 동무할 일 있갔어?"

"진짜 도로 말고요, 그곳이야 당연 어림도 없죠."

"기럼 뭐?"

"여기서부터 대문까지만요, 어때요?"

"고저 쓸데없는 소리 그만하고 옆에 얼른 못 타갔어?"

동호가 채율의 머리를 쥐어박는 시늉을 했다.

"와, 되게 빡빡하시네. 딱 저기 앞까지만 운전하게 해달라는 건데, 정말!"

"갑자기 운전은 왜?"

"그냥요. 운전하는 게 재미있어 보여서요. 하루 종일 옆에만 인형처럼 앉아 있어봐요. 마네킹도 아니고, 얼마나 심심한데."

"트럭이 너 심심하다고 모는 장난감이네?"

"아니죠. 하지만 사장님은 항상 제가 부탁만 하면 그때마다 안 된다, 못 한다, 할 수 없다! 제가 사장님한테 제일 많이 듣는 말이 '안 돼'인 거 모르시죠?"

"뭐라?"

"무작정 거절만 당하는 심정, 그런 게 어떤 건지 사장님도 오늘 좀 배우고 느꼈을 거 아녜요?"

"!"

"게다가 지금도 한 방 제대로 거절 먹은 거고요. 전 사장님한테 늘 그런 심정이라고요. 알아요?"

난데없는 억지였으나 동호는 왠지 말문이 콱 막혔다. 채율의 말마따나 오늘 내내 거절이란 단어에 좌절하고 분노했던 그였다. 또 여태껏 채율의 부탁이라면 무조건 자르고 거절했다는 주장도 백 퍼센트 거짓은 아니었다.

"좋아, 허락하지. 단 저기 보이는 저택 입구까지만이다. 응?"

"더 하라고 해도 못 해요. 아무튼 고맙습네다, 사장 동지!"

허락을 얻은 채율이 까불대며 운전석에 올라탔다.

트럭은 수동 기어라 클러치 다루기가 만만치 않았다. 옆에서 볼 때는 별것 아닌 것 같았는데 막상 운전석에 앉고 보니 클러치에서 발 떼기 무섭게 시동이 푸르르 꺼져버렸다. 기어를 넣고 클러치에서 왼발을 살짝 떼는 동시에 오른발을 브레이크에서 엑셀로 옮겨 밟는데 순서가 자꾸 뒤죽박죽 엉켰다. 당황할수록 더 헷갈렸다. 동호는 조수석에 앉아 뭐가 그렇게 재밌는지 계속해서 실실 웃기만 했다. 그러다가 채율이 연거푸 실수하자 눈물까지 흘리며 데굴데굴 굴렀다.

"그만해요. 그러다 호흡 곤란 오겠어요."

채율은 약이 바짝 올라 어느새 얼굴이 벌겋게 익었다. 이번이 마지막이라는 각오로 정신을 한껏 집중한 뒤 다시 기어를 넣었다. 이어 클러치에서 발을 떼는 동시에 엑셀을 힘껏 내리밟았다.

부르릉―

우렁찬 굉음과 함께 마침내 트럭이 움직이기 시작했다.

'아, 성공이야!'

그런데 환희는 잠시였다. 앞으로 나가야 할 트럭이 급작스레 후진했다. 그리고 손쓸 새 없이 주차장 한편의 스포츠카 옆구리를 와장창 들이박았다.

삐용삐용―

스포츠카의 경보음이 요란히 울리자 저택 안에서 사람들이 우르르 몰려나왔다. 그토록 만나기 어렵다던 노수창이 경보음을 듣고 쏜살같이 뛰어나오는 모습도 보였다. 노수창은 측면이 움푹 먹어버린 애마의 부상을 눈으로 확인한 뒤 경악한 얼굴로 범인에게 다가갔다.

"헐, 또 당신이야?"

"……."

"뭐야? 대체 누가 이딴 미친 여자를 내 집에 들였어, 엉?"

노수창은 실성한 사람처럼 길길이 날뛰었다. 스포츠카가 엉망이 되었기 때문인지, 아니면 채율과 마주쳤기 때문인지 어느 쪽인지는 몰랐다. 그는 이성을 잃고 폭주하기 시작했다.

운전석에 앉은 채율은 꼼짝없이 현행범이었다. 노수창은 제대로 걸렸다는 듯 풀이 죽어 고개를 숙인 채율을 인정사정없이 몰아세웠다. 하지만 쥐도 구석에 몰리면 고양이를 무는 법이었다. 노수창이 막말을 한 바가지 왕창 쏟아내자 채율은 잠자코 당하고 있지 않았다. 팝콘 튀듯 트럭에서 튀어나와 앙칼지게 맞받아쳤다.

"아후, 배상하면 되잖아요, 배상! 그리고 미친 여자? 당신 말 함부로 하지 마, 응? 또 얻어터지기 전에."

"배상이라고? 이 아가씨야, 이 차가 얼마짜린 줄이나 알고 하는 말인가?"

"얼만데, 얼만데요?"

채율은 당장 달려들어 몸싸움이라도 벌일 기세였다. 보다 못한 동호가 앞으로 나서서 말렸다.

"너는 고저 가만있으라우. 에미나이가 뭐 이리 사납네?"

"사장님은 지금 이 자식이 저한테 하는 말 못 들었어요?"

동호는 펄펄 뛰는 채율부터 일단 막아섰다. 그리고 노수창에게 몸을 돌려 공손히 고개를 숙였다.

"진심으로 죄송하게 됐습네다. 수리비는 저희 회사에서 모두 배상해드릴 테니끼니, 고저 화 푸시디요."

그러자 노수창의 얼굴에 묘한 미소가 지나갔다. 그는 끼어든 동호를 한심하단 눈길로 훑어보더니 채율을 턱짓으로 가리키며 물었다.

"이 여자, 원사장네 직원이오?"

"네, 그렇습네다."

"손가락만 병신 된 줄 알았더니 아예 눈깔까지 썩어버린 모양이구먼. 이봐요, 원사장, 회사 사정이 대체 어떻기에 이런 얼빠진 여자를 직원이랍시고 끌고 다니게 된 거요?"

무슨 까닭에선지 노수창은 동호의 장애를 들먹거렸다.

"흥, 그따위 안목이라면 그때 내가 따로 손쓸 필요도 없었겠어. 내가 아니었어도 원동호는 이 남한 땅에서 스스로 침몰했을 테니까, 안 그렇소?"

노수창은 동호의 이마를 손가락으로 툭툭 찌르면서 야비한 조롱을 퍼부었다.

"그래, 그 잘난 피아노는 지금 어떻게 됐소? 그렇지, 포기했겠지. 맞아, 포기할 수밖에 없었을 거야. 손가락 여덟 개로 연주할 수 있는 곡이 대체 얼마나 되겠어, 하하핫."

노수창의 비아냥거림은 마침내 동호의 인내를 바닥까지 긁었다. 갑자기 동호가 노수창의 손가락을 빠르게 낚아챘다.

"아, 아파!"

노수창의 입에서 비명이 터졌다. 동호는 개의치 않고 도리어 힘주어 손아귀를 조였다. 금세라도 손가락을 마른 나뭇가지처럼 부러트려버릴 듯했다.

"이거 안 놔? 야, 너네 다들 뭐 하고 있어? 이 새끼 하는 짓을 그냥 쳐다만 보고 있을 거야, 엉?"

워낙 돌발 상황이라 사람들은 어쩔 줄 몰라 그냥 서있기만 했다. 그러다 노수창이 호통을 쳐대자 집사를 포함한 그들은 어쩔 수 없이 주저하며 달려들 자세를 취했다.

"어디 한 발짝이라도 다가서보기요. 기러믄 내레 당신네 대표님 손가락을 확 분질러버릴테니끼니."

그들은 동호의 위협 때문에 감히 접근조차 못 했다. 노수창이 연신 악을 썼지만 동호의 손아귀에서 손가락을 빼내지는 못했다.

"야, 이 새끼야, 너 정말 콩밥 먹고 싶어?"

"얼른 경찰을 부르시디요. 대신 내레 대표님 요 손가락 한 개만 제대로 부러뜨려봅세다. 기러믄 아마 그 좋아하는 피아노를 더는 못 치갔지요, 안 그렇습네까?"

"미친 새끼! 아가리 닥치고 당장 이 손가락 못 놔?"

"어서 대답부터 해보시라요. 피아노를 칠 수 있갔습네까, 못 칠 것 같습네까?"

"원동호, 너 지금 나한테 복수하자는 거냐, 엉? 그러고 싶은 거야?"

"복수라 하셨습네까?"

"그래, 복수!"

노수창이 눈빛을 살벌하게 번뜩였다. 그런데 동호의 반응은 의외였다. 표정이 한순간 누그러지며 더 이상 대꾸가 없었다.

"복수라."

아무에게도 들리지 않을 만큼 서너 번 나직하게 되뇔 뿐이었다. 그의 입에서는 체념 같은 한숨이 새어 나왔다. 움켜쥐었던 노수창의 손가락도 순순히 풀어주었다.

"이번 참에 연주곡을 바꿔보시는 건 어떻갔습네까?"

"뭐라고?"

노수창은 여전히 저려오는 손마디를 꾹꾹 누르며 되물었다. 그는 어리둥절한 얼굴이었다.

"기런 난이도의 곡으로 연습해서리 과거의 승부를 뒤집을 수 있갔습네까?"

순간 노수창의 얼굴이 파랗게 질렸다. 주위는 호기심으로 웅성거리기 시작했다.

"뭘 봐! 구경났어?"

입술을 파르르 떨던 노수창이 마침내 애꿎은 주위에 빽 고함을 질렀다. 그러고는 꽁무니 빼듯 저택 안으로 빠르게 모습을 감췄다.

그날 밤 한바탕 실랑이는 그렇게 끝났다. 태전동으로 돌아오는 동안 채율은 동호에게 폭풍 같은 질문 세례를 퍼부었다. 그러나 동호는 어떠한 질문에도 묵묵부답 벙어리였다. 짐작컨대 '과거의 승부'에서 승자는 십중팔구 동호인 것 같았다. 그런데도 동호는 도리어 화난 듯도 하고 혹은 쓸쓸해 보이기도 했으며 또 시원하고 개운한 것 같기도 한, 도무지 가늠이 안 되는 표정이었다. 그럴수록 채율은 더욱 궁금해졌다.

옥탑방에 돌아와 이부자리에 누울 때까지도 두 남자가 주고받던 대화가 이명처럼 귓가에 울렸다.

'분명 무슨 큰 사건이 있었던 게 틀림없어. 그것도 피아노와 관련된……'

11

그날의 소동은 끝나도 끝난 게 아니었다. 고가의 스포츠카를 들이받는 대형사고를 쳤으니 채율은 동호에게 정중히 사과하는 게 옳았다. 하지만 속마음과 다르게 말은 제멋대로 튀어나왔다.

"거봐요, 그래서 제가 안 간다고 했잖아요."

출근하자마자 채율은 지레 먼저 어젯밤 일을 화제에 올렸다. 동호가 콧소리를 뽑었다.

"채율이 니가 물어내야 할 돈이 전부 얼만지는 계산하고 있갔지?"

"글쎄요. 따로 적어놓지는 않아서……."

"타이탄 수리비, 그리고 그때 깨먹은 돌 구이 판 2천 개 값, 훔쳐가서 긁은 카드 대금에 섬 다방 사장한테 물어준 몸값, 아마 거기까지는 너도 계산해서 총 금액을 잘 알고 있갔지, 뭐."

"그건 뭐 대충 계산해놓은 게 있어요."

"그런데 노수창이한테 물어줄 스포츠카 수리비가 그 위에 얹히겠구먼기래. 자, 여기 계산기 가져가서 고저 한번 두들겨보라우. 다 합해서 얼마나 되는지."

채율이 한숨을 길게 내쉬며 책상 위의 계산기를 집어 들었다.

"그놈이 뭐래요? 청구 금액이 대체 얼마래요?"

"그녀석네 집사가 아침 일찍 전화해서 문자로 액수를 보내더구먼. 한번 보라우."

동호는 핸드폰을 들어 채율에게 보여주었다. 액정에 쓰인 숫자를 본 채율의 눈이 휘둥그레졌다.

"이런 말도 안 되는!"

"기렇디? 말도 안 되는 금액이야. 하지만 우리가 어카갔네. 당장 물어내지 않으면 채율이 널 재물손괴로 경찰에 고소하겠다는데. 기래서 내레 일단 1할을 먼저 보내준다 했다우. 나머지는 천천히 갚아나가기로 하고. 아무튼 결국은 채율이 니가 다 갚아야 할 돈이니끼니 잘 머릿속에 넣어두라우."

채율은 계산기에서 나온 합계 위에 액정에 표시된 금액을 더했다. 그렇게 몇 번 더 계산해보는가 싶더니 이내 계산기를 덜그럭 던져버렸다.

"어떻네? 여기 공장에서 평생을 일해도 다 갚지 못할 금액일 텐데, 아마?"

"에이 씨, 아빠만 살아 계셨어도 다 껌 값인데."

"껌 값 같은 소리 하디 마라우. 니가 말하는 그 껌 값에 우는 사람, 의외로 아주 많은 거 모르네?"

"쳇, 또 공자님 말씀하시네."

"참, 채율이 너도 잘 알갔구만. 지난번 동전 몇 푼에 눈물 좀 쏟아봤디? 공중전화 못 걸어서 섬으로 끌려가고, 응?"

"사장님은 또 그 섬 이야기예요? 이제 지겹지도 않아요? 하여튼 전용하 오빠만 찾으면 돼요. 그럼 한 방에 다 해결할 수 있다고요."

"용하? 용하는 뭐고 오빠는 또 뉘긴데?"

채율이 무심코 모용하의 이름을 들먹이자 동호의 눈이 반짝 빛났다. 그리고 의외로 깊은 관심을 보이며 이것저것 캐묻기 시작했다.

채율은 일단 모용하와 그지없이 달콤했던 사연부터 구구절절 늘어놓았다. 이야기는 5년 전 그를 처음 만났던 날로 거슬러 올라갔다가 어느샌가 그녀의 감정 중심으로 흘러가더니 엔딩은 그녀가 역경을 이기고 그와 결혼하는 아름다운 미래로 깔끔하게 끝맺었다. 내내 말없이 듣던 동호가 심드렁하게 물었다.

"지금 소설을 쓰는 거이네, 아니면 영화를 찍는 거네?"

"소설도 영화도 아니에요. 제게 앞으로 올 현실이에요."

"푸하하핫, 아무튼 모인지 무인지 하는 그 친구만 찾으면 반채율이의 인생이 뭔가 확실히 달라진다는 거구먼기래. 기리니끼니 고저 그친구와 짝을 짓게 되면 반채율의 신세가 비단 폭처럼 확 편다, 그 말아니네?"

"맞아요."

"나한테 진 빚도 그 친구가 대신 갚아주고서리, 기래?"

"비슷해요. 하지만 용하 오빠가 대신 갚아주는 건 아니에요."

"아니야? 기럼 내레 알아들을 수 있는 문장으로 다시 이야기해보라우."

채율은 빗나간 부분부터 다시 설명해주었다. 돌아가신 아빠 반회장이 딸을 위해 몰래 남겨놓은 유산이 어딘가에 있을 것이며 그 유산은 아마도 모용하가 관리하고 있을 것이란 것, 따라서 모용하를 만나 유산만 전해 받으면 만사 오케이고 동호에게 진 빚 따위는 아무것도 아니라는 장담 또한 더했다.

"뭐, 대충 알았으니끼니 모용하인가 하는 녀석 찾는 건 채율이 너 혼자 알아서 하라우. 것보다 너한텐 운전부터 정식으로 가르쳐야겠어. 그래야 뭐라도 더 시켜먹을 거 아니네. 어떻게 된 게 트럭에만 태우면 사고를 치는지, 원."

말은 정 없이 했지만 동호는 바로 다음날 S마트 구매부장에게 전화를 걸어 모용하에 대해 알아봐주었다. 다행히 구매부장은 지난번 계약 취소 건으로 동호에게 마음의 빚을 지고 있던 터이기에 동호가 묻는 질문에 순순히 답을 내줬다. 그리고 S마트의 재무담당 신임 이사가 모용하라는 사실도 확인해주었다.

"기러문 혹시 그 모이사님이라는 분 연락처와 주소도 알 수 있갔습네까?"

동호는 모용하의 전화번호와 집 주소가 적힌 쪽지를 채율 앞에 불쑥 내밀었다. 채율은 도저히 믿기지 않는다는 표정이었다. 그야말로 동호답지 않은 뜻밖의 친절이었다.

"너무 그런 표정 할 것 없구먼기래. 아무튼 어서 가서 그놈부터 당장 잡으라우."

동호는 계속 무심한 척 굴었지만 채율은 감동을 숨길 수 없었다. 눈물이 글썽거리면서 기침까지 쏟아졌다.

"왜 기래? 목구녕에 사레들렸네?"

"사레 아녜요. 너무 놀라거나 긴장하면 나오는 버릇인걸요. 사장님도 전에 몇 번 본 적 있으면서 새삼스럽게 뭘 묻고 그래요? 아무튼 정말 고마워요, 사장님."

"버릇이든 뭐든 기침 병이면 병원 진찰 한번 받아봐야 하디 않갔어? 혹시 암일지도 모르지 않네?"

"암이라니 말 참 곱게 하시네요. 암이 뭐예요, 암이. 솔직히 나 지금 막 사장님한테 엄청 감격했는데 분위기 그렇게 깨고 싶으세요?"

채율은 즉시 모용하에게 전화를 넣고 싶었다. 그런데 그녀를 머뭇거리게 하는 점이 있었다. 모용하가 고의로 피하는지도 모른다는 의심이 들었다. 갑자기 마음 한구석이 싸해졌다. 한 번도 느껴본 적 없는 불길한 예감이었다.

'오빠는 왜 먼저 날 찾지 않았던 걸까?'

따지고 보면 모용하는 반회장의 죽음과 회사의 도산이 당연히 채율의 추락으로 이어질 거라는 걸 누구보다도 잘 알 사람이었다. 그것이 아버지 반회장이 모용하를 믿고 그의 손에 유산을 은밀히 맡겨놓은 까닭이기도 했다. 그런데도 그는 먼저 채율을 찾지 않았다. 아니, 연락을 취하려는 노력조차 하지 않았다. 채율은 까닭이 몹시 궁금해지기 시작했다. 아무래도 전화보다는 맞대면해서 모든 이야기를 직접 들어야 할 것만 같았다.

그날 오후 채율은 평소보다 두 시간 반 정도 일찍 공장을 나섰다. 옥탑방에 들러 몸을 씻고 새 옷으로 갈아입자면 시간이 아슬아슬했다.

모용하의 주소지는 도곡동 소재 고급 주상복합이었다. 그녀는 현관에 서서 모용하의 퇴근을 눈이 빠져라 기다렸다. 저녁 즈음부터 일기예보에 없던 비가 추적추적 내리기 시작했다. 채율은 하늘하늘한 얇은 원피스로 갈아입은 자신의 선택을 벌써 세 시간째 후회하고 있었다. 처마 아래로 들이치는 거센 빗발에 옷이 쫄딱 젖어 몸이 사시나무처럼 오들오들 떨렸다.

밤 8시가 훌쩍 넘어가는데도 모용하는 나타나지 않았다. 혹시 동호가 적어준 주소가 잘못된 건 아닐까. 채율은 점차 불안해졌다. 발을 동동 구르는 동안 오만 가지 상상이 머릿속을 어지럽혔다.

'하긴 용하 오빠가 살기엔 너무 고급 아파트잖아?'

모용하가 이사했다는 이 아파트는 강남 한복판에서 유명세를 톡톡히 치르는 최고급 주상복합이었다. 채율이 예전에 알던 그의 형편으로는 도저히 살 수 없는 곳이었다. 아무리 MK그룹에 스카우트되어 고액 연봉을 받는다 하더라도 어려웠다.

'혹시 아빠의 돈을 빼돌려서? 설마 아닐 거야……'

생각할수록 의혹이 일어났지만 채율은 차마 그렇게 믿고 싶지 않았다. 그러나 의심을 부추기는 사실들이 너무 많았다. 어째서 채율에게 연락조차 하지 않았는지, 어째서 전화번호를 바꿨는지, 만일 피치 못할 사정이 있어 번호를 바꿀 수밖에 없었다면 왜 미리 알리지 않았는지, 왜 채율로 하여금 도리어 그를 쫓아다니도록 만드는 건지, 의혹은 꼬리에 꼬리를 물면서 혼란스럽게 했다.

채율이 상념에 빠져있는 사이 하얀색의 날렵한 세단이 주차장 입구를 향해 미끄러지듯 들어왔다. 짙게 선팅한 창 너머로 운전석에 앉은 몹시 낯익은 얼굴이 얼핏 스쳐 지나갔다. 모용하였다. 그를 알아본 채율이 냅다 빗속을 뚫고 내달려 지하 주차장으로 가려는 세단의 앞머리를 가로막았다.

빠앙!

세단이 경적 소리를 울렸다. 그러나 채율은 움츠리지도 않고 운전석의 사내를 사납게 쏘아보았다. 장대 같은 빗줄기에도 그녀의 다리는 땅속 깊이 박힌 것처럼 한 치의 움직임도 없었다.

그렇게 잠시 동안 정지화면이 흘렀다. 들리는 소리라고는 세차게 때리는 빗소리와 끼리릭끼리릭 듣기 싫은 와이퍼의 비명뿐이었다. 모용하는 몹시 당황한 기색이었다. 두 손으로 마른세수를 거듭하더니만 문을 열고 얼른 차에서 내렸다.

"채율아!"

모용하가 채율에게 뛰어왔다. 이어 대꾸할 새도 주지 않고 그녀의 어깨를 부드럽게 감싸 안았다.

"걱정 많이 했잖아. 대체 그동안 어떻게 지낸 거야?"

그는 조수석에 채율을 태우며 따뜻하고 부드러운 첫 마디를 꺼냈다. 채율은 뭐라 대꾸할 말을 찾지 못해 송아지처럼 눈만 껌뻑였다.

"너한테 통 연락이 안 되더라. 도무지 찾을 방법도 보이지 않고."

비록 간단한 두 문장이었지만 채율에게는 순식간에 모든 게 이해되는 설명이었다.

'그래, 용하 오빠가 날 잊거나 배신했을 리 없는 거잖아.'

채율은 자신의 휴대폰이 공항 도착 즉시 정지됐던 사실을 기억했다. 또 거의 무인도에 갇혀있듯 동호의 공장에 처박혀 살았던 사실도 떠올렸다. 모용하가 자신에게 연락하기 어려웠던 까닭이 차례차례 나열되기 시작했다.

"나한테 연락 많이 했었어요, 진짜로?"

그간 자신을 찾기 위해 무진 애를 썼다는 모용하의 변명에 채율은 왈칵 눈물이 솟았다.

"그걸 말이라고 해?"

"미안해요."

"미안하긴. 그나저나 아버님 일은 정말 유감이야. 갑자기 돌아가실 줄은 전혀 생각도 못 했어."

모용하는 전과 다름없이 더없이 따뜻하고 다정했다. 그리고 진심으로 그녀를 염려했던 것 같은 얼굴이었다. 그러나 그의 독일제 외제차와 고급 주상복합은 아직 설명이 많이 필요한 부분이었다. 그래도 채율의 심장은 어쨌거나 그를 믿고 싶은 쪽으로 한참 기울어져있었다. 여전히 혼란스럽긴 했지만 아직까지 그녀가 내리고 싶은 결론은 모용하에 대한 변함없는 믿음과 사랑이었다.

"오빠, 자세한 얘긴 나중에 다시 하는 걸로 해요. 그보다 우리 아빠가 맡겨둔 내 돈 있죠? 전 지금 그 돈이 필요해요."

채율에게 가장 중요한 사안은 반회장이 딸의 앞으로 남겨놓았을 비상금이었다.

"무슨 소리야? 그 돈이라면 벌써 네가 찾아갔잖아?"

"네? 뭐라고요?"

순간 채율은 소스라치게 놀랐다. 모용하는 영문을 모르겠다는, 대체 왜 그런 질문을 하느냐는 표정이었다. 도리어 채율에게 몇 번씩이나 되물었다.

"그럼 채율이 네가 그 돈을 받아간 게 아냐?"

"오빠야말로 지금 무슨 말이에요? 난 귀국하고 나서 오늘 오빠 처음 만났는데?"

"그래, 채율이 너야 오늘 처음 만난 게 맞지. 그런데 반회장님께서 돌아가시고 나서 그 다음 주에 채율이 네 개인 비서라는 여자가 날 찾아왔어. 전에도 반회장님이랑 너랑 같이 몇 번 본 적 있는 아가씬데. 그래, 채율이 네 고등학교 친구."

"귀인이가요? 이귀인, 걔가 오빠한테 왔었다고요?"

"맞아, 이귀인 씨. 그 여자 말이 채율이 너는 채권자들 등쌀에 너무 시달려서 직접 찾아올 수 없는 상황이라는 거야. 그러면서 인출에 필요한 위임 서류들을 잔뜩 준비해왔더라고. 물론 서류들은 아무런 문제가 없었고."

"그래서요? 설마 귀인이한테 그 돈을 다 내줬단 건 아니겠죠?"

"아니긴. 대체 무슨 명분으로 내가 지급을 거절하겠어? 게다가 귀인 씨 말이 당장 채율이 네가 급하게 전액을 필요로 한다고 해서 모두 현금으로 인출해줬지. 정말 넌 한 푼도 전달 못 받은 거야?"

"어, 어떻게 그런 일이⋯⋯."

눈앞이 노랬다. 채율은 머릿속이 핑 돌면서 현기증이 일었다. 만일 모용하의 말이 모두 사실이라면, 이귀인은 반회장의 사망 뉴스를 접하자마자 곧장 한국으로 들어온 게 틀림없었다. 그리고 모용하를 찾아가 채율의 돈을 가로챈 게 분명했다.

'여우 같은 년, 날도둑년!'

무지막지한 욕지거리가 목구멍을 거쳐 올라왔다. 차마 모용하 면전에 쏟아낼 수 없어 간신히 안으로 삼켰지만 귀인의 소행은 피가 거꾸로 솟을 만큼 괘씸했다. 손과 다리가 부들부들 떨렸다.

"혹시 귀인이 어디 사는지는 알아요?"

"아니, 그날 이후로 아무 연락 없었어. 난 너랑 함께 있는 줄로만 알았지."

채율은 그 자리에서 그냥 혀를 깨물고 죽고 싶었다. 당장이라도 정수리에 번개가 떨어졌으면 하고 바랐다.

'잠깐, 설마 용하 오빠가 거짓말하는 건 아니겠지?'

문득 의심이 독사처럼 다시 고개를 치켜드는 동시에 승용차 핸들에 박힌 독일제 엠블럼이 반짝 빛을 발하며 채율의 시선을 잡아끌었다.

"어쨌든 들어와서 따뜻한 차 한잔 하고 가렴. 너 옷 다 젖었잖아."

모용하는 채율의 착잡함을 아는지 모르는지 예의 부드러운 미소를 가득 머금고 잠시 들어오라며 권했다.

"그래도 되겠어요? 남자 혼자 사는 집인데."

채율은 대답은 그렇게 했지만 의심스러운 점을 확인할 절호의 기회라는 생각이 들었다. 모용하가 쌓아온 부를 직접 살필 필요가 있었다.

아파트는 최고층이었고 남쪽으로 트인 전망이 비할 바 없이 훌륭했다. 내부는 모노톤의 색, 모던하고 심플한 인테리어로 최근 유행하는 미니멀리즘을 최대한 살렸고 거실과 침실의 가구와 가전제품은 모두 명품이었다. 벽에 걸린 그림과 곳곳에 아무렇게나 던져놓은 장식 소품들 역시 하나같이 우아한 예술품들이었다.

채율은 의심이 점차 짙어졌다. 이 정도의 호화 생활은 유지비만도 봉급생활자가 감당할 수 있는 수준을 훨씬 넘어서는 것이었다. 억대 연봉을 받는다 하더라도 불가능했다.

그런데도 모용하는 태연자약했다. 아예 설명할 생각이 없어 보였다. 그리고 마치 본래부터 익숙하게 누리던 양 행동했다. 모용하는 집안 여기저기를 휘젓고 다니면서도 오직 채율이 처해있는 딱한 사정을 화제 삼아 염려만 늘어놓았다.

서재를 돌아보던 가운데 문득 채율의 시선을 강하게 잡아끄는 게 있었다. 장식장에 놓인 작은 사진 액자였다. 그 안에는 홍콩의 야경을 배경으로 모용하가 어느 예쁜 단발의 아가씨와 팔짱을 끼고 다정하게 찍은 사진이 끼워져있었다. 누가 봐도 두 사람은 연인이었다.

일순간 채율은 가슴이 철렁 내려앉았다. 불현듯 머릿속에 어렸을 때 읽은 동화의 슬픈 결말이 떠올랐다. 동화 속 왕자님은 인어공주가 생명의 은인임을 알지 못하고 무심하게도 이웃 나라 공주와 덜컥 결혼식을 올리고 말았다. 결국 버림받은 불쌍한 인어공주는 아리따운 목소리마저 잃어버린 채 바닷가 물거품으로 변해버렸다. 채율이 한국으로 서둘러 날아온 모든 까닭도 모두 물거품이 되었다.

'내가 좋아하는 사람이 나 아닌 다른 사람을 좋아할 수도 있다는 당연한 사실을 왜 여태 전혀 깨닫지 못하고 있었을까?'

채율은 오랜 짝사랑이 배반당했다는 분노보다 일방적으로 혼자만의 감정을 제멋대로 그리고 오래 키워왔던 사실이 더 부끄럽고 비참하게 느껴졌다. 반면 사진 속의 여자는 모용하 옆에서 더없이 맑고 싱그러운 미소를 짓고 있었다. 둘은 무척 잘 어울리고 예쁘고 자연스러웠다. 심장이 조이는 것 같았다.

'그런데 누굴까, 이 여자?'

여자는 어딘지 모르게 낯이 익었다. 어디서 봤을까, 어디선가 한 번 스치기라도 했던 것 같은데 도통 기억나지 않았다.

채율은 모용하의 아파트에 더 이상 머무르고 싶지 않았다. 어물쩍대다가는 심란함을 들켜버릴 것이다. 지금으로서는 복잡하고 지끈거리는 머릿속을 정리할 시간이 절실히 필요했다. 그래서 채율은 차가 반쯤 남은 잔을 서재 책상에 슬며시 내려놓으며 일어날 채비를 했다.

"벌써 가게? 아직 옷도 덜 마른 것 같은데."

"이미 많이 늦었어요. 밖도 어둡고."

모용하가 집까지 바래다주겠다고 했지만 채율은 고집스레 고개를 가로저었다. 넉살좋게 그의 차를 얻어 탈 기분이 아니었다. 더군다나 자신이 사는 초라한 동네 어귀와 옥탑방 건물만큼은 보여주고 싶지 않았다.

채율의 만류에도 불구하고 모용하는 택시를 잡아주겠다며 비가 쏟아지는 도로까지 그녀를 쫓아 나왔다. 찬 공기 탓인지 채율의 어깨가 으슬으슬 떨렸다. 어느새 감기가 든 모양이었다.

"쯧쯧, 이렇게 얇게 입고 다니니까 당연히 춥지."

모용하가 입고 있던 재킷을 벗어 바들바들 떨고 있는 채율의 좁은 어깨에 감싸주었다.

"일단 이거 입고 가."

"괜찮아요."

"내가 괜찮지 않아서 그래. 이대로 보내면 너 감기 들어서 안 돼. 싫어도 오늘밤은 오빠 말대로 해."

명령조였지만 채율은 왠지 듣기 싫지 않았다. 다행히 택시는 금방 잡혔다. 모용하는 운전사에게 팁까지 쥐여주며 채율을 부탁했다. 그리고 택시가 출발하고 한참 뒤에도 뒤에 남아 걱정스레 지켜보았다. 그 모습은 택시가 교차로에서 성남 쪽으로 방향을 틀고 나서야 비로소 사라졌다.

12

옥탑방으로 돌아오는 동안 채율은 마치 출구 없는 미궁에 혼자 툭 던져진 느낌이었다. 생각을 너무 골똘히 한 탓인지 관자놀이에서 맥박이 툭툭 뛰는 느낌이 들었다.

옥탑방으로 오르는 계단은 그날따라 새삼 길고 가팔랐다. 꼭 영화 〈반지의 제왕〉에 나오는, 끝도 없이 높은 사루만의 탑 꼭대기로 이어지는 기다란 계단 같았다. 한발 한발 천천히 오르는데도 힘이 부치고 현기증이 일었다. 그러다가 아차 하는 사이 허공에 헛발질을 하고 말았다.

"어머!"

일순간 기우뚱하며 균형을 잃었지만 재빨리 손을 뻗어 난간을 짚었다.

"후우……."

천만다행이었다. 하마터면 저 밑으로 굴러떨어질 뻔했다. 그런데 걸쳐 있는 둥 마는 둥 어깨를 감싸던 모용하의 재킷이 풀썩 바닥에 떨어졌다. 동시에 둔탁한 소음을 내며 재킷 호주머니로부터 뭔가가 굴러나왔다.

사각형의 반지 상자였다. 상자를 집어 들어 조심스레 뚜껑을 열어보았다.

딸깍.

상자 안에는 프롱 세팅된 다이아몬드 반지가 들어있었다. 반지는 은색 똬리처럼 영롱한 빛을 발했다. 누굴 주려고 산 걸까?

'혹시 나? 그럴 리 없잖아. 나를 오늘 만날 걸 어떻게 알고?'

채율이 고개를 저었다. 아마도 반지의 주인은 자신이 아니라 서재에서 보았던 사진 속 아가씨일 가능성이 높았다. 그러자 마음 한 귀퉁이의 조각이 떨어져 나가는 느낌이 들었다.

'그렇다 하더라도 내가 마음을 추슬러야지, 뭐.'

채율은 어깨를 으쓱한 뒤 반지 상자를 호주머니 안에 도로 집어넣었다. 그리고 재킷을 팔뚝에 걸쳤다. 아직 몸에 오한이 남았지만 다른 여자의 남자가 된 사내의 재킷을 어깨에 걸치고 싶지 않았다.

'어, 뭐지?'

옥상에서 피아노 소리가 가느다랗게 들렸다. 빗소리에 섞여 희미했지만 라흐마니노프의 〈피아노 협주곡 No.2 in C minor Op.18〉 1악장 모데라토^{moderato}였다.

'대체 누굴까, 이 밤에?'

계단을 오를수록 소리는 점차 선명해졌다. 언뜻 들어도 제법 괜찮은 연주였다. 채율의 발걸음은 소리의 시작점을 향해 천천히 끌렸다. 역시 옥상 나무 창고였다. 문은 빠끔히 열려있었다. 그 사이로 연주가 샜던 것이다. 닫아놓았던 문이 비바람에 열린 모양이었다.

채율은 문틈에 눈을 갖다 대고 들여다보았다. 백열등 아래로 연주에 몰두한 동호의 커다란 등짝이 눈에 꽉 차게 들어왔다. 그랜드 피아노 앞의 동호는 채율이 여태 알던 사람과는 완전히 다른 사람이었다. 그는 뜨거운 화로 앞에서 비지땀을 쏟으며 돌 구이 판 코팅에 열중하던 공장 사장이 아니었다. 목장갑이 해지도록 화물을 부리던 거칠고 투박한 사내도 아니었다. 더없이 섬세하고 격정적인 예술인이었다.

바깥에는 폭우가 퍼붓고 있었지만 동호의 연주를 방해하지는 못했다. 오히려 동호는 빗소리가 오케스트라 협연인 양 함께 흐름을 타고 있었다. 그의 연주는 폭우보다도 거셌다. 숲의 나무들을 뿌리째 뽑아 버릴 듯 매섭게 몰아치는 태풍이었다. 둑이 넘쳐 대지로 범람한 강물이었다. 손가락과 건반이 뿜어내는 수마(水魔)는 지상의 모든 것을 사정없이 휩쓸어버렸다. 다음은 그지없는 평온이었다. 천지를 지워버릴 듯 흉포하던 바람은 어느새 얌전히 잦아들었고 육지를 희롱하고 분탕하던 물줄기는 평화롭게 굽이치는 유장한 강물이 되었다. 그러는 사이 어느덧 연주는 1악장의 마무리를 향해 달려 나갔다.

채율은 눈앞의 광경이 믿기지 않았다. 귀로는 더더욱 믿기 어려웠다. 동호에게 손가락 두 개가 없는 것은 아무 장애도 되지 못하는 것 같았다. 과연 그게 가능한 일인가.

쾅―

천둥 같은 불협화음이 울렸다. 갑자기 동호가 건반을 부서져라 내리친 것이다. 연주를 따라 머릿속으로 악보를 짚어가던 채율이 놀라 눈을 동그랗게 떴다.

"왜 그만해요?"

채율의 목소리에 동호가 날카롭게 돌아봤다. 그는 엿듣는 것은 도둑질과 다름없는 파렴치한 범죄라며 대뜸 화부터 냈다.

"숨어서 비웃기라도 했네? 손가락 없는 놈이 뭐이 피아노냐고, 응?"

의외로 동호는 콤플렉스가 심했다. 손가락을 잃는 순간 완벽한 실력마저 빼앗겼다고 여기고 자학과 절망, 수치심에 연주를 감추려 했다. 그런 사연을 알 리 없는 채율은 동호의 불벼락이 그저 야속하기만 했다. 이미 자신의 문제만으로도 충분히 지쳐있던 차에 우연히 동호의 연주를 만나 잠시나마 숨통이 트였는데 지금은 그렇게 느낀 스스로가 바보가 된 기분이었다. 방금 전까지의 경외감은 썰물 빠지듯 싹 사라졌고 가슴은 더 먹먹해져왔다.

"사람이 뭐 이렇게 꼬였어요? 제가 언제 사장님을 비웃었다고요?"

소란을 들은 석수가 방에서 부리나케 뛰어나왔다.

"아, 채율 씨는 모르셨구나. 형님은 연주할 때 누가 엿듣는 거 질색해요. 채율 씨가 이해해줘요."

"아니, 귀에 저절로 들리는 소리를 나보고 어쩌라고요. 그러면 처음부터 소리를 내지나 말든가."

채율이 오한이 이는 몸을 바들바들 떨며 울먹거렸다.

"무시기? 니 지금 뭐이라 했네?"

"다른 사람이 듣는 게 그렇게 싫으면 아예 건반조차 건드리지 말아야 할 거 아녜요, 안 그래요?"

찰싹—

말릴 새도 없이 동호가 채율의 뺨을 사납게 갈겨버렸다.

"형님!"

석수가 당황해 제지했다. 채율 역시 어안이 벙벙한 얼굴로 발갛게 달아오른 뺨을 감싸안았다. 눈물이 왈칵 솟아올랐다.

"형님, 왜 이래요, 미쳤수?"

"미, 미안하다."

동호는 고개를 떨구고 바닥에 시선을 박은 채 바위처럼 굳어버렸다. 눈빛이 불안하게 흔들렸다.

"제가 얻어맞을 말을 한 건가요?"

눈물이 그렁그렁한 표정으로 채율이 따졌다.

"아니, 아니야."

"그런데 저한테 왜 그래요, 대체 왜?"

동호는 아무 대답도 못 하고 수치심과 분노가 뒤범벅된 얼굴로 창고 밖으로 힘없이 나갔다. 석수가 위로를 건넸지만 채율에게는 아무것도 들리지 않았다. 풀이 죽어 제 방으로 들어온 채율은 씻을 기력조차 없는 데다가 오한은 더욱 심해졌다. 그대로 이부자리에 누워 머리 끝까지 이불을 끌어 덮었는데도 아래윗니가 딱딱 부딪혔다. 눈을 감자, 만신창이가 된 몸에 이내 잠이 후드득 쏟아졌다.

땅을 두 쪽으로 가를 듯이 내리던 빗줄기는 어느새 거짓말처럼 멎어있었다. 창고를 도망치듯 나온 동호는 도로를 따라 무작정 걸었다. 도로는 태전동 공장 지대를 가로지르는 개천과 평행으로 뻗어있었다. 아무렇게나 길을 낸 뒤 엉성하게 포장한 좁은 일차선 도로였는데, 시청에서 자주 돌보지 않아 항상 산속 시골길처럼 잡초가 우거져있었다. 비가 멎자 풀벌레들이 풀숲 밖으로 기어 나와 짝짓는 울음소리에 늦은 밤에도 제법 시끄러웠다.

대략 1킬로미터 가량 걸었을까, 길을 따라 걸음을 옮기다 보니 흥분이 차츰 가라앉았다. 채율에게 손찌검을 한 건 분명 잘못이었다. 자신이 너무 부끄러웠다. 어떻게 사과를 할까, 뭐라고 말을 할까 궁리 중에 문득 식은땀을 흘리며 몸을 떨던 채율의 모습이 떠올랐다.

"여태 문 연 약국이 있을지 모르갔구먼."

동호는 방향을 바꿔 공장 쪽으로 달린 뒤 트럭을 몰고 다시 나섰다. 이미 밤 12시가 다 돼 주변은 물론 광주 시내에도 열린 약국이 없었다. 거리가 꽤 있지만 분당 쪽으로 나가보는 편이 나을 것도 같았다. 유흥가엔 취객을 상대로 밤늦게까지 장사하는 약국이 있을지도 몰랐다.

"날래 정신 차리고 잠시 일어나보라우."

"자는데 왜요?"

동호가 마구 흔들어대는 통에 채율은 잠이 그만 확 달아났다. 짜증이 치밀어 실눈으로 노려보는데 동호가 약봉지를 불쑥 건넸다.

"몸살 약이야. 기리니끼니 얼른 먹고 자라우."

"……."

"왜 그런 눈으로 보는데?"

"아깐 그렇게 가버리더니, 대체 뭐예요? 그리고 이런 친절…… 불편해요."

채율은 이를 앙 다물고 이불을 머리끝까지 뒤집어쓰며 누워버렸다.

"친절 같은 소리하고 있네. 기딴 오해는 고저 집어치우고 날래 약부터 먹으라우."

"친절이 아니면 이 시간에 웬 약이래요?"

"니가 골골대면 일도 못 시키고 나만 손해지 않네. 기래서 내일 아침 멀쩡하게 일어나게 하려면 약을 먹어야 할 거 아니간."

"아하, 감기 빨리 낫고 일하라고 사왔다?"

"기렇디, 기렇디."

"나빴어!"

채율은 발딱 몸을 일으켜 동호가 건네주는 약 봉지와 물 컵을 받아 들었다.

"저도 일하려고 억지로 먹는 거예요. 그러니까 사장님도 오해하지 마요."

입안에 알약을 털어넣으며 채율이 퉁명스레 말했다.

"다시 말해서 사장님 사과를 받아들이는 의미가 아니라는 거예요. 분명히 말하지만 아까 일은 평생토록 용서 안 할 거예요, 절대로."

"……."

"그런데 피아노는 어디서 배웠어요?"

"뭐?"

동호가 움찔했다.

"그게 그, 그냥."

"뭘 그렇게 놀라요?"

"놀라긴."

"대답해주면 아까 일, 반의 반쯤은 살짝 용서해줄 수도 있어요, 어때요?"

채율은 끝까지 대답을 받아낼 기세로 동호가 자리를 뜨려고 할 때마다 붙잡아 앉혔다.

"어딜 자꾸 도망가게?"

하지만 취조는 오래가지 못했다. 채율은 밤새 캐물을 것 같더니 약기운에 허물어졌다. 졸음이 몰려드는지 차츰 기운이 빠지다가 갑자기 허수아비처럼 픽 쓰러졌다.

"성가신 에미나이."

약을 먹은 덕택에 채율의 숨소리는 아까보다 차분해져있었다. 이불을 끌어 덮어주면서 동호는 새삼 하얗고 동그란 채율의 이마가 예쁘다는 생각이 들었다. 분당에서 돌아오던 길에 본 보름달과 퍽이나 닮았다고 생각했다. 그는 곧 고개를 젓고 점퍼를 챙겨 도망치듯 그녀의 방을 나갔다.

13

감기는 생각보다 고약했다. 동호가 꼬박꼬박 약을 챙겨주었지만 몸살이 좀처럼 떨어지지 않았다. 동호는 채율에게 약 봉지를 갖다줄 때마다 어서 낫지 않으면 약값까지 빚에 얹겠다며 농담 섞어 으름장을 놓곤 했다. 그러길 며칠, 채율이 아무래도 병원에 가봐야겠다고 마음먹자 감기는 청개구리처럼 후다닥 도망쳐버렸다. 몸이 말끔히 나은 건 반가운 일이지만 나쁜 점도 있었다. 한껏 자상하던 동호가 본래의 야박한 모습으로 되돌아온 것이다.

"몸 아프다고 꾀 부리믄서 빚은 언제 다 갚네? 꼬부랑 할머니 될 때까지 일해도 모자라지 않았어?"

그나저나 채율은 동호의 박대에 관심 둘 겨를이 없었다. 몸살 앓는 내내, 또 낫고 나서도 그녀의 머릿속은 아빠의 유산을 가로채 사라진 이귀인으로 가득했다. 돈을 되찾으려면 어떻게든 귀인을 만나야 했다. 그러나 채율은 정작 귀인에 대한 정보가 아무것도 없었다. 고등학교 시절을 포함해 10여 년 넘게 함께 지냈으면서도 귀인의 가족이나 주변에 관해서는 완전히 무지했다. 채율에게 귀인은 그저 '생활도우미'였을 뿐, 그 외에는 그녀에 대해 신경 쓸 필요도 없었고 물어본 적도 없었다.

또한 채율은 귀인의 집에 간 적이 한 번도 없었다. 그녀 가족과 만나거나 마주친 적도 없었다. 용무가 있으면 언제나 귀인이 채율의 집으로 오는 게 상례였다.

이귀인의 성정 자체도 이야기를 술술 털어놓는 타입이 아니었다. 누가 관심을 보이고 묻는 것 역시 그다지 내켜 하지 않았다. 오스트리아 동반 유학을 떠난 뒤에는 둘이서만 지냈는데, 유학 시절 내내 룸메이트였던 귀인이 가족과 편지 주고받는 것조차 목격하지 못했다.

'내가 바보 같았어. 귀인이 년이 수상하다는 걸 진작 눈치 챘어야 했는데.'

혼자서 탐정 소설에나 나올 법한 수수께끼 같은 여자를 찾아내기는 버겁다. 국정원이나 뭐 그런 영향력 있는 기관이 도와주면 모를까.

"반채율이, 정신 똑바로 안 차리네?"

채율이 한참 딴생각에 빠져있자 동호가 뒤통수에 대고 벼락같은 호통을 날렸다.

"왜요, 또?"

채율은 얼른 돌 구이 판을 포장 박스에 집어넣는 시늉을 해보이면서 마치 아무 일 없었다는 듯 태연스레 대꾸했다.

"'왜요'라니? 이 에미나이, 너 눈 있으면 한번 보라우. 포장이 죄다 엉망이지 않네!"

엄마야, 돌 구이 판이 벌써 수십 개째 박스에 뒤집혀서 들어가있었다. 귀인이 생각에 빠져 손에 잡히는 대로 넣다 보니 이제껏 거꾸로 넣었던 것이다.

"다시 꺼내 작업하라우."

"아무래도 안 되겠어요. 나중에 마쳐놓을 테니 오늘 반차 좀 쓸게요."

채율이 자리에서 벌떡 일어서며 옷에 묻은 먼지를 툭툭 털었다.

"반차? 아프다고 그동안 농땡이 쳤으면서 또 휴가를 달라고?"

"오후에 S마트 본사에 다녀오려고요."

"S마트?"

S마트라는 말에 동호가 짐짓 겁먹은 표정을 지었다.

"아휴, 나 사고 안 쳐요. 용하 오빠한테 긴한 용건이 있어서 그래요."

"모용하 그 친구라면 저번에 다 만나고 온 거 아니네?"

"돌려줄 게 생겼어요. 마치면 곧바로 돌아올게요."

"날래 다녀오라우. 대신 니가 포장 잘못한 것들은 야근해서라도 전부 제대로 맞춰놓는 거야, 알간?"

채율은 MK그룹 사옥에 도착하자 당당한 걸음새로 안내 데스크로 향했다. 모용하의 비서와 통화를 마친 안내 데스크 여직원은 전과는 사뭇 달라진 자세였다. 사근사근하게 출입증을 내주고 고속 승강기까지 친절히 채율을 안내했다.

정식 출입증을 목에 걸었지만 채율은 등에 꽂히는 시선이 은근히 따가웠다. 보안요원들은 채율을 생생히 기억하고 그녀가 재차 나타난 것을 여전히 미심쩍어하는 눈치였다.

모용하의 사무실은 25층이었다. 승강기에서 내려서자 회색 카펫이 깔린 길고 고급스런 복도가 제일 먼저 눈에 들어왔다. 복도 양쪽으로 유명 화가의 그림 액자가 일정한 간격으로 단정히 걸려있고 이를 배경으로 말쑥한 차림의 직원들이 바쁘게 오가고 있었다.

'기죽을 필요 없어!'

채율은 움츠렸던 어깨를 의식적으로 쭉 폈다. 지나는 사람들에게 물어 모용하의 사무실 앞까지 어렵지 않게 찾아갈 수 있었다.

'재무팀 이사 모용하'

출입문 위에 새긴 금박이 선명한 빛으로 반짝거렸다.

똑똑 —

채율은 주먹을 가볍게 쥐고 문을 살짝 두드렸다. 응답이 없었다. 잠시 기다린 뒤 이번에는 조금 세게 노크를 했지만 마찬가지였다.

'어, 아무도 없나?'

손잡이를 비틀어 살그머니 문을 열고 빠끔히 사무실을 들여다보았다. 방금 전 로비에서 통화했던 비서는 자리를 비운 모양인지 보이지 않고 대신 저 안쪽에서 두런두런 남녀가 이야기를 주고받는 소리가 들렸다. 아마 모용하가 비서를 방으로 불러 업무지시를 내리는 모양이었다.

문턱을 넘어 들어온 채율은 대화에 방해가 되지 않도록 입구 간이의자에 조심스레 엉덩이를 붙였다. 그런 다음 허리를 살짝 굽혀 안쪽을 엿봤다. 모용하의 옆모습이 얼핏얼핏 시야에 들어왔다.

"미안해, 다경이 너 주려고 준비한 건데, 그걸 어디다 뒀는지 도통 기억이 안 난다."

"너무 신경 안 써도 돼요. 반지가 뭐 대수라고. 나한테 중요한 건 용하 씨 마음뿐이에요."

비서라 짐작했던 여자는 모용하의 연인인 듯싶었다. 그렇다면 다경이라 불린 여자가 모용하의 아파트에서 봤던 사진 속 그 여자일까? 채율은 확실하게 보기 위해 몸을 더 아래로 굽혔다. 두 남녀가 가볍게 포옹하면서 얼굴을 문 쪽으로 돌리는 덕분에 여자의 얼굴을 똑똑하게 볼 수 있었다.

'역시 사진 속 여자였구나.'

한숨이 푹 새어 나왔다. 동시에 지난번 모용하의 아파트에서 품었던 질문의 실마리를 찾았다. 그때 채율은 사진 속 여자를 어디선가 본 것 같다고 생각했다. 왜 그런 느낌을 받았을까, 옥탑방으로 돌아가서도 내내 궁금했다.

'맞아, 다경이라는 여자, 그분하고 많이 닮았어. 전에 청담동 뷰티 숍에서 날 도와줬던 그분. 저 여자 쪽이 키가 더 크고 단발머리지만, 머리 모양만 같아도 쌍둥이 같았을 거야.'

한편 두 사람은 채율이 엿보는 것을 눈치 채지 못하고 애정표현에만 집중했다. 포옹에서 키스로, 다시 더 높은 수위로 진행되어 갔다. 급기야 여자는 남자의 손을 잡아끌어 스커트 아래로 넣었고, 그 순간 숨죽여 지켜보던 채율의 인내심은 바닥나버렸다.

"파아!"

한참을 참았던 숨이 채율의 입에서 한꺼번에 터져나왔다.

"밖에 누구예요?"

모용하는 크게 당황하며 다경의 허리에 감았던 팔을 얼른 풀었다.

"거기 누구냐니까?"

모용하의 다그침에 채율이 기침과 함께 그들 앞에 모습을 드러냈다.

"큼, 저기, 반지 돌려드리러 왔다가……."

"채율아."

모용하는 무척 황당해했다. 채율은 어색한 고갯짓으로 다시 인사를 건넸고 반지 박스를 주섬주섬 꺼냈다.

"이거요."

"아, 그랬구나. 미리 전화를 하고 오지, 깜짝 놀랐잖아."

다경은 불청객 때문에 달콤한 시간을 방해받았다는 불쾌감을 노골적으로 얼굴에 드러냈다.

"실은 로비 데스크에서 미리 전화하고 올라왔어요. 비서가 말 안 전했어요?"

"비서가? 글쎄."

"용하 씨, 아는 사람?"

잠자코 지켜보던 다경이 그제야 대화에 끼어들었다.

"아, 소개가 늦어서 미안해. 이쪽은 나와 친하게 지내던 동생 반채율이야. 인사해, 채율아. 이쪽은 민다경, 소개를 하자면 말이지……."

"잠깐만, 용하 씨. 소개는 내가 직접 할게요."

민다경이 모용하의 말을 자르며 한발짝 나섰다.

"반가워요. 난 민다경이라고 해요. 지금은 용하 씨의 여자 친구고요. 아마 특별히 나쁜 일만 일어나지 않으면 용하 씨의 아내가 될 사람이죠."

"아, 네."

"그런데 채율 씨."

"네?"

"용하 씨 말로는 그냥 친한 동생 사이라니까 나 안심해도 되죠?"

"그, 그럼요."

서열을 미리 확실히 하는 선전포고인 동시에 어쭙잖게 친한 동생인 척 얼쩡대면서 애인 자리를 넘봤다간 가만 안 두겠다는 경고이기도 했다. 채율은 그런 민다경을 다시 찬찬히 살폈다. 얼핏 봐도 여러모로 자신감이 넘칠 만한 여자였다. 윤기 있게 찰랑거리는 단발머리, 탄력 있게 부푼 가슴과 잘록한 허리, 오랜 운동으로 다져진 탄탄한 허벅지와 종아리, 우선 신체적으로 완벽했다. 뿐만 아니라 적당히 태닝 한 연갈색 피부와 굴곡을 노골적으로 강조하는 옷차림은 마치 패션잡지의 서양인 모델 같은 싱그럽고 섹시한 매력을 뿜어냈다.

이젠 채율의 차례였다. 막 소개를 시작하려는데 맞은편 벽에 걸린 대형 거울이 문득 눈에 들어왔다. 거울 안에는 몹시 낯익은 여자가 서있었다. 궁기(窮氣)가 줄줄 흐르는 차림새에 엉거주춤히 서있는 자세도 볼썽사나웠다.

"사실 저…… 취직했어요. 동우리빙아트라고, 아마 못 들어보셨을 거예요. 삼겹살 돌 구이 판하고 간단한 주방용품 같은 거 만들어서 대형마트에 납품하는 회사인데……. 여기 S마트에 납품해보려고도 해봤었어요."

채율은 기어들어가는 목소리로 갈피를 못 잡고 횡설수설했다. 고개를 푹 숙인 채 시선도 못 마주쳤다. 쪼그라드는 어깨와 굽어지는 허리를 꼿꼿하게 펴보려고 했지만 그저 생각뿐이었다.

"동우리빙아트를 더 소개하자면…… 그, 그게 사실 회사라기보다는 그저 조그만 공장 같은 건데……. 아무튼 안녕히 계세요."

끝내 채율은 말을 채 마치지 못하고 사무실에서 허겁지겁 내뺐다.

'미쳤나 봐. 취직은 무슨! 뭣 때문에 그런 쓸데없는 말까지 했지?'

아무튼 빨리 벗어나고 싶었다. 다시는 결코 이곳에 오지 않으리라. 마침 복도 끝 승강기 문이 막 닫히고 있었다. 채율은 전력질주해서 아슬아슬하게 몸을 냅다 승강기 안으로 던졌다.

"아얏!"

채율은 승강기 안 뭔가에 강하게 충돌해 이마에 심한 통증을 느꼈다. 누군가가 버럭 소리를 내질렀다.

"야, 눈도 없어?"

채율의 돌진에 상대는 이미 바닥에 쓰러져있었다. 그는 박치기에 콧등을 정통으로 얻어맞았고 다친 코를 두 손으로 감싸쥐고 있었다. 손등 아래로 핏줄기가 가늘게 흘러내리는 게 보였다. 이번에도 노수창이었다.

"헐, 바퀴벌레, 또 너냐?"

피를 닦기 위해 손수건을 꺼내던 노수창은 가해자 반채율을 이내 알아보고 스스로도 너무 어이가 없었는지 순간 피식 웃음을 흘렸다. 그러나 잠시였다. 곧장 눈매를 모로 세우며 채율을 몰아붙이기 시작했다.

"내가 분명히 전에 말했을 텐데? 여긴 너 같은 쓰레기들이 발 들일 곳이 아니라고, 응? 대체 또 어떻게 기어들어온 거야, 혹 누군가 슬쩍 들여보내준 건가?"

"……"

"일단 사과부터 하지 그래? 사람 꼴을 이 지경으로 만들었으면 아무리 벌레라도 그 정도 예의 차리는 법은 알겠지, 아마."

"정말 죄송합니다."

"오호, 의외네! 솔직히 이렇게 순순히 나올 줄은 예상 못 했는데."

"……라고 할 줄 알았지? 이 파렴치한 놈아!"

"뭐?"

채율은 마침 화풀이할 상대가 필요하던 차였다. 노수창과 단둘이 남은 승강기는 그야말로 최적의 장소였다.

"돌 구이 판 납품 계약을 막판에 취소한 게 바로 네놈이라며? 그리고 너랑 잘 아는 데다 싹 물량 몰아주기로 했다며?"

"그래서 원사장 대신 지금 따지러 온 건가?"

"아니, 아까 엄청 기분 나쁜 일이 있었어. 그런데 니가 나보고 쓰레기 벌레라고 또 욕을 하시네. 그래서 이 누나가 생각을 싹 바꿨다."

그사이 승강기는 1층에 다다랐다.

"노수창, 너 인생 똑바로 살아, 임마!"

문이 열리자마자 채율은 노수창의 정강이에 조인트를 먹이고 쏜살같이 달아났다.

"악! 야, 저년 잡아!"

노수창의 비명에 보안요원들이 놀라 달려와서 쓰러져있는 노수창을 부축했다.

"보안 팀은 대체 출입자 관리를 어떻게 하고 있는 거요?"

뒤늦게 달려온 보안 팀장은 길길이 날뛰는 노수창 앞에 얼굴을 들지 못했다. 하지만 채율이 사옥 밖으로 도망쳐 자취를 감춘 후였으므로 할 수 있는 일은 별로 없었다.

"범인의 신원을 파악하고 있는 데다 CCTV 화면 증거까지 있습니다. 경찰에 신고하겠습니다, 대표님."

보안 팀장은 연거푸 머리를 조아리며 대책을 보고했다. 그런데 노수창의 반응이 의외였다. 경찰 신고란 말에 손을 휘휘 내저었다.

"멍청하긴. 경찰이 알면 회사 출입 기자들까지 시끄럽게 달려들 것 아냐?"

"그러면 어떻게 할까요?

"일단 묻으세요. 그리고 앞으로는 무슨 일 있어도 반채율의 사옥 출입은 엄금하세요. 만일 내가 이 사옥 안에서 그 여자를 또 보게 되면 그땐 보안 팀 전원 옷 벗을 각오하시고. 알겠습니까?"

"네, 알겠습니다."

"아니, 아니야. 꼭 그럴 필요까진 없겠구나."

노수창이 고개를 가로저으며 말을 고쳤다.

"만약 그 여자가 또 나타나면 손대지 말고 그대로 놔둬요. 그리고 내게 알려줘, 그 즉시."

노수창은 비서가 건네는 물수건을 받아 코 주위 핏자국을 닦아냈다. 그리고 알듯 모를듯한 미소를 지었다. 버선코처럼 올라간 입꼬리가 어딘지 모르게 불길했다.

14

채율이 노수창의 코피를 터트리고 나서 두 달 정도 지난 뒤 갑자기 동호의 공장에 예상 못 했던 비보가 연이어 날아들었다. 거래해왔던 판매 업체들이 몰래 짜기라도 한 듯 납품계약 취소를 한꺼번에 통보한 것이었다. 설상가상 거래 은행도 대출금 상환 기한 연장이 더 이상은 불가하다는 입장을 전했다. 부품 납품 업체들의 외면도 겹쳤다. 대금을 결제할 때, 당일 현금 외에 다른 수단은 일체 받아들이지 않겠다고 선언한 것이다. 일어날 수 있는, 아니 일어날 수 없는 악재가 동시다발로 터진 셈이었다.

납품할 곳을 찾지 못한 완제품은 날이 갈수록 창고 안에 높이 쌓이기 시작했다. 몇 주가 흐른 뒤에는 조달해야 할 부품이 바닥나는 바람에 생산 컨베이어 벨트마저 뚝 멈추고 말았다.

동호는 끊었던 담배를 다시 피우기 시작했다. 금연에 어렵게 성공했지만 지금은 안 피우면 금세라도 미쳐버릴 것 같았다. 사무실 분위기 메이커인 석수도 풀이 죽고 말수도 눈에 띄게 줄었다. 심상찮은 공장 분위기는 외국인 노동자들에게도 그대로 전해졌다. 그들은 무엇보다 직원 수를 줄일까봐 불안해했다. 해고 당하게 되면 그 즉시 가족들과 함께 귀국 짐을 싸야 하는 게 그들이 처한 현실이었다.

한편 채율은 남모르게 속을 끓이며 전전긍긍해하고 있었다. 최근 불어닥친 일련의 상황들이 모두 자신이 저지른 만행(?) 탓이란 생각에 차마 얼굴을 들고 다니지 못했다.

'치사한 새끼!'

필시 노수창의 공작이 틀림없었다. 누군가가 나서서 이 상황을 풀어야 했다. 결자해지(結者解之). 옛말에 매듭은 묶은 사람이 풀고 일은 저지른 사람이 해결하라고 했다. 장본인 격인 채율이 두 팔 걷고 문제 해결에 나서기로 했다.

"사장님은 망하는 거 그냥 보고만 있을 거예요?"

"시끄러워. 누군 고저 가만히 있고 싶어서 가만히 있네?"

"그럼 뭐라도 해야죠."

"너는 뭐이 방법이 따로 있네?"

"방법이 없으면 찾아보든가."

"쳇, 말은 쉽디. 하루 종일 거래처들에 전화 돌리고 내레 직접 찾아가 무릎 꿇고 사정해도 전혀 소용없어. 그 오데서도 우리 물건 받아주겠다는 데가 없구먼기래."

"대형마트란 놈들이야 다 그렇죠. 그렇다면 우리가 직접 팔아요, 소비자들한테."

"소비자들한테 직접 팔자고?"

"네."

"대체 오데서 어드렇게 판단 말이간?"

"그냥 길거리로 싸 들고 나가서 파는 거예요. 지금 물불 가릴 때예요?"

채율의 제안에 동호가 눈을 휘둥그레 뜨며 담뱃재를 바지 무릎에 떨어트렸다.

"사무실에서 담배 그만 피워요, 연기 따갑게."

"야, 고저 우리 반채율이 마이 변햇다, 야. 철이 잔뜩 들었어, 응?"

"놀리지 말고요. 우리가 직접 팔자니깐요."

"내레 진심이야. 백화점가서 겁 없이 카드 벅벅 긁어대던 게 바로 엊그제 같은데 반채율이가 언제 또순이가 다 됐네? 기렇디만 장사는 달라. 길거리로 가지고 나간다고 해서리 대체 몇 개나 팔갔어?"

"포기할 때 하더라도 전 한번 해봐야겠어요."

"됐고 고저 집어치우라우."

동호는 고개를 절레절레 흔들었다. 놀리기만 하고 태도가 비협조적이었다. 그러나 채율은 한번 마음먹으면 결심을 굽히지 않았다. 사흘째 되는 날 아침, 채율은 여전히 시큰둥한 반응의 동호를 뒤로 하고 돌 구이 판을 가득 실은 1톤 트럭을 몰고 공장 문을 나섰다.

그동안 채율은 동호와 석수로부터 틈틈이 운전을 배워 면허를 땄다. 합격한 뒤에는 그들이 번갈아가며 도로 연수까지 시켜주었다. 그래서 채율은 제법 트럭을 몰 줄 안다고 하는 수준에 이르렀다.

그날의 가두판매 계획에는 현주도 적극 힘을 보탰다. 현주는 월차를 내고 그날 아침 일찍부터 채율을 따라나섰고 기특하게도 거리에 내걸 플래카드까지 미리 마련해왔다. 채율은 일단 태전동에서 그리 멀지 않은 분당의 어느 번화가를 그날의 첫 판매 구역으로 잡았다. 본격적으로 판을 벌인 곳은 번화가 가운데서도 오가는 인파가 많고 붐비는 미금역 주변이었다.

트럭을 세운 뒤 플래카드를 가로수 사이에 높다랗게 걸었다. 이어서 제품을 전시할 간이 매대를 설치하고 돌 구이 판 상자도 옆에 보기 좋게 쌓아올렸다. 밤새 손으로 그린 포스터도 트럭과 벽 여기저기에 붙였다. 준비를 마치자 채율은 확성기에 대고 우렁차게 호객을 시작했다.

"대형마트보다 완전 저렴한 가격에 여러분을 모십니다. 저희 돌 구이 판은 타지 않는 자연석을 사용하여 기름은 싹 빠져 아래로 떨어지고 삼겹살만 바삭하게 구워준답니다. 자, 어서 싸게들 가져가세요."

채율 스스로도 처음에는 무척 어색했지만 몇 번씩 반복하다 보니 점차 입에 붙는 느낌이었다. 행인들이 하나둘 구입해가면서 용기도 솟았다.

정신없이 팔다 보니 오전이 순식간에 흘러버렸다. 정오를 한참 넘어 점심때도 지났지만 직접 파는 희열에 허기조차 느껴지지 않았다. 제 손으로 물건을 팔고 돈을 만지는 기쁨이 바로 이런 것이구나 싶었다. 이제까지 채율은 다른 사람 돈을 받아 쓸 줄만 알았지 자신의 손으로 돈을 벌어본 경험은 전무했다. 이날의 가두판매는 인생의 소중한 깨달음을 가져다주는 의미 깊은 수업이기도 했다.

한없이 오를 것 같던 판매 기세는 오후 2시 반을 넘어서면서 급격히 꺾였다. 지하철역 터줏대감인 포장마차와 가판들이 하나둘씩 영업을 시작했기 때문이었다. 그들은 얼마 지나지 않아 행인들의 이목을 빼앗아 가버렸다. 사람들은 돌 구이 판 쪽은 거들떠보지도 않았다. 2시부터 4시까지 거둔 성적은 고작 네 개였다.

현주는 퇴근 시간대가 가까워지면 나아질 거라며 낙담한 채율의 어깨를 토닥였지만 채율은 그 무렵이 되더라도 반전이 일어날 것 같지 않았다. 그래도 한 사람이라도 더 붙잡기 위해 채율은 쉬어버린 목소리를 다시 가다듬고 확성기에 대고 목청을 높였다. 지날 것 같던 손님

너덧이 매대 쪽으로 접근해 얼른 현주가 싹싹한 태도로 파는 데 성공했지만 잠시뿐이었다. 손님은 금세 또 끊겨버렸다.

'오늘만 날이 아니잖아. 첫날 치곤 엄청 선방한 것이 분명해. 내일은 상황이 훨씬 나아질 거야!'

해가 서쪽 하늘 아래 깊이 기울자 채율과 현주는 철수를 준비했다. 그때였다. 검은색 승용차가 미끄러지듯이 다가와 멈춰 섰다. 승용차에서는 깔끔하게 정장을 차려입은 남자 두 명이 내렸다. 그들은 매대 위에 놓인 돌 구이 판을 요모조모 살펴보면서 흥미를 내비쳤다. 키가 작은 쪽이 먼저 입을 열었다.

"아가씨, 돌 구이 판 한 개 단가가 얼맙니까?"

"마트에서 2만 9천 원이지만, 저희는 그 반값인 만 5천 원에 팔고 있어요."

"그래요? 그러면 대충 3만 개쯤 살 수 있어요, 지금 당장?"

"지금 당장 3만 개요?"

채율은 입이 떡하니 벌어졌다. 잘못 들은 건가 싶어 확인했지만 남자의 대답은 똑같았다. 이번엔 키가 큰 남자가 진지한 표정으로 자신들을 소개했다.

"우리는 사은품이나 기념품이 될 만한 물품을 대기업에 납품하는 특판업자입니다. 보아하니 아가씨들 물건이 제법 실하고 가격도 적당한 듯 싶군요. 어떻소, 우리가 대량 구매를 할까 싶은데?"

"물론 저희는 좋지요."

"그럼 일단 여기 있는 것부터 전부 사겠습니다. 모두 몇 갭니까, 지금 여기 있는 게?"

"트럭에 실린 것까지 하면 아마 500개가 좀 넘을 거예요, 잠깐만요,

정확히 532개네요."

"532개면, 계산해봅시다. 그럼 798만 원이군요? 자, 현금 798만 원."

키 크고 빼빼한 남자는 빠르게 암산을 마친 뒤 가방에서 5만 원권 지폐 다발을 꺼내 즉시 계산했다. 그러고는 작은 키 쪽을 흘끗 돌아본 뒤 입맛을 쩍쩍 다셨다.

"그리고 하나 더 확인할 게 있습니다."

"뭘 확인하시고 싶은데요?"

"지금 제품 공장에 같이 가볼 수 있겠습니까?"

"공장요? 뭐가 궁금하신데요?"

"당연히 물량이죠. 우리가 요구하는 3만 개 수량을 기일 내에 맞춰 줄 수 있는지 우리 눈으로 직접 보고 싶습니다."

사내의 요구에 채율은 창고에 보관된 돌 구이 판 수량을 머릿속으로 어림잡아보았다. 아무리 헤아려도 창고 물량만으로는 3만 개를 맞추는 건 무리였다.

"어렵겠습니까?"

"지금 공장 창고 물량으론 좀 부족할 것 같네요. 하지만 걱정 마세요. 협력업체에 연락해 돌판만 받을 수 있으면 수량은 사나흘 내로 금방 맞춰드릴 수 있을 거예요."

채율이 어깨를 으쓱하며 장담하자 작은 키가 끼어들었다.

"아, 그 유명한, 불에 타지 않는다는 자연석 돌판 말입니까? 돌판 공장도 혹시 아가씨가 직접 안내해줄 수 있겠어요?"

"돌판 납품 업체요?"

"맞아요. 내가 꼭 좀 보고 싶은데, 어때요?"

"······."

"그것도 어려워요?"

"아뇨. 어렵긴요. 당연히 제가 모시고 가야죠."

잠자코 지켜보던 현주가 걱정스레 채율의 귀에 소곤거렸다.

"언니, 이런 일이라면 동호 오빠한테 그냥 맡겨버려요. 수량도 너무 많고 또 제 느낌에 저 사람들 어딘가 수상해요."

"수상하긴, 뭐가?"

"그렇잖아요? 갑자기 나타나서 3만 개 주문하는 것도 이상하고, 이런 대량 주문을 가판대에서 하는 건 아무래도 아닌 것 같아서요."

"현주 넌 걱정 말고 가만있어. 이 일은 내가 시작해서 내 손으로 끝낼 거야. 모두 깜짝 놀라게 해주고 싶어."

"언니!"

"거래가 완전히 성사될 때까지 비밀로 해줬으면 좋겠어. 절대 누구한테도 말해선 안 돼."

채율은 그날 아침 트럭 열쇠를 내주며 오만하게 웃던 동호의 얼굴이 문득 떠올랐다. 그는 비스듬히 팔짱을 긴 채 대체 가판으로 몇 개나 팔겠냐, 해볼 테면 한번 해보라는 식의 태도였다. 내내 가시처럼 그 모습이 마음에 걸렸다. 그런데 3만 개 주문이라니······.

돌 구이 판 3만 개면 개당 만 5천 원씩 계산해서 전체 금액이 무려 4억 5천만 원이나 됐다. 한 번에 3만 개를 팔아치우는 믿지 못할 성과에 동호는 과연 어떤 반응을 보일까. 채율은 상상만으로도 가슴이 뛰고 입이 찢어졌다. 남자들이 태전동 공장 대신 김포 돌판 공장부터 가고 싶어 하는 것도 차라리 잘된 일이었다. 동호는 이 엄청난 거래의 최종 하이라이트만 목격하면 될 일이다. 만일 거래 중간에 그를 끼게 하

면 김이 샌다. 그러자면 등 뒤에서 근심스레 쳐다보는 현주 입단속부
터 해야 했다.

"그래도 신중해야 돼요, 언니. 3만 개에요 3만 개. 아무래도 저 남
자들 진짜 살 것 같지가 않아요. 그러니까 동호 오빠한테 먼저 전화해
서……."

"현주야, 내가 다 알아서 처리한대도. 왜 그래? 일단 돌판 공장만
구경시켜주는 게 뭐가 문젠데? 혹시 또 알아? 돌판 품질에 뿅 가서 추
가 주문까지 넣을지? 아무튼 넌 내가 괜찮다고 얘기할 때까지 원사장님
한테 입도 뻥끗하면 안 된다, 알았어?"

남자들은 트럭에 실린 돌 구이 판들은 차차 인도받겠다면서 김포
공장행부터 서둘렀다. 채율은 현주에게 트럭을 맡겨 놓고 남자들이 타
고 온 승용차에 동승해 김포 공장으로 출발했다.

김포 공장까지는 두시간 가까이 걸렸다. 도착할 무렵엔 이미 땅거미
가 내려앉은 뒤였다. 공장 분위기는 어딘지 모르게 낯설었다. 평소 동
호와 함께 문턱이 닳도록 왕래하던 곳이었지만 그날따라 이상할 정도
로 스산했다. 대개 저녁 즈음엔 하루 일과를 마무리하느라 북적거렸
는데 어찌된 게 직원 한 명, 쥐새끼 한 마리조차 없었다.

"뭐가 이렇게 썰렁해? 이봐요, 아가씨, 여기가 돌판 만드는 데가 맞
기나 합니까?"

특판업자들은 공장 바닥에 굴러다니는 잡동사니를 발로 툭툭 걷어
차며 미심쩍어했다.

"그럼요. 여기가 저희 주요 거래처인데요."

채율은 억지웃음을 지어보이며 그들을 안심시키고 돌판 창고 쪽으

로 안내했다. 창고 문을 열자 과연 돌판이 보였다. 원형으로 예쁘게 깎인 돌판은 석탑처럼 높이 쌓여있었다. 채율이 그 가운데 제일 말끔한 하나를 골라 건넸다.

"직접 보니까 어떠세요?"

"글쎄."

"일단 잘 깨지지 않고 타지도 않아서 삼겹살 구울 때 제격이에요. 기름은 쏙 빠지고 육즙만 그대로 남으니까 식감도 끝내주고요. 거기다 불에 닿으면 원적외선에 미네랄까지 발산하거든요. 건강에 이로운 효과는 죄 갖췄다고 말해도 무방합니다."

채율은 약장사처럼 돌판의 품질과 우수성을 정신없이 떠들어댔다. 그러나 업자들의 반응은 시큰둥했다. 믿고 안 믿고를 떠나 돌판에 아예 관심이 증발해버린 눈치였다. 그들은 주머니에 손을 푹 찔러 넣고 휘휘 돌아다니며 주위에 사람이 있나 없나 살폈다. 김포로 오는 동안 돌판에 대해 꼼꼼히 따져 묻던 것과는 딴판이었다.

'이상하다. 하필 오늘따라 공장장님도 안 계시네.'

채율은 업자들이 갑자기 돌 구이 판을 사지 않겠다며 변심할까 봐 걱정됐다.

'공장이 텅 비고 썰렁해 그런 걸까?'

어디 남아서 일하는 사람이라도 없을까 싶어 두리번거렸지만 공장은 무덤처럼 조용했다. 그사이 주위는 빛줄기 하나 없이 새까맣게 변했다. 업자 중 큰 키가 채율의 등 뒤로 슬그머니 다가와 말을 걸었다.

"정말 아무도 없나 보네, 아가씨?"

"그러게요."

어색한 기운을 느낀 채율이 샐쭉 웃어보이자 큰 키도 능글맞은 표정을 하며 마주 웃었다.

"3만 개를 주문하면 금액만도 수억이잖아. 헌데 아가씨는 대신 우리한테 뭘 해줄 수 있나?"

큰 키가 갑자기 말을 낮췄다.

"제가 대신 해주다니 무슨 뜻인지 전 잘 모르겠네요."

"내 말은 돌 구이 판 3만 개를 주문하는 대가 말이야."

"아, 돌 구이 판 3만 개요? 그건 확실하게 맞춰드린다니까요."

"허, 말귀를 영 못 알아들으시네. 답답한 아가씨 같으니라고."

어슬렁대던 작은 키가 다가와 큰 키 옆에 딱 붙어 어리둥절해하는 채율을 안쓰럽게 쳐다봤다.

"자세히 설명해줄까? 이봐, 아가씨, 돌 구이 판을 우리가 3만 개씩이나 사주겠다잖아, 그렇지?"

"네, 그래요."

"그러면 아가씨는 큰 실적을 올리는 거잖아. 그렇게 되면 아가씨 쪽에서도 그 대가로 우리한테 뭔가 보답을 해줘야 하는 거고, 알아들어?"

"잘 모르겠지만 아무튼 그래서요?"

"'그래서요'라니?"

작은 키가 털레털레 고개를 흔들고는 버럭 소리를 질렀다.

"이봐, 아가씨!"

"진짜 몰라서 그래요. 저는 돌판 3만 개를 차질 없이 납품해드리고 사장님들은 그 대금을 치르시면 되는 거잖아요? 그럼 거래가 깨끗하게 이뤄지는 거 아닌가요? 그런데 제가 뭘 더 어쩌라고요?"

"와, 이거 정말 앞뒤가 꽉 막혔구먼그래. 와, 덥다, 더워."

미간을 좁게 찡그린 작은 키가 머리에 손을 얹더니 모자를 벗듯 정수리에서 머리털 한 뭉치를 훌쩍 걷어냈다.

"헉!"

채율이 본능적으로 움찔하며 뒤로 물러섰다. 가발이었다. 동시에 큰 키가 열려있던 창고 문을 드르륵 소리가 나도록 위압적으로 닫았다.

"왜들 이러세요?"

겁이 덜컥 난 채율이 큰 소리로 물었다. 불길한 예감이 온몸을 휘감았다.

"왜 이러기는, 장사가 뭔지 오늘 우리가 제대로 가르쳐주려고 그러지."

"네?"

"자, 설명은 대충 알아먹을 만큼 끝마쳤으니 이제 본론으로 들어가자고. 장소가 거시기하긴 해도 전혀 못 할 만큼은 아니니까."

작은 키가 히죽 웃으며 큰 키를 돌아보았다. 큰 키 역시 동의하듯 앙상한 어깨를 으쓱 들어 보였다.

"아가씬 앞으로 장사 같은 거 아주 잘할 거야, 일단 얼굴이 하얗고 반반한 데다 실한 엉덩짝이 일품이잖아. 거래처들이 아주 좋아하겠어."

순간 채율의 뇌리를 스치는 단어가 있었다.

'함정이야!'

놈들은 처음부터 계획적으로 접근한 게 틀림없었다. 공장이 비어있을 줄은 몰랐겠지만 그렇다 하더라도 어떻게든 기회를 만들어 채율을 범하려고 했을 게 분명했다. 채율은 입술을 질끈 깨물었다. 최대한 눈을 앙칼지게 뜨고 사내들을 노려봤다.

"가까이 오지 마요. 소리 지를 거예요!"

"소리 질러봐야 여긴 아~무도 없는 거 같은데?"

큰 키는 클클클 기분 나쁜 웃음소리를 내며 둘러보는 시늉을 과장스레 했다. 이윽고 저들끼리 낄낄대던 남자들의 눈빛이 점차 짐승처럼 변해갔다. 마치 먹잇감 몰듯 채율을 양쪽에서 에워싸면서 접근해 도망치지 못하도록, 또 제압하기 쉽도록 천천히 구석으로 몰아갔다.

"야, 이 자식들아, 가까이 오지 말래도!"

채율이 바락바락 악을 썼지만 사내들은 아랑곳하지 않았다. 돌연 작은 키가 기습적으로 팔을 뻗어 채율의 엉덩이를 만졌다.

"이야, 제법 실팍허구먼."

뱀이 맨 살갗에 닿은 것 같은 느낌이 척추를 타고 정수리를 찔렀다. 채율은 날카로운 비명과 함께 재빨리 작은 키의 손을 쳐냈다.

"엄마! 손 안 치워? 이 대머리야!"

채율은 뒷걸음질치면서 주변을 더듬어 잡히는 대로 집어던졌다. 종이박스, 비닐, 심지어 망치, 정, 쇠톱 등 가리지 않았다. 더 이상 던질 것을 찾을 수 없자 신고 있던 신발마저 벗어 놈들 얼굴을 향해 있는 힘껏 내던졌다.

"아따, 고년 앙탈 한번 징하네."

사내들은 피하고 또 적당히 맞아가며 한발 한발 다가섰다. 마침내 채율은 창고 구석까지 몰렸다. 물러서서 피할 곳도, 던질 거리도 더 이상 남아있지 않았다.

"제발 한번 봐주세요, 네?"

채율은 작전을 바꿨다. 반항보다 애원과 호소가 오히려 나을 수 있다고 판단했다. 발정 난 사내들을 자칫 잘못 자극했다가는 최악의 상황까지 치달을 수 있었다.

끼이익ㅡ

갑자기 공기를 찢는 날카로운 금속음이 들렸다.

"대체 뭣 하는 짓들이야!"

그리고 벽력같은 일갈이 뒤를 이었다. 의문을 품을 새조차 없이 창고의 철제문이 활짝 열리고 그 문으로 다급히 안으로 뛰어드는 실루엣이 보였다.

'대체 누굴까? 이 사람들하고 한 패일까?'

불청객이 비추는 손전등 불빛에 채율은 눈이 부셔 앞을 제대로 볼 수 없었다. 누군지 얼굴 분간은 안 됐지만 목소리는 귀에 익었다.

"당장 여자한테서 떨어져, 어서!"

사내들이 주춤했다. 불청객은 손전등의 초점을 채율이 있는 구석을 향해 비췄다. 채율이 무사한지부터 확인하려는 것 같았다.

"괜찮아요, 거기?"

"네······."

채율의 대답을 들은 불청객이 성큼성큼 이쪽으로 다가왔다. 사내들은 얼굴로 쏟아지는 불빛을 손등으로 가리거나 실눈을 떠 불청객이 누군지 확인하려 했다.

"아이고, 모이사님!"

불청객이 누군지를 알아본 사내들은 쩔쩔매기 시작했다. 그리고 앞으로 튀어가서 90도로 허리를 굽혔다.

"모이사님께서 대체 이곳까지 어떻게······."

모용하였다.

"대체 이게 무슨 흉한 짓들입니까?"

"오빠!"

158

구석에 몰렸던 채율이 얼른 반가운 목소리로 부르며 모용하 옆으로 달려가 섰다.

"다친 데는 없어?"

"없어요. 그런데 이 사람들 뭐예요? 오빠 아는 사람들이에요?"

푸우, 모용하는 대답 대신 한숨을 내쉬었다. 그러고는 시선을 다시 사내들에게로 돌렸다.

"혹시 수창이가 시킨 겁니까, 또?"

"실은 그게, 노대표님께서는 그저 겁만 주라고 하셔서."

"뭐요, 겁만 주라고?"

모용하는 그만 어이가 없어 말문이 막혔다.

'역시 노수창 그놈 짓이었어.'

채율은 승강기에서 코피를 찔끔대던 노수창의 얼굴이 스쳐 지나갔다. 금세 상황 파악이 되는 것 같았다.

"어떻게 할까? 이 친구들, 경찰에 신고할래?"

모용하가 채율을 보며 물었다. 채율은 두 사내를 똑바로 쳐다보았다. 방금 전까지도 짐승처럼 사납게 으르렁대던 그들은 어느새 가련한 초식동물로 변해 비굴한 자세로 그녀의 처분을 초조하게 기다리고 있었다. 가발을 엉성하게 뒤집어쓴 작은 키와 말라깽이 큰 키, 그들의 꼬락서니는 차라리 희극이었다.

"일단 생각 좀 해보고요."

잠시 고민하던 채율이 일단 유예를 선언하자 납빛이던 사내들의 얼굴이 활짝 개었다. 그들은 채율과 모용하에게 연신 굽실거리며 사과하더니 이어 슬금슬금 밖으로 사라져버렸다.

"여긴 어떻게 알고 온 거예요?"

창고 밖 사내들의 승용차 소음이 아득하게 멀어지자 채율이 호기심 가득한 얼굴로 물었다. 모용하는 흘러내린 앞머리를 가볍게 쓸어올리며 어깨를 으쓱해 보였다.

"노수창 그놈은 미쳤어. 가끔 이런 사고를 치곤 하지. 혹시나 했는데 내 짐작이 맞은 거야."

"그럼 저 사람들은요?"

"수창이가 이런저런 일 시키는 하잘 것 없는 치들이다."

"그렇군요. 그러면 오빠랑 노수창 그놈이랑은 무슨 사이예요? 혹시 가까운 사이는 아니겠죠?"

채율이 불안하게 다시 물었다. 모용하는 아무렇지 않게 고개를 끄덕했다.

"수창이와는 고등학교 친구야."

의외의 대답에 채율은 깜짝 놀랐다. 용하 오빠와 노수창 그 망할 자식이 고교 동창이라니.

"나도 뒤치다꺼리는 별로 내키지 않아. 하지만 만약 세상에 알려져 봐. 분명 언론에서 시끄럽게 굴겠지. 그놈뿐 아니라 그룹 전체가 곤란해져."

"내가 걱정돼서 온 게 아니라는 말이네요."

"그런 뜻은 아니야. 내가 제일 걱정한 건 누구보다 채율이 너야."

"알았어요. 아무튼 오빠는 왜 하필 그런 사람하고 친구를 해요?"

"글쎄다."

"혹시 돈 때문인가요?"

모용하는 더 이상 대꾸가 없었다. 대신 채율의 맨발을 내려다봤다. 눈썹이 활처럼 휜 게 대체 신발은 어디 갔느냐고 묻는 표정이었다.

"그게, 아까 그 새끼들이, 아니 그놈들이 오지 말래도 자꾸 가까이 다가오길래……."

채율은 자초지종을 미주알고주알 주워섬겼다. 모용하가 채율의 머리를 가볍게 콩 쥐어박았다.

"바보야, 그렇다고 신고 있는 신발을 던지면 어떻게 해? 어디로 던졌는지 기억은 나?"

"잘 모르겠어요. 워낙 경황이 없어서……."

모용하가 창고 안을 손전등으로 비추며 신발을 찾았다. 그러나 내부는 마구 어질러진 터라 쉽지 않았다.

"업혀."

모용하가 갑자기 몸을 돌려 채율 앞에 등을 내밀었다.

"네?"

"신발은 날이 밝아야 찾을 것 같아. 포기하고 일단 내 등에 업혀. 차까지 업어다줄게."

"아니에요. 그냥 걸어갈 수 있어요, 나."

"바닥이 온통 위험한 거 천지다. 잘못하다간 발 다쳐."

마지못한 얼굴로 채율은 모용하의 등에 업혔다. 가슴이 두방망이질 쳤다. 그의 등은 넓고 따뜻했다.

'이 넓은 등에 평생 업힐 수 있다면…….'

모용하의 등에 업혀 가는 동안 채율은 그의 차가 아주 멀리 떨어진 곳에 주차되어있었으면 하고 바랐다. 그러나 매정하게도 차는 창고 바로 옆에 세워져 있었다. 모용하는 소중한 것 다루듯이 채율을 앞좌석에 조심스레 내려놓고 운전석에 앉아 시동을 걸었다. 부드러운 진동이 기분 좋게 전해졌다.

어느덧 차는 김포를 벗어나 올림픽대로에 들어섰다. 카 오디오에서 감미로운 피아노 선율이 흘러나왔다. 몸을 감싸는 조수석은 푹신하고 안락했다. 게다가 밀폐된 공간에서 공유하는 둘만의 대화, 채율은 모든 것이 마음에 쏙 들었다. 어딘가 멋진 곳으로 여행을 함께 떠나는 기분이었다.

"채율이 아버님, 생전에 네 걱정 많이 하셨어."

"알아요. 늘 걱정을 달고 사시던 분인데요, 뭐."

"반회장님께서 네가 피아노에 정붙이지 못하는 걸 아시고 다른 계획도 세워놓으셨었지. 혹시 그것도 알고 있니?"

"어떤 다른 계획요?"

"모르는 모양이구나. 회장님은 차라리 너에게 일찍 회사 경영을 맡겨볼까 생각하셨던 거 같아. 나한테도 몇 번 그런 말씀하신 적도 있고."

"제가 반석그룹 경영을요? 아빠가 정말 그러셨어요?"

모용하가 고개를 가볍게 끄덕였다.

"다 지나간 얘기고 쓸데없는 스토리예요. 뺑 하고 풍선처럼 터져버린 회사 얘길 다시 말해 뭐 해요? 부질없고 소용없지, 뭐."

"그래도 반회장님 당신께는 반평생을 일군 회사였어."

"하긴 그건 그렇지만."

채율은 기분이 착잡해졌다. 듣기기 싫어 시선을 창밖으로 피하는데 어느새 눈가가 촉촉하게 젖었다.

"그나저나 돌아가신 아빠한테 너무 죄송한 기분이에요."

"그래?"

"네, 하나뿐인 딸이면서 장례식조차 제대로 못 챙겨드렸잖아요. 그게 매일같이 맘에 걸려요."

"……."

"굳이 변명하자면 채권자들이 무서워서 못 나섰어요. 그저 바보같이 펑펑 울기만 했네요. 정말 불효녀에요, 나."

맞은편에서 달려오는 차의 전조등 빛이 채율의 눈물에 반사됐다. 모용하가 울먹거리는 그녀의 어깨를 토닥였다.

"너무 죄책감 가질 필요 없어. 반회장님은 내가 잘 보내드렸으니까."

"오빠가요?"

채율이 젖은 눈을 동그랗게 뜨며 모용하를 봤다.

"그래, 내가 너 대신 아들 역할 했어."

모용하는 미소를 머금으며 긍정했다. 채율은 눈물이 다시 한번 솟았다.

'어떻게 세상에 이런 남자가 있을 수 있을까?'

반석그룹이 무너지자 주위 사람들은 각자 제 몫 챙기기에 바빴다. 어느 누구 하나 반회장의 죽음을 진심으로 애도하거나 딸의 추락을 염려하지 않았다. 반회장 생전 소위 끈끈한 인맥과 친분을 강조하며 어떻게든 다리를 놓아보려 애쓰던 인사들은 예외 없이 돌변했다. 오히려 그들은 하나같이 한 푼이라도 더 떼일까 전전긍긍하거나 대체 어떻게 하면 더 뜯어낼까 승냥이처럼 굴었다. 그것이 평소 지인을 자처하던 치들의 민낯이었다. 하지만 모용하는 달랐다. 모두가 외면할 때 딸의 행방조차 묘연한 반인철 회장의 장례식을 혼자 치른 것이다. 모용하는 반회장의 발인과 화장은 물론 유골을 납골당에 모시기까지 과정 일체를 발품 팔아 자비로 처리했다. 단지 반인철 회장의 개인 금융 업무를 맡았던 인연뿐인데도 그는 그렇게 했다.

"고마워요, 오빠. 정말 고마워요."

"고맙긴. 회장님 생전에 날 아끼고 챙겨주신 게 얼만데? 그에 비하면 아무것도 아니야."

채율은 생각지도 못했던 호의에 감격해 말을 잇지 못하고 그저 눈물만 떨어뜨렸다. 심정 같아선 그가 죽으라면 죽는 시늉도 할 수 있을 것 같았다. 잠시나마 모용하를 의심했던 게 면목 없고 미안했다. 이만큼 선량한 사람이 남의 유산을 가로채는 파렴치한 행위를 저질렀을 리 만무했다. 채율은 그간 멋대로 오해하고 내심 비난했던 게 염치 없게 느껴져 차마 그를 똑바로 쳐다볼 수 없었다. 아, 이런 남자가 왜 내 남자가 아닌 걸까.

꼬르륵—

하필이면 그때 채율의 배가 주책없이 비명을 질렀다. 분위기와 맞지 않는 소리에 모용하는 웃음을 터트렸다. 채율은 뜬금없이 존재감을 드러내는 생리 현상이 야속했다. 지금만큼은 오장육부를 지우개로 싹싹 지워내고 싶었다.

"채율이 너 많이 배고팠구나?"

"아, 아녜요."

입은 그렇게 대답했지만 배는 꼬르륵, 다시 민망한 소리를 냈다. 아까보다 더 컸다. 아예 땅을 파고 숨고 싶었다.

'내가 미쳐, 정말!'

얄밉게도 모용하는 웃음을 그치지 않았다. 그는 올림픽대로의 가까운 출구로 빠져나와 인근 도로변 편의점 앞에 차를 세웠다.

"잠깐만 기다려."

모용하가 간단히 요기할 것들을 사오겠다며 차 문을 열고 나갔다.

띠리링 띠리링-

모용하의 휴대폰이 울렸다. 액정에 이름이 점멸했다.

'다경'

누군지 확인한 채율은 괜스레 긴장했다. 전화를 받을까 말까 망설이다 모른 척하기로 했다. 저편에서 알아서 끊겠지 싶었다. 그런데 벨음량만 줄인다는 게 얼떨결에 그만 통화 버튼을 누르고 말았다.

"여보세요, 여보세요?"

민다경의 음성이 쩌렁쩌렁 울렸다. 지난번 모용하의 사무실에서 들었던 목소리인지라 제법 익숙했다. 여전히 자신감이 넘치는 목소리였다.

"여보세요? 용하 씨, 저예요. 왜 아무 말이 없어요?"

에라 모르겠다 싶어 채율이 휴대폰을 집어들었다.

"죄송한데요, 지금은 용하 오빠가 전화를 받을 수 없거든요, 나중에 다시 걸어주세요."

"오, 오빠요? 말씀하시는 그쪽은 누구예요?"

민다경은 여자 목소리에 다짜고짜 적의부터 드러냈다. 채율이 기어드는 목소리로 상황을 설명했지만 민다경은 본격적으로 캐물을 기세였다. 대화를 계속하다가는 말이 더 엉킬 것 같았다.

"아무튼요, 제가 오빠한테 조금 있다 꼭 전화 드리라고 전할게요."

"이봐요, 오빠라고 부르는 거기가 어디냐고요."

"어디라고 말하기 좀 힘들어요. 저도 생전 처음 오는 곳이라."

"아니, 지금 전화에 대고 말하는 당신이 누구냐고."

"제가 누군지는 전혀 중요하지 않고요."

"난 중요하거든. 야, 너 누구야?"

"죄송합니다."

민다경이 큰소리로 다그치자 채율은 중간에 전화를 끊어버렸다.

'아, 뭐지, 이 큰 사고 친 기분은?'

찝찝한 기분이 그야말로 메롱이었다. 마침 돌아온 모용하가 차 문을 열었다. 양손엔 먹을 것과 음료들이 한가득이었다.

"미안해. 진짜 멋진 레스토랑으로 초대해서 제대로 대접했어야 하는데. 오늘은 이걸로 용서해주는 거다, 응?"

"아녜요, 이런 꼴로 레스토랑은 무슨."

"무슨 일 있었어? 표정이 왜 그래?"

"제, 제가요?"

"그래. 설마 귀신을 본 건 아닐 테고. 얼굴이 아주 하얗게 질렸어, 너."

"……."

"그새 정말 무슨 일 있었구나?"

"저기, 전화 왔었어요. 민다경, 그분한테서."

"다경이가 전화를?"

"네, 그런데 오해 안 하시게 오빠가 말을 잘하셔야 돼요. 내가 그러려고 그런 건 아닌데 그게 좀……."

채율이 머뭇거리자 모용하가 도무지 이해가 안 된다는 표정을 지었다.

"좀 뭐? 혹시 다경이한테 뭐 잘못 말했니?"

"몰라요, 엄청 찌질하게 굴었어요, 바보같이."

모용하는 얼굴이 빠르게 굳었다. 그리고 곧바로 휴대폰을 들어 민다경에게 전화를 걸었다. 통화는 생각보다 길어졌다. 앞뒤 상황을 한참 설명하는 것 같았다.

한편 채율은 주책맞게 배가 너무 고픈 나머지 바로 옆에서 모용하가 심각한 얼굴로 통화를 하고 있는데도 관심이 먹을 것에만 꽂혀있었다. 뭘 사왔나 봉지 안을 살펴본다는 것이 어느새 주섬주섬 삼각 김밥의 포장을 뜯고 있었다. 모용하와 민다경의 통화는 한참 뒤에야 간신히 끝났다. 채율이 김밥을 모두 해치운 다음이었다.

"푸우, 아무리 설득해도 다경이가 우리 사이를 의심해."

"죄, 죄송해요."

"채율이 네가 사과할 일 아니잖아, 네 잘못 아니니까."

일반적으로 사태가 그쯤 이르면 입을 다물고 있는 게 상식이건만 엉뚱한 질문이 튀어나왔다.

"한 가지 물어봐도 돼요?"

"뭔데?"

"민다경이라는 분, 어디가 좋아요?"

"어디가 좋냐고? 글쎄, 너무 갑작스러운 질문인데."

"아, 그런가요?"

물어볼 타이밍이 아니라는 생각을 하기는 했다. 연인 사이에 투덕거릴 거리를 제공한 당사자가 던질 질문도 분명히 아니었다. 그는 얼버무린 뒤 입을 다물었다.

'괜한 걸 물어봐가지고. 으휴, 바보, 바보!'

그러는 사이 승용차는 성남–여수 사거리를 지나 갈마 터널을 통과하고 있었다. 앞으로 15분쯤 더 가면 동우리빙아트의 낡은 간판이 언덕배기에 나타날 거였다.

15

　MK그룹 사옥 맨 꼭대기 층의 노수창의 집무실은 한쪽 벽을 뺀 삼면이 커다란 통유리라 일대의 건물과 도로가 한눈에 내려다보였다. 전경만큼은 대한민국 제일이었다.

　한쪽 벽은 출입문과 커다란 유리 장식장 차지였다. 장식장에는 각종 콩쿠르 상패와 트로피들이 빼곡히 들어차 노수창이 피아니스트로 명성을 날렸던 화려한 한때를 증언했다. 널따란 한가운데에는 검은색 그랜드 피아노가 있었다.

　그 앞에 앉은 노수창은 벌써 한 시간째 연주 중이었다. 서너 걸음 떨어진 거리에 엉거주춤한 자세의 사내들이 서 있었다. 한 사람은 통통한 몸집에 땅딸만한 키였고 또 한 사람은 빼빼 말랐지만 키가 컸다.

　"모용하가 왔었다고?"

　이윽고 연주를 마친 노수창이 돌아보며 물었다.

　"예, 갑자기 모이사님께서 나타나는 바람에 더는 어쩌지 못했습니다."

　사내들은 선고를 기다리는 사형수인 양 안절부절못했다.

"모용하 그 자식 정말 안 되겠네. 동창이라고 봐줬더니 너무 기어오르는 거 아냐, 안 그래?"

작은 키와 큰 키는 어찌 대답해야 할지 몰라서 서로 멀뚱히 쳐다보기만 했다.

"멍청이들 같으니! 그렇게 물러가지고 앞으로 내가 니들한테 무슨 일을 맡길 수 있겠어, 응?"

노수창이 봉투 두 개를 꺼내 먹이 던지듯 건넸다.

"하나는 수고비다. 다른 하나는 김포 공장인가 거기 사장 놈 갖다 줘. 그 돌판 공장 말이야."

"알겠습니다."

"공장 비우느라 직원들 싹 데리고 야유회 갔다면서? 그 경비니까 전해. 수고 많았단 인사도 전하고."

"그건 걱정 마십시오, 대표님."

"뭐 해? 빨리 안 나가고."

"네?"

"어서 안 꺼져?"

봉투를 받아든 사내들이 부리나케 집무실을 빠져나갔다.

"바보 같은 놈들!"

노수창은 도망치듯 사라지는 사내들의 뒤에 대고 욕지거리를 내뱉었다.

'그러니까 모용하가 반채율을 데리고 갔단 말이지? 맞아, 그 녀석, 예전 은행에서 근무할 때 반석그룹인가 그쪽 일을 봐준 적이 있다고 했었어. 그때 남은 인연 때문인가?'

노수창은 밖이 가장 잘 내려다보이는 유리벽 가까이 다가섰다. 그러든 말든 이번 일은 더 복잡하게 만들지 않기로 했다. 반채율에게 대한 앙갚음은 이 정도면 됐다.

그에게는 보다 중요한 일이 있었다. 약혼녀와의 관계를 돈독히 쌓는 것이었다. 약혼녀는 미성그룹 오너의 맏딸이었다. 미성그룹이 재계 4위인 만큼 그녀와의 결혼은 MK그룹 차원에서도 매우 중요한 사안이었다.

사실상 정략결혼과 다름없는 결합이다 보니 두 사람의 데이트는 늘 어딘가 불편했다. 예컨대 약속조차 두 사람 의사대로 자유롭고 편하게 정하지 못했다. 데이트는 양쪽 그룹의 비서실이 관리하는 스케줄에 따라 정해졌으며 대개 주 1회였다. 구체적 일정은 저녁식사 후 영화나 공연 관람 따위로 한정되었다.

마침 그날도 약혼녀와 공식 데이트 일정이 잡혀있었다. 이태원의 유명 그리스 식당에서 저녁식사를 함께한 뒤 러시아 피아니스트의 독주회를 관람하는 것이 계획이었다. 솔직히 노수창에게 피아노 독주회 관람은 썩 내키는 바가 아니었지만 드물게 약혼녀가 적극 희망했다니 너그러운 척 받아들이기로 했다.

약혼녀인 민나현은 여러모로 완벽한 여자였다. 그녀를 처음 만나본 사람들은 제일 먼저 빼어난 미모부터 감탄했다. 그리고 얼마 지나지 않아 감춰진 내면이 훨씬 아름답다는 걸 깨닫곤 했다. 그들은 그녀의 따뜻한 마음 씀씀이를 직접 겪고 나서는 더욱 그녀에게 푹 빠져들었다.

민나현은 세계 최고의 공연예술 대학을 졸업한 재원이었다. 노수창과 마찬가지로 한때 촉망받았던 피아니스트이기도 했다. 현재는 피아노를 접고 미성그룹 산하 비영리법인 현암아트센터 대표로 재직 중이었으며 음악계에서 나름 영향력을 행사하는 주요 인사였다. 민나현의 장래희망과 꿈은 의외로 소박한 편이었다. 행복한 가정을 꾸리고 예쁜 아이들을 낳아 키우는 조용한 삶이 전부였다. 노수창과 결혼한 뒤엔 살림과 내조에만 전념할 생각이었다. 현암아트센터 재단 대표직은 동생 민다경에게 물려줄 계획이었다.

한편 동생 민다경은 성품이나 언행 모두 언니 나현과 180도 딴판으로, 어릴 적부터 치마보다는 바지를 즐겨 입던 활달한 톰보이였다. 민다경의 눈에 언니의 꿈이란 도무지 이해되지 않는 것이었다. 평생 가정이라는 답답한 껍질 속에 들어가 달팽이처럼 숨어 살겠다니, 생각만 해도 질식할 것 같았다. 다경은 자신이라면 머리에 총을 맞지 않고서야 천 퍼센트 불가능하다고 생각했다.

그래서인지 자매는 남자를 고르는 눈도 완벽하게 달랐다. 동생 민다경이 솜털처럼 부드럽고 다정다감한 모용하를 골랐다면 언니 민나현은 노수창과 같이 괴팍하고 제멋대로인 남자에게 끌렸다.

노수창은 주제넘게도 이 완벽한 신붓감을 진심으로 사랑하지 못했다. 물론 그는 그녀가 아름다움과 남다르게 어질고 선량한 성품을 지녔다는 것을 잘 알고 있었다. 그러나 여자로서 가슴 깊이 받아 들이냐 마느냐 여부는 어쩌면 다른 차원의 문제였다. 노수창은 천성이 사냥꾼이었다. 들판을 숨차도록 뛰고 달려 마침내 날카로운 창으로 사냥감을 찔러 눕혀야 직성이 풀리는 인간이었다. 반면 우리 안에 든 순하고 얌전한 가축은 관심 밖이었다. 노수창에게 민나현이란 가축우리 안에 든 그런 존재였다.

"일단 차 대기하라고 해."

비서에게 지시를 내린 노수창은 손목시계를 보았다. 약속시간까지는 아직 30분 정도 여유가 있었다. 설핏 원동호가 자신을 조롱했던 일이 뇌리를 스쳤다.

'내 선곡이 초등학생 수준이라고 했던가?'

노수창은 피아노 앞에 앉아 그날 저녁 관람할 러시아 피아니스트의 연주곡 악보를 펼쳤다. 그러고는 악보에 따라 건반을 거칠게 두들기기 시작했다.

"어드렇게 현주 너 혼자 왔네? 반채율이는 또 어디로 사라진 거이가?"

"그게요, 동호 오빠……."

현주가 망설이자 동호가 다시 다그쳤다.

"날래 대답 못 하갔어?"

현주는 채율과 한 약속을 지킬 수 없었다. 결국 어쩔 수 없이 동호에게 죄다 털어놓았다. 그러자 옥탑방에선 난리법석이 일었다. 낯선 사내들 차에 덥석 올라타는 채율을 그냥 두고 보았느냐며 동호는 애꿎은 현주를 들들 볶기 시작했다.

"오빠, 어쩌면 제가 대신 끌려갔을지도 모를 상황이었다고요."

"무시기?"

"오빤 어떻게 채율 언니 생각만 하세요?"

"대체 기거이 말이네 막걸리네?"

현주는 모기만한 소리로 항의해봤지만 돌아오는 건 윽박뿐이었다. 현주는 채율 걱정만 한없이 늘어놓는 동호가 야속하고 서운했다. 이런 취급이나 받으려고 태전동까지 짐 싸들고 이사를 온 건가 싶어 후회가 몰려들었다.

"그러니까 제 말은 동호 오빠는 내 걱정은 조금도 안 되느냐고요."

"걱정? 내레 네 걱정을 왜 하네? 없어진 건 반채율이 아니간? 기런데 어째서리 현주 네가 투정질을 부리는 거이가?"

"동호 형, 이제 그만해요. 현주도 형만큼 채율 씨가 걱정돼서 힘들었을 거예요. 현주 너도 그만 그치고, 응?"

석수가 끼어들어 동호를 애써 말렸다. 닭똥 같은 눈물을 찍어대는 현주를 달래는 데도 진땀을 쏟았다. 거실에 걸린 벽시계가 11시 종을 쳤다.

"이 에미나이, 이번엔 휴대폰을 하나 사서 고 모가지에 걸어놓든지 해야디, 원."

동호는 걱정이 산더미처럼 커졌다. 도저히 가만있을 수가 없어 옥탑방에서 1층까지 내려왔다.

어느새 동호의 발걸음이 상가 거리 어귀에 닿을 즈음이었다. 문득 저 멀리 교차로에서 유난히 밝은 승용차 불빛이 서서히 들어오는 게 보였다. 불빛은 점점 가까워져왔고 그러더니 동호를 빠른 속도로 스쳐 지나갔다. 승용차는 옥탑방 건물 앞에 멈추어 섰다. 이어 차 문이 열리고 채율이 사뿐히 내려서는 모습도 보였다.

'저건 또 뭐이가? 대체 일이 어떻게 된 거네?'

동호는 걸음을 천천히 다시 옮겼다. 차에서 내려선 채율은 모용하에게 먼 데까지 데려다줘 고맙다는 인사를 건넸다.

"고마워요, 오빠. 너무 멀고 시간도 많이 늦었는데."

"천만에, 채율이 너랑 함께 있으면 늘 유쾌하고 즐거워. 오히려 내가 고맙다."

모용하도 차에서 내려 채율의 어깨를 부드럽게 토닥여주었다. 채율이 몇 마디 감사의 말을 더 전하려 할 때였다. 갑자기 동호가 뛰어들어 채율을 밀치고는 다짜고짜 모용하 멱살부터 콱 움켜잡았다.

"야, 이 새끼야, 대체 너는 뭐하는 놈이네? 그리고 우리 채율이한테 여태 무슨 짓을 한 거이가, 엉?"

"사장님! 갑자기 왜 이러세요?"

돌발 상황에 채율이 깜짝 놀라 동호를 뜯어 말렸다. 그러나 노동으로 다져진 동호의 완력을 당해낼 수는 없었다. 동호는 당장이라도 모용하를 땅에 패대기칠 기세였다.

"날래 말 못 하갔어?"

"뭔가 오해가 있으신 모양인데······."

"오해? 뭔 오해?"

"사장님, 멱살부터 놔요, 제발."

채율이 사정했지만 흥분으로 돌아간 동호의 눈은 좀처럼 되돌아오지 않았다.

"니는 가만 있으라우. 내레 이 새끼 말부터 들어봐야 하갔어."

"진짜 왜 이래요, 사장님! 내가 다 설명한다니까요, 제발!"

육탄전 하듯 채율이 두 남자 사이로 돌진했다.

"지금 사장님은 제 걱정해서 이러는 거잖아요? 그런데 왜 제 말은 안 듣고 생고집을 부려요?"

맞는 말이었다. 동호의 기세가 한풀 꺾였다.

"좋다. 기럼 채율이 니가 먼저 말해보라우, 도대체 어떻게 된 거이가?"

"들어가서 얘기할게요. 일단 흥분부터 가라앉혀요. 멱살도 놓고요."

그때였다. 석수와 현주가 계단을 황급히 뛰어 내려왔다. 멱살 잡힌 모용하를 본 현주가 고개를 크게 갸웃했다.

"동호 오빠, 지금 그분 아니세요. 사람 잘못 봤어요."

"무시기?"

현주가 난처한 모양새로 입매를 일그러트리며 고개를 저었다.

"진짜 아니라고요. 저분은 채율 언니 태워간 남자들이 아녜요."

한순간 동호는 망치에 언어맞은 것처럼 멍한 표정이 되어버렸다. 그리고 얼굴이 벌겋게 달아올랐다.

"기럼 댁은 누굽네까? 어드렇게 해서 채율이랑 같이 있소?"

동호는 모용하의 멱살을 슬며시 놓고 한걸음 물러서며 머쓱한 얼굴로 물었다.

"심려들 끼쳐드려 죄송합니다. 저는 모용하라고 합니다. 반채율 씨와는 오래전부터 알고 지낸 사이이고요. 어쩌다보니 상황이 이렇게 공교롭게 됐군요. 아무튼 채율 씨는 오늘 힘든 일이 많았습니다. 여러분들께서 잘 돌봐주셨으면 합니다. 부탁드리겠습니다."

봉변에도 모용하는 시종 침착함을 유지했다. 불쾌감을 표현하기는커녕 예의를 벗어나지 않았다.

"오늘 일은 채율 씨가 더 잘 설명해드릴 겁니다. 그럼 저는 이만."

모용하는 깍듯하게 허리를 굽힌 뒤 승용차에 올라타 빠르게 사라졌다.

"진짜 왜 그래요, 사람 쪽팔리게? 아주 진상 짓 제대로 하시던데요."

모용하가 떠나고 채율은 기다렸다는 듯 발끈해 달려들었다.

"미안하다우."

"에휴, 진상도 그런 진상은 생전 처음 봤네. 요즘 사업이 너무 안 풀려 예민하신 건 이해하겠는데요, 그래도 방금은 전혀 사장님답지 않았어요. 무슨 동네 양아치도 아니고."

"미안하대도."

"저한테 미안한 거면 말 안 해요. 용하 오빠한테 하신 짓은 어떻게 보상할 건데요? 흥, 완전 저질이었어."

채율은 옥탑 계단에서도 쉼표 한 번 없이 사정없이 공습을 퍼부었다.

"알았다. 알았으니끼니 고만하라우."

기관총 같은 타박에 동호가 도망치듯 계단을 올라갔다. 그런다고 멈출 채율이 아니었다. 뒤를 쫓아가며 동호를 내리 벌집으로 만들었다.

"이거 하나만 대답해봐요. 사장님이 제 친오빠라도 돼요?"

"아니지."

"아니면 왜 아까 그렇게 오버하고 그랬대요?"

"오버라니?"

동호가 올라가던 걸음을 흠칫 멈추고는 채율을 돌아봤다.

"당연히 오버죠. 왜 제 사생활에까지 이러쿵저러쿵 끼어드는 거냐고요."

"사생활은 지랄! 내레 반채율이 네가 늦게까지 안 들어오고 하니까 걱정되니끼니 그런 거디. 거기다 생판 낯모르는 남자 차를 타고 오지 않았네?"

남자라는 말에 채율은 다시 발끈해 미간을 찌그러트리며 곧바로 받아쳤다.

"생판 낯모르는 남자라니요? 이봐요, 사장님. 용하 오빠랑 저랑은요, 생판 낯모르는 사이가 아니랍니다. 좋아요, 설사 제가 낯모르는 남자를 만났다 쳐요. 그래서 그 남자랑 침대에서 뒹굴든 모랫바닥에 뒹굴든, 사장님께서 관심 둘 사항이 아니거든요."

"기거야 네가 밤낮없이 사고를 치고 다니니끼니 내레 그러디 않간?"

"그래도 남자 문제로 사고 친 적은 없어요. 그리고 제가 사장님한테 돈은 빚졌어도 사생활은 분명히 따로라고요, 간섭받을 이유도 없고요."

"이 에미나이 보자보자 하니끼니."

"그러니까 앞으론 그 보자보자 제발 그만하시라고요. 전 사장님이 사생활 관찰하고 들여다보는 거 딱 질색이니까. 아셨어요?"

채율은 최대한 딱 부러지는 말투로 쐐기를 박은 다음 횡하니 앞질러 올라가버렸다.

"저, 저 에미나이 지금 뭐라는 거이가? 지 사생활? 쳇, 내레 뭘 어쨌다고?"

동호는 이마를 손으로 쳤다. 채율이 저질렀던 사건 사고의 목록이 줄줄이 사탕처럼 떠오른 탓이었다. 트럭을 신호등에 박은 일, 그래서 적재된 돌 구이 판을 죄 깨먹은 일부터 해서 동호의 카드를 훔쳐서 달아난 일, 수면제를 먹고 섬으로 팔려간 일, 그래서 결국 동호가 돈을 물어주고 데려온 일, 노수창의 스포츠카 수리비를 물어준 일 등 한 손으로 꼽을 수 없을 정도였다.

"지가 사고 친 건 죄다 까먹고서리. 기런데 왜 아까는 하나도 기억이 안 났던 거네?"

동호는 못내 아쉬운 듯 입맛을 다셨다. 서너 걸음 아래에서 두 사람의 공방을 죽 지켜보던 현주가 동호의 역성을 들며 나섰다.

"채율 언니 정말 웃기네요, 기껏 걱정해줬더니 외려 자기가 더 난리야. 그렇지 않아요, 오빠?"

"현주 넌 집에 안 가네? 내일 회사 출근 안 해도 되는 거이가?"

"네?"

"채율이가 어쩌네저쩌네 주둥이 고만 닥치고 날래 너네 집으로 사라지라우."

"오빠!"

동호는 석수에게 현주를 바래다주라고 당부하고는 계단을 두세 개씩 성큼성큼 올라갔다. 어찌됐거나 동호는 채율이 무사하다는 것을 확인하고 나서 마음이 편해져 절로 미소가 나왔다. 그래도 아우들에게는 표정을 들키고 싶지 않아 걸음을 유난스레 서둘렀다.

16

"제가 사장님한테 갚을 돈이 정확히 전부 얼마죠?"

그로부터 며칠 뒤의 일이었다. 평소와 같이 오전 내내 포장 작업에 매달리던 채율이 별안간 일손을 멈추고 동호의 얼굴을 빤히 쳐다보며 물었다.

"글쎄, 정확히 계산해서리 수첩에 적어놓긴 했는데."

"그래도 3억 원까지는 안 되겠죠?"

"3억? 글쎄, 그런데 기건 갑자기 왜 묻네? 혹시 그 친하다는 오라버니가 대신 물어준다고 하데?"

"아뇨. 그게 아니라, 잘하면 제 손으로 그 돈을 빨리 마련할 수도 있을 것 같아서요."

"무시기?"

"그렇잖아요? 그래야 저도 하루빨리 이 지긋지긋한 노예 생활에서 탈출해서 자유의 몸이 되죠."

"정말 많이 불편한 거이가, 여기서 사는 거이?"

"그럼 안 불편하겠어요? 아무튼 빚 까려고 일하는 것 자체가 마음에 안 들어요. 미래가 전혀 안 보이니까."

내색은 안 했지만 동호는 채율의 말이 서운했다. 난데없이 그런 화제를 꺼내는 까닭도 궁금했다.

"그래, 대체 뭐이를 해서리 그 큰돈을 마련하갔다는 거간?"

동호가 묻자 채율은 그 질문을 여태 왜 안 했냐는 표정으로 눈빛을 초롱초롱하게 반짝이며 장황하게 늘어놓았다.

"잘 들어봐요. 앞으로 두 달 뒤면 우리나라에서 제일 큰 피아노 콩쿠르가 열려요."

"피아노 콩쿠르?"

"네, 국제적인 대회라 상금도 어마어마하죠."

"얼마나 되는데? 설마 아까 말한?"

"빙고! 무려 3억이에요."

"3억?"

"엄청나죠?"

"기렇구먼. 헌데 오데서 들은 이야기네?"

"지난번 제가 용하 오빠 차 타고 밤늦게 돌아온 적 있죠? 그때 오는 길에 라디오에서 들었어요. 그래서 인터넷으로 확인해봤죠. 확실한 정보예요."

"기래, 알았다. 다 좋은데, 기래서 넌 뭘 어드렇게 하려고?"

"어떻게 하다니요? 콩쿠르에 출전해서 우승해야죠. 우승하면 3억이 생긴다는데 당연한 거 아녜요?"

채율은 묻는 게 도리어 의아하단 반응이었다.

"기럼 피아노 콩쿠르에는 뉘기가 나가고?"

"3억이 필요한 사람은 저니까, 바로 이 반채율이 출전해야겠죠?"

"뭐이가? 니가 출전해서 우승한다고? 푸하하하하!"

말이 끝나기 무섭게 동호가 폭소를 터트리더니 아예 배꼽까지 부여잡고 작업장을 데굴데굴 굴렀다.

"진짜 못 말리는 에미나이구먼기래."

동호는 웃느라 한동안 숨조차 쉬지 못했다.

"왜 웃어요?"

"왜, 웃냐고? 푸하하하핫!"

간신히 호흡을 가다듬은 동호가 웃음 사이로 간간이 말을 꺼냈다.

"도대체 뭐가 그렇게 웃긴데요? 대체 왜요?"

"반채율이, 너 지금 제정신이네?"

"혹시 지금 비웃는 건 아니죠?"

"비웃는 게 아니라, 내레 너무 어이가 없어서 기러는구먼, 어이가."

"왜 이러실까? 내가요, 이래뵈도 오스트리아 빈에서 10년 동안 줄창 피아노만 쳐댄 유학파라고요. 한때는 나도 피아노 꽤 잘 쳤습니다."

"유학파?"

"네, 친 지는 좀 됐지만. 사장님은 제 연주 한 번 들어본 적이나 있어요? 왜 무작정 사람을 비웃어요?"

"기럼 그 실력 한번 들려줄 수 있갔네?"

어느새 동호는 웃음기가 사라진 진지한 얼굴로 채율에게 묻고 있었다. 채율은 오기가 솟았다.

"물론이죠. 아마 뇌진탕 조심하셔야 할 걸요. 놀라 뒤로 자빠질 테니까."

더 시간 끌 필요가 없었다. 채율의 오디션은 그날 점심식사 직후 옥탑 창고에서 열렸다. 석수가 억지로 끌려나와 참관인으로 배석했다. 석수는 솔직히 왠지 께름칙했다. 동호의 의도가 도무지 파악이 안 됐다. 먼저 피아노 이야기를 꺼내는 것도 그렇거니와 심지어 다른 사람들 앞에서 그의 손으로 피아노 뚜껑을 열겠다니, 영 어색하고 낯설었다. 실제로 동호가 손가락을 잃은 뒤로 피아노를 화제에 올리는 것은 절대 금기였다. 그런데 오늘 아침 이변이 발생한 것이다.

동호는 채율과 피아노 이야기를 아무렇지 않게 나눈 모양이었다. 게다가 자신의 피아노 앞에 앉혀 그녀의 연주를 들어보겠다고 공언했다. 대체 또 무슨 사달이 나려고 이러는 걸까, 석수는 속 시원히 말도 못 하고 속으로만 전전긍긍했다.

드디어 창고 안에서 잠자던 그랜드 피아노의 하얀 천이 벗겨졌다. 긴 잠에서 깨어난 피아노는 하품을 토하듯 뽀얀 먼지들을 공기 중에 털었다. 채율은 망설임 없이 피아노 앞에 앉아 건반 위에 손을 포갰다.

"채율이 네가 제일 잘 치는 걸로 아무거나 연주해보라우."

동호가 건조한 투로 말했다. 그는 팔짱을 낀 채 멀찍이 자리잡고 있었다. 채율은 갑자기 긴장이 몰려들었다. 숨이 막히는 것 같았다.

"잠깐만요."

채율이 오른손 검지를 움직여 하얀 건반 한 개를 시험 삼아 눌러보았다.

뚱!

맑고 고운 음이 창고에 울려 퍼졌다. 일순간 채율은 무엇인지 가늠키 어려운 감정이 손끝에서 가슴으로 올라오는 게 느껴졌다. 그 느낌은 곧 심장으로 빠르고 뜨겁게 흘러들었다.

"그럼 시작할게요."

보일듯 말듯 어깨를 으쓱한 채율은 심호흡으로 한 차례 숨을 가다듬었다. 이어 허공에 멈췄던 손가락을 건반 위로 내려 첫 화음을 냈다. 연주곡은 루드비히 판 베토벤의 3대 소나타 중 하나인 〈피아노 소나타 No.8 in C minor Op.13 '비창'〉 1악장 그라베―알레그로 디 몰토 에 콘 브리오 Allegro di molto e con brio 였다.

채율은 왜 하필 이 곡을 선택했을까. 비창은 베토벤의 청력이 심각한 이상 상태에 접어들었을 즈음 작곡했던 곡이다. 청력을 잃고 나락으로 떨어진 작곡가의 운명이 급전직하한 채율의 삶과 오버랩 되었을까. 장송곡을 연상케 하던 연주가 서주부(序奏部)를 넘어서자 차츰 알레그로의 긴장이 찾아들고, 채율은 그것을 극적으로 끌고 갔다. 톡톡 튀는 개성과 건반을 자유자재로 날아다니는 분방함이 비극과 열정, 불협화음과 협화음, 극단적인 셈과 여림 사이를 넘나들었다.

완벽하게 달라진 채율의 모습에 석수는 경탄을 금치 못했다. 그녀의 손은 평소 목장갑 아래 숨어 돌 구이 판을 나르던 그 어설프고 탁했던 손놀림과는 상상에서조차 겹치지 않았다. 하지만 동호는 아니었다. 눈빛이 먹잇감을 노리는 맹수처럼 차갑고 냉정했다.

어느덧 1악장이 끝나고 2악장을 시작할 무렵이었다. 동호가 자리에서 일어나 성큼 피아노 쪽으로 걸어갔다. 그리고 채율의 어깨에 손을 얹어 연주를 멈추게 했다.

"그만해요? 왜요, 이제부터 시작인데?"

의아한 눈빛으로 채율이 묻자 동호는 짧게 대답했다.

"바로 예선 탈락이다우."

"뭐라고요?"

예상 밖의 혹평에 채율은 당황했다. 동호는 다른 언급이 없었다. 그저 의자에서 일어나라는 손짓뿐이었다. 채율은 잔뜩 골이 나 마지못해 동호에게 자리를 양보했다. 동호가 곧바로 방금 채율이 연주했던 곡을 연주하기 시작했다.

도저히 믿을 수 없는 광경이 벌어졌다. 왼손 손가락 두 개가 없는 동호였지만 서주부의 장엄한 불협화음은 소름이 끼칠 만큼 엄숙하고 충분히 비극적이었다. 뒤를 잇는 대조적인 알레그로의 도입부 역시 마찬가지였다. 수많은 구슬들이 유리판 위를 한꺼번에 구르는 소리처럼 그지없이 영롱하고 맑았다. 피아노에 문외한인 석수의 막귀조차 두 사람 간의 실력 차를 분간해내기 어렵지 않았다. 채율 역시 완패를 인정하는 눈치였다.

"역시 무리구먼기래."

3악장까지 마치고 피아노에서 일어난 동호가 내뱉었다. 그는 자신의 연주가 영 마음에 들지 않았다. 채율은 잠자코 눈동자만 굴리고 있었다.

"어떻네? 채율이 네 실력으로 콩쿠르 우승이 가능하갔네?"

"잠깐만요."

채율이 잠시만 시간을 달라고 부탁하고는 한동안 골똘하게 생각했다.

"그럼 이건 어때요, 차라리 실력 좋은 사장님이 직접 출전하시는 게? 대신 콩쿠르 정보는 제가 제공했으니까 상금은 딱 반씩 나누는 걸로 하고요, 괜찮죠?"

"말도 안 되는 소리 하디 마라우."

"만약 5 대 5가 싫으시면 7 대 3. 물론 내 쪽이 7이고요, 오케이?"

"시끄럽다, 야. 손가락 두 개나 없는 병신더러 콩쿠르에 나가라니 말이 되는 소리네? 조롱거리나 되지 않음 다행이갔지. 기리니끼니 그만 웃기라우."

동호는 피아노 뚜껑을 큰 소리로 덮고 창고에서 훌쩍 나갔다. 채율이 뒤따라가며 집요하게 권했지만 그는 꿈쩍도 안 했다.

"그런데 피아노는 어디서 배웠어요? 북한? 중국? 러시아?"

동호는 들은 척도 하지 않았다. 채율은 대신 석수를 쪼았지만 석수가 뭔 말이라도 할라치면 무섭게 눈을 부라리는 동호의 서슬에 지레 겁먹고 입을 꾹 다물었다.

어쨌든 채율은 몹시 안타깝고 답답했다. 호기심은 접어두더라도 동호 정도면 콩쿠르의 대상을 충분히 노려볼 수 있다는 게 그녀의 판단이었다. 그런데 왜일까. 동호는 기막히게 좋은 돈벌이를 어째서 그냥 흘려버리는 걸까. 채율로서는 도저히 알 길이 없었다.

한편 동호는 후회가 막심했다. 어설픈 실력을 괜스레 뽐낸 것 같아 부끄러웠다.

'한 곡도 제대로 끝마치지 못하는 병신 주제에 뭐 잘났다고……'

전에 없이 마음이 어지러웠다. 허튼짓을 했다는 자책이 계속 그를 괴롭혀 반나절 만에 담배를 두 갑 넘게 태워버렸다.

17

이튿날 채율은 서울 시내에 볼일을 보러 나서는 석수를 날름 따라 나섰다. 아무래도 모용하를 한 번은 더 만나야 할 것 같았다.

"어제 하려다 못 한 얘기가 뭐예요?"

트럭이 태전동을 벗어나자마자 채율은 운전대를 잡은 석수를 졸랐다.

"그런 거 나한테 묻지 마요. 동호 형님한테 나 아주 절단 나요. 형님은 남들이 자기 이야기하는 건 죽어라 싫어하니까."

"쳇, 사나이가 뭘 그렇게 무서워해요? 예전에 호위총국인가 그런 데 있었다면서요? 그런데 이제 보니 완전 쫄보시네요?"

"쫄보라니요? 총질, 칼질, 주먹질, 발길질 등 몸으로 때우는 거는 누구보다 자신 있는 겁니다. 그렇지만 동호 형님 사연은 그, 뭐랄까……."

석수는 망설이는 척 뜸을 들였지만 그는 천성적으로 입이 깃털처럼 가벼운 사내였다. 일단 말문이 열리자 물꼬 터지듯 술술 흘러나왔다. 석수는 원동호가 피아노 신동으로 주목받던 어린 시절부터 아는 대로 이야기하기 시작했다. 이어서 러시아 유학을 떠나 동유럽권의 천재 피아니스트로 명성을 날린 신화 같은 무용담도 들려주었다. 뿐만 아니라 북한으로 되돌아온 뒤 동호가 겪었던 실의와 좌절, 그래서 탈북을 결심한 까닭도 설명했다. 또 탈북 이후 남한에서 피아니스트로 재기하려 했지만 불의의 사고를 만나 결국 손가락을 잃어버리고 만 사연까지.

석수는 자못 들떠있었다. 마치 직접 눈으로 보고 겪은 일처럼 때로는 흥분하고 때로는 안타까워했다. 어느 부분에서는 채율이 묻지 않았는데도 부연 설명을 덧붙였다.

"와, 놀랍네요."

"그렇죠?"

"네, 사장님한테 그렇게 대단한 과거가 있는 줄은 꿈에도 짐작 못 했어요. 어쩐지 피아노 실력이 보통 아니다 싶긴 했지만."

"하지만 정말 운이 된통 나빴어요."

"그런데 진짜 사고로 그렇게 된 거예요?"

"뭘요?"

"사장님 손가락요. 손가락을 잃게 만든 건 대체 누구래요? 피아니스트를 그 지경으로 만들었으면 정말 나쁜 놈이잖아요."

"그건 동호 형님이 절대 말씀 안 하세요."

석수가 한 이야기가 사실이라면 동호는 세계적인 연주자 반열에 오를 뻔했던 천재 피아니스트가 틀림없었다. 그러나 손가락을 잃는 바람에 시골 공장 구석에서 싸구려 돌 구이 판이나 만들고 있는 것이다. 뭔가 잘못 틀어져도 한참 잘못된 일이었다. 그사이 트럭은 MK그룹 사옥에 도착했다.

"내가 여기 왔다는 건 사장님한테 절대 비밀이에요."

채율은 신신당부하고 트럭에서 풀쩍 뛰어내렸다. 석수의 트럭이 시야에서 사라지자 채율은 사옥 안으로 서둘러 걸어 들어갔다. 안내 데스크를 찾아가 모용하의 사무실로 연락을 넣었더니 비서가 반갑게 받았다. 비서는 채율더러 사무실로 직접 올라오라고 했다. 그런데 정작 모용하는 자리에 없었다.

"모이사님께서 대신 말씀을 남기셨어요. 반채율 씨가 오시면 이걸 전해드리라고 하시면서."

비서는 채율에게 조그만 쇼핑백을 건네주었다. 안에는 예쁘게 포장된 선물 상자가 들어있었다. 내용물이 궁금했지만 그곳은 포장을 뜯고 할 자리가 아니었다. 고맙다는 메모를 남긴 뒤 1층 로비로 내려가는 승강기에 올라탔다.

"아차!"

이왕 걸음을 한 마당에 반드시 마무리 짓고 가야 할 용건이 하나 남아 있다는 생각이 들었다. 채율은 얼른 버튼을 눌러 하강하는 승강기를 멈췄다.

휴대폰이 진동하자 노수창은 발표를 잠시 멈췄다. 각 사업 부문의 임원 전원을 대회의실에 모아놓고 회의를 진행하던 중이었다.

'대표님, 반채율이 나타났습니다.'

안전관리실장이 보낸 긴급 문자 메시지였다.

'붙잡거나 하지 말고 일단 두고 보도록.'

노수창의 답신에 다시 메시지가 도착했다.

'두고 보기가 더는 어려울 것 같습니다. 빠른 조처가 필요합니다.'

'어딘데?'

'그쪽으로 가고 있습니다.'

'그쪽이라니, 어디?'

노수창이 물음표를 달고 휴대폰 자판에서 손가락을 막 떼려는 찰나 덜컹, 대회의실의 문이 활짝 열렸다. 채율이었다. 불청객 난입에 임원들은 웅성거리기 시작했다. 그사이 채율이 막무가내로 중앙 의장석으로 돌진해 대응할 틈도 없이 노수창의 따귀를 연달아 후려쳤다.

"더러운 자식! 니가 대체 사람을 뭐로 보고 강간을 사주해, 응?"

"가, 강간?"

"너 같은 새끼는 많이 맞아야 돼."

채율의 기습에 노수창은 그야말로 속수무책이었다. 너덧 대를 얻어맞는 동안 아무 대응도 못 했다. 채율은 만족할 만큼 응징하자 잽싸게 빠져나왔다. 회의장 안 사람들이 당황해 우왕좌왕하는 사이가 탈출의 기회였다.

채율은 1층 로비를 통과해 정신없이 내달렸다. 건물과 100여 미터쯤 벌어지자 그제야 뜀박질을 멈췄다. 온몸에 짜릿함이 시원하게 올라왔다. 물론 다짜고짜 일을 터트린 것이 불안하기도 했지만 지난번 김포 공장 사건은 그냥 넘어갈 수 없었다.

'그 개자식은 이보다 더 험한 꼴을 당해도 싼 놈이야.'

퉤, 채율은 MK사옥을 향해 침을 뱉었다. 공장으로 돌아가려면 지하철을 타야 했다. 그런 다음 모란역에서 내려 태전동으로 들어가는 시외버스로 갈아타야 했다.

시외버스 안은 한갓졌다. 좌석을 찾아 앉은 뒤 모용하의 비서가 전한 선물 상자를 뜯어보았다. 최신형 휴대폰이었다. 카드도 함께 들어 있었다.

'채율아, 우리 이걸로 자주 통화하자.'

만세! 채율이 저도 모르게 소리를 내질렀다. 일순간 버스 승객들의 시선이 채율에게 모였다. 그러거나 말거나 싱글벙글 벌어진 입은 좀처럼 다물어지지 않았다.

'오빠가 자기랑 나를 묶어서 우리라고 불렀어. 그리고 이걸로 자주 통화하자고 했어.'

채율은 모처럼 가슴이 벅차고 설렜다. 짤막한 메모는 읽고 또 읽어도 질리지가 않았다. 그때였다. 버스 차창 밖의 컨버터블 스포츠카가 시선을 잡아끌었다. 스포츠카는 맞은편 반대 차선에 멈춰있었다. 운전석에는 선글라스를 쓰고 한껏 멋 낸 채율 또래의 젊은 아가씨가 앉아있었다. 그녀는 주위의 이목과 질시를 즐기는 듯했다.

'나도 저런 때가 있었을까?'

채율이 쓴웃음과 함께 관심을 거두려는데, 어라, 아는 여자였다. 아니, 아는 계집애였다. 머리 스타일이 달라졌지만 틀림없는 이귀인이었다.

"아니, 저 개 같은 계집애가! 야!"

채율은 재빨리 버스 창문을 열어젖히고 크게 귀인을 불렀다. 그러나 도로를 꽉 메운 차들이 내뿜는 소음에 채율의 목소리는 금세 묻혀버렸다. 목청 터져라 외쳐도 소용이 없었다. 신호등이 녹색으로 바뀌자 귀인의 스포츠카는 요란한 굉음을 지르며 저 멀리 도망쳐버렸다.

'이귀인, 저 계집애가 다행히 한국에 있었어. 기다려라, 내가 꼭 찾으러 갈 테니.'

동호의 자금난은 날이 갈수록 심각해졌다. 은행은 물론이고 신용금고도 돈을 융통해주지 않았다. 납품이 끊겼다는 소문이 파다하게 돌자 모두들 대출금을 회수하지 못할 거라고 생각했다. 이대로 가다가는 도산은 시간문제였다. 동호는 사무실에 앉아 하릴없이 계산기만 두드리다가 버릇처럼 담배를 입에 물었다. 이젠 돈을 빌릴 곳도 없었다. 인맥은 이미 바닥을 드러냈고 설사 운 좋게 누군가로부터 돈을 빌린다손 치더라도 새로운 거래처를 개척하지 못하면 금세 또다시 위기로 몰릴 게 뻔했다. 이래저래 돌파구가 보이지 않았다.

'이대로 주저앉고 마는 것일까?'

남한 정착에 들인 지난 세월과 노력이 파노라마처럼 눈앞을 스쳤다. 이제 모두 물거품이 되어 사라진다고 생각하니 가슴이 먹먹하고 아렸다. 더욱 안타까운 건 오랫동안 동호를 믿고 따라준 외국인 노동자들이었다. 그들은 동우리빙아트 하나만을 믿고 고향을 떠나 이곳까지 멀리 건너왔다. 그리고 기꺼이 구슬땀을 흘리며 헌신했다. 회사가 도산하면 그들은 다음날 곧 차가운 길바닥에 내몰릴 것이었다.

밤새 동호는 잠자리를 설쳤다. 채율이 얘기했던 콩쿠르 때문이었다. 솔직히 3억이라는 거액의 상금을 좀처럼 뇌리에서 지울 수 없었다. 담뱃재를 재떨이에 툭툭 털어낸 동호는 컴퓨터를 켰다. 인터넷 검색 창에 '대한민국국제피아노콩쿠르'라고 타이핑 하고 엔터 키를 눌렀다. 모니터가 순간 깜빡하더니 콩쿠르 홈페이지가 화면에 올라왔다. 동호는 모니터에 얼굴을 바짝 갖다 댔다. 그리고 홈페이지의 내용을 한 줄도 빼놓지 않고 차근차근 읽어나갔다.

대한민국국제피아노콩쿠르는 정부에서 주최하고 방송사가 주관하는 국내 최대 규모의 피아노 경연이었다. 또 채율이 말했던 대로 대상 수상자에게는 대통령 표창과 상금 3억 원이 수여되고 국내 독주 및 협연, 해외 투어 혜택이 부가 특전으로 주어졌다. 동호는 부쩍 흥미가 당겼다. 3억이라면 당장의 난관을 돌파할 수 있는 액수였다.

그런데 1차 예선과 2차 예선일이 촉박했다. 당장 다다음 달로 잡혀 있었다. 그리고 최종 결선일정은 2차 예선 뒤 보름 후였다. 일단 예선 준비부터가 시간이 빠듯했다. 그나마 다행인 것은 최종 결선의 지정곡이 동호에게 익숙한 곡이라는 사실이었다. 라흐마니노프의 〈피아노 소나타 No.1 in D minor Op.28〉, 20여 년 전 영국 런던에서 열린 왕실주최 국제청소년음악콩쿠르에서 동호가 대상을 수상했던 바로 그 곡이었다.

'파우스트 소나타'라고 불리는 그 작품은 작곡가 라흐마니노프가 괴테의 소설 『파우스트』에서 영감을 받아 만든 소나타였다. 각 악장의 주제를 소설의 세 주인공 파우스트, 그레첸, 메피스토펠레스로 삼은 곡으로, 난해하고 지나치게 장중하다는 평가를 받았다.

동호는 이 곡의 심연에 내재한 심오한 의미를 남달리 사랑했었다. 특히 3악장 알레그로 몰토Allegro molto가 제일 마음에 들었다. 3악장은 자체의 빠른 템포에 원동호의 에너지 넘치는 맹렬함을 겹칠 공간이 충분히 있었다.

'하지만 지금은 불가능해.'

현재의 동호의 실력은 전성기 때와 비교할 수 없었다. 왼손의 약지와 새끼 손가락을 잃은 그로서는 연주가 불가능했다. 불현듯 가슴 깊숙이 묻어 두었던, 잊으려 무진 애를 썼던 지난날의 고통과 번민이 다시금 고개를 쳐들었다. 소중한 손가락을 잘라간, 그래서 피아니스트로서의 꿈과 인생을 끝장내버린 녀석에게 복수심이 불붙었다. 담배는 벌써 반 갑째 비워지고 있었다.

동호는 망연자실 몇 시간째 담배만 연거푸 피워댔다. 그사이 채율역시 얼이 다 빠진 얼굴로 공장 사무실에 나타났다. 그녀는 우연히 목

192

격한 이귀인과 말도 안 되는 술래잡기를 하느라 온몸의 진을 다 빼고 돌아오는 길이었다.

동호는 채율을 도끼눈을 하며 째려봤다. 근무를 무단으로 빼먹고 오후 늦어서 나타난 그녀를 당장이라도 잡아먹을 기세였다. 그런데 채율의 표정이 심상치 않았다.

"얼굴이 왜 그러네? 꼭 우박 맞은 호박 상을 해가지고서리."

"사장님이야말로 표정이 왜 그래요? 마찬가지로 아주 죽상이신데."

채율은 날카롭게 쏘아붙인 뒤 작업복으로 갈아입기 위해 사무실 옆 상담실로 들어가버렸다. 이름만 상담실이지 실은 비품과 제품 샘플, 망가진 컴퓨터와 모니터 등 온갖 잡동사니가 뒤섞여있는 좁다란 공간에 불과했다. 지금은 채율의 탈의실로 쓰이는 공간이었다.

"들어보니 사장님 히스토리가 꽤나 흥미롭던데요. 드라마나 영화로 만들어도 되겠어요. 그게 뭐 그렇게 숨겨야 할 대단한 과거라고 꽁꽁 감춰요, 감추긴?"

닫힌 상담실 문 너머로 채율의 목소리가 희미하게 들려왔다. 동호는 어이가 없었다.

"석수 그 자식이 죄 떠벌렸나 보구먼기래. 물에 던지면 입만 동동 뜰 놈 같으니. 하여튼 돌아오기만 해봐라."

"아무튼 사장님 다시 봤어요, 진짜."

"다시 보긴 뭐이를 다시 보네?"

상담실 문이 열리면서 채율이 나왔다.

"그냥 무식한 장사꾼은 아니구나, 그 정도?"

"그래서리 말인데, 잠깐 이리 앉아보라우."

"왜요?"

"어제 채율이 니가 한 이야기 말이야, 내레 다시 생각해봤어."

"무슨 이야기요?"

"아니다. 일단 집에 가서 자세히 얘기하자우."

동호는 채율의 팔을 잡아끌고 사무실 밖으로 나갔다.

"안 돼요, 방금 저 작업복 갈아입었단 말이에요, 사장님."

"잠깐이면 되니끼니 가만 따라오래도."

동호가 채율을 반 억지로 끌고 간 곳은 옥탑 창고 안이었다.

"갑자기 여긴 또 왜 왔어요?"

동호는 대답 대신 피아노를 덮고 있던 천을 걷어냈다. 그다음 어제 처럼 채율을 피아노 앞에 앉혔다.

"라흐마니노프 알디? 그 양반이 작곡한 피아노 소나타 제1번 D단 조, 쳐본 적은 있갔디, 응?"

채율이 동호의 얼굴을 빤히 쳐다보며 반문했다.

"왜요, 어젠 배꼽이 빠져라 실컷 비웃어놓고 대체 뭘 하시게요?"

"한번 쳐보라우, 우승 가능성이 있는지 없는지 내레 제대로 한번 봐줄테니끼니."

"싫어요. 그리고 어제 이미 봤잖아요, 내 실력."

채율이 토라진 표정으로 의자에서 발딱 일어섰다.

"그새 마음이 변한 거이가?"

"네, 변했어요. 것도 완전히요."

"왜?"

"왜냐고요? 사장님은 틀림없이 제 연주에 실망할 테죠. 그리고 어제 처럼 엄청 비웃으실 겁니다. 그런 자존심 상하는 쓸데없는 짓을 제가 왜 자초한대요? 전요, 청중의 박수를 원하지, 비웃음은 사양이거든요."

"실력이 뛰어나면 어느 누구도 비웃지 못해."

"아무튼요. 그리고 더 중요한 이유가 있어요."

"그거이 뭔데?"

"굳이 콩쿠르 같은 거 참가 안 해도 될 이유를 바로 오늘 찾았어요."

채율은 긴한 이야기를 고백할 것처럼 잠시 쉼표를 찍었다.

"돈 구할 방법을 드디어 찾았다는 뜻이에요. 실은 오늘 회사로 돌아오다가 우리 아빠 돈을 갖고 튄 그 도둑년을 우연히 목격했거든요."

귀인이 돈을 몽땅 싸들고 외국으로 튄 줄 알고 손 놓고 포기하고 있었는데, 오늘 귀인을 발견했다는 것이었다. 요지는 이 귀인이 서울 또는 근교 어딘가 살고 있는 게 확실하다는 것이었다. 채율은 매우 자신만만했다. 당장이라도 경찰에 신고해서 그년을 잡기만 하면 만사형통이라고 했다.

"그년한테서 돈을 되찾으면 제일 먼저 사장님한테 진 빚부터 갚을 거예요. 그러면 이 지긋지긋한 노예 생활은 자동으로 좋나겠죠. 그렇다면 굳이 콩쿠르에 참가할 이유 역시 사라지고, 그죠?"

"잘됐구먼기래. 그러면 그 여자 차 번호는 알아났네? 그 정도 단서는 있어야 찾든지 아니면 잡든지 할 거 아니네?"

"너무 순식간에 일어난 일이라 사진을 못 찍었어요. 아, 참, 저 오늘 휴대폰 생겼어요."

채율이 모용하로부터 선물 받은 새 휴대폰을 동호 앞에 자랑삼아 꺼내들었다.

"어디서 났네?"

"제가 부탁도 안 했는데 용하 오빠가 그냥 줬지 뭐예요."

"휴대폰이 있었으면 차 번호판을 좀 찍어놓든가 하지."

"그러게 말예요. 그런데 카메라 사용법을 익히기도 전에 이귀인 개가 갑자기 나타난 거거든요. 그리고 잠시 어리바리하는 사이 그년 차가 쌩하니 도망쳐버렸고."

"기냥 눈으로 보고서리 외우지 그랬네. 참 아깝네."

"걱정 마요. 경찰에서 수사하면 그딴 계집애는 금방 잡을 수 있을 거니까."

채율은 꽤나 의기양양했다. 하지만 동호는 왠지 걱정스러웠다. 상황이 그녀의 기대대로 흘러가지만은 않을 것 같다는 예감 때문이었다.

"좌우당간 나도 그 에미나이를 얼른 잡았으면 좋겠구먼. 기런데 내 보기엔 언제 잡을런지, 또 잡을 수나 있을런지도 잘 모르갔다, 야."

"뭐예요, 재수 없게, 진짜!"

"체율이 네 생각대로 경찰이 다 해결해준다 치믄, 남한 땅의 사기꾼이란 사기꾼들은 죄다 잡혀 감옥에 있지 않갔네?"

"사장님은 대체 무슨 말이 하고 싶은 건데요? 귀인이가 정말 안 잡혔으면 좋겠어요? 그래서 평생 날 종년처럼 부려먹고 싶어요?"

채율이 발끈했다.

"내 말 오해 말고 똑똑히 들으라우. 그 못된 에미나이는 반드시 잡아야디. 또 잡는 걸 결코 포기해서도 안 되고 말이야."

"그런데요? 그래서요?"

"하지만 오로지 그 가능성 하나에만 모든 희망을 거는 건 어리석은 일이다우. 만에 하나 그 귀인이란 에미나이를 못 잡는 경우도 미리 대비해야 하지 않갔네? 다시 말해서 내 말은 네 아바디 돈을 못 돌려받을 때를 생각하는 꾀도 필요하단 것이디."

"……."

"이번 콩쿠르는 그 대비책으로 적절한 기회야. 일단 채율이 네 실력부터 다시 체크해보자우. 피아노 콩쿠르에 나가서 우승할 만한지 어떤지, 응?"

"……."

"그리고 고저 내레 단단히 약속하디, 이번엔 절대 안 비웃기로."

채율은 상황을 곰곰이 다시 따져봤다. 동호의 말은 일리가 없지 않았다. 귀인을 찾는 건 어찌됐든 경찰 손에 맡겨놓을 일이었다. 그녀 자신은 콩쿠르를 준비하더라도 무리가 없었다.

'상금 3억 원까지 함께 타낼 수 있다면 그보다 더 좋은 일은 없겠지.'

그렇게 판단이 서자 채율이 피아노 의자에 엉덩이를 붙였다.

"좋아요. 귀인이 계집애도 잡고 피아노 콩쿠르도 우승하면, 일거양득이니까."

채율이 선선히 동의하자 동호는 한쪽 구석에 놓인 궤짝에서 빛바랜 악보집을 꺼냈다. 그리고 먼지를 툭툭 털어낸 뒤 보면대 위에 놓아주었다. 라흐마니노프의 〈피아노 소나타 No.1 in D minor Op.28〉 1악장 알레그로 모데라토Allegro Moderato. 채율은 몇 번인가 쳐본 적이 있었다. 눈을 지그시 감고 그때의 기억을 떠올려보았다.

채율이 연주를 시작하자 동호는 그녀의 손가락이 만들어내는 한 음한 음에 온 정신을 집중했다. 그런데 1악장 중간에 이르러 그녀가 별안간 연주를 멈춰버렸다.

"어째서리 멈추네?"

"더 이상은 연습이 더 필요해요. 어때요? 이 정도 들으셨어도 대충

감이 오실 텐데."

"생각보단……."

"생각보단 뭐요? 어떤데요?"

긴장한 기색을 감추며 채율이 짐짓 태연한 척 물었다.

"생각보다 훨씬 수준 이하구먼기래."

"뭐라고요?"

채율이 발딱 일어나는 바람에 의자가 뒤로 쿵 넘어졌다.

"내가 이럴 줄 알았어. 그래요, 관둡시다. 차라리 경찰서부터 달려갈 걸 바보짓만 했네요."

앙칼지게 쏘아붙인 채율이 용수철 튀듯 밖으로 뛰어나갔다. 동호가 얼른 따라가 그녀의 어깨를 붙잡아 세웠다.

"왜 이래요? 저 안 한다니까."

채율이 동호의 손을 뿌리쳤다. 치켜뜬 눈에 분노와 실망이 내비쳤다.

"흥, 왕년의 세계적인 피아니스트였다면서요. 그런 분 귀에 반채율의 연주가 들어오기나 하겠어요? 앞으로 콩쿠르 얘기는 두 번 다시 꺼내지 마요."

"내 말 끝까지 듣지 않고 왜 이러네, 너?"

"듣긴 뭘 들어요? 후지다는 뻔한 얘기일 텐데."

"야, 너무 앞서가지 마라우. 내레 전혀 가능성이 없다고는 하지 않았구먼기래."

"가능성? 지금 저랑 말장난하자는 거예요?"

"흥분하지 말고 고저 잘 들어보라우. 1차 예선과 2차 예선은 두 달 뒤지 않네? 그리고 결선 당일까진 보름이 주어지고, 응?"

"그래서요?"

"기리니끼니 우리한텐 세 달 좀 못 되는 시간이 남아있는 것이다. 이해 되갔나?"

"그래서 그게 뭐 어쨌다고요?"

"무리갔디만 한번 해볼 만은 하다는 게 내레 내린 판단이야. 단, 반 채율이 니가 내 지도를 충실히 따르고 연습을 열심히 한다는 조건, 또 거기다가 운까지 따라준다는 조건이 충족되어야만 가능한 일이갔디."

"결국 무리라는 얘기네요. 귀인이 그 계집애를 찾는 것도 무리고, 콩쿠르에서 우승하는 것도 무리고. 다 무리라면 전 귀인이를 잡는 쪽에 걸겠어요."

"네 소질은 충분해. 연습과 노력이 부족했을 뿐이야."

"전 바로 그 연습과 노력이 지긋지긋해서 피아노를 그만둔 거라고요."

"......"

동호는 대꾸 않고 채율을 뚫어져라 응시했다. 전에 보지 못했던 진지함이었다. 기가 살짝 꺾인 채율이 슬그머니 물었다.

"진심이에요, 나 소질 있다는 게?"

"너는 기렇게 생각 안 하네?"

"제 생각이 아니라 사장님 생각을 묻는 거예요."

"내레 빈말 하는 걸로 보였네?"

"꼬시려면 무슨 말씀을 못 하시겠어요?"

말은 그렇게 받았지만 채율은 속으로 기뻤다. 동호가 인정해주다니 새삼 의외였던 것이다. 칭찬에 들떠 저도 모르게 뺨에 홍조가 돌았다.

"그럼, 대신 저도 조건이 있어요."

"뭐이가, 조건이?"

"조건은, 음…… 아녜요. 일단은 당분간 공란으로 비워둘게요. 나중에 말씀드리죠."

이로써 원동호와 반채율, 두 사람은 콩쿠르 출전에 전격 합의했다. 동호가 말한 대로 콩쿠르까지는 시간이 얼마 남지 않았다. 채율은 동호가 짠 시간표에 따라 일과 피아노를 병행하기로 했다. 출근해서 오전까지는 공장에서 일을 하고— 실은 일거리도 거의 없었지만— 오후부터는 동호의 지도 아래 오로지 피아노 연습에 매진하는 일정이었다.

물론 이귀인 건을 팽개쳐둔 것은 아니었다. 어쩌면 채율에게는 콩쿠르보다 훨씬 시급한 사안이었다. 다음 날 오후 채율은 이귀인을 고소하기 위해 광주 시내 경찰서를 찾았다. 채율이 경찰서를 방문하는 동안 동호는 옥탑방 건물에 사는 세입자들을 일일이 찾아다녔다. 당분간 들릴 피아노 소음에 대해 미리 양해를 구해야 했기 때문이었다.

동호가 북한의 천재 피아니스트였다는 소문은 이미 쫙 퍼져있었다. 채율의 소행이었다. 그래서였는지 이웃들은 하나같이 흔쾌히 수락해주었다.

한편 채율의 콩쿠르 출전 소식에 석수와 현주의 반응은 제각각이었다. 석수가 두 팔 들어 환영했다면 현주는 뾰로통해 채율을 무척 부러워하는 눈치였다. 사실 그간 현주는 피아노를 가르쳐달라며 몇 번씩이나 동호를 조르곤 했지만 동호는 그때마다 심드렁한 반응뿐이었다. 그런데 채율에게는 기꺼이 피아노를 가르치겠다니 현주로서는 당연히 약오르고 질투심이 일어났다.

"넌 이 언니가 나중에 가르쳐줄게. 솔직히 현주 너 같은 초보는 나

정도 되는 선생도 감지덕지야."

  채율은 현주에게 피아노를 가르쳐주겠다고 약속했다. 침울했던 현주의 얼굴이 그제야 비로소 밝게 폈다. 현주는 바로 그날부터 언니의 선전을 응원하는 열혈 팬이 되었다.

  그러나 모든 건 이제 시작이고 첫걸음이었다. 그래도 채율은 벌써부터 마음이 든든했다. 자신이 세상에 외톨이로 던져진 혼자가 아니라는 사실, 그리고 더불어 갈 수 있는 여럿과 함께라는 사실이 가슴을 따뜻하게 덥혔다.

18

콩쿠르 일정은 점점 빠르게 다가왔다. 하지만 채율은 조급해하지 않았다. 대신 스스로의 콩쿠르 출전을 무척이나 대견해했고 감격스러워했다. 벅찬 감동을 누르지 못해 자는 동안에도 몇 번씩 이불 킥을 할 정도였다. 채율은 생각만 해도 가슴 뛰는 이 뉴스를 얼른 누군가에게 자랑하고 싶어졌다. 제일 먼저 모용하의 얼굴이 떠올랐다. 휴대폰에 대한 감사 인사도 전할 겸 채율은 그에게 전화를 걸었다. 그러면서 피아노 콩쿠르 출전 사실을 넌지시 알리려는 게 통화의 목적이었다.

그런데 뜻밖에 모용하는 저녁식사를 청했다. 당연히 채율은 1초의 망설임도 없이 단박에 데이트 신청을 응낙했다. 그리고 퇴근 시간이 되자마자 다람쥐처럼 사무실을 빠져나갔다. 그런 채율의 꼬리를 동호가 의심스레 쳐다보며 물었다.

"반채율이 네가 놀러 나갈 틈이 어디 있네? 오늘은 오후 연습도 못 했지 않아?"

"갑자기 중요한 약속이 생겨서요. 내일부터는 진짜 열심히 할게요."

채율은 말의 마침표도 찍지 않고 사무실 밖으로 바람같이 사라져

202

버렸다.

　사실 동호는 채율이 모용하를 만나러 가는 것을 일찍부터 눈치채고 있었다. 채율은 옷을 갈아입는다며 상담실을 수차례 들락날락거렸고 그때마다 콧노래를 흥얼댔다. 치장한답시고 화장실 거울 앞에서 한참을 보내는 모습에서도 어렵지 않게 짐작할 수 있었다. 그래도 모용하의 이름을 함부로 입에 올릴 수는 없었다. 그랬다가는 채율이 또 사생활 간섭이네, 뭐네 하며 한바탕 소란을 벌일 수 있었다. 차라리 참는 것이 나았다. 동호가 호주머니를 뒤져 담뱃갑을 찾았다. 구겨진 빈 갑이 손아귀에 잡혔다.

　'젠장, 꼭 뭐 같구만.'

　쓰레기통에 빈 갑을 던져 넣으려던 동호는 문득 손을 멈췄다. 구겨진 빈 담뱃갑이 마치 자신 같다는 생각이 들었다. 저도 모르게 채율이 앉았던 빈 공간으로 시선을 옮겼다. 마음 한구석이 왠지 횡했다.

　모용하가 예약했다는 레스토랑은 남산 중턱에 자리한 이탈리안 레스토랑이었다. 규모는 아담했지만 테라스에서 야경을 제법 근사하게 즐길 수 있다는 입소문이 돌아 불과 얼마 전 텔레비전 프로그램에 소개되기도 했던 명소였다. 모용하는 약속 시간보다 일찍 도착해 채율을 기다리고 있었다.

　"멀리서 오느라 많이 힘들었지?"

　채율을 발견한 그가 얼른 일어나 채율에게 의자를 빼주며 자상하게 물었다. 그러자 채율은 돌아가신 아빠 생각이 문득 간절해졌다.

　'아빠가 살아만 계셨어도 이 남자와 결혼할 수 있었을 텐데.'

　의자에 앉은 채율은 주위를 찬찬히 둘러보았다. 테이블에는 네 사람분의 식기가 미리 세팅되어있었다.

"누가 더 오나 봐요?"

"미리 말 못 해서 미안해. 사실 채율이 너랑 약속을 정하고 나서 아차 했어. 오늘 선약이 있던 게 기억났거든. 그래서 그냥 함께하는 식사 자리로 마련했는데, 괜찮겠지?"

"누가 오는데요?"

"채율이 너도 아는 사람들이야. 오해도 풀 겸 같이 보면 좋겠다고 생각했어."

모용하는 오해라는 단어를 특이나 의미심장하게 말했다. 오해라니, 채율은 그 말의 저의가 무언지 도무지 가늠이 안 됐다. 나름 짐작해 보느라 어리둥절한 사이 레스토랑 입구에서 소란스러운 소리가 들렸다. 채율은 그쪽으로 고개를 돌렸다. 그러자 방금 모용하가 했던 말의 뜻이 무엇이었는지 금세 알아차릴 수 있었다.

주인공은 노수창이었다. 그는 레스토랑이 마음에 썩 들지 않는지 시끄럽게 투덜대며 현관을 통과하는 중이었다. 등 뒤로 여자 둘도 보였다. 일행인 것 같았지만 드나드는 사람들에 가려 시야에서 이내 사라져버렸다.

"어라, 이 여자가 여기 왜 있어?"

노수창은 채율을 보자마자 대뜸 고함부터 질렀다. 채율은 곧바로 맞받아칠 뻔했다. 생각은 간절했지만 모용하 앞이라 일단 간신히 참았다. 채율이 시선을 얌전히 내리깔며 고분고분한 반응을 보이자 노수창은 물 만난 고기처럼 날뛰었다.

"야, 재수 없으니까 이 여자 당장 쫓아내, 어서."

"다른 두 사람은 어디가고?"

모용하가 얼른 화제를 돌리며 흥분한 노수창을 달래 앉혔다.

"화장실 갔다온다네. 여자들은 남자보다 오줌보가 작잖아, 안 그래? 푸하하하."

노수창은 마치 채율더러 들으라는 듯 일부러 저질스런 표현을 써댔다. 저런 자식이 S마트 대표라니, 저런 꼬락서니로 회사가 참 잘도 돌아가겠다, 속으로 그런 생각이 들어 채율은 피식 웃음이 나왔다. 노수창은 그 반응을 자신의 농담을 재미있게 여긴 줄로 착각해서 음담패설을 계속 쏟아냈다. 마침내 듣다 못한 모용하가 제지하고 나섰다.

"그만 좀 하자, 숙녀분들 오실 때 다 됐어."

"어, 그래야지. 그럼 우리 앞의 지금 이 여자는 숙녀가 아니신 거지?"

노수창이 채율 쪽으로 턱짓하며 비꼬았다.

"무슨 말이야, 그게?"

"아니, 내 농담을 듣고도 전혀 불편한 기색이 없길래. 그렇다면 숙녀가 아닌 게 확실하단 거지."

노수창이 자문자답에 만족하며 껄껄 웃어댔다. 그때까지 잠자코 있던 채율이 비로소 반응을 보였다.

"당연 불편하죠. 안 불편할 리 있겠어요? 안 그래도 지난번 노대표님께서 기획하신 추행 사건, 경찰에 신고할까 어쩔까 고민 중이었는데, 마침 답을 주시네요."

"반채율 당신도 폭행범이긴 마찬가지야. CCTV 증거 다 있거든."

"그럼 한번 붙어볼까요, 우리?"

"그쪽 좋으실 대로."

노수창은 생각보다 뻔뻔했다. 이딴 녀석 앞에 꼬리를 감을 수는 없었다.

"채율아, 오늘은 그만 참자, 응?"

모용하가 쩔쩔매며 말렸다.

"오빠, 난 가만있었어요, 그런데 노수창 저 새끼가 자꾸 건들잖아요."

바짝 약이 오른 채율의 입에서 그만 '새끼'라는 쌍소리가 튀어나왔다. 일순간 분위기는 차갑게 얼어붙었다. 다행히 때맞춰 구원병이 도착했다.

"어머, 채율 씨도 와 있었네요?"

민다경이 테이블에 합석하며 예의 싱그럽고 경쾌한 목소리로 채율에게 먼저 인사를 건넸다. 그녀는 노수창과 같이 왔다가 먼저 화장실에 들렀다고 했다.

"참, 그리고 지난번 전화 통화요. 담에 그렇게 끊지 마요, 알았죠?"

민다경이 활짝 웃어 보였다. 서양인처럼 입매를 좌우로 크게 찢으며 웃는 자신감 넘치는 저 웃음, 채율은 그 속에 담긴 무언의 경고를 알아챌 수 있었다. 더 이상은 그녀와 모용하 사이에서 쓸데없이 까불지 말라는 경고였다.

그래도 민다경은 노골적으로 채율을 미워하는 눈치는 아닌 듯했다. 어쩌면 방금 전의 경고는 분별없이 이곳저곳에 정을 흘리는 남자친구를 조준한 것일 수도 있었다. 아무튼 적어도 겉으로는 채율에게 다정했고 친절했다.

민다경의 옆자리에는 또 한 여자가 앉았다. 키는 민다경보다 조금 작아 보이고 전체적으로 가냘프고 하늘하늘한 인상이었다. 외모가 민다경과 무척 닮은 그녀는 무엇보다도 민다경만큼이나 낯익었다.

"우리 오랜만이죠?"

채율이 유심하게 보는 것을 눈치챈 그녀가 살짝 윙크하며 첫인사를 건넸다.

"네?"

"벌써 잊었어요? 저번 청담동 뷰티 숍에서……."

"아!"

그제야 채율은 선명하게 떠올랐다. 뷰티 숍에서 정지된 신용카드로 결제하려다 곤경에 빠진 채율을 구해줬던 민나현이었다. 공교롭게도 민나현은 노수창과 약혼한 사이라고 했다. 그리고 민다경의 친언니이기도 했다.

"맞아요, 우린 자매예요."

민다경이 언니 민나현과 팔짱을 다정하게 꼈다.

"다행이네. 서로들 다 아는 사이라니까. 분위기가 어색할 줄 알고 난 좀 걱정했었는데."

모용하가 함박웃음을 터트리며 좌중을 둘러보았다.

"그러게요. 이런 곳에서 다시 만날 줄은 정말 꿈도 못 꿨어요. 더구나 용하 오빠랑 잘 아는 분이시라니. 정말 반가워요."

채율이 한껏 웃음 띤 얼굴로 민나현에게 말했다.

"자, 이제 인사들 나눴으니 식사 주문하고 다시 얘기 나누죠."

모용하가 반백의 웨이터를 테이블 가까이 불렀다. 식사는 생각보다 일찍 나왔다. 노수창은 그것도 생트집을 잡았다.

"음식 나오는 속도가 너무 빨라. 분명히 미리 조리해서 냉장고에 보관했던 걸 덥혀서 내온 거야. 어째, 성에 낀 냄새 안 나?"

모용하와 민다경, 그리고 민나현은 노수창의 그런 태도가 익숙한 모양이었다. 다들 쉽게 웃어넘기며 화제를 돌렸다.

"수창아, 이왕 만났는데 이 자리에서 채율이한테 사과하는 게 어떠냐? 지난번 일은 도가 지나쳐도 많이 지나쳤어."

모용하가 노수창의 어깨를 가볍게 토닥이며 권했다.

"내 쪽만 사과를 하라고?"

"같이 하면 더 좋고. 그래도 네가 먼저 하는 게 맞아. 채율이 넌 어때? 이번 참에 수창이 사과 받고 다 잊는 걸로 하면 괜찮겠지?"

다른 사람이면 몰라도 모용하의 말이었다. 채율이 어찌할까 잠시 망설이는데 갑자기 노수창이 포크를 탁 소리 나게 내려놓았다.

"와, 이거 정말 어이가 없구먼."

그리고 비릿하게 웃으며 채율을 노려보았다.

"난 이 여자가 용하 너랑 그렇게 가까운 사이인 줄 정말 몰랐네, 진짜 몰랐어. 그래도 말이지, 난 저 여자한테 맞을 만큼 맞았거든. 덕분에 회사에서 아주 개망신을 당했고."

"맞을 만하니까 맞았겠죠."

시선을 접시에 파묻고 있던 채율의 목소리가 올라갔다.

"여기 분위기 재미있네. 전에 무슨 일들 있었어요, 두 사람?"

날 세워 오가는 둘의 대화에 민다경이 눈빛을 반짝이며 끼어들었다.

"그, 그게요."

채율이 얘기를 꺼내려는데 모용하가 얼른 테이블 아래로 무릎을 툭 쳤다. 참으라는 신호였다. 채율은 일단 얼버무리듯 웃음으로 넘겨버렸다. 하지만 노수창은 볼수록 괘씸했다. 사과할 기색은 전혀 없고 계속 뻔뻔스럽게 굴기만 했다. 차라리 노수창 얼굴에 물세례를 한바탕 안기고 뛰쳐나갈까도 생각했다. 그렇지만 상상뿐이었다. 모용하를 봐서도, 또 민나현에게 졌던 지난 신세를 봐서도 차마 행동으로 옮길 수 없었다.

이러지도 저러지도 못하는 동안 시간은 흘렀다. 인내심을 발휘하며 애써 참는 채율과 달리 노수창의 태도는 갈수록 점입가경이었다. 민나현이 청담동 뷰티 숍에서 채율과 처음 만난 사연을 담소하자 귀 기울여 듣던 노수창이 갑자기 배꼽을 잡았다.

"그러니까 신용카드가 정지 먹은 줄도 모르고 헤어하고 메이크업까지 받았다는 거 아냐, 그렇지? 푸하하하하, 역시 어디서든 앞뒤 못 가리는 여자가 맞긴 맞구먼."

노수창은 드디어 고대하던 건수를 잡았다는 듯 더없이 빈정거렸다. 민망해진 민나현이 무례하니 그만하라고 옆에서 말려도 듣는 둥 마는 둥이었다. 게다가 옆 테이블에 다 들리도록 떠들어 채율을 공개적으로 망신 주려 했다. 채율은 얼굴이 붉으락푸르락해서 언제 터질지 모르는 시한폭탄이 되어가고 있었다. 째깍째깍, 뇌관의 초침이 파국을 향해 달렸다. 폭발 직전 모용하가 가까스로 화제를 돌렸다. 초침이 일단 멈췄다.

"사실 오늘 저녁 이 자리에 채율이를 초대한 건 좋은 소식이 있다고 해서야. 채율이의 선전을 응원할 겸 해서 말이지."

시선은 채율에게 모였다. 채율은 느닷없는 화제 전환에 당황스러웠지만 이내 정신을 가다듬었다.

"자, 채율이 네가 직접 말해봐."

"별거 아니에요."

채율이 얼떨결에 대답했다.

"별거 아니긴. 어서 발표하래도."

모용하가 부끄러워하는 채율을 부추겼다.

"다음 달에 열리는 피아노 콩쿠르에 나가기로 했어요. 진짜 별거 아니죠?"

말은 겸손하게 했지만 채율의 양 볼에는 수줍은 생기가 돌았다.

"아뇨. 진짜 별거예요. 아주 멋지고요. 피아노를 전공했나 봐요?"

민다경이 마치 제 일처럼 기뻐하며 활짝 웃었다.

"오스트리아 빈에서 공부했었어요."

"맞아, 채율이는 그곳에서 10년 가까이 유학했어."

모용하가 부연설명을 붙이자 민나현도 관심을 보이기 시작했다.

"이번 콩쿠르 준비를 위한 선생님은 따로 계신가요?"

"저, 그게……."

"실은 저도 대학에서 피아노를 공부했거든요. 그래서 관심이 가네요."

민나현이 예의 부드러운 미소를 지으며 물었다. 혹시 필요하다면 좋은 선생님도 소개해줄 수 있다고 했다.

"그래요. 우리 언니도 피아노 전공이에요. 거기다 형부도 피아니스트고. 야, 그러고 보니 이거 정말 대단한 우연인데요? 여기 용하 씨 한 사람만 빼고 다들 피아니스트잖아요."

민다경이 수선스레 호들갑을 떨며 좌중을 보았다. 채율은 조심스레 주변의 눈치를 살피며 사실대로 털어놔도 될까 잠시 고민했다.

"선생님까지는 아니고요, 피아노를 봐주시는 분이 한 분 계시긴 해요."

"누구세요, 그분이?"

"저, 저기…… 제가 일하는 곳의 사장님이 봐주세요."

여기까지 말을 마친 채율은 노수창에게로 시선을 돌렸다. 노수창의 입매가 살짝 일그러지는 게 보였다. 하지만 내친 김에 이야기를 계속했다.

"러시아에서 피아노 공부를 하신 분인데, 예전에 진짜 촉망받는 피아니스트였대요. 하지만 사고로 손가락 두 개를 잃어 피아니스트의 꿈을 접으셔야 했죠. 그래서 콩쿠르는 직접 나설 수가 없으세요. 대신 저를 지도해주기로 하셨죠."

"어쩜! 피아니스트가 손가락을 잃어버리다니, 어떻게 그런 안타까운 사연을 가진 분이 계신대요?"

민나현은 상상만 해도 끔찍한지 이마를 찡그렸다.

"그래도 저보다 피아노를 잘 치세요, 지금도."

"설마요."

"진짠데요. 왼손 손가락 두 개 없는데도 저보다 훨씬 뛰어나세요."

"그 선생님 성함이 어떻게 되시는데요?"

"아마 말씀드려도 모르실 거예요. 지금은 돌 구이 판 공장 일만 하시니까."

채율이 더 이상의 설명은 거절했다. 그래도 민나현은 방금 듣게 된 불구의 피아니스트에 대해 관심을 참지 못했다.

"그래도 말해봐요. 정말 알고 싶어서 그래요."

"죄송해요. 저희 사장님은 자신의 이야기 떠도는 걸 워낙 싫어하시는 분이세요. 혹 나중에 기회가 있으면 직접 소개해드릴게요."

채율이 또다시 거절하자 결국 민나현은 아쉬운 얼굴이 되어서는 한숨을 내쉬었다.

"하는 수 없죠, 뭐. 아무튼 좋은 결과 기대할게요. 여기 있는 우리가 응원할 거니까 꼭 우승해야 돼요, 채율 씨."

민나현은 물론이고 모용하와 민다경까지 선전을 격려하며 박수쳐주었지만 한 사람만은 예외였다. 노수창은 내내 떨떠름한 표정으로 테라스 밖 야경에 무의미한 시선을 틀어박은 채 한참 딴청을 부렸다.

"원동호가 지도한다고?"

잠자코 있던 노수창이 마침내 입을 열어 퉁명스레 물었다. 채율 역시 마찬가지로 무뚝뚝하게 대꾸했다.

"맞아요. 탈북자 출신의 천재 피아니스트시죠."

"원동호? 그럼 채율 씨 피아노를 봐주신다는 선생님 성함이……."

민나현이 두 눈을 휘둥그레 뜨고 놀라는 시늉을 하며 물었다.

"네, 맞아요. 저희 공장의 원동호 사장님이세요."

"아, 그렇군요. 그리고 수창 씨도 아는 분이시고요?"

이번엔 민나현이 노수창 쪽을 돌아보며 물었다.

"원동호 그 녀석, 여전히 헛꿈을 꾸고 있는가 보군. 피아노 무대에 또다시 기어오르려 들다니."

한동안 채율에게 모였던 시선이 일제히 노수창에게 옮겨졌다.

"정말 궁금한 일이네요. 우리 수창 씨가 원동호 그 분을 어떻게 아는 건지."

민나현은 여전히 호기심 가득한 얼굴로 대답을 졸랐다.

"직접 대답하기가 곤란하시면 제가 대신 말씀드릴게요. 원동호 사장님과 노수창 대표님은 서로 아주 잘 아는 사이세요. 그 자세한 내막까지는 모르겠지만요."

채율이 불쑥 대신 대답했다. 그러자 노수창이 무릎에서 냅킨을 걷어내며 자리에서 일어섰다.

"이런 잡담에 더 이상 끼어있을 이유가 없는 것 같군. 그럼 난 이만 갈게. 속이 좀 안 좋아서."

노수창은 갑자기 테이블을 떠나버렸다. 민나현은 제대로 인사조차 않고 사라져버린 노수창의 변덕과 무례에 미안하고 난처한 기색이었다. 그런 약혼자를 선뜻 따라 나가기도, 또 그렇다고 남아 있기도 애매했다. 민다경이 어쩔 줄 몰라 하는 언니의 등을 얼른 떼밀었다.

"언니는 어서 형부 따라가봐. 아무래도 누가 봐줘야 하지 않겠어?"

"아무래도 그렇지? 난 수창 씨랑 같이 일어나는 게 좋겠어요. 아쉽지만 다음에 또 만나요, 채율 씨."

민나현은 엉거주춤 일어나 양해를 구한 뒤 급히 테이블을 떠났다. 한편 채율은 자신 때문에 모처럼의 식사를 망친 것 같아 몸 둘 바를 몰랐다.

"죄송해요."

"채율이 네 잘못 아니니까 신경 쓸 것 없어. 우린 다 익숙해. 수창이는 늘 저런 식이거든."

그 시간 이후 테이블의 화제는 모용하와 민다경의 결혼 이야기로 옮겨갔다. 채율은 잠자코 듣기만 했다. 그리고 자신이 모용하에 관해 몰랐던 사실들이 꽤나 많았다는 걸 깨달았다. 여태껏 채율이 모용하에 관해 아는 것이라고는 서울대 경제학과 출신이라는 것, 대학을 졸업한 뒤로는 수년 동안 국내 은행에서 근무했으며 최근 MK그룹에 전격 스카우트 되었다는 딱 그 정도뿐이었다.

게다가 모용하는 그저 그런 평범한 은행원이 아니었다. 거대 금융지주회사 오너 일가의 혈족으로 장차 가업의 한 부분을 떠맡게 될 젊은이였다. 대학 졸업 후 일반 은행에 들어갔던 것은 일선 경험을 쌓기 위한 소위 실습이었다. 그 와중에 반인철 회장과 인연을 맺게 된 것은 순전히 우연이었다.

"많이 놀랐지? 미안해. 일부러 속이려고 했던 건 아닌데, 어쩌다 보니 그렇게 됐네."

모용하는 쑥스러운 미소를 지어보였다. 사실 그는 이제껏 자기 이야기를 시시콜콜 털어놓은 적이 단 한 번도 없었다. 민다경에 관해서도 마찬가지였다. 그들은 최근에 교제를 시작한 연인 사이가 아니라 어릴 적부터 함께 성장하며 오래 알고 지낸 관계였다. 그러다가 같은 대학에 함께 다니게 되면서 이성으로서 호감을 느꼈고 연애를 시작했다. 양가 어른들도 크게 반대하지 않았으며 결혼 또한 기정사실로 인정하고 계시는 터라고 했다.

채율은 불편했다. 자리에 남아 그들의 대화를 듣고 있자니 가슴이 꽉 조여드는 것만 같았다. 무대 뒤의 잔혹한 진실은 꿈에도 눈치채지 못하고 혼자만의 짝사랑으로 가슴앓이해왔던 자신이 한심하고 부끄러웠다.

하지만 노수창이 이미 박차고 나가면서 한번 금 가고 깨진 분위기였다. 그녀마저 쉽게 자리를 뜰 수 없었다. 그러는 동안에도 테이블에는 이런저런 요리들이 수없이 접시를 바꿔가며 연달아 놓였다. 끝 모를 성찬에 식사 시간은 하염없이 길어졌고 채율의 기분은 그만큼 나락으로 추락해갔다.

맞은편의 모용하와 민다경은 채율의 기분 따위는 전혀 눈치채지 못하고 결혼식과 신혼여행 이야기에 풍덩 빠져있었다. 그런데 갑자기 민다경이 채율을 대화에 끌어들였다. 모용하와 이견이 생기자 같은 여자로서 편들어달라는 것이었다.

"그러면 채율 씨 의견을 한번 들어보죠."

"네? 저, 저요?"

"채율 씨 생각은 어때요, 우리 신혼여행 계획이?"

그때가 바로 그날의 기분이 최악으로 치달은 때였다.

채율은 마지막 광역버스를 간신히 잡아탔다. 데려다주겠다는 모용하의 호의를 눈치껏 사양하느라 하마터면 오도 가도 못할 뻔했다.

자정이 넘은 시간이라 태전동으로 가는 광역버스는 도로를 거침없이 내달렸다. 몸뚱이가 좌우로 마구 흔들리는 통에 멀미가 일고 위산이 목구멍을 넘어왔다.

"신이 나서 나가는 것 같더니만 어드레 기운 하나 없이 돌아오네?"

정류장이 있는 동네 어귀까지 채율을 마중 나와 기다리던 동호가 걱정스레 말을 건넸다.

"언제부터 나와있었어요?"

버스에서 간신히 내린 채율은 기력이 다 빠져나간 상태였다.

"나와있긴? 마침 담배 사러 나왔다가……."

"담배는 1층 편의점에도 있잖아요."

"그냥 바람 좀 쐬려고 나와본 거니끼니 너무 따지지 마라우."

그런데 평소 같으면 있었을 법한 대거리가 채율에게서 나오지 않았다. 그저 유령 같은 걸음걸이로 힘없이 동호의 앞을 스쳐 지나가버렸다.

"어라?"

동호는 갸웃하며 옥탑방 건물을 향해 걸어가는 채율을 물끄러미 쳐다봤다. 그날따라 그녀의 등은 무척 무거워 보이고 마치 전혀 모르는 사람의 것인 양 느껴졌다.

레스토랑을 박차고 나온 노수창은 회사로 직행했다. 민나현이 걱정하며 따라오려 했지만 노수창은 그날만큼은 혼자 있고 싶다는 핑계로 그녀를 집으로 돌려보냈다. 집무실에 들어온 노수창은 등도 켜지 않았다. 창가에 기대선 채 물끄러미 창밖만 바라보며 심호흡을 반복했다. 그렇게 얼마 지나자 꽉 막혔던 가슴이 조금은 트이는 듯도 싶었다.

그제야 크리스마스트리 불빛처럼 아름답게 점멸하는 강남의 야경이 눈 아래 들어왔다. 걸음을 옮겨 장식장 앞으로 다가갔다. 안에는 상패와 트로피들이 가득했다. 그것들은 노수창의 화려했던 과거를 증언하고 있었다. 단 하나의 예외만을 빼고서.

'2위 실버 나이트 프라이즈Silver Knight Prize, 노수창'

하나의 예외는 영국 왕가의 문장 아래 영문 필기체로 그의 이름과 성적을 휘갈겨 쓰고 있었다. 노수창은 고등학교 재학 시절 영국 왕실이 주최한 런던국제청소년피아노콩쿠르에 대한민국 대표로 출전했었다. 서울을 떠날 때만 해도 대상을 거머쥐리라 확신했었다. 국내 음악계와 언론들의 예상 역시 다르지 않았다. 다들 그의 대상 수상을 기정사실인 양 호들갑 떨었다.

당시 노수창은 국내는 물론 아시아의 스타였다. 재벌 3세로서 MK그룹의 상속자이기도 했던 그는 음악을 위해서라면 자신에게 주어진 일체의 특권을 포기할 수 있다며 대중 앞에 호기롭게 선언하기도 했었다. 그러한 각오를 증명하듯 출전하는 대회마다 1위를 놓친 적이 단 한 번도 없었다. 노수창의 독주를 막을 경쟁자는 적어도 아시아에는 없었다.

그러나 그 위풍당당한 행진은 런던에서 멈추어야 했다. 탈아시아를 부르짖으며 당당히 유럽 진출을 도모했던 첫 무대의 성적이 기대 이하였기 때문이었다. 노수창은 의외의 일격을 당해 결국 최종 2위로 입상했다.

콩쿠르 대상인 골든 나이트 프라이즈^{Golden Knight Prize}는 공교롭게도 또래 동양인 피아니스트에게 돌아갔다. 북한 대표로 출전했던 원동호였다. 그 사건은 노수창의 자존감을 생각보다 깊이 할퀴고 지나갔다. 생애 첫 패배를 안긴 녀석이 북한 촌뜨기에 불과하다는 사실— 원동호가 동구권에서는 이미 재능과 실력을 인정받고 있던 초일류 연주자이며 결코 만만한 상대가 아니라는 사실은 한참 뒤에나 알게 되었다— 은 웃으며 넘기기 어려운 굴욕이었다.

운명의 장난처럼 그날의 패배 이후 노수창은 국제 대회마다 원동호와 맞서야 했다. 그리고 그때마다 패배는 번번이 노수창의 몫이었다. 좌절이 거듭될수록 노수창은 차츰 슬럼프에 빠져들기 시작했다. 그러더니 급기야 입상조차 하지 못하는 비참한 성적표를 연달아 내놓았다. 마침내 노수창은 피아니스트 은퇴 선언을 공식 발표하기에 이르렀다.

그로부터 10여 년이 흘렀다. 조부와 부친에게 약속한 대로 노수창은 피아니스트 대신 MK그룹을 이끄는 경영인으로서 새 삶을 살아가고 있었다. 그러던 어느 날 그는 뜻하지 않은 장소에서 원동호와 재회했다. 그가 후원하던 문화예술단체의 만찬 자리였다. 원동호가 북한을 탈출해 남한으로 넘어온 지 얼마 안 된 시점이었다. 원동호는 노수창에게 부탁을 하기 위해 무작정 찾아왔다. 부탁이란 재정적 지원과 남한에서의 음악계 진출을 위한 도움이었다.

제아무리 피아노 천재라 할지라도 남한 음악계는 탈북 음악가를 반기지 않았다. 그 철옹성 앞에는 원동호 역시 무릎을 꿇을 수밖에 없었다. 원동호는 한때 라이벌이었던 노수창이 현재는 대한민국 경제계는 물론 음악계의 거물이라는 정보도 얻어듣고 혹 남아있을지도 모를 과거의 정에 마지막 희망을 걸었던 것이다.

그러나 대단한 착각이었다. 노수창에게는 지난날 호적수에게 베풀 동정이 눈곱만치도 없었다. 도리어 치욕과 좌절의 구렁텅이에 자신을 밀어 넣은 원흉에게 앙갚음할 절호의 기회로 여겼다. 노수창은 원동호에게 다른 날 다른 장소에서 다시 만나 상의하자고 제안했다. 그리고 그는 그 자리에 나가지 않았다. 대신 청부 폭력배들을 내보냈다. 그날 밤 원동호는 손가락 2개를 잃었다.

그 이후 노수창은 원동호와 다시 얽힐 일은 결코 없을 거라고 자신했다. 더구나 피아노와 관련해서는 더욱더 그럴 일이 없을 거라고 믿었다.

그러나 몇 년 뒤 원동호는 불사신처럼 다시 나타났다. 다행히 이번엔 피아니스트가 아니라 S마트에 물건을 대는 일개 하청 납품업자로서의 재등장이었다. 그래서 노수창은 크게 문제 삼지 않았다. 피아노와 관계되지 않으면 개의치 않을 생각이었다. 물론 지난번에 돌 구이판 납품 계약을 전격 취소했던 건 사소한 장난이었다. 자꾸 얼쩡거리는 품새가 눈에 거슬리기에 골탕 한번 먹여보자는 의도였을 뿐이다. 그런데 반채율이라는 말괄량이를 앞세워 진짜 싸움을 걸어올 줄은 꿈에도 생각 못 했다.

차라리 이참에 MK그룹의 입김을 동원해 원동호의 업체를 궁지에 몰아넣기로 했다. 아예 산산이 부숴버릴 심산이었다. 그리고 계획대로 거의 진행되었다 싶었다. 그런데 원동호 그놈은 용서를 빌기는커녕 의외의 도전을 해오는 것 아닌가.

'피아노 콩쿠르에 출전하겠다고? 내 신경을 건드리기로 단단히 작정했나 보군.'

다른 건 몰라도 원동호가 피아노로 뭘 어찌하는 것은 결코 다시 보고 싶지 않았다. 더구나 무대에 올라 피아노 옆에서 우승 트로피를 들어올리거나 하는 꼬락서니는 절대로 재현돼서는 안 됐다. 하지만 뒤집어 생각해보면 놈의 도전은 노수창의 기회일 수 있었다. 차라리 이번 콩쿠르를 놈에게 치욕과 좌절의 결정타를 먹이는 호기(好機)로 활용하는 것도 노수창의 능력으로는 충분히 가능했다.

'심사위원을 매수해 아예 예선부터 떨어트릴까? 아니야. 돈으로 하는 복수는 뭔가 부족한 감이 없지 않아. 일단 내가 접접해. 그놈의 손가락 병신이 도대체 어디가 무섭다고. 이번 기회에 한번 진지하게 붙어보는 거야. 그래야 놈의 무릎을 제대로 꿇리는 게 되는 거야.'

노수창은 무릎을 탁 쳤다. 역발상이란 이런 것이어야 했다. 놈이 링 위에 오르겠다고 나섰다면 노수창 역시 기꺼이 글러브를 끼고 링에 올라야 했다.

'피아노를 걸고 정정당당히 대결하는 모양새가 필요해. 그래야만 내가 꿈꾸는 완벽한 승리를 실현할 수 있어.'

피아니스트로서 맞대결은 놈에게 연거푸 패배했다. 인정하기 싫어도 바꾸거나 돌이킬 수 없었다. 그러나 대타를 내세우는 싸움이라면 결과가 다를 수 있다. 결코 질 수 없고 질 리도 없다. 왜냐하면 대타랍시고 내세운 반채율이 정말 어처구니없는 선택이라는 판단이 들었기 때문이었다. 그녀에게는 특별한 소질이 느껴지지 않았고 열정이나 음악도의 품위 그 어느 것도 보이지가 않았다. 무능하고 형편없는 선수임에 틀림없었다.

'그러면 나를 위한 대타로는 누가 있을까?'

단 몇 초 만에 후보의 얼굴이 떠올랐다. 약혼녀 민나현이었다. 서울대 음대와 줄리아드 음악 대학원까지 거친 그녀의 실력이면 충분한

219

카드였다. 원동호가 미는 엉터리 왈가닥 따위는 거뜬히 밟아버리고도 남았다.

'분명 멋진 게임이 될 거야. 내가 이기는 패를 쥔 게임이니까.'

단지 상상뿐이었는데도 입가엔 미소가 그득하게 흘렀다. 득의만만한 승리의 미소가……

19

"만약 내가 싫다고 한다면요?"

노수창의 뜬금없는 제안에 민나현은 곤혹스러웠다.

"엊그제 채율 씨가 콩쿠르에 나간다고 해서 격려까지 해준 저예요. 그런데 콩쿠르에 출전해 나란히 경쟁하라니, 그건 말이 안 돼요. 예의도 아니고."

노수창은 몸이 달았다. 어떻게든 그녀의 결심을 이끌어내야 하는 그로서는 양보할 수 없었다.

"우리 결혼이 관계된 일이야."

"갑자기 그게 무슨 말이에요?"

"난 너와의 결혼이 재벌가들이 흔히 하는 정략결혼 따위로 비춰지는 게 도무지 마음에 안 들어."

"그래서요?"

"너도 한때는 나처럼 열렬한 음악도였잖아? 그래서 말인데, 난 당신이 세상에 그걸 증명하면 좋겠어. 그렇게 되면 사람들은 우리의 결혼을 아마 다른 눈으로 보게 되겠지."

"어떻게 다른 눈요?"

"이를테면 음악도 사이의 아름다운 결합, 어때, 정말 멋지지 않겠어?"

"글쎄요, 그럴지도 모르죠. 그렇지만 남들의 시선이 뭐 그리 중요해요? 누가 뭘 어떻게 보든 우리 두 사람이 진실한 사랑을 쌓고 지켜가는 거, 그게 더 중요하잖아요?"

"맞는 말이야. 하지만 그걸 누가 알아주겠어?"

노수창은 짐짓 괴로운 척 한숨과 함께 머리카락을 쥐어뜯었다. 민나현은 도무지 이해가 안 됐다. 결혼을 이유로 대고는 있지만 핑계일 뿐 진짜 이유는 다른 데 있는 것 같았다. 그가 어째서 피아노 콩쿠르를 느닷없이 들고 나와 매달리는지 실마리조차 짚이지 않았다. 더군다나 민나현은 건반에서 손을 뗀 지 너무 오래였다. 실력을 콩쿠르에 출전할 만한 수준까지 끌어올릴 수 있을지도 솔직히 스스로 자신이 없었다.

"그런 걱정 때문이라면 내려놔. 나 노수창한테 맡기면 되니까. 난 나현이를 위해 모든 지원을 아끼지 않을 생각이야."

"수창 씨……."

"당신은 다른 생각할 것 없어. 오로지 나만 믿고 따라오면 되는 거야."

"……."

"미리 고백하자면 나에게 이번 콩쿠르는 우리 결혼만큼이나 의미 깊고 중요한 일이야. 만일 당신이 이번 일에서 한발 물러서거나 날 돕지 않는다면 난 실망할 거야. 우리 결혼도 그만큼 실망스러울 테고."

노수창의 태도는 이제 설득이 아니었다. 숫제 대놓고 하는 협박과 다름없었다. 그러나 민나현은 난처한 표정뿐 선뜻 어떤 대답도 내놓지 못했다.

'왜 이토록 나를 코너에 몰아넣는 걸까? 혹시 결혼을 회피하려고 적당한 구실을 마련하는 건 아닐까?'

민나현은 불현듯 의심이 몰려들었다. 가슴 깊이 억눌러왔던 오래된 생각이기도 했다. 공식적으로 약혼한 사이라지만 민나현은 노수창의 진심이 그다지 와 닿지 않아 남몰래 속을 태워왔다. 일주일에 한 번으로 정해진 데이트는 그녀로서는 턱없이 목마른 것이었다. 그나마 그동안에도 노수창은 성의가 없었다. 식사를 하든 음악회를 보든 그녀와 좀처럼 시선을 맞추지 않았고 필요한 말 이외에는 잘 섞지 않았다. 손을 따뜻이 잡아주거나 부드럽게 어깨를 감싸 안는 친밀한 스킨십은 아예 없었다. 게다가 그는 별난 신데렐라였다. 나름대로 종료 시간을 정해놓았는지 밤 10시만 되면 그녀를 내팽개치고 혼자 집으로 돌아가곤 했다.

그녀는 데이트 이튿날이면 하루 종일 마음이 어지럽고 일도 손에 잡히지 않았지만 소문이 돌아 노수창과의 관계가 악화될까 누구에게도 솔직히 터놓지 못했다. 주위에 걱정 끼치는 것도 질색이라 혼자 냉가슴만 앓을 뿐이었다. 설사 상대의 사랑이 느껴지지 않더라도 더 노력하면 상황이 나아지리라 믿었다. 그렇게 스스로에게 최면을 걸며 참아왔다. 그녀의 유순한 심성으로는 노수창의 강권을 버텨내기에 역부족이었다.

마침내 3일째 되는 날 민나현은 백기를 들었다.

여전히 내키지 않지만 민나현은 노수창의 면밀한 계획에 따라 콩쿠르를 준비하기로 했다. 노수창 또한 회사 업무와 스케줄을 대폭 조정했다. 그녀가 연습을 시작하는 오후 2시 이후로는 업무 미팅을 일체 잡지 않았다. 만약 불가피하게 빠지게 되면 대신 유명 피아노과 교수를 초빙해 집중 지도를 부탁했다. 노수창은 그만큼 민나현에게도 콩쿠르에 진력으로 매진하라고 요구했다. 그녀는 현암아트센터를 당분간 동생 민다경에게 맡겨야 했다.

"생각보다 상황이 아주 재미있게 돌아가는데?"

언니로부터 부탁을 받은 민다경이 한쪽 눈을 감으며 장난스럽게 웃었다.

"농담하는 거 아니야. 난 진지해."

"누가 농담이래? 그런데 언니는 우승할 자신은 있어?"

"모르겠어. 수창 씨가 완강히 고집을 피우는데 거절만 할 순 없었어."

"하긴. 그러면 연습은 어디서 해?"

"그이 집무실. 급한 대로 업무 보면서 날 지도하겠대."

"진짜 웃긴다. 아무튼 형부가 콩쿠르에 그렇게 집착하는 데는 분명히 뭔가 이유가 있을 거야."

"뭐라고 생각하는데?"

"나야 모르지. 육감엔 뭔가 있는 것 같아. 언니한테는 말하지 못할 뭔가……."

그런 느낌을 받은 건 민다경만이 아니었다. 민나현 역시 그랬다. 노수창이 솔직하지 않다는 것은 쉽게 눈치챌 수 있었다. 음악도 사이의 아름다운 결합이라니, 아무리 착하고 순진한 민나현이라도 그 따위 유치한 수사에 넘어갈 바보는 아니었다. 그러나 그가 먼저 실토하기 전까지는 다그치거나 캐묻고 싶지 않았다. 피치 못할 사정이 있어서 고백을 미루는 건지도 모를 일이니까. 콩쿠르가 끝나면 그가 그녀가 듣고 싶은 모든 진실을 털어놓으리라 내심 기대하고 있었다.

민나현은 그가 결혼을 피하려고 억지를 부리는 게 아니라는 걸 확인하는 선에서 일단은 만족했다. 게다가 오히려 콩쿠르 덕분에 즐거운 일도 생기는 바람에 나름 기뻤다. 피아노 연습을 핑계로 노수창과 함께하는 시간이 부쩍 늘어난 것이다. 일주일에 한 번씩 밀린 숙제하듯 형식적으로 데이트하는 것이 아니라 매일같이 얼굴을 마주했다. 같이하는 시간이 늘어난 만큼 이해할 기회 역시 늘어나리라. 그녀는 그의 차갑고 괴팍한 외피 안에 숨은 선량하고 따뜻한 본래의 성정을 밖으로 끌어내고자 했다. 그게 그녀의 희망이었다.

그러나 희망은 희망으로 끝났다. 도리어 안 가지느니만 못했다. 연습이 거듭될수록 노수창과의 관계는 파탄으로 치달았다. 노수창의 과욕 때문이었다.

지난 수년간 피아노와 거리를 두었다는 점을 감안하면 민나현의 실력이 못 쓸 정도는 아니었다. 그러나 승부욕에 불타는 노수창은 그녀가 발전 가능성이라고는 티끌만치도 없다고 판단했다. 무엇보다 민나현의 연주는 '피아니즘'이 없었다. 오랫동안 피아노를 친 만큼의 테크닉은 가지고 있었지만 왠지 투박하고 건조했다. 각이나 모서리가 없었다. 피아노를 제법 쳤다는 부잣집 따님의 수준급 연주를 살짝 넘어서는 딱 그 정도에 불과했다. 노수창의 불만과 절망은 갈수록 몸집을 불려갔다. 그는 매일같이 히스테리를 부리고 그녀를 힐난했다.

민나현은 처음엔 노수창을 이해하고 실망시키지 않으려 연습에 한층 매진했지만 그는 이미 자학으로 망가지기 시작해 그 분노를 그녀에게 잔인하게 배설했다. 민나현은 이미 콩쿠르 우승 따위는 상관없었다. 문제는 조각나고 부서지는 자신감이었다. 평생의 반려자로서 이 남자를 감당할 수 있을까, 과연 행복하게 살 수 있을까 하는 질문이 시시때때로 맴돌 때마다 눈물이 고였다. 지금까지 그러려니 여겼던 노수창과의 좋지 못한 기억들이 물음표를 달고 다시 나타났다. 예선이 닥쳐올수록 두 사람 사이 실금의 너비가 흉하게 벌어지고 있었다.

20

1차 예선을 고작 한 달 남짓 앞둔 때였다. 오전 일찍 노수창이 구매 담당 부장을 집무실로 호출해 동호의 공장을 비밀리에 염탐하라는 지시를 내렸다. 노수창은 반채율의 실력이 어느 정도 되는지, 또 원동호가 어떤 방식으로 지도하고 있을지 궁금해 좀이 쑤셨다.

점심시간이 막 지나 구매부장이 동호의 사무실에 들이닥쳤다. 예고 없는 방문에 동호는 당황했지만 그래도 납품 계약을 취소했던 지난 일로 내내 미안해하던 구매부장이 공장까지 모처럼 행차했다면 뭔가 좋은 소식을 물고 온 걸 수도 있다 싶었다. 내심 기대가 솔솔 일었다. 과연 구매부장은 동우리빙아트와의 거래 가능성이 다시 보이기 시작한다는 말로 서두를 꺼냈다.

"기거이 진짭네까?"

"그렇고 말고요. 내가 농담 따먹기나 하려고 여기까지 왔겠어요?"

동호의 공장은 일거리가 떨어진 지 오래였고 직원들도 일손을 거의 놓았다. 쓰러지기 일보 직전이라 구매부장의 떡밥은 한마디 한마디가 솔깃하고 달콤했다.

"그럼 일전의 우리 공장 새 모델은 어찌되는 겁네까? 계약을 받아주시는 겁네까?"

"아마도요. 동우리빙아트와의 계약은 긍정적으로 재고해볼 것도 같아요. 다만……."

구매부장은 문득 말을 끊고 뜸들이더니 공장 안을 직접 자기 눈으로 살피고 돌아보아야겠다고 주장했다. 그래야만 새 모델의 재심사를 임원진에 건의할 수 있지 않겠느냐는 것이었다. 그런데 소파에서 먼저 일어나 재촉하는 구매부장은 어설프고 경직되어 보였다. 공장을 돌아보는 동안에도 정작 제조 설비나 시설은 본체만체하고 엉뚱한 질문만 해댔다.

"반채율 씨라고 이곳에서 일하죠? 그런데 오늘 안 보이네요?"

그러면서 구매부장은 채율이 지금 어디에서 무엇을 하는지, 동호는 퇴근 후에 무엇을 하며 시간을 보내는지 등을 묻고 또 물었다. 돌 구이 판과는 하등 관련 없는 질문이었다. 그러나 공장 안내를 맡은 석수는 어떻게든 구매부장의 환심을 사고자 묻지도 않은 것까지 미주알 고주알 늘어놓았다. 채율이 오전 근무 뒤에는 옥탑방 창고에 틀어박히다시피 해 피아노 연습에 올인하는 것, 퇴근시간 이후에는 동호가 그녀를 밀착 지도한다는 것, 뿐만 아니라 하루에 몇 시간을 연습하고 또 어떤 곡을 얼마만큼 연주하는지도 세세히 털어놓았다.

의외의 수확에 구매부장은 입이 떡 벌어졌다. 그는 이미 충분한 답을 얻었다고 판단했는지 갑자기 급한 일이 생겼다며 서둘렀다.

"곧 연락이 갈 테니 기대해도 좋을 겁니다."

공허한 장담을 남기고 동우리빙아트를 허둥지둥 빠져나온 구매부장은 즉시 부리나케 노수창의 집무실로 직행했다.

척후병(斥候兵)의 상세한 보고를 듣는 동안 노수창은 별말이 없었다. 침묵을 지키며 턱을 쓰다듬다 이윽고 착 가라앉은 목소리로 물었다.

"그래서 연습을 한다는 그 옥탑방 주소는 알아왔어요?"

"그것까지는…… 죄송합니다. 아무래도 공장에서 가까운 것 같은데 말입니다."

"내일 아침까지 보고하세요."

노수창은 반채율의 연주를 직접 들어봐야겠다고 마음먹었다. 그래야만 비로소 성이 찰 것 같았다.

동호의 지도 덕인지 채율은 일취월장했다. 처음에는 동호의 보폭에 맞춰 억지로 끌려가다시피 했으나 차츰 익숙해지면서 빠르게 가속도가 붙었다. 더불어 내면 깊이 잠자던 열정도 깨어나기 시작했다. 그녀의 의식이 애써 무시해왔던, 오래전에 사라졌다며 포기했던 본능이었다. 새롭게 눈뜬 열정은 힘찬 박동과 함께 온몸의 혈관을 타고 영혼을 뜨겁게 데웠다.

그렇지만 시도 때도 없이 떨어지는 동호의 벼락같은 호통은 처음과 변한 게 하나도 없었다. 단지 변한 게 있다면 피아노를 앞에 둔 그의 눈빛이었다. 그의 눈빛은 슬쩍 마주쳐도 숨이 멎을 듯 고독하고 냉정했다. 시범을 보이려고 건반 앞에 앉을 때면 20년 전 세계 무대를 호령하던 때로 훌쩍 되돌아가곤 했다.

피아노 앞에 앉을 때 동호는 차라리 화가였다. 손가락은 붓이었고 건반은 물감이었다. 그의 힘차고 섬세한 붓놀림에 따라 물감은 물결치며 생생한 신기루를 만들어냈다. 그 신기루는 화폭에 고스란히 쏟아져 담겼다. 채율은 그가 순백의 만년설을 이고 있는 산 같다는 생각이

들었다. 높다랗게 우뚝 솟아 그저 바라만 볼 뿐 결코 오를 수 없는 산. 그리고 채율의 각성을 일구어낸 은혜로운 산이었다.

이제 그녀는 피아노가 인생에서 결코 양보할 수 없는 소중한 것임을 자연스럽게 받아들였다. 더불어 자신이 피아노를 진정 얼마나 사랑했고 연주에 목말랐었는지 뒤늦게 깨닫고 있었다. 어쩌면 동호는 채율의 가능성과 잠재력을 발견하고 인정해준— 돌아가신 엄마를 빼고는— 세상에서 유일무이한 사람이기도 했다. 물론 그는 여전히 무뚝뚝하고 성난 얼굴이었지만 돌이켜 보면 그녀를 배려하고 노력한 일이 적지 않았다.

그래서일까. 언젠가부터 헤아릴 수 없는 감정이 그녀의 마음을 빠르게 채워가기 시작했다. 이제껏 당연히 여겨왔던 그의 모습이 새삼 특별한 의미로 다가왔다. 네모가 구르는 것 같아 듣기 불편하던 그의 거친 사투리가 그랬다. 또 지겹도록 입는 낡은 점퍼 색깔도 그리 눈에 거슬리지 않았다.

하지만 모용하를 좋아하는 마음과는 별개의 느낌이었다. 모용하에게 품는 감정이 막연한 사랑 같은 거라면 동호에 대한 마음은 탄복이면서 경외였다. 채율은 동호의 속마음이 궁금했다. 이 남자는 대체 어떤 감정을 품고 나를 대하는 걸까?

"사장님은 좋아하는 여자 없어요?"

"기런 건 뭐 하러 묻네?"

동호가 너무도 익숙한 투로 말하며 인상을 찡그렸다.

"혹시 현주 씨?"

"미쳤네? 그 에미나이는 기냥 동생이디 여자간? 여자로 본 적도 없구먼기래."

"그럼 나는요? 날 여자로 본 적이 있어요?"

"당연하디. 늘 여자로 보고 있어. 나한테 엄청 빚진 여자."

대화는 늘 김빠지게 끝나버렸다. 그런 걸 보면 동호는 오로지 채율이 진 빚을 돌려받는 데만 관심이 있는 것 같았다. 그 때문에 피아노를 가르치는 수고로움 일체를 감내하는 것인지도 몰랐다.

채율은 서운했다. 동호가 자신을 콩쿠르에 출전시키는 이유가 단지 그뿐이라면, 정말로 그 외에 아무것도 없다면…… 감전된 것처럼 마음 한쪽이 저릿했다. 그녀 역시 상금에 눈이 멀어 출전을 결심했지만 이제는 상황이 달라져있었다. 채율은 동호에게 꼭 보여주고픈 게 생겼다. 철딱서니 없는 사고뭉치라는 허물을 벗고 피아니스트로서 동호 앞에, 그리고 세상 앞에 떳떳하고 당당하게 서는 것, 그 두 가지 같은 한 가지였다.

상대의 마음을 몰라 애태운 것은 채율 혼자 억울할 일은 아니었다. 동호도 다르지 않았다. 자신의 감정을 가늠치 못해 혼란스러운 것도 매한가지였다. 사실 첫 만남부터 채율은 영 마뜩치 않은 여자였다. 남한 졸부의 철부지 딸내미로 매사 버릇없고 한심할 따름이었다. 충동적인 그녀는 어디로 튈지 모르는 럭비공 같았다. 예측이 불가능했고 통제는 기대조차 못 했다. 그래서 대놓고 경멸하기도 했고 대체로 미워했다. 그런데 지금 이 묘한 감정은 대체 뭐란 말인가.

속눈썹을 팔랑거리며 까불어대는 그녀의 모습이 자꾸 눈에 박혔다. 또 좁은 어깨를 들썩이며 눈물을 뚝뚝 떨어트릴 땐 그의 가슴까지 시렸다. 뿐만 아니라 그녀가 모용하와 밤늦도록 어울리거나 시도 때도 없이 모용하를 찬미하면 약 오르고 화가 치밀었다. 하지만 도대체 언제부터 무슨 이유로 그녀 앞에 서면 옴짝달싹 못 하게 됐는지 도무지 알 수가 없었다.

그래도 결론은 분명했다. 어쨌거나 채율은 동호의 세계에 어울리는 여자가 아니었다. 돌 구이 판 장사꾼의 여자로 살기엔 여러모로 불편할 여자였다. 이귀인이 훔쳐간 돈을 되찾기만 하면 즉시 다른 세상으로 훌쩍 날아가버릴 그런 여자였다. 그녀를 위해서도 당연히 그래야만 했다.

21

경찰서로부터 이귀인의 소재를 찾았다는 연락이 왔다. 그러나 담당 형사 말로는 귀인의 주소지로 수차례 출석 요구서를 보냈지만 여태 응답이 없다고 했다. 게다가 고소 내용을 뒷받침할 명백한 증거가 없으므로 검찰로 송치해봐야 무혐의로 결론 날 게 십중팔구라고 덧붙였다. 보아하니 당사자들끼리 만나 해결 보라면서 은근히 떠넘기는 눈치였다.

'당사자끼리 해결이라? 좋아, 그 편이 훨씬 더 빠를지도 모르지.'

형사가 알려준 귀인의 주소지는 서울 강남구 삼성동의 어느 고급 아파트였다. 생각 같아서는 당장이라도 달려가 그 계집년의 머리채를 움켜잡고 싶었지만 아무래도 이런 일은 누군가 동행하는 편이 나을 듯했다.

다음날 채율의 서울행엔 석수가 기꺼이 동행으로 나섰다. 목적지로 향하는 동안 채율은 혹시나 귀인이 경찰의 출석 통지에 지레 겁먹고 외국으로 튀지나 않았는지, 그래서 허탕을 치는 건 아닌지 초조했다.

그러나 기우였다. 귀인은 그 주소지에 당당하게 살고 있었다. 그리고 아파트 현관문을 활짝 열어주며 채율을 반갑게 맞이했다. 예상 밖의 환대에 채율이 적잖이 당황했다. 보자마자 귀싸대기부터 올려붙이려던 각오가 순간 움츠러들었다.

"어머, 채율이구나! 그동안 어떻게 지냈어? 정말 걱정했다, 얘."

"어, 그랬어?"

"그럼, 당연하지. 난 채율이 네 뒤치다꺼리 다 마치고 귀국하다 보니까 그간 연락을 못 했어. 이해 좀 해줘, 응?"

새빨간 거짓말이었다. 채율을 쫓아 곧바로 귀국한 걸 뻔히 아는데도 귀인은 눈 하나 깜짝 않고 많이 염려했다며 안쓰러운 표정을 지었다. 물론 모용하로부터 빼돌린 반회장의 유산에 대해선 단 한마디도 언급하지 않았다. 잠자코 두고 보던 채율이 먼저 이야길 꺼냈다.

"알았으니까 이제 우리 아빠 돈 그만 돌려줘."

"무슨 돈?"

"우리 아빠가 날 위해 남겨두신 돈 말이야. 그 돈을 네가 대신 받아갔다며?"

귀인이 피식 바람 새는 소리를 흘렸다.

"채율이 너, 여러 사람 곤란하게 만들고 싶어?"

귀인이 채율을 똑바로 응시하며 물었다.

"곤란하게 만들다니, 무슨 뜻이야, 그게?"

채율이 미간을 모으자 귀인은 석수에게 잠시 자리를 비켜달라고 했다.

"주차장에 있을게요."

석수가 차에서 기다리겠다면서 아파트를 나갔다. 이윽고 두 사람만 남게 되자 귀인이 다시 입을 열었다.

"채율이 너네 아버지가 남겼다는 그 돈, 그거 어떤 돈인 줄은 알고 하는 소리니, 너?"

"어떤 돈이라니? 빙빙 말 돌리지 말고 똑바로 말해, 어서."

"회사 비자금이야, 몰랐지? 비자금이란 게 어떤 돈인지 지금이라도 곰곰이 한번 생각해봐."

"대체 무슨 말이 하고 싶은 건데?"

"비자금이란 건 말이야, 회계 장부 상 0자 하나 기록되지 않은 유령 같은 돈이야. 그런 돈을 만드는 가장 쉬운 방법은 회사 매출을 누락시키거나 경비를 과장되게 부풀리는 거고."

"복잡해. 무슨 말인지 하나도 모르겠어."

"간단히 말해서 불법으로 만든 돈이라는 거야. 주인 없는 돈이라고 할 수도 있고."

"주인 없는 돈?"

"그래, 주인 없는 돈. 용하 씨는 그 돈을 나한테 줬다고 했겠지, 아마? 하지만 난 안 받았다고 잡아떼면 끝이거든. 아무도 증명해낼 수 없으니까."

"야!"

"그런데 만약 네 쪽에서 계속 문제를 일으키면 결국 용하 씨도 발뺌할 수밖에 없게 될 거야. 왜냐하면 그 돈의 존재를 용하 씨가 인정하게 되면 그 사람 역시 법에 따라 처벌받고 감옥에 가야 되니까 말이지."

"헐, 용하 오빠는 대체 왜 끌고 들어가? 은행에서 그냥 맡아주기만 한 건데?"

"그거야 경찰에서 판단할 일이고, 나야 모르지."

요컨대 귀인이 주장하는 논리는 반회장의 유산이란 어차피 불법으로 조성된 눈 먼 돈이니 먼저 챙긴 사람이 임자라는 것이었다.

귀인은 깨드득깨드득 필요 이상으로 오래 웃었다. 채율은 눈앞에서 보란 듯이 교활하게 비웃는 귀인의 머리채를 당장 잡아 돌리고 싶었다. 그런 눈치를 읽었는지 귀인이 거실 천장에 설치된 CCTV 카메라를 가리켰다. 어디 해볼 테면 해보라는 태도였다. 채율은 분노를 간신히 누르며 또박또박 물었다.

"그럼 액수나 알려줘. 아빠가 따로 남겨둔 돈이 얼마였어?"

"알아서 뭐 하게? 속만 쓰리지."

"말해봐. 얼마야?"

"대답하기 싫은데 어쩌나. 정히 궁금하면 용하 씨한테 직접 가서 물어보든가."

말을 마치자 귀인은 탁자 아래에서 돈 봉투를 꺼내 채율 앞에 내밀었다. 채율이 올 줄 예상했었는지 미리 준비해둔 것 같았다.

"그나마 옛정을 생각해서 성의껏 넣었어. 요긴하게 썼으면 좋겠네."

귀인은 뻔뻔스럽게 생색까지 냈다. 채율은 돈 봉투를 귀인의 얼굴에 확 뿌려버릴까도 싶었지만 늘 절실했던 게 돈이었다. 말없이 봉투를 집어들었다.

아파트를 나와 승강기를 타고 내려오는 동안, 봉투를 쥔 채율의 손이 모멸감에 부르르 떨렸다. 석수는 아파트 주차장에서 기다리고 있다가 마치 시체처럼 걸어오는 채율의 모습에 깜짝 놀라서 얼른 달려갔다. 석수의 부축에도 채율은 걸음걸음마다 금방이라도 무너질 듯 맥없이 비틀댔다.

"표정이 안 좋아요. 친구 분하고 얘기가 잘 안 됐어요?"

석수는 눈치만 봐도 대답이 빤한 걸 거듭 물어댔다. 이런 눈치코치 없는 남자 같으니라고.

"네, 아빠 돈을 돌려주지 못하겠다네요."

채율이 고개를 가로저으며 결과를 전해주자 석수는 그제야 저도 약 오른 얼굴이 되어서는 귀인의 아파트를 올려보았다.

"와, 정말 웃긴 여자네."

"그래요, 정말 웃기죠?"

"당연하죠. 어, 채율 씨, 저기 좀 봐요!"

채율은 석수의 손가락이 가리키는 방향으로 시선을 틀었다. 귀인이 베란다에 나와 주차장에 있는 그들을 내려다보고 있었다. 그리고 채율과 시선이 마주치자 손가락으로 V자를 그렸다. 채율은 너무나도 괘씸하고 분해 저도 몰래 눈물이 주르르 흘러내렸다.

"뭐 하는 거죠, 저 여자?"

"……."

"채율 씨?"

채율은 현기증이 일고 온몸이 석상처럼 굳어 꼼짝도 못 했다. 이 자리에서 빨리 벗어나야지 하면서도 생각뿐이었다. 보다 못한 석수가 채율을 끌어 간신히 트럭에 태웠다. 트럭의 시동 소리가 그녀의 귓가에 아득하게 들려왔다.

태전동으로 돌아오는 내내 채율은 정물처럼 시선을 창밖에 박은 채 미동이 없었다. 조수석에 오르면 참새처럼 재잘재잘 수다를 즐기던 그녀였지만 지금은 저만치 혼이 빠져나간 듯했다.

채율은 시 경계를 통과할 무렵에야 조금씩 움직임을 보이기 시작했다. 그리고 귀인이 준 돈 봉투를 품에서 꺼내서 열어보았다. 안에는 달랑 만 원권 열 장뿐이었다.

　"……."

지폐 열 장을 물끄러미 바라보던 그녀가 갑자기 편의점 앞에 트럭을 잠시 세워달라고 부탁했다. 그리고 10만 원어치 아이스크림을 사왔다.

　"뭘 아이스크림을 그렇게 많이 삽니까?"

난데없는 행동에 석수가 의아해했다.

　"찬 거 먹고 정신 번쩍 차려보려고요."

채율은 풍선처럼 양 볼을 한껏 부풀리고는 이어 크게 숨을 내쉬었다.

　"그리고 나 진짜로 열심히 해서 콩쿠르에서 대상 먹을 거예요. 아빠가 남긴 돈 없이도 충분히 혼자 해낼 수 있단 거 반드시 증명할 거라고요."

그렇게 채율은 이를 악물고 두 주먹을 꽉 쥐었다. 그날 이후 채율은 입버릇처럼 달고 다니던 유산 이야기를 다시는 입 밖에 꺼내지 않았다. 포기가 빨랐던 만큼 남은 모든 것을 피아노 콩쿠르에 거는 눈치였다. 어느새 그녀는 부쩍 성장하고 현명해져있었다.

22

채율이 연습하는 것을 훔쳐보고 싶어 안달하던 노수창의 인내심이 드디어 바닥을 드러냈다. 그는 옥탑방의 주소만 손에 쥐고 다짜고짜 태전동을 찾았다.

동호네 옥탑방은 허름한 5층 상가 건물의 맨 꼭대기였다. 1층과 2층은 상점들이 입주해 있었고 3층과 4층에는 당구장과 PC방이 있었다. 그리고 5층은 전체가 공실인 낡은 빌딩이었다. 옥탑방은 말 그대로 옥상에 있었다.

1층 현관 앞에 도착한 노수창은 운전기사에게 기다리라고 지시한 뒤 계단을 찾아 올라갔다. 마침 오후였다. 3층으로 오르는 계단에서부터 피아노를 연주하는 소리가 희미하게 들려왔다. 리스트의 〈초절(超絶)기교 연습곡 No.4 in D minor '마제파'〉 알레그로^{Allegro}*. 연주 테크닉의 장점을 과시하는 화려한 연습곡인 동시에 콩쿠르 1차 예선 과제 곡이었다. 채율의 연주가 틀림없었다.

---

* 초절기교는 연주 기교의 한계를 넘으려는 피아니스트의 의지를 뜻하는 말로 〈마제파〉는 이 초절기교의 아름다움을 극한까지 느낄 수 있는 곡이다.

민나현도 같은 곡을 수 없이 연습했었다. 악절의 기교를 아무 의미 없이 되풀이하던 그녀의 연주는 무미건조하고 지루해서 여러 번 듣다 보면 짜증마저 불러일으켰다. 그러나 채율의 연주는 달랐다. 곡의 과감한 화성을 살려 사정없이 몰아치는 광기 어린 리듬에 정신이 아찔해졌다. 마치 널따란 모래 해변에 하얀 이빨을 드러내며 부서지는 파도와 같이 격정적이고 때로는 처절했다. 야성을 드러내는 격렬한 물결의 군무가 눈앞을 가득 채웠다.

그사이 노수창의 발걸음은 자석에 이끌리듯 옥상 창고 앞까지 다다랐다. 꼭 진공 속을 걷는 기분이었다. 조심스레 주위를 둘러본 뒤 연주가 새어나오는 문을 살짝 열었다.

삐걱.

낡은 문소리와 함께 피아노 앞에 앉은 채율의 뒤태가 보였다. 연주에 몰입한 탓인지 그녀는 문 여는 기척을 알아채지 못했다. 그는 미끄러지듯 몸을 들였다. 혹시나 그녀가 눈치챌까 소리 죽여 한구석으로 비켜섰다.

사방을 둘러친 나무 벽은 군데군데 쪼개지고 금이 가 곧 무너질 듯했다. 안은 크고 작은 잡동사니들로 빼곡해 숨 막힐 만큼 빈자리가 없었고 하나만 살짝 건드려도 먼지가 한 움큼씩 풀썩 일어났다.

채율의 피아노는 쓰레기와 다름없는 물건들을 전후좌우 구기듯이 억지로 밀어내고 간신히 틈을 낸 좁다란 공간에 자리하고 있었다. 주위와는 전혀 어울리지 않는 이물질이었다. 그래서일까, 그 어수선하고 혼란한 가운데 맑고 아름다운 연주를 도자기처럼 빚는 채율은 한층 돋보였다. 진흙탕에 피어오른 한 송이 연꽃이었다. 마침 쪽창을 통해 채율의 목덜미로 빛줄기가 하얗게 쏟아졌다. 잠시 성녀의 후광이 연상

됐다.

'이런, 내가 미쳤나?'

노수창은 힘없이 풀려가는 눈꺼풀에 힘을 주었다. 정신을 바짝 차려야 했다. 넋이나 잃으려고 숨어든 건 아니지 않은가. 집중을 위해 미간의 근육을 모았다.

어느새 연주는 끝나고 채율이 손으로 이마에 쏟아져 내린 앞머리를 쓸어올렸다. 문득 등 뒤에서 짧은 박수 소리가 들렸다. 채율이 놀라 재빨리 뒤를 돌아보았다. 노수창은 채율과 시선이 마주치자 얼음처럼 박수를 멈췄다. 저도 모르게 친 게 틀림없었다.

"여긴 무슨 일로 왔어요? 그리고 남의 연주는 왜 훔쳐 들어요?"

채율이 실눈을 하며 앙칼지게 쏘아붙였다.

"미안하게 됐군. 바보같이 나도 모르게 감상을 하고 말았어."

노수창이 계면쩍은 얼굴을 했다.

"어차피 피장파장 아닌가? 예전에 그쪽도 내 연주를 훔쳐 들었으니까 말이야, 핫핫핫."

"대체 여기 온 목적이 뭐냐니까요?"

노수창은 대답 대신 칭찬인지 비난인지 모를 감상평을 늘어놓았다.

"후반부에 살짝 힘이 부치긴 했어. 하지만 그 정도면 아주 훌륭한 편이야."

채율은 여전히 싸늘한 시선을 거두지 않았다.

"헐, 웃기시네. 누가 누굴 가르치는 거예요? 그쪽이 그럴 자격이나 되실까 몰라. 아무튼 그딴 헛소리는 집어치우고 여기 온 목적이나 털어놔요. 대체 왜 왔어요?"

"목적이랄 게 뭐 있겠어?"

노수창은 말을 빙빙 돌리며 창고 밖으로 도망치려고 했다. 채율이 얼른 달려들어 그의 옷을 잡고 늘어졌다.

"실토하지 않고는 절대 못 가요. 무단침입으로 경찰에 신고할 거예요."

실랑이는 창고 밖 마당까지 이어졌다. 그 소란을 듣고 방에 있던 동호가 뛰어나왔다.

"어떻게 된 거네?"

마침 노수창은 채율의 손에 붙잡혀 꼴사납게 버둥대고 있었다.

"이 도둑놈이 내 연주를 몰래 훔쳐 들었어요."

채율이 설명했다. 난처해진 노수창은 동호에게 뜬금없이 악수를 청했다.

"갑자기 찾아와서 이거 정말 미안하게 됐소."

"……."

"원사장, 오늘 일은 내 실수라고 칩시다. 우리 좋게 좋게 넘어갑시다."

동호는 아무런 대꾸 없이 왼손으로 노수창 손을 꽉 움켜잡았다. 팔뚝에 힘줄이 솟았다.

"아악!"

짧은 비명과 함께 노수창의 얼굴이 고통으로 일그러졌다.

"어떻습네까. 손가락 두 개 없는 손과 악수하는 느낌이?"

억양 없는 어조로 동호가 물었다. 노수창은 대답하지 못하고 아픔으로 얼굴만 벌겋게 달아올라 공기가 새는 타이어처럼 금방이라도 주저앉을 것 같았다. 동호 역시 더는 말을 잇지 않았다. 완전한 무표정으로 노수창을 응시할 뿐이었다.

"사장님?"

채율이 당황하고 의아한 얼굴로 동호를 봤다. 그러자 동호가 노수창의 손을 놓고 시선을 계단 쪽으로 던졌다. 그만 떠나달라는 의미였다. 노수창은 새빨개진 얼굴로 줄행랑쳐 계단 아래로 사라졌다.

"왜 그냥 보내요?"

채율은 무단침입자를 순순히 보내주는 동호가 당최 이해되지 않았다.

"뭘 염탐하고 가는지도 모르잖아요?"

"뭐이를 염탐했단 거이가? 그럴 만한 것이 우리한테 뭐이가 있네?"

"왜 없어요? 산업 스파이란 것도 있는데."

동호는 노수창이 훔쳐보든 말든 아무 관심 없다는 투였다. 그의 무신경에 채율이 더욱 흥분했다.

"정말 이해 안 되네. 어떻게 도둑놈을 곱게 돌려보내지?"

"기딴 쓸데없는 데 신경 쓸 힘이 남았으면 가서 고저 연습이나 더 하라우."

"그 자식이 아까 나한테 뭐라고 했는지나 알아요? 곡 후반부에 힘이 부친다나? 흥, 지가 뭘 안다고."

"그래도 녀석이 짚기는 제대로 짚었구먼기래."

동호가 들릴 듯 말 듯 낮게 뱉었다. 채율이 깜짝 놀라 다그쳤다.

"뭐라고요? 사장님 지금 뭐랬어요?"

동호는 창고 안으로 느릿느릿 걸어 들어갔다.

"도대체 두 사람 뭐예요, 뭘 숨기는 거죠?"

채율의 목소리는 점점 올라갔다. 아무래도 수상했다. 악수할 때 두 남자 사이에 오갔던 대화도 심상찮았고 노수창의 턱없는 의견에 동호가 동의하는 것도 그랬다.

늘 그랬던 것처럼 동호는 아무런 설명도 들려주지 않았다. 피아노 위의 낡은 악보를 손가락으로 꾹 짚을 뿐이었다. 예선 과제 곡을 다시

처보라는 뜻이었다.

채율은 꼭 무시당하는 기분이었다. 노수창을 놓아준 것도 분했고 자신의 질문 따위는 안중에 없는 동호의 태도도 마음이 상했다. 그래도 채율은 피아노 앞에 앉아 시키는 대로 예선 곡 〈마제파〉를 다시 연주하기 시작했다.

애써 건조한 표정을 짓기는 했지만 동호도 영 꺼림칙했다. 그 역시 노수창이 어째서 이곳까지 왔는지 궁금했다. 그렇지만 묻는다고 올바로 대답할 노수창이 아니었다. 어쩌면 아주 작은 이유일 수도 있었다. 채율의 연주를 감상하러 왔으리라는 쉽고 단순한……

그러나 무엇보다 노수창이 채율의 약점을 단숨에 간파했다는 사실이 가시처럼 걸렸다. 그건 동호도 우려하던 점이었다. 한번 언뜻 듣고 노수창이 알아차릴 정도라면 심사위원들의 날카로운 귀를 피하기란 불가능할 것이다. 코앞에 닥친 예선 이전에 반드시 처방을 내려야 했다. 노수창의 출현 따위에 신경 쓸 때가 아니었다.

"언니가 콩쿠르 준비에 전념한다며 현암 쪽 일을 죄 나한테 떠넘겼어요."

경리단길의 어느 아담한 레스토랑에서 모처럼 느긋한 점심 데이트를 즐기던 민다경이 모용하에게 투덜거렸다.

"그래서 요즘은 매일매일이 정말 눈코 뜰 새 없다니까요."

노수창의 강요에 언니가 마지못해 피아노 콩쿠르에 출전하게 되었기 때문이라고 했다. 모용하가 양미간을 좁히며 물었다.

"설마 채율이가 나간다는 그 피아노 콩쿠르는 아니겠지?"

"왜 아니겠어요. 그러니까 일이 진짜 재미있게 된 거지 뭐."

"그게 사실이라면 마냥 재미있다고만 하기는 좀 고약하잖아?"

"당연히 고약하죠. 것도 그렇지만 형부 속은 대체 뭔지, 참."

"나현 씨한테 수창이가 강요했다고?"

"그렇다니까요. 설마 우리 순둥이 언니가 스스로 콩쿠르에 나가겠다고 손 들었겠어요? 오빠도 우리 언니 잘 알잖아요."

모용하는 노수창과 어린 시절을 죽 함께해온 이른바 죽마고우였다. 그러다보니 그는 노수창과 원동호 사이에 있었던 악연도 어렴풋이나마 들어 알고 있었다. 그 까닭에 채율이 원동호의 피아노 지도를 받는다는 이야기를 했을 때도 일부러 모른 척했었다.

"아직도인가……."

모용하는 노수창이 콩쿠르에 약혼녀까지 세우려는 까닭이 혹시 그 때문일까 싶어 염려스러워졌다.

'녀석이 원동호와 재대결을 꾸미는 걸 수도 있어.'

만일 짐작이 맞는다면 노수창이 먼 과거에 입었던 상처가 여태껏 아물지 못한 게 틀림없었다. 그러나 스스로를 위한 게임에 민나현마저 끌어들이는 건 이치에 맞지 않았다.

"나현 씨가 수창이의 과거 때문에 이용당하고 있는 건 아닌지 모르겠어."

"대체 그게 무슨 말예요, 우리 언니가 이용당하다니요?"

민다경은 호기심과 불안이 가득한 얼굴이었다. 그런 민다경의 어깨를 모용하가 조용히 안았다. 모용하는 노수창이 한때 대한민국 피아노 천재로 촉망받던 화려한 시절부터 원동호를 만나 패배하고 좌절한 과정, 마침내 실의에 빠져 피아노를 포기한 결말까지 차근차근 들려주었다.

"말도 안 돼!"

숨죽여 듣던 민다경이 쨍하니 외쳤다. 분개한 그녀는 형부의 열등의식 때문에 언니가 꼭두각시로 이용당하는 거라며 당장 언니에게 알려야 한다고 펄펄 뛰고 탁자까지 내리쳤다.

"너무 흥분하지 마. 단지 내 추측일 뿐이니까."

"추측으로만은 안 들리니까 문제죠. 그리고 용하 씨도 그렇게 믿고 있잖아요?"

"글쎄, 마음 같아서는 내가 직접 나현 씨한테 얘기해주고 싶어. 하지만 수창이 입장을 생각하면……."

"아뇨. 그렇지 않아요. 형부를 전혀 이해 못 할 건 아니지만, 그래도 아무것도 모르는 우리 언니가 너무 불쌍해요."

"나현 씨가 수창이를 사랑한다면 어쩌면 잠시 속아주는 것도 그리 나쁘진 않을 거야."

"그렇더라도 언니 스스로 판단할 수 있는 기회를 주는 게 훨씬 더 맞는 일이겠죠. 언니한테 지금 전화해야겠어요."

아랫입술을 짓깨물며 민다경이 가방에서 휴대폰을 꺼냈다.

강남으로 들어오는 도로는 퇴근길 정체로 꽉 막혀있었다. 뒷좌석에 앉은 노수창의 속도 창밖의 풍경처럼 갑갑하고 혼란스러웠다. 채율의 연주는 객관적으로 민나현보다 훌륭했다. 노수창이 원동호와는 비교할 수 없을 만큼 지원을 퍼부었음에도 두 여자의 연주 사이에는 엄청난 간극이 존재했으며 그건 부정할 수 없는 팩트였다. 이대로 간다면 노수창, 민나현 조는 어김없이 박살날 것이다. 타고난 재능 탓인지 동호의 지도와 교습이 뛰어나기 때문인지 이유는 중요치 않았다. 노수창의 관심은 오직 콩쿠르 결과뿐이었다. 판세를 뒤집을 특단의 대책이 필요했다. 그런데 어떻게…….

딱히 떠오르는 게 없었다.

엉뚱하게도 창고에서 훔쳐봤던 채율의 모습이 눈앞에 어른거렸다. 동그랗고 뽀얀 이마, 찰랑찰랑 탐스럽게 흔들리던 머리결, 그 사이로 언뜻언뜻 내비치던 싱그럽고 생동감 넘치는 눈빛. 심지어 언젠가부터 그녀가 연주하는 피아노 소리가 환청처럼 울렸다.

"젠장!"

노수창이 고개를 가로저으며 가볍게 투덜댔다. 이번엔 채율과 얽혔던 기억들까지 꼬리를 물었다. 난투극에 가깝던 사옥 로비에서의 마주침, 승강기에서 코피가 터지고 조인트 까였던 두 번째 충돌, 또 그룹 대회의실에 그녀가 난입했던 엄청난 소동까지 하나같이 어이없고 황당했다. 그런데 이상하게도 지금은 그 기억들이 전과 많이 다르게 느껴졌다. 그녀의 피아노 연주를 직접 들은 뒤로는 그렇게 불쾌한 경험 같지 않았다. 대체 왜일까.

'제정신이 아니라서 그래.'

고작 30대 중반이었지만 MK그룹 임직원 누구도 노수창 앞에서는 꼼짝하지 못했다. 노회한 그룹 임원들조차 설설 기도록 만들었던 그였다. 하물며 주위의 여자들은 말할 나위조차 없었다. 대꾸 한마디, 이견 한 줄 다는 일 없이 그의 말이라면 고분고분했다. 약혼녀인 민나현도 다르지 않았다. 그런데 반채율은 난생처음 겪는 타입이었다.

'내 무릎을 차고 뺨까지 때렸어.'

불현듯 채율에 대한 관심이 솟구쳤다. 출생과 성장과정, 학력과 가족, 성격과 취미 등 모든 것이 궁금해졌다. 그는 그룹 비서실에 전화를 넣어 그녀의 뒷조사를 지시했다.

노수창은 해 질 무렵이 다 돼서야 집무실에 나타났다. 집무실에는 연습을 마친 민나현이 혼자 그를 기다리고 있었다.

"이제 온 거예요?"

망부석처럼 피아노 앞에 앉아있던 민나현이 나직한 목소리로 물었다.

"늦는다고 미리 연락했어야 하는데 미안해. 어땠어, 오늘 연습은?"

"여느 때처럼 그저 그랬어요. 금방이라도 수창 씨가 올 줄 알고 정신이 온통 기다리는 데 팔려있었어요."

민나현의 어조는 그녀답지 않게 몹시 딱딱했다. 너덧 시간 넘게 혼자 기다리게 해서 정말 미안하다며 노수창이 연신 사과했지만 굳어있는 그녀의 표정은 되돌아올 기미가 없었다. 노수창의 변명을 잠자코 듣던 그녀가 이윽고 본론을 꺼냈다.

"난 지금 화가 많이 나있어요."

"알아, 늦어서 미안하다니까."

"아뇨, 수창 씨가 늦어서 화난 게 아니에요. 나는 산산이 조각나버린 내 자존심을 간신히 긁어모으는 중이라고요."

그렇게 말하는 그녀의 목소리가 떨렸다.

"자존심이 왜?"

"말해봐요. 나한테 피아노 콩쿠르에 나가라고 한 진짜 이유가 뭐죠?"

"뭐야, 갑자기 새삼스럽게?"

질문이 뜬금없다 싶었는지 노수창은 피식 콧방귀를 흘렸다. 팽팽히 당겼던 긴장이 단번에 풀어졌다.

"솔직하게 말해달라니까요."

"이미 말했잖아. 우리 결혼이……."

"아니, 그거 말고 당신만의 진실 말이에요!"

조그만 분노조차 보이는 경우가 드물던 그녀였다. 그랬던 그녀가 갑자기 목청이 찢어져라 외쳤다. 처음 보는 모습이라 노수창은 눈을 휘둥그레 떴다.

"나현아, 왜 이러는 거야, 대체?"

"진실을 듣고 싶어서 그래요, 노수창 당신한테 직접."

그녀의 커다란 눈망울에서 또르르 눈물이 떨어졌다.

"제발요. 어서 말해줘요."

두 시간 전 민나현은 민다경의 전화를 받고 온몸에 고압전류가 관통하는 듯한 전율을 경험했다. 그녀는 집무실의 대리석 바닥에 휘청거리며 주저앉아 몇 번인가 헛구역질을 했다. 차라리 아예 토해내고 싶었다. 민나현은 믿었던 모든 것이 한꺼번에 무너지는 절망감 속에서 한참을 허우적댔다. 처음엔 절망이, 그 다음엔 자신은 소모품에 불과하다는 자괴감이, 마지막으로는 노수창에 대한 분노가 곤두섰다.

물론 노수창이 열등감과 패배의식에 오래 고통받았다는 사실에는 콧날이 시큰했다. 그러나 진정 그랬다면 그녀와 공유하고 위로를 구했어야 마땅했다. 노수창은 그녀를 영혼 없는 마리오네트인 양 제멋대로 조종하려 들었다. 그런 태도는 용납할 수 없었다.

"우리 옥신각신할 시간 없어. 콩쿠르가 당장 내일 모레야."

노수창은 끝까지 솔직하지 못했다. 그는 처음에 했던 거짓말을 앵무새처럼 반복했다. 민나현의 절망은 더욱 깊어졌다. 실낱같은 희망은 있었는데 결국 고작 이 정도 인간이었다니……. 마침내 민나현이 자리에서 일어섰다.

"그냥 가려고?"

"네, 더는 이곳에 다시 올 일은 없을 것 같네요."

그녀의 대답은 차가웠다.

"그럼 콩쿠르는? 이대로 포기하자는 거야?"

노수창은 다급해져서 집무실 밖까지 따라 나와 물었다.

"어서 대답해. 정말 포기하는 거야?"

"난 시간이 좀 필요해요."

"이봐! 대체 왜 이래? 시간이라니? 콩쿠르까지 정말 얼마 안 남은 거 나현이 네가 더 잘 알잖아!"

노수창이 그녀의 팔을 흔들었다.

"그만 놔줘요. 생각이 바뀌면 연락드릴게요."

민나현은 노수창의 손을 강하게 뿌리치고 그곳을 떠났다. 한동안 노수창은 멍했다.

'진실? 도대체 어떤 진실을 듣고 싶은 거야?'

순한 양처럼 고분고분했던 민나현이 갑자기 왜 저렇게 변해버린 걸까? 어떻게 저토록 냉정하고 쌀쌀맞게 변해버릴 수 있을까? 노수창은 그녀가 변심한 까닭을 전혀 짚어내지 못해 그저 답답하고 황당했다. 아무튼 시간이 얼마 남지 않은 지금, 공들인 계획이 모래성처럼 허물어지도록 수수방관할 수는 없었다. 계획을 망친 주범은 어쨌거나 일차적으로 민나현이었다.

노수창은 민나현에게 전화를 걸었다. 예상대로 받지 않았다. 어쩔 수 없이 문자 메시지를 남겼다.

'난 당신과 이번 콩쿠르를 꼭 완성하고 싶어. 진심이야. 내일은 연습에 꼭 와주길 바라. 만에 하나 오지 않으면 파혼하는 걸로 간주하겠어.'

파혼.

피아노 콩쿠르 출전을 포기하면 파혼까지 무릅써야 할 것이라는 최후통첩이었다. 노수창은 자신이 내밀 수 있는 극단의 카드를 처음부터 꺼내들었다.

노수창은 그날 집에 들어가지 않고 집무실에서 밤을 꼬박 샜다. 그러나 자정이 지나도록 그녀로부터 아무런 답신이 없었다. 다음날 아침까지도 마찬가지였다. 그녀는 오후 1시 반으로 예정된 연습 시간에도 나타나지 않았고 심지어는 전화기를 꺼놓았는지 송신음조차 가지 않았다.

노수창은 패닉에 빠졌다. 파혼이 아니라 콩쿠르 때문이었다. 머릿속은 온통 피아노 콩쿠르뿐이었다. 그에게는 반드시 민나현이 필요했다. 그녀가 없으면 원동호에게 복수할 절호의 기회를 허공에 날리는 셈이었다.

집무실을 심란하게 배회하는 동안 오후 5시가 훌쩍 넘었다. 불안과 초조에 거의 실신할 무렵 노크 소리가 들렸다. 혹 그녀일까 싶어 돌아봤지만 민다경이었다.

"언니 답장을 대신 전하러 왔어요."

민다경은 안으로 들어오지 않고 문가에 선 채 말을 꺼냈다.

"답장 따위는 필요 없어. 난 언니가 오길 원해."

"언니는 형부의 진실을 원하더군요."

"진실? 어떤 진실? 그깟 진실이 뭐가 중요해? 네 언니는 그냥 내가 시키는 대로 콩쿠르에 나가서 피아노만 치면 되는 거야. 아주 단순해. 그러면 모든 문제가 해결되는데 나현이는 왜 그 쉽고 단순한 공식을 이해 못 하는 거지?"

노수창은 히스테리를 일으키기 시작했다. 민다경이 답답하다는 듯 한숨을 푸욱 내쉬고는 조용히 대꾸했다.

"공식 같은 건 모르겠어요, 하지만 분명한 건 형부가 우리 언니를 전혀 이해하지 못하고 있다는 사실이에요."

"내가 이해를 못 해? 그래 좋아, 내가 언니를 모른다고 치자. 그렇다고 파혼까지 감수하면서 내 계획을 망쳐버리는 건 무슨 짓이지? 그거야말로 말도 안 되는 어리석은 짓이야!"

"당연히 말도 안 되죠. 먼저 파혼을 운운한 건 쪽 형부 아닌가요?"

민다경의 말이 맞았다. 노수창은 말문이 막혔다.

"그래서 나현이 생각은 어쩌자는 건데?"

"언니는 절대로 피아노 콩쿠르에는 나가지 않겠대요. 결심이 아주 확고하죠. 그렇다고 형부랑 결혼할 마음이 아예 사라진 것도 아니에요."

"미치겠군. 지금 나현이 어디 있어?"

노수창이 전화기를 들며 물었다.

"전화해도 소용없어요. 아침 일찍 파리행 비행기를 탔으니까."

"뭐, 파리?"

일순간 노수창은 넋이 나가버렸다. 떡 벌어진 입이 채 다물어지지 않았다. 예선일이 바로 코앞인데 무책임하게 파리로 떠나버렸다니 도저히 믿고 싶지 않았다.

"잠깐만. 프랑스 파리에 뭐가 있는데 거길 갔단 거야? 그래서 언제

온대? 이틀, 아니면 사흘?"

"딱히 파리를 목적지로 둔 건 아녜요. 언닌 유럽을 한 바퀴 죽 돌 생각인가 봐요. 한 달이나 두 달 정도 혼자 생각할 시간이 필요하댔어요."

"이런 젠장! 그래서 전화가 안 됐군!"

노수창이 두 손으로 머리를 쥐어뜯었다.

"그렇다면 콩쿠르는 아예 글러먹은 거잖아, 안 그래?"

뒤이어 노수창은 차마 옮기지 못할 거친 욕설을 뱉고 발작에 가까운 몸부림을 쳤다. 집무실을 채웠던 장식품이 죄 바닥에 내동댕이쳐져 산산이 부서졌다.

"맙소사, 형부는 언니가 걱정되지도 않나 봐요? 언니가 얼마나 큰 상처를 입었을지는 짐작도 안 되고 안중에도 없는 거죠? 머릿속엔 온통 원동호에 대한 복수심뿐이고. 내 말이 틀렸나요?"

"원동호?"

원동호의 이름이 튀어나오자 노수창은 눈을 서릿발처럼 세워 민다경을 구석으로 몰아붙였다. 그 서슬에 민다경이 흠칫 물러섰다.

"원동호라고 했지, 지금? 다경이 네가 그놈 이름을 어떻게 알아? 대체 어디서 누구한테 들은 거야?"

"왜 이래요, 형부? 저번에 다들 얼핏 들었잖아요, 남산의 그 레스토랑에서."

민다경은 움찔하며 둘러댔다. 사실 반 거짓 반이었다. 차마 모용하로부터 들었다고 말할 수는 없었다.

"어쨌거나 형부로부터 언니가 듣고 싶었던 건 진실이었어요. 무엇 때문에 콩쿠르에 그토록 집착하는지 그 진실 말이에요. 물론 이미 늦어버린 일이지만."

"왜 딴소릴 하지? 원동호 그 새끼를 민다경 네가 어떻게 아느냐니까!"

노수창이 버럭 소리를 내질렀다. 보아하니 지난번 식사 자리에서 원동호의 이름이 나왔던 일은 까맣게 잊어버린 모양이었다. 노수창은 실성한 사람처럼 소리를 질러댔다.

결국 민다경이 포기한 듯 고개를 절레절레 흔들었다.

"언니는 파리에서 이틀 머문 뒤에 유럽 어디로 갈지 다시 정한댔어요. 형부한테 필요할지는 자신이 없지만 그래도 알려드리죠. 파리에서 언니가 머물 호텔 주소예요."

민다경은 핸드백에서 메모지 한 장을 꺼내 집무실 책상에 떨어뜨렸다.

"언니는 형부가 직접 와주길 원해요. 가능하면 같이 유럽 여행을 할 수 있으면 더 좋다고도 했고요."

"……"

"결정은 형부가 하세요. 피아노 콩쿠르를 포기하고 언니 마음을 되돌리든지, 아니면 여기 남아서 그 망할 피아노 콩쿠르나 계속 붙잡고 늘어지든지……"

"파리에 머무는 고작 이틀 동안 나더러 결정하라고? 최종 결정을 내리기에는 너무 짧은 시간 아닌가?"

"형부는 어제 언니한테 24시간도 안 줬어요."

할 일을 다 마친 민다경은 아무런 미련 없이 집무실을 떠났다.

'다들 돌았어.'

노수창은 양손 손가락을 우두둑 소리가 나도록 거칠게 꺾었다. 지난밤 사이 우려했던 상황이 가시적으로 드러나는 게 분명했다. 새롭게 대면한 현실은 민나현이 그를 떠나 유럽 여행을 택했다는 사실이었다.

당장 파리로 날아가 이틀 안에 그녀를 붙잡지 못한다면 그녀는 유럽 어느 구석으로 숨어 종적을 감출지 몰랐다.

그럼에도 불구하고 노수창은 콩쿠르가 열릴 이 서울을 단 한 발자 국도 떠날 생각이 없었다. 비행기 표를 예약하는 대신 MK그룹의 파리 지사로 국제전화를 걸었다. 지사장에게 서둘러 공항으로 민나현을 마중나가 곧바로 서울로 되돌려 보내라는 지시를 내렸다. 물론 그녀가 순순히 되돌아올 확률은 낮았다. 따라서 플랜B를 세워야 했다.

'그러면 누가 있을까?'

민나현 대신 피아노 콩쿠르에 내보낼 대안을 최대한 빨리 찾아야 했다. 그렇게 만반의 준비를 갖춰놓아야만 안심이 될 것 같았다.

노수창은 집무실의 커다란 창을 활짝 열어젖혔다. 사옥 아래 사거리가 뿜어내는 소음이 올라왔다. 그는 한동안 소음 속에 묻혀 눈을 감고 서있었다. 콧등에 차가운 느낌이 났다. 굵은 빗방울이 그의 얼굴을 툭툭 때리기 시작했다.

23

무더위가 절정에 이른 날이었다. 예선전을 앞두고 연습이 한창이던 옥탑 창고 내부는 그야말로 푹푹 찌는 찜통이었다. 통풍구가 전혀 마련돼있지 않은 탓이다. 비지땀을 흘리던 채율이 더 이상은 못 참겠다며 연주를 멈췄다.

"사장님, 우리 차가운 아이스크림이라도 사다 먹어요."

"아이스크림 좋디, 기런데 누가 사는 건데?"

"그야 사장님이 사셔야죠. 돈 없고 빚만 잔뜩 쌓인 불쌍한 여직원이 살까요, 그럼?"

채율이 눈을 흘기며 혀를 날름 내밀었다. 동호가 부스럭거리며 주머니에서 지폐 몇 장을 꺼내자 채율이 곶감 빼듯 두 장을 재빨리 낚아챘다.

"사오는 건 여직원이 하겠습니다요, 짠돌이 사장님!"

채율은 계단을 날듯이 내려가 1층 슈퍼마켓에서 아이스크림을 봉지 가득 채웠다. 다시 옥상으로 올라가기 위해 입구 계단에서 잠시 숨을 고를 때였다. 더운 날씨에도 불구하고 검은 정장 차림에 짙은 선글라스를 낀 덩치들이 난데없이 나타나 채율을 막아섰다.

"반채율 씨죠? 저희와 함께 가주셔야겠습니다."

뭐라 대답하기도 전에 채율은 덩치들에게 번쩍 들려 승용차 뒷좌석에 강제로 태워졌다. 워낙 눈 깜빡할 새 일어난 일이었다. 비명을 지를 새조차 없었다. 채율이 격렬한 몸부림으로 반항하자 덩치들은 그녀의 입에 손수건을 갖다 댔다. 그녀는 곧 정신을 잃고 사지가 축 처졌다. 그사이 승용차는 빠른 속도로 동네를 벗어났다.

2시간 넘게 달려 도착한 곳은 제법 낯익은 장소였다. 높은 천장과 미끈한 대리석 바닥, 고급스러운 가구들과 실내 장식 등, 마취에서 깨어난 채율은 금세 어딘지 감이 잡혔다. 얼마 전 동호와 함께 왔던 노수창의 자택 거실이었다.

"곱게 모시라고 시켰는데 그쪽이 워낙 드세게 구는 바람에 어쩔 수 없었다더군."

맞은편 소파에 앉아 채율이 깨길 기다리던 노수창이 부드럽게 말을 걸었다.

"역시 폭력이 그쪽 방식인가요? 당장 경찰에 신고하겠어요."

"경찰에 고소하고 싶다면 그렇게 해요. 그전에 채율 씨가 꼭 봐둘 게 있소."

노수창은 서류 한 뭉치를 꺼내 내밀었다. 겉장에는 큼지막한 글씨로 제목이 쓰여있었다.

'반채율 리포트'

채율이 어리둥절해진 얼굴로 물었다.

"이게 대체 뭐죠?"

"반채율에 관한 모든 걸 조사해서 정리한 리포트라고나 할까요. 반석그룹 반인철 회장의 무남독녀 따님, 이를테면 반채율 당신의 신상조사서요."

노수창은 능글맞게 반쯤 말을 높였다.

"그러니까 몰래 내 뒷조사를 했다는 말이군요. 아주 불쾌한데요. 그래서 이걸로 뭘 어쩌려고요?"

채율이 흥분해 벌떡 일어났다.

"자, 자, 흥분하지 말고 잠시 앉아봐요. 읽어보니까 리포트 내용이 제법 흥미진진하더군요. 아주 재미있었소."

노수창은 리포트를 들어 한 장 한 장 페이지를 넘겼다.

"30여 년 전 벽돌 구워 내다 팔 줄만 알던 그쪽 아버님께서는 신도시 개발 바람 덕에 한몫 크게 잡으셨더군요. 그래서 재산을 모아 벼락부자로 올라선 뒤로도 신도시 번화가마다 상가를 지어 그 임대 수입으로 부를 쌓아가셨어요, 맞죠?"

"그래서요?"

"기껏해야 임대업자였지만 그래도 회사 이름은 당당히 반석그룹이라고 명명하셨소. 물론 과분한 작명이었지. 그래도 계열사라며 부도 직전의 중소기업 몇 개를 인수해서 제법 그룹 면모도 갖추셨고. 하지만 그 과정에서 부채가 산더미로 쌓이고 그룹은 언제 터질지 모르는 시한폭탄 같은 꼴이 되어버렸죠."

"대체 무슨 말을 하고 싶은 건데요?"

선 채로 이야기를 듣던 채율이 따졌다.

"침착하게 계속 들어요. 본론은 지금부터니까."

"……"

"리포트엔 정말 재미있는 내용이 있었소. 채율 씨 아버님께선 카페에서 피아노 아르바이트를 하던 여대생을 임신 시켜 엉겁결에 결혼하셨더군요. 그리고 아주 예쁜 따님을 얻으셨는데 그 딸의 이름은 반채율."

"이봐요!"

"돌아보면 아버님은 거기서 멈추셨어야 했소. 하지만 안타깝게도 아내가 암에 걸려 세상을 떠나자 또다시 엽색(獵色)을 일삼으셨소. 뭐, 천성 차제가 워낙이 호색한이시라, 하하핫. 결국 술집에서 만난 젊은 아가씨와 하룻밤 사랑을 나누다가 그만 복상사로 결말을 맺고 마셨지. 더불어 반석그룹은 바벨탑처럼 와르르 바닥으로 곤두박질……."

"그만 집어치우지 못해요!"

채율은 더는 참을 수가 없어 그의 손에서 리포트 뭉치를 빼앗아 거실 바닥에 내동댕이쳤다. 그러나 노수창은 멈추지 않았다. 이미 모두 외웠던지 이야기를 이어나갔다.

"그런데 그 바람에 금지옥엽 따님께선 하루아침에 오갈 데 없는 무일푼 신세로 떨어졌소. 아주 딱한 처지가 됐지. 결국 원동호의 옥탑방에 얹혀사는 하녀 신세로 전락해버렸고. 하지만 글쎄, 얼마나 더 버틸 수 있을 것 같소? 궁핍에 찌든 퍽퍽한 생활, 반채율이란 여자로서는 꽤나 견디기 힘들 텐데?"

"그만 입 닥치고 당장 여기서 내보내줘요! 그리고 단단히 각오해야 할걸요, 나가자마자 당신을 고소할 거니까."

"고소?"

"고소 몰라요? 와, 죄명 한번 화려하겠네요. 납치, 개인정보 불법 수집에다 명예훼손. 하긴 남는 게 돈일 테니 일류 변호사 한 부대쯤 꾸리는 거야 별로 어려운 일도 아니겠지만, 그렇죠?"

"진정해요. 그렇게 서둘러 결론 낼 필요는 없지 않아요? 일단 내 얘기를 끝까지 들어보는 건 어때요?"

"됐어요. 이미 충분히 들었어요."

"난 반채율 당신을 돕고 싶어서 이러는 거예요."

"어머나, 나를 돕고 싶다고요? 지금 장난하세요? 돕고 싶다는 분께서 이딴 저질스런 뒷조사나 해댑니까?"

그러나 노수창은 생각보다 뻔뻔했다.

"불쾌했다면 미안해요. 하지만 그만큼 내가 채율 씨에 대해 아주 관심이 많고 모든 걸 이해할 준비가 되어있다는 정도로 알아주면 고맙겠군요."

"흥, 뭐래?"

"잘 들어요. 내 돈과 힘이면 밑바닥에 떨어진 반채율 당신을 당장이라도 원위치로 끌어올려놓을 수 있어요. 생각 한번 해봐요, 정말 그렇지 않겠어요?"

노수창은 농지거리나 던지는 표정이 아니었다. 여태 본 적 없는 드물게 진지한 눈빛이었다. 채율의 머릿속에서 혼란의 난기류가 흘렀다. 채율은 노수창이 대체 무슨 속셈인지 종잡을 수가 없었다. 어쨌든 달콤한 유혹이었다. 도통 영문을 모르겠단 표정으로 빤히 보던 채율이 새끼손가락을 질끈 깨물었다. 그가 의미심장한 미소와 친절한 설명을 덧붙였다.

"아직 이해가 안 되는 모양이군. 다시 말해서 내 이야기는 반채율 당신이 경제적으로 부족함 없는 생활을 할 수 있도록 해주겠다는 거요, 마치 예전처럼."

요컨대 노골적인 스폰서 제안이었다.

"그건 알겠어요. 하지만 내가 알고 싶은 건 좀 다른 거예요. 그러니까 정확하게, 또 솔직하게 말해요. 도대체 무슨 꿍꿍이로 그딴 제안을 하는 거죠? 숨기고 있는 게 뭐죠?"

"숨기다니 뭘 말이오?"

"그렇지 않고서야 당신 같은 불량배가 내게 이런 호의를 그냥 베풀 리가 없으니까요."

"머리가 나쁜 거요, 아니면 둔한 거요? 부잣집 외동딸 생활을 되돌려주겠다는데 왜 쉽게 못 알아듣는 거요?"

"대신 조건이 있겠죠. 세상에 공짜란 없으니까."

채율이 차가운 시선으로 말했다.

"빙고! 당신은 나 노수창 옆에 있어야 하오. 원동호가 아니라."

"뭐라고요?"

"내 편으로 넘어 오시오. 그게 조건이오."

"아하, 그러니까 우리 사장님을 떠나 당신한테 오라?"

채율은 그제야 모든 것이 이해가 갔다. 한마디로 노수창은 원동호로부터 채율을 떼어놓고 싶은 것이었다.

"그런데 당신은 왜 내가 필요한 거죠?"

채율이 다시 물었다.

"글쎄."

노수창은 그것까지는 미처 대답을 준비하지 못했는지 얼버무리며 생각보다 꽤 오래 답변을 미적거렸다. 채율은 상대 의중을 애써 확인할 필요가 없다고 판단했다. 그저 자신의 답변만 전하면 그만인 것이다.

"뭔가 크게 오해하는 모양인데요. 내가 우리 사장님을 떠나는 건 콩쿠르와 아무 상관이 없어요. 난 나 혼자서라도 무조건 대회에 나갈 겁니다."

"그래도 결국 콩쿠르 출전은 돈 때문 아니오?"

채율에게 상금이 절실하단 걸 알고 묻는 거였다.

"맞아요, 사실이에요. 처음엔 돈이 목적이었어요. 그렇지만 이젠 그것만이 아니게 되어버렸죠."

"무슨 뜻이오?"

"콩쿠르는 내 가치를 증명할 좋은 기회이기도 하니까."

"오케이, 그렇다면 피아노 콩쿠르도 내가 지원하겠소."

노수창이 선언했다.

"농담 집어치워요. 그쪽이 날 밀어주겠다고요?"

"물론이오. 콩쿠르든 뭐든 나 노수창이 든든히 밀어주겠어요. 자, 이 정도면 우리 협상이 되겠소?"

"대체 왜 이러는 건데요?"

"당장 내일부터 사용할 근사한 연습실부터 마련해주겠소. 최고의 레슨 선생들은 보너스요. 그 선생들은 심사위원들과도 막역한 사이니까 여러 면에서 도움이 될 거요."

새로운 제안은 아까보다 훨씬 더 달콤했다. 당장 거절하기엔 솔직히 너무도 달았다.

채율이 흔들리는 기색을 노수창은 놓치지 않았다. 과장된 제스처를 섞어가며 콩쿠르 준비 계획을 떠벌리기 시작했다. 그뿐 아니었다. 노수창은 채율의 손을 잡고 2층 홀로 뛰어올라갔다. 채율은 넋 나간 여자처럼 이끄는 대로 딸려갔다. 2층 홀은 1층 거실보다 훨씬 웅장하고 호화로웠다.

"어떻소? 나한테 오면 당신은 여기서 사는 거요. 예전에 당신이 누리던 것 이상을 누릴 수 있소."

노수창의 한마디 한마디는 진공 상태가 된 채율의 머릿속을 파고
들었다. 붕 뜬 느낌이 꼭 놀이공원 관람차를 타는 기분이었다. 채율이
간신히 정신을 가다듬고는 다시 물었다.

"어째서 날 사장님한테서 떼어놓으려는 건데요? 콩쿠르 때문도 아
니라면 그 이유가 뭔지 말해줘요."

노수창이 대답을 피하는 대신 손가락을 까닥 움직이자 전에 봤던
중년 집사가 홀 한편에서 마치 연극배우처럼 등장했다. 이어서 서너
명의 가사 도우미들이 고급스러운 옷이 가득 걸린 옷걸이를 앞으로
밀고 나왔다. 노수창이 어깨를 으쓱하며 권했다.

"꾀죄죄한 작업복 따위는 그만 벗어버리고 골라 갈아입어요."

채율은 또 다시 정신이 아득해왔다. 옷들은 그야말로 눈부실 정도
로 아름다웠다.

"사람 바보 취급하지 마요."

"바보 취급하려는 게 아니오. 당신에게 어울리는 날개를 달아주려
는 거요."

"……."

"더는 내 앞에서 괜한 고집 피울 필요 없어요. 난 당신이 짐작하는
것보다 반채율에 대해 훨씬 더 많은 것을 알고 있어요. 지금 같은 생
활을 견뎌낼 만한 여자가 결코 될 수 없다는 것까지."

"뭐라고요?"

노수창의 마지막 말투에 채율은 들뜬 기분이 일순간 싸하게 가라
앉았다. 이 자식, 날 깔보고 있었구나, 돈으로 날 테스트하는 거구나.

"사람 잘못 보셨네요. 난 충분히 견뎌낼 수 있는 여자거든요. 예전이

263

라면 몰라도 지금은 많이 달라졌으니까."

"!"

"그쪽은 말실수하신 거예요. 그딴 소릴 하면 내가 얼씨구나 좋아할 줄 아셨던 모양이죠? 하지만 천만에요. 참, 약혼하신 분은 그쪽이 나한테 이런 수작 거는 거 알고 계세요? 외간 여자를 집으로 납치하고는 자기 곁에 있으라고 유혹하는 거?"

채율은 민나현을 언급하며 노수창을 도발했지만 그는 능글맞게 받아넘겼다.

"나현이 말이오? 나현이와의 결혼은 단지 예정일 뿐 확정된 건 아니죠. 당신의 태도 여하에 따라 우리의 미래는 얼마든지 달라질 수 있어요. 희망을 가져봐도 좋아요."

채율은 어안이 벙벙했다. 이 자식 정말 미쳤구나.

"우리의 미래라고요? 하, 지금 제 정신 맞아요?"

"내 표현이 마음에 안 들면 바꿔서 생각해도 좋아요. 그럼 반채율의 미래라고 해두던가."

"됐거든요. 차라리 정신 차리라고 따귀 한 방 더 갈겨드리고 싶네요. 하지만 이번엔 참죠. 이제 보내줘요. 가겠어요."

채율이 아래층으로 성큼성큼 내려갔다. 노수창이 그녀의 등에 대고 외쳤다.

"생각할 시간은 충분히 주겠소. 현명한 여자답게 잘 판단해봐요."

여전히 노수창은 자신감에 차있었다. 데리고 올 때와 달리 채율을 되돌려보내는 매너는 지나치리만큼 정중했다. 최고급 승용차를 기꺼이 내주고, 2층 홀에서 보여준 옷도 빠짐없이 트렁크에 실어주었다.

돌아가는 차 안에서 운전기사가 노수창의 명함을 건넸다. 노대표의 지시라고 했다. 채율은 받자마자 명함을 발기발기 찢어버리려 했는데 문득 손이 멈췄다.

'비록 짧은 순간이었지만 솔직히 아찔했어. 공중에 몸이 붕 떠 있는 것 같았으니까.'

달콤했던 유혹은 마음 한편에 여전히 꼬리를 길게 늘어트리고 있었다.

태전동 옥탑방으로 돌아왔을 때 동호는 집에 없었다. 돌연 사라져 버린 채율을 찾기 위해 나간 모양이었다.

채율은 실어온 옷들을 단 한 벌도 빼놓지 않고 자기 방까지 낑낑대며 들고 올라갔다. 운전기사가 돕겠다고 했지만 사양했다. 그러다 동호 눈에 띄면 괜한 소란만 일 것 같았다. 방 안 옷걸이에 옷들을 차곡차곡 거는 동안 채율의 머릿속은 온통 뒤죽박죽이었다.

곰곰이 따져보면 노수창의 말은 틀린 게 없었다. 설혹 채율이 피아노 콩쿠르에서 우승하더라도 그녀의 상황이 크게 달라질 것은 없었다. 우승 상금 3억 원이라고 해봤자 동호에게 갚을 빚을 제하면 남는 것은 푼돈이었다. 미래는 여전히 까마득할 게 분명했다. 어쩌면 치사하더라도 이쯤에서 노수창의 제안을 수락하는 게 이기적이지만 현명할 수 있었다. 더군다나 노수창은 널리 알려진 음악계 거물이었다. 채율이 장차 일류 피아니스트로 성장할 수 있도록 충분히 지원할 힘이 있었다.

하지만 한편으로는 의심도 없지 않았다. 그놈은 천성이 나쁜 자식이었다. 대체 어떤 교활하고 간악한 속셈을 숨기고 있는지 몰랐다. 적어도 그녀가 겪어 아는 노수창은 자기 목적을 위해서라면 어떤 짓거리도 서슴지 않을 인간이었다.

"뭐이를 기렇게 골똘히 생각하네?"

한창 고민에 빠져있는데 동호가 방문을 열어젖혔다. 채율이 화들짝 놀라 캑캑 마른기침을 했다.

"도대체 넌 어딜 갔다 온 거네? 고저 슈퍼 아줌마 말로는 아이스크 림 사고 바로 나갔다더니만."

"그, 그게……. 그냥 갑자기 걷고 싶어서 근처 산책 좀 했어요."

"산책? 근처는 내레 다 돌아봤는데?"

"아, 그게, 근처가 아니라 버스 타고 좀 멀리."

"쳇, 버스 타고 나간 게 산책이네?"

"……"

"그런데 저 옷들은 다 웬 거네?"

"아, 저 옷요? 그게, 친구가 갖다줬어요. 옛날에 입던 건데 이제 안 입는다고."

채율은 얼렁뚱땅 얼버무리고는 연습을 핑계로 휑하니 자리를 떴다. 낌새가 왠지 수상했지만 동호는 더 이상 캐묻지 않았다. 아니, 굳이 물을 필요가 없었다. 방바닥에 떨어져있는 노수창의 명함이 더 많은 것을 이야기해주고 있었다.

24

채율을 돌려보낸 뒤 노수창은 그녀가 제안을 수락할 가능성을 어림 잡아보았다. 그가 판단하기에 분명히 채율은 심하게 동요했었다.

'확률은 반이 넘어. 내일이라도 예스를 외치고 달려올 가능성이 50 퍼센트 이상이야.'

반면 민나현이 제 발로 귀국해 콩쿠르에 출전할 확률은 얼마나 될까. 단언컨대 제로에 가까웠다. 따라서 원동호로부터 떼어낸 반채율을 자신의 후원 아래 콩쿠르에 출전시키는 것이 노수창의 플랜B였다.

그러나 과거의 라이벌을 엿 먹이겠다는 목표 말고도 노수창은 다른 욕심이 있었다. 솔직히 콩쿠르를 핑계로 채율을 곁에 두고 싶었다. 가능하다면 아예 자기 여자로 삼고 싶었다. 물론 채율과 결혼까지 가겠다는 생각은 눈곱만치도 없었다. 결혼은 예정대로 민나현과 해야 할 것이다. 다만 여건이 허락하는 대로 정부 삼아 곁에 놓아둘 수 있었다. 대가로 피아니스트로서 성공하도록 밀어준다면 서로 윈윈하는 공평한 거래가 되지 않겠는가. 노수창의 짐작은 반쯤 적중했다.

채율의 동요는 이튿날 연습에서 곧바로 드러났다. 그녀는 연습 내내 어처구니없는 실수를 반복했다. 아예 집중 자체를 못 했다. 노수창의 제안 따위는 싹 다 지워버리자, 아무리 스스로 타일러도 그의 목소리가 자꾸 귓가에 어른거렸다. 한번 심란해진 마음은 도무지 다잡아지지가 않았다. 동호 몰래 큰 죄를 지고 있다는 기분에 차마 얼굴을 들지 못했다. 이미 마음속으로는 그의 믿음을 배신하고 있었으니 그런 스스로가 미웠다. 채율이 허우적대는 동안 노수창은 그녀의 방황을 한층 부채질할 다음 작전을 개시했다. 구매부장을 불러올려 동우리빙아트가 개발하던 돌 구이 판 새 모델의 주문을 전격 지시한 것이다. 그 모델은 일전에 S마트가 계약 직전 갑작스레 발을 빼 공장을 위기로 몰아넣은 비운의 돌 구이 판이었다.

S마트의 주문은 사경에 몰린 동호의 공장에게 회생의 숨통을 틔워주었다. 당연히 노수창의 속내는 하청 공장과의 공생을 도모하는 순수한 호의와는 거리가 멀었다. 오로지 채율의 환심을 사서 원동호로부터 그녀를 떼어놓기 위한 사전 작업이었다.

S마트로부터 날아든 희소식에 석수와 공장 직원들은 너 나 할 것 없이 환호했다. 동호 역시 기뻤지만 한편으로는 수상하고 꺼림칙했다. 그래도 폐업 위기에 S마트의 주문을 거절할 수는 없었다. 동우리빙아트 직원들은 당장 그날 오후부터 창고에 쌓인 돌 구이 판을 S마트 물류센터로 보냈다. 또 그 이튿날부터는 S마트의 각 매장들을 돌며 그동안 경쟁 업체에 빼앗겼거나 아예 철수했던 판매 코너를 재정비하느라 눈코 뜰 새 없이 바빠졌다. 그 바람에 채율은 피아노 연습을 이틀 이상 쉬었고 열외였던 공장 작업도 해야 했다. 그 와중에 S마트 본사 쪽에서는 특별한 요구를 들고 나왔다.

"무시기? 판매 도우미까지 우리가 동원하라는 말이네?"

"그렇다네요, 형님. 강남 반포점하고 강북 왕십리점 그 두 곳만이라도 우리 직원들이 직접 나가서 신제품 판매와 홍보를 도맡아야 한답니다."

석수가 뒷머리를 긁적이며 S마트 판매부서 쪽에서 강력히 요청한 사항이라 거절이 힘들다고 했다. 그러나 공장 직원이라고 해봐야 동호와 석수, 채율, 그리고 조립 라인에서 일하는 외국인 노동자 너덧이 전부였다. 따라서 현장 판매 도우미 인원을 선발해 지원하라는 건 무리한 요구였다.

"지금처럼 각 매장을 돌면서 잠깐씩 살피는 거이야 가능하갔디. 하지만 하루 종일은 무리 아니네. 우리 인원에 그럴 여유가 있갔어?"

동호는 S마트의 구매부장에게 전화를 넣어 사람을 따로 보내기 어렵다고 하소연해봤지만 구매부장은 판매본부 쪽에서 결정한 사안이라 자신은 바꾸기 어렵다는 말만 반복했다. 별 수 없었다. 왕십리점은 휴가를 반납하고 달려온 현주와 석수에게 부탁하고 반포점은 동호와 채율이 나가보기로 했다.

"판매 도우미라니, 그게 뭐 하는 건데요?"

"마트에 가면 거 있디 않네? 짧은 치마에 굽 높은 신발 신은 젊은 에미나이들이 어서 오세요, 떠들면서 손님 끄는 그거 말이야."

"저더러 그걸 하라고요?"

"내레 강요는 못 하갔어. 하지만 지금 사정이 아주 절박하구먼기래. 기리니끼니 알아서 하라우."

채율은 생각할수록 민망했다. 마이크를 잡고 호객하는 정도야 지난번 가판 때도 해본 일이었으니 못 할 것도 없었다. 그러나 사람들 붐비는 마트 한가운데에서 맨 허벅지가 다 드러나는 미니스커트를 입고

269

통굽 운동화를 신고 살랑살랑 춤까지 춰야 한다니, 상상만으로도 벌써부터 오싹오싹 소름이 돋았다. 그래도 못 하겠다고 단박에 거절할 수는 없었다. 마음속으로 하루에 열두 번도 더 동호를 배신했다 말았다를 반복하며 갈피 못 잡던 채율은 양심상 모른 체하지 못했다. 더군다나 동우리빙아트가 작금의 위기에 몰린 데는 채율의 책임이 작지 않았다. 그래서 그 죄를 속죄하는 심정으로 판매 도우미를 맡기로 응낙했다.

"까짓것 해보죠, 뭐!"

"진심이네? 이런 부탁까지 하게 되서리 고저 미안하구만."

"미안하긴요. 그래봤자 도우미 일이란 게 별거 있겠어요?"

채율은 동호의 면전에서는 큰소리쳤지만 막상 수많은 시선 앞에서 노출이 심한 옷차림으로 서려니 영 만만치가 않았다. 맨 허벅지에 와 닿는 엉큼한 시선들이 부담스럽고 혹시 누군가 알아보는 사람이 있지는 않을까 조마조마했다. 어느새 귓불이 새빨갛게 달아올랐다.

'이딴 퇴폐적인 상술은 어떤 망할 놈의 머릿속에서 나온 거야?'

속으로 욕지거리가 올라와도 표정에 드러내선 안 됐다. 얼굴에는 항상 밝게, 끊임없이 미소를 머금어야 했다. 몇 시간 동안 입꼬리를 양쪽으로 당겨 한껏 억지웃음을 짓자니 파르르 볼 근육에 경련이 일었다.

그런데 아니나 다를까 그토록 염려하던 상황이 벌어지고 말았다. 하필이면 이귀인, 그 못된 계집애와 정면으로 마주친 것이다. 귀인은 근육질의 서양인 남자와 쇼핑 카트를 밀며 다가왔다. 그러다가 마이크를 쥐고 손님들을 불러 모으던 채율을 발견하고 크게 코웃음쳤다.

"뭐하는 짓이래, 천하의 반채율이?"

귀인과 시선이 마주치자 채율은 몸서리가 쳐지도록 부끄러웠다. 쥐구멍에라도 숨고 싶었지만 도망쳐봐야 꼴은 더 우스워질 것이었다. 이왕 이렇게 들켰으니 당당하게 대응하기로 했다.

"고객님, 저희 제품에 관심 있으세요?"

"뭐라는 거니, 너?"

"아니면 얼른 꺼져주시죠. 다른 고객님 길 막지 마시고요."

"헐, 세상일은 코앞을 모른다더니 날 하녀 부리듯 하던 공주님께서 이렇게 볼썽사나운 노동까지 다 하시고. 채율아, 얘, 너 팬티 보이겠다, 대충 살살해."

"그만 꺼져달라니까요, 손님!"

"내가 준 돈은 벌써 다 써버린 거야? 흥청망청하는 버릇은 여전한가 보네?"

간신히 분노를 누르던 채율이 마침내 폭발하고 말았다.

"이년이 진짜 보자보자 하니까! 야, 달랑 그 10만 원 말하는 거니, 이 도둑년아?"

채율은 득달같이 달려들어 귀인의 머리채를 잡아챘다.

"도둑년? 야, 니네 아빠가 도둑이지 왜 내가 도둑이야, 이 도둑놈 딸년아!"

귀인도 채율의 머리채를 맞잡았다. 두 여자는 서로 머리끄덩이를 부여잡고는 마트가 떠나가도록 고래고래 고함을 지르고 급기야는 바닥을 뒹굴었다. 채율의 치마는 홀렁 뒤집어져 팬티가 다 드러났고 귀인의 블라우스도 걸레처럼 찢어져 브래지어마저 보였지만 전혀 개의치 않았다. 둘은 욕설을 퍼부으며 서로 머리카락을 몇 움큼씩 뽑아댔다.

치열한 싸움에 구경꾼들이 우르르 몰려들었다. 계산대에서 차례를 기다리던 손님들까지 카트를 내팽개치고 달려와 싸움 구경에 합류했다.

하지만 누구도 말리거나 수습하려 나서지 않고 두 여자의 치열한 난투를 그저 재미있어라 지켜보기만 했다. 귀인과 동행한 서양인 남자 친구도 팔짱을 낀 채로 곤혹스러운 표정만 지었다.

뒤늦게 경비요원들이 달려오고 나서야 비로소 혈투가 멈췄다. 완력에 의해 강제로 떨어진 채율과 귀인은 상대의 머리카락을 한 움큼씩 손에 움켜쥐고서는 서로 잡아먹을 듯 으르렁댔다. 갑자기 귀인이 목표를 바꿔 경비요원들에게 악다구니를 써댔다.

"뭐예요, 도대체? S마트는 고객한테 이딴 행패를 부려도 되는 거예요?"

"시끄러워, 난 마트 직원 아니거든. 그리고 너 같은 도둑년한텐 물건 안 팔아!"

당황하는 경비요원들 대신 채율이 큰소리로 맞받아쳤다. 그때였다. 정장 차림새를 한 한 무리의 남자들이 저벅저벅 구둣발 소리를 울리며 빠르게 접근해왔다. 노수창과 S마트 임원들이었다. 노수창은 난투 현장에 이르러 걸음을 멈추고 엉망진창이 되어버린 채율의 꼬락서니부터 슬쩍 살폈다.

"저는 S마트의 대표이사 노수창입니다."

그가 구경 중인 손님들을 향해 정중하게 허리를 숙였다. 주위가 웅성거렸지만 그는 아랑곳하지 않았다.

"예기치 못한 소란으로 고객님들을 놀라게 한 점 깊이 사과드립니다. 저희 S마트는 이번 사건을 계기로 쾌적한 쇼핑 환경 조성에 앞으로 더욱 힘쓰겠습니다. 하오니 금일 발생한 불상사는 부디 너그러운 마음으로 이해해주시면 감사하겠습니다. 정말 죄송합니다."

노수창은 이번엔 귀인 쪽을 향해 목례를 했다. 그리고 수행 비서를 향해 중얼거리듯 조용히 지시를 내렸다. 비서가 귀인을 부드럽게 다독이며 마트 밖으로 데리고 나갔다. 보아하니 모든 잘못을 채율 쪽에게 덮어씌우려는 듯했다.

"저 계집애가 어떤 애인지 알고나 보내는 거예요?"

채율이 노수창에게 다가서서 목소리를 낮춰 따졌다.

"내가 저 여자에 대해 알아야 할 게 뭐요?"

"참, 내, 뒷조사를 다 했다면서 아직 몰라요? 저 계집애가 바로 우리 아빠 유산을 홀랑 먹어치우고 내뺀 아주 나쁜 년이라고요."

노수창은 의외라는 듯 이마에 얇은 주름을 잡았다. 그리고 멀어지는 귀인의 뒷모습을 흘끗 보고는 정색했다.

"나와는 상관없는 일 아니오? 내가 신경 쓸 일도 아닌 것 같고."

"그럼 여긴 왜 왔어요? 나 때문에 온 거 아녔어요?"

"하하핫, 오버하고 있네. 이봐요. 여기는 내 사업장이에요. 사업장을 살피는 게 내 일이고, 이제 알겠어요?"

"아하, 그래요? 살피는 게 그쪽 일이면 똑바로 살피시든가. 시비 하나 제대로 못 가리면서 뭘 살피시겠다고, 흥!"

채율은 내심 서운했다. 그래도 몇 차례 얼굴 마주한 사이라 응원을 기대했으나 그는 건조하고 냉랭했다. 채율이 입꼬리를 올리며 샐쭉한 표정을 지었다.

"내가 그쪽 편을 안 들어줘서 설마 삐진 건가?"

"천만에요. 혹시 나 때문에 우리 사장님 제품이 또 판매 코너에서 쫓겨날까 봐 그게 걱정돼서요."

"걱정 마시오. 그런 일은 없을 거니까. 내가 약속하지."

"흥, 과연?"

채율이 다시 입을 삐쭉거렸다.

"그나저나 1차 예선이 얼마 안 남았지 않습니까? 피아노 연습은 어쩌고 이러고 있어요? 원동호가 이런 일까지 시키는 거요?"

노수창이 짐짓 걱정하는 표정을 지었다.

"어머나, 이거 다 S마트 쪽에서 요구한 거 아녔나요? 각 매장마다 직원 파견해 보내라면서요?"

"미안하지만 난 그런 지시를 내린 적이 없소."

"좋아요. 워낙 큰 회사니까 그쪽이 모른다면 넘어가죠. 아무튼 나도 똑같은 대답을 돌려드리죠. 내가 연습하든 말든 그건 그쪽이 신경 쓸 일이 아니십니다."

이미 채율은 노수창에 맹렬한 저항감을 느끼고 있었다.

"혹시 내 제안에 대한 거절은 아니겠지요?"

"음, 생각해보니 거절 맞는 거 같은데 어쩌죠?"

"후회할 거요, 다시 생각해보시오."

"솔직히 난 엄청 후회하고 싶어서 그러거든요. 지금 너무 바빠서 다시 생각할 시간도 없고요. 그럼 아디오스!"

그때서야 노수창은 아차 싶었다. 방심한 사이 상황이 잘못 돌아가고 있었다. 그가 이곳 반포점에 몸소 들른 건 순전히 채율 때문이었다. 그녀가 이곳의 도우미로 와있다는 보고를 접하고 지점 순시를 핑계삼아 급히 방문한 것이다. 그런데 뜻하지 않은 사건으로 채율과의 대화가 엉뚱한 방향으로 뒤틀렸고 결국 거절당해버렸다.

"확실한 거절이오? 정확하게 말해요."

"거절 맞대도요."

마침 자리를 비웠던 동호가 되돌아오는 게 보였다. 채율은 대화를 얼른 멈췄다.

"우리 사장님 앞에서 절대 딴소리하기 없기예요, 알았어요?"

"알았소."

노수창과 대면한 동호는 간단한 목례를 했다. 아울러 돌 구이 판 납품 길을 다시 열어준 데 감사의 뜻을 표시하고 향후로도 모쪼록 S마트에 자사 제품을 지속적으로 납품할 기회를 열어달라고 정중히 부탁했다. 옆에서 지켜보는 채율은 노수창이 혹시나 자신과 나눴던 이야기를 꺼낼까 노심초사했다. 다행히 노수창은 약속을 지켰다. 그는 콩쿠르에 관련한 이야기는 일절 꺼내지 않고 잠시 뒤 조용히 떠났다. 노수창이 가고 동호는 채율에게 귀인과 만나 큰 싸움을 벌였다는 얘기를 전해 들었다. 그는 채율에게 괜한 일을 안긴 자기 탓이라며 미안해했다.

"정말 면목이 없구먼기래."

그날 밤 옥탑방으로 돌아와 잠자리에 누운 채율은 차라리 잘된 일이라고 결론을 내렸다. 홧김에 거절하긴 했지만 진작 그렇게 끝냈어야 할 사안이었다. 지난 며칠간 연습까지 망쳐가며 소심하게 속 끓인 건 그녀답지 못한 행동이었다.

후두둑—

창밖에 빗소리가 났다. 조금씩 비가 오는 모양이었다. 잡념일랑 말끔히 털고 곧 닥친 예선에만 집중하겠다고 마음을 다지는데 피곤에 스르르 눈이 감겼다. 오랜만에 꿀잠에 들 것 같았다.

25

"바보 천치 같으니라고!"

노수창은 분통을 터트렸다. 플랜B마저 무너졌다고 생각하니 눈앞이 아득했다. 상황이 이렇게까지 나빠진 바에야 콩쿠르고 뭐고 아예 싹 잊는 게 정답 같았다. 본업인 S마트의 경영과 MK그룹 경영권 승계에 전념하는 편이 속 편하고 나은 선택이었다. 더구나 그게 노수창을 둘러싼 현실이 그에게 거는 기대이기도 했다.

'그래, 기껏해야 한낱 돌 구이 판 장수에 지나지 않는 놈이야. 그런 자식을 상대로 설욕전을 벌이겠다는 건 결코 내 위신에 어울리는 짓이 아냐. 계속 고집 부리다간 뭇사람들이 치졸하다고 비난할 거야.'

그러나 가슴 한편엔 통제 불가능한 집착이 웅크리고 있었다. 그것은 매우 끈질겨서 이성의 판단과 충고를 따르지 않고 제자리에서 완강하게 버텼다. 게다가 그것 말고도 그의 미련을 붙드는 새로운 뭔가가 최근 더 생겼다.

띵—

집무실 인터폰이 울리더니 판매본부 부장이 긴급 면담을 요청해왔다. 부랴부랴 뛰어올라온 부장은 반포점에서 발생한 소동 처리 결과를 보고했다. 그런데 보고가 말미에 이르자 곤혹스런 기색이 역력했다. 말끝을 흐리는 모양새가 해야 할 말을 숨기는 게 틀림없었다. 답답해진 노수창이 다그쳤다.

"도대체 왜 그래요, 김부장?"

"네?"

"혹시 뭐 숨기는 거라도 있습니까?"

"숨기다니, 그, 그럴 리가요."

노수창이 노려봤다.

"그게, 저…… 실은 반포점 판매 도우미와 난투극을 벌였던 그 여자 고객 말입니다. 오늘 저희 본사를 찾아왔습니다."

"뭐요? 여길 찾아왔다고요?"

"네. 대표님을 뵙고 꼭 드릴 말씀이 있다고……."

"용건이 뭐랍니까? 요구하는 게 돈이면 대충 보상해서 돌려보내세요."

"그게 단순히 돈 문제가 아니라서요."

"돈이 아니면?"

"아무래도 대표님이 직접 만나보셔야 할 것 같습니다만."

노수창은 갑자기 짜증이 치밀어 목소리가 저절로 솟았다.

"됐습니다. 안 그래도 다른 일로도 골머리가 지끈거려요. 그냥 김부장 선에서 처리하세요."

"대표님께서 면담을 거절하시면 곧바로 경찰서나 신문사로 달려가겠답니다. 만약 언론에 알려지면 회사 이미지가 실추될 수 있습니다, 대표님."

"……."

"정말 죄송합니다."

판매부장이 깊숙하게 허리를 굽혔다.

"그 여자 지금 어디 있어요?"

"사옥 로비에서 기다리고 있습니다."

결국 노수창은 면담을 허락했다. 로비에서 죽치던 이귀인이 집무실로 쏜살같이 올라왔다.

귀인은 채율에게 당한 일이 아직도 억울한지 콧김을 씩씩 뱉어냈다. 노수창은 그런 귀인을 달래기 위해 해당 업체에 마땅한 조치를 하겠다는 약속을 강조했다.

"협력업체에 연락해 고객님께 정중한 사과와 보상을 하겠습니다."

"그러면 정말 고맙고요. 그런데 사실 전 반채율을 아주 잘 아는 사람이에요."

"네?"

"개랑 같은 고등학교를 다녔어요. 오스트리아 유학도 같이 함께 갔다 왔고."

문득 노수창은 리포트에서 읽었던 내용이 떠올랐다. 반회장 사후 일부 비자금이 감쪽같이 사라졌는데 딸 반채율의 개인 비서가 몰래 빼돌렸을 가능성이 짙어 보인다는 의혹이었다. 리포트는 그 개인 비서가 반채율의 고교 동창이라고 했었다. 그제야 노수창은 반포점에서 보인 채율의 예민한 행동거지가 뒤늦게 이해가 갔다.

'흥, 귀인이라는 이 여자, 아주 웃기는 여자로군.'

남의 돈을 가로챘다면 곧장 외국으로 튀어 조용히 숨어 살든가 할 일이지, 뻔뻔스럽게 한국에서 버티다가 반채율과 마주쳐 머리끄덩이 싸움질이나 벌이다니……. 그러나 노수창은 충고할 입장이 아니었고 그럴 이유도 없었다. 대신 단도직입적으로 귀인에게 찾아온 이유를 물었다. 그러자 귀인이 신세한탄과 함께 사정을 시시콜콜 털어놓았다.

"혹시 모용하라는 사람 아세요? 그 사람이 국세청에 절 신고했어요. 반석그룹 회장이 비자금으로 빼돌린 돈이 제 손에 있다고 말예요. 세무기동대인가 하는 사람들이 갑자기 저희 집으로 들이닥치더군요. 그리고 저한테 그랬어요, 감옥에 가든지 아니면 순순히 뱉어내든지 하라고요. 결국 한 푼 남김없이 죄 털려버렸죠."

귀인은 채율이 모용하를 부추겨 국세청에 신고하도록 했다고 굳게 믿고 괘씸히 여기던 차에 하필이면 마트에서 맞닥트린 것이었다. 더 큰 비극은 귀인의 서양인 남자친구가 난투를 벌이는 그녀에게 질겁해서는 그날로 결별을 선언하고 도망쳤다는 사실이었다. 귀인으로서는 여러모로 독이 오를 만한 상황인 게 분명했다. 하지만 노수창을 왜 찾아온 걸까?

"그래서 내게 원하는 게 뭡니까?"

"우연히 노대표님 이야기를 들었어요. 피아니스트를 구하신다고요?"

"어디서 들었어요?"

"그게 중요한가요? 아무튼 대표님께서는 피아노 콩쿠르에 출전시킬 사람이 급하게 필요하다고 들었어요. 괜찮으시다면 제가 그 피아니스트가 되어드릴게요. 대신 상금과 보너스를 두둑이 챙겨 받는 게 제 조건입니다."

"뜻은 고맙습니다만 난 그쪽에 대해서 아는 게 전혀 없어요. 실력

279

이 어느 정도인지도 모르고."

"반채율의 코를 납작하게 싶지 않나요? 아마 저 아니면 쉽지 않을 걸요. 방금 전에 말씀드렸잖아요, 개랑 같이 유학까지 다녀왔다고."

귀인은 시키지도 않았는데 소파에서 일어나 피아노 앞으로 가 앉았다. 그리고 서슴없이 건반을 두드리기 시작했다. 그러고 나서 채 1분도 흐르지 않았다. 심드렁하던 노수창의 얼굴이 서서히 아래위로 끄덕이기 시작했다. 눈빛은 어느 틈엔가 호기심으로 일렁이고 있었다.

'도깨비처럼 불쑥 튀어나온 이 여자, 그 실력이 과연 어디까지 갈 수 있을까. 단 한 번의 연주로 판단하기는 무리겠지만 일단 이 정도라면 나현이보다 훨씬 나은 결과를 기대할 수 있겠어.'

연주를 마친 귀인은 조심스레 노수창의 기색을 살폈다.

"어땠어요?"

노수창의 입에서는 찬사도 비평도 나오지 않았다. 대신 2차 예선 과제 곡 중 자유곡으로 선택할 수 있는 하이든의 〈피아노 소나타 in C Major, Hob. XVI:23〉를 쳐보라고 했다. 귀인이 잠시 기억을 더듬었고 곧 하이든의 곡을 연주하기 시작했다. 역시 연주는 얄밉도록 매끈했다. 노수창은 망설였다.

'이 여자를 이용하면 원동호를 박살내는 계획은 완벽하게 밀어붙일 수 있어. 하지만 반채율의 꿈 또한 산산조각 나겠지.'

원동호에게 패배를 선물하는 건 더없는 쾌감이었다. 그러나 채율까지 함께 절망과 좌절의 구렁텅이로 몰아넣고 싶지는 않았다. 언제부터 각오가 약해진 걸까. 시간이 필요했다.

"잘 들었습니다. 생각해보고 연락드리죠."

"잘 아시겠지만 예선이 얼마 안 남았어요."

"늦지 않게 결정할 겁니다."

"덧붙이자면 난 반채율의 치명적인 약점을 아주 잘 아는 사람이에요."

"치명적인 약점이라니?"

노수창이 떡밥을 덥석 물었다. 그러나 귀인은 대답 대신 수수께끼 같은 미소와 함께 연락처를 남긴 뒤 총총히 사라졌다.

귀인이 돌아가고 난 뒤로도 한참 노수창은 결정을 내리지 못했다. 이귀인이라는 새롭게 등장한 장기말로 옮겨 탈 것인지 아니면 어떻게든 채율을 설득해 품에 안을 것인지 망설이고 또 망설였다.

불현듯 채율의 지난번 거절이 혹여 진심이 아닐 수 있다는 생각이 들었다. 야박하고 차갑던 그의 태도에 서운함을 느껴 욱해서 내뱉은 건지도 몰랐다. 그렇다면 다시 만나 확인할 필요가 있었다. 귀인을 선택하는 것은 그 뒤에 고민해도 충분했다.

다음날 동호의 공장은 아침부터 발칵 뒤집혔다. S마트의 대표이사가 수행비서 하나 없이 직접 운전해 나타난 때문이었다. 거대 거래처 CEO의 갑작스런 출현에 공장 식구들은 깜짝 놀라 어쩔 줄 몰랐다. 석수는 안절부절못하며 사무실 안팎을 서성댔고 동호는 저의가 무언지 짚이지 않아 불안했다.

"설마 납품 주문을 중단하겠다고, 그 말 하려고 온 건 아니겠죠, 형님?"

"글쎄……."

"그런 거 통보하러 사장이 직접 오지는 않잖아요?"

"노수창이 저 자식이 정상이 아니란 건 너도 잘 알지 않네. 능히 기

281

러고도 남을 변태 자식이다. 마음 놓지 마라우."

"하긴 지난번엔 우리 옥탑방 창고까지 몰래 숨어들었으니."

"기렇디."

그들이 노수창의 속내를 파악하려 애쓰는 동안 노수창은 마치 누군가를 애타게 찾듯이 사무실 주위를 꼼꼼히 둘러보았다. 십중팔구 채율을 만나러 온 눈치였다.

"채율 씨는 콩쿠르 참가 접수를 하러 가서 지금 공장에 없습네다."

동호가 먼저 나서서 대답을 주었다.

"그럼 언제쯤 돌아옵니까?"

"아무래도 서울까지 다녀오려면 세 시간은 넘게 걸리지 않갔습네까?"

질문과 대답을 주고받는 두 사람 사이에는 묘한 긴장감이 흘렀다. 솔직히 동호는 노수창이 채율을 찾는 게 껄끄러웠다. 그런 기분을 읽었는지 노수창이 떠보았다.

"채율 씨가 스카우트 건에 대해서는 상의 안 하던가요?"

"어떤 스카우트 말입네까?"

"내가 반채율 씨를 데려가겠다는 얘기 말예요. 아직 못 들었나보군."

미처 이해하지 못한 동호가 다시 물었다.

"스카우트라면 혹시 채율 씨를 S마트 직원으로 채용하겠다는 뜻입네까?"

"천만에. 난 S마트 직원으로 채용하려는 게 아니오. 우리 MK그룹이 공식 후원하는 피아니스트로 데려갈 거요."

"뭐요?"

MK그룹의 공식 후원을 받는 피아니스트라니, 동호는 이게 무슨 뚱딴지같은 소리인가 싶어 노수창을 똑바로 쳐다보았다.

"원사장도 동의하겠지만 이곳 환경은 피아니스트에게는 전혀 어울리지 않소. 일류 피아니스트로 성장하려면 걸맞은 지원이 확실하게 뒤따라야 하는 법 아니겠소?"

동호는 갑자기 머리에 총을 맞은 기분이었다. 콩쿠르를 목전에 둔 이 시점에서 채율을 데려가겠다니, 게다가 이미 그녀와 이야기 중이라니…… 그는 자신이 어떻게 반응해야 옳은지 가늠이 안 됐다. 반면 눈치 없는 석수는 채율을 위해 차라리 잘된 거 아니냐며 반색했다.

"채율이 본인도 같은 생각입네까? 여길 떠나서리 노대표님 쪽으로 가겠다고?"

동호가 착잡함이 가득한 목소리로 물었다.

"바로 그 대답을 듣기 위해 오늘 내가 직접 온 거요. 채율 씨 올 때까지 여기서 기다려도 되겠소?"

노수창이 사무실 소파에 몸을 깊이 묻었다. 뒤통수를 뉘며 스으 눈까지 감는 품새가 몇 시간이고 기다릴 태세였다. 사무실이 누추하니 커피숍이라도 가 계시면 채율이 도착하는 대로 연락하겠다고 석수가 권해봤지만 들은 척도 안 했다.

그로부터 한 시간쯤 지났을까, 채율이 목덜미에 흐르는 끈적끈적한 땀을 닦으며 공장으로 들어섰다. 1층 현관 입구에서부터 그녀의 낭랑한 수다가 2층 사무실까지 들렸다. 채율은 곧 사무실 문을 덜컹 밀어젖히며 활달한 걸음새로 모습을 드러냈다.

"지원자가 진짜 얼마나 많은지 알아요? 개나 소나 몽땅 지원하는 모양이라니까요. 어머나!"

채율은 소파에 거의 드러누워있던 노수창을 발견하고는 소스라치게 놀랐다.

"채율 씨 대답을 들으러 왔소."

"제 대답은 벌써 드린 걸로 아는데요."

채율이 난처한 표정으로 눈치를 살피면서 작은 목소리로 대답했다. 그러나 노수창은 그녀의 조심스런 태도에 아랑곳 않고 목소리를 높였다.

"마트에서의 내 태도에 실망했다면 정식으로 사과하겠소. 내가 말한 제안은 이성적으로 그리고 신중히 생각해서 다시 대답하길 바라오. 예스요, 아니면 노요?"

하얗게 질려 머뭇하는 아주 짧은 동안, 채율은 자신의 등으로 비수처럼 날아와 꽂히는 동호의 시선이 느껴졌다. 이미 그의 얼굴은 납빛이었다. 노수창이 모든 것을 떠벌린 게 분명했다.

"채율이는 잠깐 나와보라우. 고저 이야기 좀 하게, 응?"

동호가 채율의 손을 잡아끌었다.

"확인하고 싶은 게 있다. 저 녀석이 정말 채율이 네가 잃어버린 모든 걸 되돌려주겠다고 했네?"

사무실 밖으로 데리고 나간 동호가 물었다. 차마 마주 보기 민망해진 채율이 고개를 푹 숙이고 모기만한 소리로 되물었다.

"저 자식이 그렇게 말했어요?"

"기래."

"저 자식 뻥치는 거예요. 콩쿠르 출전을 방해하려는 허튼 수작일 뿐이고요."

"솔직하자우, 우리."

"……"

"……."

"죄송해요. 사장님하고 미리 상의하지 못해서. 하지만 걱정 마세요. 제가 노수창한테 가는 일 같은 건 결코 없을 테니까."

채율이 목소리에 힘을 주어 대답했다. 동호는 한참 말이 없었다. 안색은 아까보다 더 어두웠다. 시선은 허공을 향했고 입술은 영 열리지 않을 것 같았다. 이윽고 그가 담배를 꺼내 몇 모금 연기를 뱉어냈다.

"채율이 네가 피아노 콩쿠르에서 대상을 수상한다 치자우. 설사 그렇더라도 반채율의 인생은 크게 달라지지 않갔다. 기리니끼니 한번 속아볼 만하지 않네?"

"네?"

"노수창이라면 널 키워줄 능력이 충분할 거야."

"그게 무슨 말씀이세요? 전 이야기하자는 게 사장님이 절 붙잡으려는 건 줄 알았는데."

동호는 고개를 가로저었다.

"잘못 짚었다. 그리고 나한테 빚진 돈, 그딴 건 신경 쓰지 마라우. 이제 안 갚아도 되니끼니."

"사장님?"

"아무튼 반채율이 너한테 도움이 되는 길을 선택하라, 알갔네?"

채율을 바라보는 그의 눈빛은 진심이었다. 그는 채율이 훌륭한 피아니스트로 성장하기를, 그녀의 인생에 보탬이 되는 길을 선택하기를 원했다.

"흥, 사장님은 절 여태 그런 여자로 봤어요?"

채율이 동호를 노려보며 따졌다. 그녀의 눈엔 어느새 핏발이 서있었다.

"기런 걸 따지는 거이 뭐이가 중요하네? 반채율이한테 진짜로 이로운 길이 뭔지는 너도 알고 나도 알지 않네?"

채율은 눈물이 핑 돌았다. 눈시울이 뜨거워지면서 하늘이 노랬다. 어떻게 나한테 이런 말을 할 수 있을까? 정말 날 그런 여자로 봤던 걸까? 분해서 눈물이 쏟아졌지만 들키고 싶지 않아 이를 악물었다. 서늘한 기운이 가슴 한가운데를 훅 꿰뚫고 지나갔다.

동호의 설득은 계속됐다. 동호는 그녀에게 더할 나위 없이 좋은 기회라는 점을 반복해 강조했다. 그러나 채율의 귀에는 한마디도 들리지 않았다. 채율은 단 한번 붙잡는 시늉조차 않는 그에게 섭섭하고 가슴이 쓰렸다. 대화는 이어지지 않고 각기 자기주장만 늘어놓는 실랑이가 되었다.

결국 기다리다 못한 노수창이 사무실 밖으로 나왔다. 잠시 이야기를 나누겠다며 나간 두 사람이 오래 돌아오지 않은 이유를 동호가 얼른 나서며 설명했다.

"반채율 씨는 노대표님의 제안에 따르기로 했습네다. 빠른 시일 내에 짐을 꾸려 그쪽으로 보내도록 하디요."

"보내다니, 누굴 보내요? 제가 여기 공장 물건이에요? 왜 사장님 맘대로 결정하고 그래요? 난 절대 안 가요."

채율이 앙칼지게 대들고는 노수창에게 단호하게 선언했다.

"노수창 대표님, 이번에 다시 말해줄 테니 귓구멍 크게 열고 똑똑히 들으세요. 내 대답은 노입니다, 알겠어요? 과거에도 노였고 지금도 노예요. 앞으로도 역시 그럴 거고요. 그러니까 쓸데없는 수고 그만 접으시고 어서 돌아가세요."

매우 차갑고 단호한 목소리였다. 노수창의 눈매가 실처럼 가늘어졌다.

"후회하지 않겠소?"

"후회하더라도 분명히 거절하겠습니다."

일순간 절망이 노수창의 얼굴을 빠르게 가로질렀다. 그는 한동안 채율을 말없이 응시했다.

"후회할 거요, 확실히 그리고 분명히."

"글쎄요, 두고봐야죠."

노수창은 쓸쓸하게 고개를 주억거리고는 승용차에 올라탔다. 그리고 차창을 내린 뒤 여전히 미련 서린 얼굴로 말했다.

"아, 참, 정히 그렇다면 이건 어떻소? 어차피 참가할 이번 콩쿠르, 우리 함께 더 재미있게 즐겨보는 건?"

"또 무슨 꿍꿍이를 벌이시려고요?"

"나와 내기 한번 해보자는 거요. 그쪽도 꽤 흥미 있을 거요."

"내기요? 어떤 내기요?"

"난 반채율 당신을 꺾을 피아니스트 한 명을 엄선해서 내보낼 생각이오. 만일 당신이 그 사람한테 지면 나 노수창한테 자진해서 오는 거, 어떻소?"

노수창은 짓궂게 능글거리고 있었다.

"대신 만일 반채율 당신이 이기면 난 이곳 동우리빙아트의 돌 구이 판을 두 배 가격으로 받아주겠소. 뿐만 아니라 S마트에 평생 납품할 수 있는 권리를 보장할 거요."

"흥, 장난하지 마요."

채율이 피식 가볍게 웃어넘기자 노수창은 이번엔 동호 쪽으로 시선을 틀었다.

"내 원사장한테도 확실히 약속하리다, 어떻소?"

"굳이 두 배까지는 필요 없습네다."

"그럼 가격은 원사장 쪽에서 편한 대로 정하든가."

지나가는 농담이 아니라는 걸 그제야 깨달은 채율이 얼른 끼어들었다.

"만약 양쪽 모두 입상하지 못하면요?"

"콩쿠르는 5위까지 입상자를 가리게 되어있지. 적어도 둘 가운데 한 사람은 반드시 그 안에 들 거요. 그건 내가 장담하겠소."

"그래도 못 들면요?"

"그렇게 못 미더우면 그 경우도 내 쪽이 진 걸로 치겠소. 이젠 됐소?"

채율은 동호의 얼굴을 쳐다보았다. 콩쿠르에서 노수창이 내세우는 피아니스트를 이기기만 하면 동호의 회사는 향후 걱정 없이 사업을 계속해 나갈 수 있는 셈이다. 더 길게 생각할 게 없었다. 채율이 단숨에 수락했다.

"좋아요. 나중에 딴소리하지 않기예요?"

"물론이오. 그쪽도 만약 내기에 지면 반드시 나한테 넘어와야 하오. 그 약속 지킬 각오도 미리 단단히 해두시오."

노수창의 승용차가 마당을 미끄러지듯 빠져나갔다. 시야에서 어느 정도 멀어지자 동호가 채율의 팔을 붙들고 야단쳤다.

"그딴 엉뚱한 약속을 왜 하네, 응?"

"뭘 걱정해요? 제가 우승해버리면 될 거 아녜요? 그럼 사장님 공장, 아무 걱정 없이 평생 잘 돌아갈 텐데, 이런 일석이조가 세상에 또 어디 있겠어요?"

"누가 내 걱정하라고 했네? 채율이 니 걱정을 하라 했디. 여튼 이

에미나이 간땡이가 부어서리."

"그러니까 사장님은 절 더 열심히 가르쳐야 하는 거예요, 노수창한
테 빼앗기기 싫으면."

"뺏기긴 뭘. 언제 내 것인 적이 있었나?"

"네?"

무심코 튀어나와버린 말에 동호의 얼굴이 홍당무처럼 벌게졌다.

"뭐, 너나 나나 더 열심히 하면 뭐, 뭐라도 되지 않았어, 그렇디?"

동호는 아예 말까지 더듬었다. 무슨 말을 더 하려는 것 같았는데 입
안에서만 웅얼거릴 뿐 한마디도 밖으로 나오지 않았다. 그러더니 그는
어색함을 더는 감당 못 하겠는지 사무실로 쏜살같이 내빼버렸다.

'뭐지, 이 간지러운 기분은?'

채율은 마당에 혼자 남아 고개를 절레절레 흔들었다. 웃음이 절로,
크게 입가에 서렸다.

26

　국내 최대 규모의 국제 피아노 콩쿠르라지만 1차 예선장의 긴장감
은 생각보다 높지 않았다. 학창시절 피아노 앞에 한번쯤 앉아봤다 싶
은 사람이라면 모두가 출전한 것 같은 인상이었다. 참가자는 중학생부
터 성인 연주자까지 각양각색이었다. 총 지원자 수는 천 500명이 넘
었다. 그들 가운데 2차 예선 진출자를 가리는 1차 예선 과제 곡은 다
음과 같았다.

- 베토벤 – 〈피아노 소나타 No.23 in F minor Op.57 '열정'〉 3악장
- 쇼팽 – 〈에튀드 Op.25 No.11 in A minor '겨울바람'〉
- 리스트 – 〈초절(超絕)기교 연습곡 No.4 in D minor '마제파'〉

　1차 예선을 통해 천 500여 명 가운데 100명을 추렸다. 이어서 2차
예선은 그로부터 닷새 뒤 예술의 전당 리사이틀 홀에서 치러졌다. 2차
예선에서는 최종 결선에 진출할 연주자 20명을 뽑았으며 2차 예선 과
제 곡은 아래와 같았다.

• 하이든, 모차르트, 베토벤 소나타 중 1곡 (전 악장)

　예상대로 채율은 1차 예선을 무난하게 통과했다. 하지만 2차 예선
은 사정이 좀 달랐다. 경쟁률은 1차보다 훨씬 낮았지만 경연자 모두
제법 한가락씩 하는 실력자들이었다. 2차 예선 역시 1차와 마찬가지
로 동호가 동행했다. 그는 채율이 연주하는 동안 예선 심사위원들의
반응을 유심히 살폈다. 심사위원들은 매우 흡족한 표정이었다.
　"설마 예선 탈락은 안 당하겠죠?"
　"당연하디. 만일 떨어진다면 그건 심사위원 안목에 문제 있는 거
아이갔네?"
　2차 예선은 며칠에 나누어 심사했기에 노수창과는 마주치는 일이
없었다. 노수창의 약혼녀 민나현이 출전하지 않는다는 소식은 모용하
로부터 들어 아는 바였다. 그러나 대신 누구를 출전시켰는지는 모용하
도 아는 게 없다고 했다.
　채율은 천하태평이었다. 상대가 누가 되더라도 별 걱정 없다며 자신
만만했다. 그러나 동호는 달랐다. 노수창이 어떤 꼼수를 쓸지 마음이
놓이지 않았다. 집요하고 끈질긴 노수창의 성정을 경험했던 그로서는
당연했다.
　2차 예선이 끝난 뒤 결선 진출자 명단이 발표되었다. 채율은 최종
20명 안에 있었다. 동호는 물론이고 석수와 현주까지 마치 제 일인 양
환호했다. 정작 당사자인 채율은 입을 꾹 다문 채 명단을 뚫어져라 들
여다보기만 할 뿐이었다.
　"어째 그러네? 결선 진출해서리 기분이 나쁜 건 아닐 테고, 응?"
　채율이 말없이 명단에서 이름 하나를 손가락으로 짚었다.

이귀인.

20명의 결선 진출자 가운데 귀인의 이름이 있었다.

"이귀인, 어떻게 이 계집애 이름이 여기에 있을까요?"

"동명이인일 수도 있다 않네."

"아녜요. 느낌이 안 좋아요. 대체 얘가 왜 콩쿠르에 출전했을까?"

"이 아가씨도 피아노 잘 치는 친구네? 채율이 너보다 더?"

"그런 건 아니지만……."

채율은 불안스레 말끝을 삼켰다. 통제할 수 없는 불쾌감이 얼굴로 진하게 퍼져 나갔다. 숨도 이유 없이 가빠져왔다.

같은 시각, 강남의 호텔 스카이라운지에서는 노수창과 귀인이 결선 진출을 기념하는 축배를 들고 있었다.

"수고했소."

"땀도 안 나던데요, 뭐."

사실 노수창은 한껏 우쭐한 귀인에게 특별히 묻고 싶은 게 있었다.

"솔직히 말해 난 그쪽에 따로 묻고 싶은 게 있어 자리를 마련한 거요. 지난번 언급했던 반채율의 약점, 대체 무엇인지 이젠 말해줄 수 있겠소?"

"이 저녁식사와 와인, 노대표님이 주시는 순수한 축하 선물인 줄로만 알았는데요?"

"선물은 맞소. 하지만 상대가 결정적인 약점이 있다면 결선 전에 내쪽에서도 미리 준비해야 하지 않을까 싶어서. 어쨌거나 우린 같은 편이잖소?"

"물론 맞는 말이에요. 지금이면 슬슬 준비할 때도 되었죠. 다만 무리가 좀 있지만."

"무리라니? 들어나 봅시다, 그게 뭔지."

귀인은 스테이크용 나이프로 살코기를 커다랗게 썰어서 한입 가득 물었다. 그리고 몇 번 씹지도 않고 넘겼다.

"제가 반채율과 함께 오스트리아에서 유학할 때 담당 교수가 있었어요."

"정확히 말하면 두 사람이 함께 유학한 건 아니지 않소?"

리포트의 내용을 떠올린 노수창이 바로잡았다.

"아뇨, 같이 유학한 게 맞아요. 다만 비용을 채율이 아빠가 부담한 것뿐이죠."

"하긴 그렇게 말할 수도 있겠지."

"그렇게 말할 수 있는 게 아니라 사실이 그랬어요. 채율이 혼자 외롭지 않도록 말벗도 되어주고 또 뒷바라지도 해달라면서 걔네 아버지가 저한테 먼저 부탁한 거죠."

"계속 해봐요."

"그런데 담당 교수가 지독하게 엄한 독일계 유태인이었어요. 요나스 슈바르츠^{Jonas Schwartz}라는 사람이었는데 수업 첫날부터 채율이가 아주 혹독하게 당했죠. 눈물 콧물을 다 짜는데도 무려 두 시간 넘도록 야단치며 생사람을 잡더라고요. 아무튼 그 후부터 요나스 교수 앞에만 가면 채율이는 긴장했어요. 그리고 엄청 기침을 해대는데 도무지 멈출 줄을 몰랐죠. 의사도 원인을 모르겠다고 했고요. 그러니 연주가 어땠겠어요? 늘 엉망이었죠."

"그래서 그 학교를 계속 다녔소?"

"아예 학교를 바꾸는 건 쉽지 않았어요. 또 그만한 예술 학교도 없

293

고요. 대신 담당 교수를 바꿔달라고 여러 번 요청했죠. 그런데 무슨 이유에선지 전혀 받아들여지지 않았어요. 사실 채율이가 피아노에 흥미를 잃은 데에는 결정적으로 요나스 교수 탓이 제일 크다고 봐요, 전."

"흥미롭구먼. 그 요나스 교수란 자가 반채율의 약점과 무슨 상관이란 거요?"

"이제부터 잘 들어요. 제 계획은 노대표님 힘을 이용해 요나스 교수를 초빙해서 결선 심사위원진에 끼워 넣는 거예요. 요나스 교수의 머리카락만 봐도 채율이는 저절로 엉망진창이 될 게 뻔하니까요."

"어려운 일이오. 결선까지 불과 2주 남았소. 어떻게 요나스 교수를 심사위원석에 앉히자는 말이오?"

"그래서 애초 무리라고 말씀드린 거예요. 하지만 노 대표님과 MK그룹의 힘이면 절대 못 할 건 아니지 않나요?"

심사위원 교체란 콩쿠르의 권위에 치명적인 상처를 입힐 수 있는 위험천만한 일이었다. 하지만 아주 불가능한 일도 아니었다. 국내 심사위원 가운데 한 명을 꼬드겨 자진 하차하도록 하고 그 빈자리에 슬쩍 밀어 넣으면 된다. 콩쿠르의 '국제성'에 한없이 매달리는 대한민국 음악계로 미루어 볼 때 해외에서 심사위원 한 사람을 추가 초빙하자는 제안은 별달리 이견이나 반대가 달리지 않을 가능성이 높았다. 그래도 노수창은 망설였다.

"나는 정정당당한 승부를 원하오. 심사위원을 매수해서 이기고 싶지는 않소. 그런 방법을 쓰려 했다면 벌써 했겠지."

"오해 마요. 전 누구를 매수하자는 게 아니에요. 채율이 눈에 잘 띄도록 결선 심사장에 요나스 교수를 모시자는, 단지 그뿐이에요."

그리고 보니 노수창은 문득 채율이 긴장만 하면 마른기침을 하던 게 기억났다. 그 버릇은 오스트리아 유학시절 얻은 트라우마에 대한 일종의 조건 반사였던 것이다. 귀인의 말이 사실이라면, 그리고 요나스 교수를 결선 심사위원석에 앉힐 수만 있다면 채율은 결선 무대에 서 자마자 자멸할 게 분명했다.

"서둘러 요나스 교수에게 연락을 취해야 해요."

"어렵지 않을까?"

"돈으로 안 되는 일이 세상에 어디 있나요? 제가 말했죠, 그 교수님 은 유태인이라고. 계산에 아주 밝으신 분이죠."

"당신이란 여자, 반채율을 정말 미워하는군."

"노대표님도 제 입장에 서봤다면 채율이를 미워하지 않을 수 없었 을 거예요. 아무튼 오늘 저녁식사는 고마웠어요."

귀인이 고개를 까닥하며 상체를 살짝 굽히자 벌어진 옷깃 사이로 가슴골이 드러났다.

"그래서 저도 노대표님께 뭔가 보답하고 싶은데 뭐, 전 마땅히 드릴 게 없네요."

"결선 진출로도 이미 보답은 충분하오."

"약혼녀께서 유럽 여행을 떠나셨다면서요, 외롭지 않아요?"

그녀가 테이블 밑으로 다리를 뻗어 하이힐 끝을 노수창의 허벅지에 슬며시 비볐다.

"뭐 하는 거요?"

"사내란 다 그렇지 않나요?"

"정히 보답을 해야겠다면 내 결혼식 연주를 맡는 건 어떻소? 아, 참, 그리고 요나스 교수의 연락처는 문자로 알려주시오."

노수창은 거절당해 민망해하는 귀인을 내버려둔 채 레스토랑을 나와버렸다. 승강기를 타고 내려오는 동안 요나스 교수를 끌어들이자는 아이디어를 신중하게 생각해봤다. 야비한 방법으로 채율을 무너트리는 건 영 마뜩찮았다. 그럼에도 불구하고 내기는 이겨야 했다. 채율을 그의 곁에 둘 수만 있다면 시도하지 않을 이유가 없었다. 판단이 서자 노수창은 즉각 휴대폰을 꺼냈다. 콩쿠르 조직위원장과의 약속을 서둘러 잡아야 했다.

"콜록콜록."
"감기면 병원에 가든지 하라우. 미련하게 버티지 말고서리."
"그런 거 아니에요. 너무 걱정하지 마요."
채율이 손사래치며 동호를 안심시켰지만 나날이 심해지는 증상이 걱정스럽기는 스스로도 마찬가지였다. 이전에도 기침은 간간이 터지곤 했었다. 그러던 것이 노수창과 말도 안 되는 내기를 약속하고 두 차례의 예선을 거치면서 빈도가 부쩍 늘었다. 더구나 최종 결선을 앞둔 지금은 당장 병원에 달려가봐야 할 정도로 극심했다. 그러나 채율은 병원행을 한사코 거부했다. 신체적 병이 아님을 스스로가 잘 알기 때문이었다.
"스트레스 조절만 하면 금방 해결될 문제예요."
하지만 장담과는 달리 채율은 결선이 주는 긴장과 스트레스에 힘이 부쳤다. 반드시 우승해야 한다는 강박감에 짓눌려 피아노 앞에만 앉으면 목젖에 핏줄이 파랗게 서도록 기침을 해댔다.
그 모습을 지켜보는 동호의 가슴은 바싹바싹 타들었다. 고통을 덜어주지 못해 안타깝고 염치없이 부담을 안긴 것 같아 미안했다. 그럼

에도 공장의 명운이 달려있다 보니 이쯤에서 포기하자고 선뜻 나서지
못하는 처지가 스스로도 참으로 초라했다.

다행히 마음 다스리는 데 효과가 있을 거라며 현주가 선물한 명상
음악 CD, 그리고 석수가 주머니를 털어 사 온 우황청심환이 그나마 도
움이 됐다. 덕분에 증세는 다소 나아졌고 기침으로 지장받던 연습도
어느 정도 다시 할 수 있었다.

그렇게 한창 연습에 몰두하던 때 느닷없이 석수가 창고 문을 박차
고 들이닥쳤다. 그에겐 새로운 소식이 들려있었다. 콩쿠르 결선 심사위
원진 명단이 드디어 공개되었다는 뉴스였다.

심사위원은 총 일곱 명이었다. 음악계 국내 인사와 해외 인사가 4
대 3의 비율로 구성되어 있었다. 채율은 석수가 출력해 온 명단을 찬찬
히 확인하더니 갑자기 기침을 심하게 터트렸다.

"완전히 망했어요, 우리."

터져나오는 기침을 간신히 참으며 채율이 거의 울먹였다.

"이유가 뭔데? 날래 말해보라우."

"결선 심사위원진 중에 여기, 요나스 슈바르츠라는 이름 보이죠?
오스트리아에서 유학할 때 내 담당 교수였어요."

"기래? 기렇다면 아주 잘된 일 아니네? 옛 제자면 아무래도 더 잘
봐주지 않갔어? 서양 사람이래도 그런 건 인지상정일 테니끼니, 응?"

"아뇨, 완전 그 반대니까 문제죠."

요나스 교수의 이름을 들먹일 때마다 채율의 기침은 더욱 거칠어졌
다. 거의 말을 이을 수 없을 정도였다.

"이번 기침은 정말 지랄스럽구먼기래. 당장 병원에 가보자우."

"아니래도 왜 자꾸 그래요? 이건 병원 간다고 낫는 게 절대 아니라

니까요."

채율의 날 선 핀잔에 동호가 움찔했다. 석수가 얼른 나섰다.

"우황청심환 갖다줄까요, 채율 씨?"

"고마워요. 차라리 그게 낫겠어요."

채율은 어느새 피부가 창백하게 가라앉아있었다. 이마엔 땀방울이 송송히 돋았다. 그녀는 자신의 증상이 정신적 외상 때문이라는 걸 너무도 잘 알고 있었다. 따라서 요나스 교수가 지켜보는 무대에 오르면 실력 한번 제대로 발휘 못 해보고 연주를 망칠 것이 불 보듯 뻔했다. 하지만 사람들에게 요나스 교수와 얽힌 악연을 이실직고할 수는 없었다. 그들은 이미 기대에 부풀어있었고, 또 설사 상의한다 한들 해결될 문제도 아니었다. 아무리 생각해도 방법이 없었지만 이제 와 멈출 수도 없었다. 침몰할 것을 뻔히 예상하면서도 거친 폭풍우 속으로 뚫고 들어가야 했다.

오스트리아 빈에서의 답장은 예상외로 빨랐다. 요나스 교수는 기꺼이 심사위원진에 합류하겠다는 의사를 콩쿠르 조직위원회에 전했다.

"우리 계획대로 착착 진행돼가는군요."

집무실로 찾아온 귀인이 결선 심사위원진 명단을 노수창에게 건네며 의기양양한 미소를 지었다.

"그쪽의 피아노 실력도 칭찬이 자자하더군."

노수창은 방금 전 통화를 끝낸 K음대 학장의 말을 빌려 격려했다. K음대 학장은 귀인의 레슨을 위해 노수창이 수주일 동안 고액의 수업료를 치른 국내 피아노 명장 중 한 사람이었다. 또한 국내파 결선 심사위원들에게 적지 않은 영향력을 지닌 몇 안 되는 거물이기도 했다.

"제 실력은 노대표님께서 직접 확인을 끝낸 부분 아니었던가요?"

귀인은 당연한 찬사를 들었다는 듯 어깨를 으쓱했다.

"솔직히 말해서 반채율을 넘어서기엔 뭔가 부족한 듯하는 게 내 판단이오."

"호호호, 채율이를 과대평가하시는군요. 걱정 마요. 요나스 교수만 오시면 그 즉시 스스로 무너져버릴 테니까."

그녀가 소풍에 들뜬 사춘기 계집애처럼 깨드득깨드득 웃었다. 그리고 소파에 몸을 던진 뒤 반쯤 벗은 하이힐을 뒤꿈치에 닿을락 말락 하게 흔들었다. 여유작작한 모습이었다.

"믿지 않겠지만 처음 나 노수창이 원했던 건 정정당당한 승부였소."

"어머나, 노대표님답지 않게 왜 이러실까? 그런 분이 과거 라이벌의 손가락을 자르셨대요?"

순간 귀인은 아차 싶었다. 얼른 말을 끊고 노수창을 봤지만 이미 늦었다. 노수창의 얼굴은 끔찍할 정도로 파랗게 질려 있었다. 입가 근육이 파르르 떨리는 게 눈에 선명했다.

'이 여자, 처음부터 알고 접근한 게 틀림없어.'

노수창의 뇌리에 경고음이 울렸다. 경계를 풀었다가는 거꾸로 당할 수 있었다.

"죄송해요. 주제넘은 참견이었어요."

"……."

"다시는 그럴 일 없을 거예요. 약속드려요."

귀인은 만약 가능하다면 무심코 내뱉은 말을 다시 주워 담고 싶었다. 쓸데없이 아는 체로 분위기를 얼어붙게 할 것까지는 없었는데 잠깐의 방심이 어처구니없는 말실수를 불렀다.

"더 할 말이 있소? 없으면 다음에 봅시다."

노수창은 용건이 이만 끝났다는 듯 대화를 서둘러 마무리지었다. 눈치 빠른 귀인이 소파에서 일어나 살짝 목례했다. 그런 뒤 몸을 돌려 문 쪽으로 몇 걸음을 내딛었을까, 귀인이 문득 멈춰서 혼잣말처럼 천천히 입을 열었다.

"전 반채율에 비해 재능도 그렇고 노력도 그렇고 하등 모자랄 게 없었어요."

"!"

"걔는 돈 많은 집에서 태어나 아무 걱정 없이 피아노만 치면 됐지만, 난 사정이 달랐거든요. 사업을 말아먹고 수증기처럼 홀연히 사라진 아버지, 무능력하고 유약한 엄마, 게다가 개망나니 오빠까지, 저로서는 고등학교 마치는 것조차 버거웠어요."

"……."

"아마 노대표님은 그런 기분 모를 거예요, 담임선생이 반 아이들 앞에서 생활보호지원 대상 학생은 손 들라고 할 때의 기분. 그래도 어쩔 수 없이 손을 들어야 했던 그 더러운 기분……. 그런데 말예요. 그때 내 기분을 더 지저분하고 비참하게 만든 게 뭐였는지 알아요? 바로 내 옆자리의 반채율, 그 계집애였어요."

"그래도 당신은 반채율이 가진 걸 충분히 이용하며 살아온 걸로 알고 있는데?"

노수창이 아무 표정도 없이 물었다.

"맞아요. 하지만 공짜는 아니었어요. 유학 비용을 지원받는 조건으로 전 반채율의 하녀가 되어야 했으니까."

노수창은 앞머리를 쓸어 올리며 피식 웃음을 흘렸다. 그는 그녀의 말에 결코 동의할 수 없었다. 본래 가진 자를 겨냥하는 빈자들의 증오에는 딱히 이유가 없는 법이다.

귀인의 경우도 마찬가지였다. 반인철 회장의 호의와 지원 덕에 분수에 넘치는 유럽 유학까지 끝마칠 수 있었음에도 그녀의 기억은 온통 왜곡된 적개심으로 가득했다. 그녀는 자신이 받은 혜택 모두를 치욕스런 적선으로 여겼다.

"배은망덕한 년이라고 욕해도 상관없어요."

"난 당신의 히스토리 따위에는 전혀 관심이 없소. 내 관심은 오로지 콩쿠르 대상뿐이오."

"우승하고 싶은 것은 저도 마찬가지예요. 반드시 채율이를 꺾고 싶기도 하고요. 이번 콩쿠르야말로 짓눌린 지난날을 설욕할 아주 멋진 기회가 아니겠어요?"

불현듯 노수창은 데칼코마니가 떠올랐다. 종이에 물감을 바르고 두 겹으로 접었다 떼면 양편에 같은 무늬가 나타나는 회화 기법……. 반채율을 꺾어 피폐한 과거를 보상받고자 하는 귀인의 욕망은 원동호를 짓밟고 싶어 하는 노수창의 그것과 하등 다를 바가 없었다. 그들의 욕망은 한 쌍의 데칼코마니였고 그런 면에서 두 남녀는 환상의 복식조였다.

"파혼설이 파다하던데……."

귀인이 말꼬리를 흐리며 물었다.

"또 선을 넘어서는군. 그 역시 그쪽이 상관할 바 아니오."

노수창의 눈빛이 다시 냉랭하게 변했다.

"글쎄요, 이참에 대표님 애인 자리를 꿰차볼까 했어요. 전 쓸데없는 말썽은 안 부리는 여자니까."

"솔직한 건 좋지만 욕심이 지나치군. 명심해요. 우리 거래는 콩쿠르까지요."

"알았어요. 하지만 미래는 미지수라고 받아들일게요, 남자들 생각이란 늘 거기서 거기고 또 언제 변할지도 모르는 거고."

노수창이 분명한 금을 긋는데도 귀인은 끄떡하지 않고 오히려 더 노골적으로 나왔다. 귀인은 짧은 윙크로 작별 인사를 대신하고는 긴 지느러미 같은 드레스 자락을 날리며 떠났다.

그즈음 안 그래도 민나현의 일로 인해 속이 무척 시끄러운 노수창이었다. 분명코 계속 모른 척 숙제처럼 미뤄놓을 게 아니었다. 부친인 노회장의 호출도 벌써 수차례 있었다. 노회장은 콩쿠르에 꽂혀 회사 일을 뒷전으로 미루는 아들을 못마땅하게 여기고 있었다. 민나현과의 결혼까지 망친다면 절대 묵과하지 않을 터였다. 노회장은 전에 없이 격노해 약혼녀와의 관계 회복에 전념하고 콩쿠르 따위의 허황한 짓거리는 때려치우라고 가을 서리같은 엄명을 내렸다.

하지만 노수창은 끝까지 버틸 생각이었다. 보름만 더 버티면 된다는 계산이었다. 보름 뒤면 콩쿠르 결선이 열릴 것이며 민나현과의 관계 회복은 그다음에 해도 될 일이었다.

정작 골칫거리는 채율이었다. 결혼 문제를 고민하면 할수록 엉뚱하게도 채율의 얼굴이 자꾸 어른거렸다. 그는 채율에 대한 감정을 여전히 종잡지 못하고 있었다. 아무튼 그녀에 대한 답 역시 콩쿠르 이후로 미루기로 했다. 어쩌면 이번 콩쿠르의 결과가 가장 분명한 답을 던져줄는지도 몰랐다.

27

채율에겐 새로운 고민이 생겼다. 결선에서 입을 드레스가 마땅치 않았다. 1차 예선과 2차 예선 때는 엉겁결에 노수창으로부터 선물 받은 옷들로 대충 넘어갔지만 최종 결선은 과하더라도 욕심을 부리고 싶어졌다.

그런 마음이 텔레파시처럼 전해졌는지 어느 날 동호가 다짜고짜 채율을 트럭에 태우고 청담동으로 차를 몰았다. 그도 결선 무대만큼은 제자를 제대로 예쁘게 꾸며 내보내고 싶었던 모양이었다. 그들은 청담동 골목마다 빼곡한 드레스 숍을 한 곳도 빼놓지 않고 순례했으나 쥐꼬리만한 예산으로 예쁜 드레스 찾기는 하늘의 별 따기였다.

채율은 드레스를 입어보고 벗는 데만도 벌써 지쳐버렸다. 더군다나 기껏해야 고작 몇 시간 입고 말 드레스인데 이렇게 비싼 돈을 치러야 하나 싶어 애초 먹었던 마음이 약해졌다. 낭비라는 생각에 그만 돌아가자고 동호의 손을 몇 번을 잡아끌었지만 동호는 여전히 포기하지 못하는 눈치였다.

결국 동호는 채율의 등을 떼밀어 어느 드레스 숍으로 밀고 들어갔다. 불과 몇 시간 전 그녀가 쇼윈도 앞에 굳은 듯 넋을 잃고 한참을 서 있던 가게였다. 그때 그녀는 쇼윈도에 걸린 분홍색 드레스를 보고 단숨에 매료되어 그자리를 도통 떠날 줄 몰랐었다.

채율이 극구 사양했지만 동호는 기어이 그녀에게 그 분홍색 드레스를 입혔다. 채율은 탈의실에서 나오면서 일부러 마음에 안 드는 척 미간을 찡그리는 등 억지 시늉을 했지만 금세 속이 들통났다. 자꾸만 웃음이 나오는 걸 도무지 감추지 못했다.

"이 에미나이야, 좋으면 고저 활짝 웃으라우."

"확실히 이건 사장님이 사자고 고집하신 겁니다. 그러니까 나중에 갚을 돈에 추가로 얹겠다 뭐다 그런 딴소리하기 없기예요."

"우승이나 하라우. 기럼 공짜로 쳐주갔어."

"우승 얘기 이제 그만하면 안 돼요? 안 그래도 긴장돼 죽겠는데."

채율이 하얗게 눈을 흘기며 항의했다.

"농담인데 뭘 기렇게 발끈하네? 고저 동우리빙아트 협찬이라고 해두갔어."

"콜록콜록!"

채율이 또 기침을 토하기 시작했다. 새 드레스가 마음에 부담이 되었기 때문이었다. 하지만 기침을 하는 중에도 그녀의 얼굴은 한없이 밝았다. 공장으로 돌아오는 내내 채율은 선물 상자 안에 고이 접어 넣은 드레스에서 한시도 눈을 떼지 못했다. 흘끔흘끔 곁눈질로 훔쳐보던 동호가 불쑥 뜬금없는 질문을 던졌다.

"노수창, 그 자식 말이다우."

"네? 갑자기 그 사람 얘기는 왜요?"

"혹시 채율이 널 좋아하는 거 아니네?"

"설마요, 그 재수없는 자식이 그럴 리가요."

"한번 잘 생각해보라우. 기렇디 않고서리 어드렇게 기딴 내기를 제안하갔어? 게다가 콩쿠르에서 이기면 널 데리고 가겠다는 것도 이상하지 않네?"

"에이, 그냥 객기부리는 걸 거예요. 서로 좋아하는 타입도 아니고. 그런데 사장님은 난데없이 그런 생각은 왜 하신대요?"

"아니, 기냥 뭐……."

동호가 머쓱해진 표정으로 수염이 거뭇한 뺨을 애꿎게 긁었다. 시미치를 떼긴 했지만 내심 채율은 동호가 그런 의문을 품는 게 무리는 아니라고 생각했다. 사실, 지난 몇 주 동안 의심하고도 남을 만한 상황이 펼쳐졌었다. 지레 찔려서였을까, 채율은 아예 이참에 결백을 증명하고 싶어서 노수창의 험담을 있는 거 없는 거 죄다 늘어놓았다. 특히 노수창이 이귀인과 몰래 손잡고 콩쿠르에 참가한다는 사실을 뒤늦게 고자질했다.

"누가 기래?"

"어제 용하 오빠가 전화해서 알려줬어요."

채율이 이마를 찡그리며 분개했다. 노수창은 생각하면 생각할수록 재수없는 인간이었다.

'미운 놈은 미운 짓만 골라 한다더니, 하필이면 그 망할 도둑년을 내세워?'

화려한 옷과 달콤한 유혹으로 채율의 환심을 사려다 여의치 않으니까 이번엔 그녀와 견원지간인 이귀인을 끌어들여 이쪽 엿 먹이겠다는 고약한 심보가 분명했다. 뿐만 아니라 모용하의 전언에 따르면 노수창은 국내 최고의 피아노 명인들을 번갈아 붙여가며 귀인의 연습을 돕는다고 했다. 채율은 돈을 물 쓰듯 하며 그런 쓸데없는 짓을 벌이는 그가 아무래도 이해가 되지 않았다.

"대체 그 인간은 왜 그러는 걸까요?"

되돌아봐도 노수창은 모순덩어리 그 자체였다. 처음에 그는 채율을 바퀴벌레 취급하며 살충제를 뿌리지 못해 안달복달했었다. 그러더니만 얼마 전에는 돌변해 채율을 자기편으로 데려가지 못해 광분했었다. 그런데 또 지금은 채율의 앙숙을 데려다가 맞수로 내세우며 신경을 벅벅 긁어대는 것이다. 세상에 이만한 변화무쌍이 또 어디 있을까.

"내 잃어버린 손가락, 누구 때문에 이리 됐는지 아직 내레 말한 적 없디?"

채율의 수다를 잠자코 듣던 동호가 말을 자르며 물었다.

"당연히 한 번도 안 했죠. 탈북하다가 입은 사고 때문일 거라고 짐작했지만 자세히는 몰라요. 어떻게 된 거예요?"

호기심이 동한 채율의 눈이 반짝거렸다. 그야말로 이제까지 몸살 나도록 알고 싶었던 사연이었다.

"사고 때문이 아니야."

"그럼요?"

"노수창, 그놈이 가져갔다, 내 손가락."

"뭐라고요? 노수창이오?"

동호는 트럭을 한갓진 갓길로 멈춰 세우고는 지난 사연들을 담담한 어조로 이야기하기 시작했다. 그가 북한 땅을 탈출해 이곳 남한에서도 좌절을 겪기까지, 그리고 노수창을 만나 손가락을 잃기까지를 마치 고해하듯 털어놓았다.

10여 년 전 어느 해 겨울이었다. 마침 그날은 크리스마스 이브였다. 동호는 양재동 문화예술회관 홀에서 벌어진 만찬장으로 무작정 들이 닥쳤다. 그리고 초대된 수많은 사람들 틈에서 노수창을 찾아내 그의 앞을 막아섰다.

"절 기억하십네까?"

"누구시죠?"

노수창은 자신을 느닷없이 막아선 상대를 위아래로 훑어보았다. 만찬장과는 어울리지 않는 초라하고 볼품없는 차림새였다.

"죄송합니다만 전 그쪽을 모르겠네요. 기억이 나지 않아요."

노수창이 얼굴을 찡그리며 갸웃하자 그의 곁을 따르던 경호원들이 순식간에 동호에게 달려들어 만찬장 밖으로 끌어내려 했다.

"저는 원동호라고 합네다. 예전에 런던 콩쿠르에서 만났던……."

동호가 양팔과 옷깃이 붙잡혀 밖으로 질질 끌려 나가면서 황급하게 외쳤다. 그러자 노수창이 오른손을 들어 경호원들에게 멈추라는 신호를 했다.

"아하, 누구시라고요. 이제 기억이 나네요. 그러니까 성함이?"

"원동호입네다. 반갑습네다."

"그렇군요. 그런데 무슨 일입니까?"

노수창은 짐짓 정중한 태도로 동호를 만찬장 옆에 위치한 VIP룸으로 데리고 들어갔다. 그리고 동호가 털어놓는 이런저런 사정을 인내심 있게 들어주었다.

"남한에서도 피아노를 치고 싶은데 도무지 방법이 없습네다. 대체 내레 어카면 좋갔습네까? 해서 옛 인연을 봐서라도 고저 노대표님께 서 저 좀 도와주시라요."

"글쎄요, 내가 도울 방법이 뭐가 있을까요? 음악계를 떠난 지 워낙 오래돼놔서."

"오래전에 피아노를 놓으셨단 말은 이미 들었습네다. 하지만 음악계에 끼치는 영향력만큼은 누구 못지않다는 것도 잘 알고 있디요."

"아녜요, 사실이 아닙니다. 그저 호사가들이 떠드는 과장일 뿐이지."

노수창은 완곡하게 거절했다. 그러나 동호에게는 지금 눈앞에 있는 노수창이 마지막 희망이었다. 만일 노수창마저 외면한다면 대한민국 음악계에서 원동호가 피아니스트로서 인정받을 길은 완전히 막혀버리는 셈이었다.

"노대표님 힘이라면 못 할 게 없다고 들었습네다. 게다가 이 남한 땅에서 내레 아는 사람이라곤 노대표님 한 분뿐이디요. 제발 부탁합네다. 저 좀 도와주시라요."

동호는 떼를 쓰듯 간절하게 매달렸다. 바닥에 무릎마저 꿇었다. 하지만 노수창은 답이 없었다. 난처하다는 얼굴로 가는 한숨만 내쉴 뿐이었다.

무심코 노수창의 시선이 유리창 밖 풍경에 가 멎었다. 창밖 너른 정원의 한가운데에는 그날 밤 만찬을 위해 설치한 대형 크리스마스트리가 멋들어진 자태로 불을 밝히고 있었다. 가지 끝마다 화려한 색의 전구와 장식물이 형형색색 영롱한 빛을 발하며 그날이 은혜와 자비의 밤임을 다정하게 속삭이고 있었다. 노수창이 망설이듯 마른세수를 몇 번 하더니 비로소 신중한 투로 일렀다.

"그런 문제라면 우리 내일 따로 만납시다. 그때 자세히 상의하는 게 좋겠습니다."

"정말 그래 주시갔습네까? 감사합네다, 진심으로 감사합네다."

단지 다음번에 다시 만나자는 약속일 뿐인데도 동호의 얼굴은 대번에 밝아졌다. 마치 구세주를 만난 표정이었다.

이튿날 아침 노수창은 동호에게 직접 전화를 걸어 그날 저녁 만날 장소와 시각을 알려주었다. 동호는 약속 시간에 맞춰 노수창이 알려준 장소로 나갔다. 약속 장소는 인적이 드문 폐공장 터였다.

'하필 왜 이런 곳에서 만나자고 했을까? 내가 탈북자라서 남의 눈에 띄는 게 많이 부담스러운 모양이겠지.'

그런데 한 시간이 넘어가도록 노수창은 나타나지 않았다. 느낌이 불길했다.

대신 험상궂은 덩치들 너덧이 폐공장 입구 어귀로 어슬렁거리며 모여들었다. 그들은 야구 배트를 들고 차츰 동호를 에워싸며 다가왔다. 얼른 도망쳐야 한다는 육감이 본능적으로 들었다.

"혹시 노대표님이 보낸 분들이십니까?"

"아따, 그건 그짝이 알아 뭐하시게요?"

덩치들 중 우두머리로 보이는 치가 걸쭉한 사투리로 이죽거렸다. 왠지 심상치 않았다. 동호는 슬며시 뒷걸음질로 포위망을 벗어나려 했지만 놈들은 거리를 더욱 좁히며 압박해왔다. 퉤, 우두머리가 가래침을 거칠게 뱉어냈다. 그러고는 기습적으로 동호를 향해 야구 배트를 날렸다.

웅-

바람 가르는 소리가 났다. 깜짝 놀란 동호가 날렵하게 몸을 숙여 피했다. 방망이가 정수리를 아슬아슬하게 스쳐 지났다.

"어쭈, 피해부러? 이 새끼가 아주 제법일세."

우두머리는 다른 덩치들 앞에서 망신을 당했다고 여기는 듯했다.

골난 표정으로 나머지에게 턱짓을 해보였다.

"요 빨갱이 놈의 새끼, 철 쪼까 들게 해줘야 쓰것다. 버릇도 따끔허게 고쳐줘 불고, 알굿냐?"

이를 신호로 덩치들이 일제히 야구방망이를 휘두르며 덤벼들었다. 놈들은 한 명씩 돌아가며 동호를 두들겼다. 처음 몇 번은 요행히 피할 수 있었다. 그러나 그 이상은 무리였다. 결국 몰매를 이기지 못한 동호가 고목나무 쓰러지듯 땅바닥에 거꾸러졌다. 놈들은 우르르 한꺼번에 사정없이 발길질을 퍼부어댔다. 동호는 새우처럼 몸을 웅크렸다. 그래도 얼굴은 금방 피투성이가 됐다. 그러나 덩치들의 발길질은 멈출 줄을 몰랐다. 이대로 몸으로 받아내다간 꼭 죽을 것 같았다. 어떻게든 도망쳐야 했다.

발길질 가운데 얼핏 공간이 열리는 게 보였다. 동호가 재빨리 몸을 공처럼 굴려 그 틈 사이로 빠져나갔다. 그런데 놈들 중 하나가 동호의 뒷덜미를 낚아챘다. 동호는 녀석의 완력에 끌려가지 않으려고 바로 앞 작업대 위에 놓인 사다리를 타고 재빨리 위로 도망쳤다.

"뉘, 이 자식아!"

동호가 사다리를 부여잡은 손에 불끈 힘을 주며 버텼다. 그리고 녀석을 떨어트리기 위해 한쪽 발을 놈의 얼굴에 대고 이리저리 굴렀다.

우르릉 쾅-

엄청난 굉음이 일었다. 오래되어 낡고 녹슨 작업대와 사다리가 동호의 체중을 못 이기고 무너지는 소리였다. 동시에 천장에 매달려있던 거대한 철제 절단기가 동호의 손등 위로 떨어졌다.

"아악-"

끔찍한 외마디 비명이 폐공장 안에 진동했다.

"어떻게 그런 일이!"

끝까지 들은 채율은 하마터면 쌍욕이 튀어나올 뻔했다. 그러나 발을 동동 구르고 귓불까지 새빨갛게 상기된 채율과 달리 동호는 처음과 다름없이 담담했다.

"처음엔 내레 엄청 분노했디. 손가락이 두 개나 날아가 버렸으니끼니. 그리고 뭣보다 피아니스트 원동호는 이제 세상에 없구나 싶어 절망했고. 기런데 웃긴 거이 뭔지 아네? 살아보니 기냥 또 살아지더라는 거야."

"그래도 그건 범죄잖아요. 그래서 사장님은 신고 안 했었어요?"

"신고? 경찰에 신고한다고 해서리 내레 잃어버린 손가락을 되찾을 수 있갔어? 또 노수창이가 온당한 처벌을 받기나 할 것 같네?"

동호가 씁쓸하게 웃으며 아득한 시선을 창밖으로 돌렸다. 채율은 그런 엄청난 고통과 상처를 이겨낸 동호가 대단히 강한 남자라는 생각이 들었다. 그래도 이해 안 되는 부분은 여전히 남아있었다.

"어째서 노수창은 사장님한테 그렇게까지 해야 했던 거예요? 그리고 그런 짓을 하고도 왜 사장님한테 계속 못되게 구는 거죠?"

"몰라 묻네?"

"알아요, 원래 천성이 나쁜 놈이라 그런 거."

"……."

"왜 그렇게 나쁘게 구는 거냐고요. 그냥 조용히 살게 놔두면 안 되는 거예요?"

"녀석은 나의 존재가 세상에 드러날까 기걸 두려워하고 질색하는 거갔디. 이번 콩쿠르로 원동호라는 이름 석 자가 알려질까 무서워서 말이야. 기래서 나한테 연달아 패배했던 과거지사까지 몽땅 다 들춰지는 게 끔찍한 걸 수도 있고."

"아니, 콩쿠르에 나가는 사람은 사장님이 아니잖아요? 나 반채율이지."

"기래도 녀석이 콩쿠르에서 짓밟고 싶은 상대는 반채율이 네가 아니야. 바로 나, 원동호고먼기래."

동호의 설명에도 채율은 아직 시원스럽지 않았다. 혹시 동호가 탈북한 뒤 재기를 위해 음악계 곳곳을 노크했을 때 그가 문전박대당하고 좌절을 떠안은 것도 어쩌면 노수창의 방해공작 때문이 아니었을까. 하지만 동호는 고개를 가로저었다.

"기건 아닐 거야. 것보다는 남한 음악계의 냉정한 현실을 너무 몰랐던 내 탓이 아닌가 싶다."

"글쎄요, 전 제 추측이 훨씬 더 맞을 거라고 보는데요."

"이런 말 언제 한번 들어봤네, '제사장들의 향연'이란 말?"

"제사장들의 향연요?"

"기래, 이방인의 접근을 일체 거부하는 배타적인 세계 말이다우. 다른 일반인들은 도저히 이해할 수 없도록 오직 그들만의 난해한 언어로 대화하고 그래서 그들만의 이익을 오롯이 추구하던 집단이 바로 옛날 제사장의 무리들 아니갔네? 생각해보라우, 기독교의 예수님을 골고다 언덕에 못 박으라고 꾄 자들이 과연 누구였네?"

"죄송해요, 교회를 다녀본 적 없어서."

채율이 계면쩍어 슬쩍 어깨를 움츠렸다.

"자신의 기득권을 위협하는 이방인은 결코 환영하지 않는 족속, 바로 그네들이 제사장들이디."

"이방인이라면, 사장님이 탈북자라서요?"

채율의 질문에 동호가 고개를 끄덕했다.

"아마 내레 손가락을 잃지 않았대도 기껏해야 동네 레슨 선생밖엔 할 수 없었을 거이야. 기런 냉랭하고 퍽퍽한 현실을 깨닫고 나니끼니 복수심 같은 건 한강 물에 저절로 던져지더구먼기래. 피아니스트의 꿈도 함께 말이다."

"그렇지만 설마 노수창을 용서한 건 아니겠죠?"

"용서하믄 어떻고 용서 못 하믄 뭐이가 어드렇게 달라지는데? 이젠 내레 잘 모르갔구먼."

"아뇨, 노수창 그놈은 용서하면 안 돼요, 절대로."

두 볼이 발갛게 상기된 채율이 꽉 쥔 주먹을 동호 앞에 들어 보였다.

"녀석."

동호가 귀엽다는 듯이 채율의 머리를 가볍게 쥐어박았다.

"어찌 보면 노수창이도 나랑 같은 피해자라는 생각을 한번쯤 한 적이 있다우."

"무슨 말이 그래요, 꼭 부처님같이?"

동호의 이야기는 이랬다. 실상 음악계가 노수창과 같은 재계 인사에게 바라는 건 오직 보호자 또는 수호자 역할뿐이다. 그들만의 무대에 노수창 같은 외부인이 올라가 플레이어가 되는 것은 결코 원치 않는다. 그것은 마치 르네상스와 근대 유럽의 왕가들이 음악가들을 우대했지만 단지 음악을 애호하고 감상하는 선에서 멈췄던 까닭과도 같았다. 당시 왕족과 귀족들이 세속의 음악가로 몸소 활동하지 않는다는 룰은 오랜 불문율로 굳어졌다. 그 불문율은 아직까지도 철저하게 지켜지고 있는 것이다.

"기리니끼니 노수창이 슬럼프에 빠졌을 때 녀석을 묻어버린 건 실은 나 원동호가 아니었던 것이다. 주범은 남조선 음악계였구먼기래."

채율은 그제야 동호가 하는 말들이 어렴풋이나마 납득 가기 시작했다. 그렇다고 해서 피아니스트의 소중한 손가락을 앗아간 노수창의 만행이 용서될 수는 없었다. 그런데 이상했다. 동호의 눈빛이 그날따라 별처럼 맑아 보였다. 채율에게 모든 것을 털어놓아 홀가분한 기분 때문이었을까. 어쨌거나 채율은 그날 원동호란 사내에게 한 발짝 더 가까이 다가간 느낌이라서 남몰래 기뻤다.

28

결선을 이틀 앞두고 요나스 슈바르츠 교수가 인천공항을 통해 입국했다.

귀인은 착륙 한 시간 전부터 공항에 마중 나가 기다렸다. 그리고 그의 도착과 함께 엄청난 친절을 발휘하기 시작했다. 호텔 안내를 몸소 맡은 것은 물론이고 심지어 슈트 케이스에서 옷가지들을 꺼내 객실 옷장에 차곡차곡 정리하는 일도 기꺼이 자진했다. 요나스 교수의 환심을 살 수 있다면 그녀는 그 어떤 시중도 마다치 않을 작정이었다. 피아노 연주 실력은 몰라도 친화력만큼은 채율의 열 배 이상이었다.

"이 정도 마사지해놨으면 내일은 아무 문제 없을 거예요."

"꼭 잠자리까지 같이할 것처럼 보였어."

호텔 로비에서 만난 귀인이 어깨를 으쓱하며 장담하자 노수창이 빈정거렸다.

"만약 교수님께서 정히 원하셨다면 전혀 못 할 일도 아니죠."

과연 귀인은 거침이 없었다. 현실을 직시하며 필요하다면 자존감 따위는 잠시 쓰레기통에 처박을 줄 아는 그런 여자였다. 이에 비해 채율은 정반대의 타입이었다. 채율은 자존심에 모든 것을 거는 여자였다. 그래서 매번 어리석은 선택을 반복했다. 노수창에게 달려오기만 하면 안락한 삶과 넘치는 부를 안겨주겠다는데도 알량한 자존심을 내세우며 거절해버린 그야말로 바보 같은 여자였다.

'아직 세상 물정 모르는 철부지일 뿐이야.'

하지만 노수창은 그 철없고 세상 물정 모르는 채율의 근황을 매일같이 체크하고 있었다. 그는 몰래 사람을 붙여 그녀의 일거수일투족을 날마다 자세히 보고받았다. 채율의 연습 장소인 옥탑방 창고에는 고성능 도청 장치를 설치해 그녀의 연주를 녹음했다. 매일 밤 그 파일을 듣고 날로 발전해가는 채율의 변화를 꼼꼼하게 살피는 게 주요 일과 중 한 부분이 됐다.

객관적으로 판단하면 채율 쪽이 귀인보다 반 보 가량 앞서있었다. 노수창이 미덥지 않은 기색으로 버릇처럼 귀인의 실력을 빈정대는 것도 그 때문이었다. 만일 심사위원진의 심판이 공정무사하게 이뤄진다면 승산은 채율 쪽이 높았다. 이런 상황에서 요나스 교수의 합류를 이뤄낸 수고는 그 값을 톡톡히 해낼 것이다. 기울어질 뻔한 시소 게임에 반전을 불러일으킬 묘수였다.

파일을 듣다 보면 그 믿음은 더욱 확고해졌다. 귀인이 말한 대로 채율은 대화 가운데 요나스라는 이름이 나올 때마다 심하게 기침을 터트렸다. 결선 전까지 증상이 치료되거나 사라지지 않는 한, 승부의 추는 귀인에게 기울어질 가능성이 대단히 높았다.

그러나 노수창은 이런 과정들이 마냥 즐겁지만은 않았다. 언제부턴가 혼란의 난기류가 그의 머릿속을 어지럽히고 마멸된 쇠붙이 같던 그의 양심을 시시때때로 두들겼다.

'반채율을 떨어트리는 것이 과연 내 목표가 될 수 있을까?'

날로 노골적으로 변하는 귀인의 악성(惡性)도 다른 이유였다. 승부에 극도로 집착하는 귀인의 태도는 거울처럼 노수창으로 하여금 스스로를 비춰보도록 만들었다.

'세상에 상처 없는 사람은 없어. 저 여자도, 또 나도 상대 없는 승부에 시달리고 있는 건지도 몰라.'

솔직히 노수창의 속마음은 이미 애초 계획으로부터 한참 멀어져있었다. 특히나 피아노 실력을 겨루는 대신 상대의 신체적 약점을 이용하려는 계획이 뒤늦게 치사하고 역겹게 느껴졌다.

'이렇게까지 하려던 건 아니었는데……'

그럼에도 불구하고 주사위는 이미 던져졌다. 상황은 그가 세운 계획대로 어김없이 굴러가고 있었다.

호텔에서 출발할 때 끼기 시작한 먹구름이 어느새 담요처럼 하늘을 검게 뒤덮기 시작했다. 그리고 차창 밖에 조금씩 보슬비가 내리고 있었다. 고민해봤자 돌이킬 수 없는 일들이었다.

29

옆에서 지켜보는 조연의 입장이지만 모용하는 아무래도 채율의 편이었다. 그가 그녀의 수상을 바라는 것은 자연스러웠다. 여자친구 민다경도 마찬가지였다. 민다경은 노수창이 폭력배를 사주해 원동호의 손가락을 잃게 만들었다는 이야기를 듣고는 소스라치게 놀랐다. 정신 상태가 그렇게까지 뒤틀린 편집광이라면 언니와의 결혼은 어떻게든 막아야 한다며 몸서리쳤다.

"언니의 결혼 생활이 불행해질 거예요."

민다경이 돌처럼 굳어버린 표정으로 확신에 차 말했다.

"다경이 네가 섣불리 나설 일이 아니야. 좀 더 두고 봐야 돼."

"아니, 그런 끔찍한 일이 있었다는 걸 알고도 어떻게 가만있어요?"

"하지만 언니는 수창이를 사랑하고 있어."

"그건 언니가 모를 때 이야기고요. 우리 언니는 정말 바보천치예요. 대체 그런 남자 어디가 좋다고."

그래도 모용하는 신중하고 미지근했다. 그러자 민다경이 입을 뿌루통하게 내밀었다.

"게다가 심사위원까지 교체해가며 채율 씨를 떨어뜨리려 한다면서요? 정정당당하지 못해요. 진짜 치사하고 비열한 짓이에요."

"맞아, 채율이한테는 상금 이상의 중요한 의미가 있는 대회인데 말이지. 그런데 안타깝게도 수창이는 단지 자기 한풀이에만 눈이 멀어있으니."

"용하 씨는 그런 걸 알면서도 그저 가만있을 거예요?"

"음, 이건 어떨까? 수창이한테 기회를 한번 줘보는 거."

"기회요? 어떤 기회요?"

모용하는 노수창을 찾아가 마지막으로 그의 마음을 돌려보자고 했다.

"과연 씨나 먹힐까?"

모용하는 연신 고개를 가로젓는 민다경을 끌고 그 길로 노수창의 집을 찾아갔다.

노수창은 늦은 밤의 방문을 그다지 반갑지 않게 맞았다.

"이 시각에 두 사람이 한 세트로 행차하다니 대체 무슨 일이지?"

민다경은 노수창을 보자마자 언니 이야기부터 꺼냈다.

"언니는 어제 스위스 베른으로 이동했어요. 형부가 올 줄 알고 예정보다 일주일 더 파리에 머물렀죠."

"처제도 알잖아? 난 콩쿠르가 끝날 때까지 한국에서 단 한 발짝도 못 움직여."

"그깟 콩쿠르가 뭐 그렇게 중요하다고요? 형부한테는 언니보다 콩쿠르가 더 중요해요? 그런다고 오래전에 포기했던 꿈이 다시 살아나는 것도 아니잖아요."

"……."

"그리고 원동호란 그분, 보잘것없이 작은 공장을 열심히 꾸려가는 좋은 분이라고 들었어요. 그런 사람한테 형부는 꼭 그래야 하나요? 그냥 봐주고 도와주면 안 돼요?"

"말처럼 그렇게 간단한 일이 아니야. 이번 콩쿠르, 처제가 생각하는 것보다 나한테는 훨씬 중요한 일이야."

"그러니까 도대체 중요한 그게 뭔데요? 명예예요? 아니면 승리의 쾌감인가요? 원동호와 반채율, 그 두 사람을 이긴다고 해서 형부 인생에서 뭐가 그렇게 달라지는데요? 누가 형부의 아픈 과거를 싹 다 바꿔주기라도 한대요?"

민다경의 항의는 거침이 없었다. 또박또박 정곡을 찌르는 그녀에게 노수창은 아무런 대꾸도 못 했다.

"그만해둬, 다경아. 우린 수창이를 비난하러 온 게 아니야. 설득하러 온 거지."

하지만 민다경은 모용하가 말리는데도 기어코 동호의 손가락 절단 사건까지 들춰냈다. 그리고 형부가 그토록 잔인한 사람이라면 언니와 양가 어른들 모두에게 그 사실을 알려 결혼을 전면 재검토하도록 만들겠다고 협박했다.

"부탁이에요, 형부의 마지막 남은 양심을 보여주세요."

손가락 절단 사건이 튀어나오자 노수창은 온몸의 피가 갑자기 역류하는 느낌이 들었다. 그의 눈에서 일순간 파란빛이 튀었다. 거실이 쥐죽은 듯이 조용해졌다. 숨소리마저 들릴 만큼 무거운 침묵이 한동안 그들 사이에 흘렀다. 다행히 노수창은 더 이상 반응이 없었다. 그저 황폐한 표정으로 얼음처럼 굳어있을 뿐이었다.

민다경은 알지 못했다. 노수창이 허물어진 꿈과 지난 상처로 얼마나 큰 고통을 받아왔는지. 만일 실낱만큼이라도 이해했다면 방금처럼 죄인 다루듯 몰아치진 못했을 것이다.

그럼에도 불구하고 노수창은 원동호의 손가락을 날려버린 책임을 면할 수는 없었다. 사고가 나던 그날 저녁, 노수창은 폭력배들을 불러 그저 겁만 적당히 주고 다시는 얼쩡거리지 못하도록 하라고 지시했었다. 그런데 그만 돌이키지 못할 사고로 번지고 말았다.

'일부러 그랬던 건 아니야. 원동호 그놈도 피아노를 잃었지만 나도 그놈 때문에 꿈을 잃었어. 피장파장, 피차 마찬가지라고.'

그날 사고에 대해 노수창은 용감하지도 정직하지도 못했다. 대신 억지와 다름없는 자기 합리화로 가책에서 도망치려 했다. 신기하게도 피해자인 원동호 쪽에서도 그날 일을 문제 삼지 않고 홀연히 자취를 감춰버렸다. 그래서 노수창은 마치 없었던 일처럼 그 뒤로 까맣게 잊고 지냈다. 그러다가 수년이 흘러 원동호가 다시 나타났다. 원동호는 이번엔 돌 구이 판 제조업자로 변신해 S마트의 문턱을 드나들었다.

민다경 앞에서 노수창은 계속해서 묵묵부답이었다. 내심 그날 일을 무척 후회하는 그였지만 이들 앞에서는 드러내고 싶지 않았다.

그때였다. 예상 못 한 불청객이 또 한차례 들이닥쳤다. 원동호였다.

"늦은 시간에 정말 죄송합네다. 하지만 오늘 밤 안에 반드시 노대표님과 풀어야 할 숙제가 남은 것 같아 무례를 무릅썼습네다. 부디 이해 부탁하갔습네다."

동호는 정중한 인사말과 동시에 주머니에서 뭔가를 꺼내 거실 테이블 위에 조심스레 내려놓았다. 볼품없이 뜯긴 도청 장치였다.

"관심이 너무 지나치셨습네다."

노수창 쪽에서 동호의 옥탑방 창고에 몰래 설치해두었던 것이었다. 그러나 노수창은 당황하는 기색 하나 없었다. 마치 발각을 예상하고 있었다는 표정이었다.

"경찰에 신고를 하든가 하시지, 번거롭게 여긴 뭐하러 왔소? 혹시 나한테 따지러 온 거요?"

노수창이 부서져 뒹구는 도청 장치를 손에 들고서 여유롭게 찬찬히 살폈다. 질문은 무척이나 건조하고 무심했다.

"내레 도청은 문제 삼지 않겠습네다."

"그럼?"

"대신 조건이 하나 있디요."

조건이란 말에 노수창이 눈을 살짝 치떴다. 대체 이치가 무슨 말을 하려고 나타난 걸까? 노수창은 상대를 쏘아보았다. 동호가 짧은 뜸을 들였다.

"노대표님과 나 원동호, 오랜만에 피아노 맞대결 한번 펼쳐보는 것이 어떻갔습네까?"

"뭐요? 내가 그쪽과 연주 대결을 한다?"

"기렇디요. 그리고 지금 당장 하는 겁네다."

"그럼 심판은 누가 하고?"

"심판이 따로 필요하갔습네까? 승패의 판단도 고저 우리 두 사람이 각자 하는 거로 하면 되는 겁네다."

동호의 느닷없는 제안에 노수창은 어안이 벙벙했다. 모용하와 민다경을 쳐다보니 그들도 황당하기는 마찬가지인 듯했다.

"이미 약속한 우리 내기도 미처 끝나지 않은 마당 아니오? 그런데 또 다른 내기를 제안하다니, 난 잘 이해가 안 갑니다."

노수창이 어색하게 웃었다. 심야에 갑자기 들이닥쳐서는 도깨비 같은 제안을 내놓는 그 저의가 도무지 짚이지 않았다.

　"심사위원 때문이디요."

　"심사위원이라?"

　"오늘에야 내레 알았습네다. 결선 심사위원진에 갑자기 끼어든 그 뭐라나, 요나스 슈바르츠 교수 말입네다. 그런데 우리 반채율이가 그 요나스라는 교수 앞에선 실력을 전혀 발휘하지 못할 거라는군요. 물론 노대표님께서는 이미 아주 잘 알고 계시는 사실이갔디만."

　"허, 어째서 내가 그걸 알고 있다고 예단합니까?"

　노수창은 시치미를 뗐다. 그러나 포커페이스는 그리 오래가지 못했다. 동호가 이미 진실을 꿰뚫고 있다는 표정으로 한참 응시하자 노수창은 마침내 두 손을 들며 자리에서 벌떡 일어섰다.

　"좋소, 어디 들어나 봅시다. 그래, 나와 피아노 대결을 한다 치면, 그래서 뭘 어쩌자는 거요?"

　"노대표님 보기에 내레 이겼다고 판단되면, 결선 심사위원단에서 요나스 교수를 빼주시라요. 우리 채율이가 정정당당히 실력을 겨룰 수 있도록 말입네다."

　"아하, 그러니까 내가 지면 심사위원단에서 요나스 교수를 빼라? 이봐요, 원사장! 날 너무 과대평가하는 모양이오. 나는 그럴 만한 힘도 능력도 없는 사람입니다."

　노수창이 겸손을 가장하며 발을 뺐다.

　"내레 잃어버린 손가락은 아직 따져 묻지도 않았습네다."

　"뭐요?"

　"잘려나간 내 손가락에 걸려있는 노대표님의 오래된 빚도 이번 대결에 함께 걸도록 하디요. 어떻습네까, 그 정도면 만족스럽겠습네까?"

동호는 손가락이 두 개나 잘려나간 왼손을 노수창의 얼굴 앞에 들이댔다. 그러자 이제까지 여유작작하던 노수창이 하얗게 질렸다. 끝마디가 잘려 뭉툭하게 아물어버린 두 손가락은 모두의 시선을 잡아끌었다.

분위기가 다시 싸늘하게 식어버렸다. 누구도 감히 먼저 말을 내지 못했다. 납덩이같은 침묵이 마치 밤을 꼬박 샐 것처럼 오래 어깨를 내리눌렀다. 도무지 끝날 것 같지 않던 고요는 노수창의 고갯짓으로 간단하게 끝났다.

"좋아, 오랜만에 한번 붙어봅시다."

노수창은 못 이기는 척 동호의 제안을 받아들였다. 그리고 손바닥을 가뜬하게 털고는 피아노가 있는 2층 홀로 계단을 성큼성큼 올라갔다.

이윽고 1층 거실에 있던 모두는 2층 홀로 자리를 옮겼다. 널찍한 홀 중앙에는 두 대의 그랜드 피아노가 놓여있었다. 그것들은 두 라이벌의 대결을 미리 예견이라도 한 듯 보기 좋게 마주 보고 있었다. 노수창이 왼편의 피아노에, 동호가 오른편의 피아노 앞에 앉았다.

동호는 승부를 겨룰 곡으로 모차르트의 〈두 대의 피아노를 위한 소나타 in D Major, K.488〉 1악장 알레그로 콘 스피리토^{Allegro con Spirito}를 제안했다.

"이 곡은 노 대표님께서 크게 반대를 안 하실 거라 생각합네다만. 워낙이 모차르트를 좋아하시잖습네까?"

"벌써부터 신경전이오?"

은근한 도발에 노수창이 호기롭게 맞받았다. 예전처럼 쉽게 무릎

꿇지 않겠다는 각오가 얼굴에 역력했다.

〈두 대의 피아노를 위한 소나타 in D Major, K.488〉.

이 곡은 연주자 두 명이 동시에 연주하는 빠른 피아노 연탄곡으로, 모차르트가 여제자였던 요제파 아우에을함머와의 합주를 위해 특별히 작곡한 곡이다. 독주 소나타에 비해 화려하고 눈부신 음색이 특징이며, 전반적인 난이도가 그렇게 높지 않지만 강약 처리와 가락부와 반주부의 박자 맞추기가 나름 까다롭다고 여겨지는 곡이었다.

연탄곡은 가락부와 반주부로 나뉘어있었다. 누가 어느 파트를 먼저 연주할지부터 정해야 했다. 모용하가 동전 던지기를 제의하자 동호가 고개를 흔들었다.

"그럼 원사장 생각은 어쩌자는 겁니까?"

"중간에 파트를 바꾸어 연주하면 어떻갔습네까? 노대표님과 내레 같이 연주를 하다가 중간즈음 모용하 씨가 신호를 주시라요. 기러믄 그때 곧바로 파트를 바꾸는 겁네다."

요컨대 동호의 의견은 가락부와 반주부를 정하되 중간에 불시에 파트를 바꾸어 연주하자는 제안이었다. 노수창은 너무도 황당하다는 얼굴로 동호를 바라봤다.

"원사장도 알겠지만 이 곡은 박자가 까다롭소. 그런데 중간에 바꿔서 연주하자고요?"

"그만큼 승부가 쉽게 판가름 날 수 있을 겁네다."

"그럴수록 오히려 그쪽이 불리할 텐데. 왼손이 불편한 당신이 틀림없이 질 거요."

"내레 알아서 자초하는 불리함입네다."

"이거 참, 이겨도 이긴 것 같지 않겠군. 좋아요, 그렇게 합시다."

대결 조건에 합의한 두 사람은 이제 모용하가 던지는 동전에 온 신경을 집중했다. 동전이 홀 바닥에 떨어지면 그것을 신호로 연주하기로 했다. 드디어 동전이 공중으로 던져졌다. 동전은 샹들리에까지 닿을 듯 높이 솟구쳤다가 곧바로 빠르게 낙하했다.

쨍그랑―

대리석 바닥에 부딪힌 동전이 맑고 청아한 소리를 냈다. 동시에 원동호와 노수창의 손가락은 총성을 들은 육상 선수처럼 건반 위를 빠르게 내달리기 시작했다. 가락부는 노수창이 맡았다. 그리고 원동호가 상대의 연주에 맞춰 반주를 했다.

처음 1분까지는 박빙이었다. 양쪽의 연주는 0.01초도 어긋나지 않았다. 승부를 겨루는 적수였지만 건반 위에서만큼은 막역한 우정을 나누는 오랜 친구와도 같았다.

노수창은 깜짝 놀라고 있었다. 신체적인 핸디캡에도 불구하고 동호의 반주는 자로 잰 듯 정확했다. 노수창의 연주를 훌륭하게 받쳐주면서도 강약과 빠르기가 전성기에 비해 전혀 모자람이 없었다. 도저히 믿기지 않는 일이었다. 연주에 집중하는 모습 역시 20년 전 무대의 그 눈빛이었다. 힘차게 들썩이는 어깨도 노수창이 시샘하며 바라보던 우승자의 당당한 위용 그대로였다. 노수창은 당혹했다. 과거에 느꼈던 열패감이 성난 파도처럼 다시금 몰려드는 느낌이었다. 하마터면 음표를 놓치고 박자를 틀릴 뻔했다.

하지만 두 사람의 아슬아슬한 평행선은 그리 오래가지 못했다. 모용하가 중반 무렵 상호 교체를 신호하자 승부의 윤곽이 서서히 드러나기 시작했다. 가락부로 바뀐 동호는 신체적 불리함을 더 이상 극복하지 못했다. 얼마 지나지 않아 모용하의 교체 신호가 또다시 떨어졌다. 두 사람은 가락부와 반주부를 다시 교대했다. 노수창이 가락부의 템포를 전보다 훨씬 더 빠르게 끌어올리자 따라붙기에 힘이 부친 동호의 리듬이 급격하게 흐트러졌다. 손가락 두 개가 모자란 왼손으로는 역부족이었다.

마침내 아쉽게도 동호는 자신의 패배를 인정해야만 했다. 곡을 끝까지 마치지도 못한 채 건반에서 손을 거두고 백기를 들었다.

"역시 무리였나 봅네다."

"원사장의 열 손가락이 모두 멀쩡했다면 오히려 내가 졌을지도 모르오."

이기긴 했으나 노수창은 그리 유쾌한 얼굴이 아니었다. 그보다 동호가 보여준 도저히 믿을 수 없는 선전을 진심으로 감탄하는 표정이었다.

"노대표께서 기렇게까지 말씀하시니끼니 고저 위로가 되는군요. 기럼 이만, 실례 많았습네다."

동호는 깍듯하게 허리를 숙인 뒤 아래층으로 빠르게 사라졌다. 잠시 후 그의 타이탄 트럭이 뿜어내는 거친 시동 소리가 들리고, 소음은 곧 아득하게 멀어졌다.

동호가 돌아간 뒤 2층 홀에 남겨진 이들은 패배가 뻔히 보이는 대결을 대체 무슨 생각으로 청했던 건지 동호의 속내를 가늠하지 못했다.

'반채율 때문인지도 몰라.'

일단 노수창은 그렇게 짚었다. 아마도 원동호는 반채율을 위해 자신이 할 수 있는 최선을 마지막까지 다하고 싶었으리라. 그래서 콩쿠르 결선 무대에 선 그녀가 그간 갈고 닦은 실력을 후회 없이 발휘할 수 있는 여건을 어떻게든 마련해주려고 했던 것이리라. 비록 노수창에게 치욕스런 패배를 당하더라도 기꺼이 감내하겠다고 단단히 각오했으리라.

그런데 왜 하필 〈두 대의 피아노를 위한 소나타〉, 그 곡이었을까? 노수창이 가락부를 맡게 되면 빠른 스피드로 동호를 뒤흔들어놓을 것은 자명했다. 분명히 동호도 그것을 예상했을 텐데, 대체 그 같은 선곡을 통해 무슨 메시지를 전하고 싶었던 걸까? 문득 정답에 가까운 생각이 뇌리를 섬광처럼 관통했다.

'설마? 젠장, 이겼지만 이긴 게 아니군.'

노수창은 갑작스레 부끄럽고 초라한 기분에 빠져들었다. 날카로운 쇠붙이가 가슴 한복판을 찌르는 듯한 차가운 느낌이 전신을 할퀴었다. 그가 세운 회심의 계획이 뿌리부터 서서히 흔들리고 있었다.

30

　맞춰놓은 알람시계가 미처 울리기도 전에 채율은 눈이 저절로 뜨였다. 창문 너머 바깥은 어둠의 잔영으로 여전히 짙푸른 색에 머물러 있었다.

　이부자리에서 일어난 채율은 한동안 오도카니 앉아있었다. 지난밤엔 잠을 심하게 설쳤다. 몇 번씩 뒤척였던 기억이 희미하게 났고 잠결에 동호가 방에 들어왔던 기척도 들은 듯했다.

　채율은 마당에서 나가 이른 세수를 했다. 이어 자석에 이끌리듯 창고 안으로 걸음을 들였다. 정해진 순서처럼 채율은 천장에 매달린 백열등 전구부터 켰다. 어둑했던 창고 안이 노란빛으로 밝아졌다. 그러자 피아노 옆 작은 나무 탁자가 제일 먼저 눈에 들어왔다. 탁자에는 채율더러 꼭 우승하라면서 공장 식구들이 갖다준 엿이며 사탕이 한가득했다. 개중에는 몽골인 노동자 바이라의 여섯 살배기 딸아이가 선물한 것도 섞여있었다. 그 아이는 자기도 나중에 크면 언니처럼 훌륭한 피아니스트가 될 거라며 장래희망을 삐뚤빼뚤한 한글로 카드에 적어 작은 선물과 함께 이곳에 가져다놓았다.

채율은 카드를 보면대에 올려놓았다. 그러자 울컥 안에서 뜨거운 기운이 솟았다. 코끝이 시큰거렸다.

'꼭 우승하고 말 거야. 이 사람들을 실망시킬 수는 없어. 힘내자, 반 채율!'

저도 모르는 사이 두 주먹이 불끈 쥐어졌다.

"왜, 벌써 일어났네?"

피아노의 핸드 머플러^{hand muffler}(해머와 현 사이에 펠트 천을 내려 소리를 줄이는 장치)로 약음을 조절하는 사이 동호의 목소리가 등 뒤에서 들려왔다. 동호는 그렇게 말하는 자신이 오히려 잠을 심하게 설친 듯 빨갛게 핏발 선 눈이었다.

"아뇨, 그냥 일찍 깬 거예요. 그런데 어젠 밤 늦게 어딜 다녀온 거예요, 말도 없이?"

"아하, 기냥 혼자 다녀올 데가 있었구먼기래. 그보다 채율이 넌 좀 더 자라우."

동호가 대충 얼버무리며 아침잠을 권했다.

"벌써 잠이 다 달아나서 말똥말똥한걸요. 참, 나랑 어디 좀 빨리 갔다 오면 안 돼요?"

"날래 오데를?"

"그렇게 멀지 않은 곳이에요. 아무래도 결선 무대에 서기 전에 꼭 다녀와야 할 것 같아서요. 부탁할게요."

채율이 동호를 졸라 안내한 곳은 경기도 광주에서 한 시간 남짓 거리에 있는 어느 납골 공원이었다. 납골당에는 반인철 회장의 유골이 모셔져 있었다. 공원 관리인은 미처 깨지 못한 아침잠을 쫓으려는 듯 두 눈을 연신 비벼대며 굳게 닫힌 납골당 문을 열어주었다.

"전에도 왔었네?"

"용하 오빠랑 한두 번 쯤요. 오빠가 아버지 유골함을 이곳에 모셨거든요."

반회장의 유골함은 납골당 안 후미진 한쪽 구석에 안치되어있었다. 게다가 맨 아래 열의 끝 칸이었다. 생전의 활약에 비하면 참으로 초라한 영면이었다.

채율이 바닥에 맨 무릎을 꿇고 아빠의 유골함 앞에 고개를 다소곳이 숙였다.

"우리 아빠세요."

채율은 마치 살아계신 아버지를 소개하듯이 말했다. 동호는 마땅한 대답을 찾지 못했다. 그저 입고 있던 점퍼를 얼른 벗어 채율의 무릎 위를 덮어주었다. 그녀가 올려다보며 물었다.

"우리 아빠한테 인사 안 드릴 거예요, 처음 뵙는데?"

채율의 채근에 동호는 머쓱해져서 유골함을 향해 고개를 쓰윽 빼 인사드리는 시늉을 했다. 그래도 채율은 성에 안 찼는지 샐쭉하며 눈을 흘겼다. 그러고는 허리를 굽혀 유골함 위에 소복하게 쌓인 먼지를 손바닥으로 쓸어냈다.

"자주 못 찾아뵈어서 죄송해요, 아빠. 그런데 오늘이 제 결선인 거는 아시죠? 꼭 행운을 빌어주셔야 돼요."

거기까지 마친 채율은 기도하듯 두 눈을 꼬옥 감고 두 손을 가슴에 살포시 모아 쥐었다. 그 뒤부터는 아무런 소리도 내지 않았다. 감은 눈꺼풀이 이따금씩 자그마한 경련을 일으킬 뿐이었다.

동호는 시선을 납골당 복도 저편으로 돌렸다. 복도 끝에는 조그만 창문이 나있어서 아침 햇살이 서서히 들고 있었다. 햇살은 어느 틈엔가 기도를 하고 있는 채율의 동그란 이마를 따뜻하게 어루만지기 시작했다. 엷은 광택이 그녀의 탐스러운 머리칼을 따라 부드럽게 흘러내렸다. 아침 해가 훑어내는 머리숱 사이로 드러난 가르마가 그날따라 유난히 희었다.

이윽고 채율이 오금을 펴며 일어서 홀가분하게 말했다.

"자, 우리 이제 집에 돌아가요."

납골당에서 나온 채율은 트럭 조수석에 고무공처럼 사뿐히 튀어올랐다.

"후우, 상금을 타게 되면 내가 두 번째로 하고 싶은 일이 뭔지 알아요?"

등받이에 몸을 깊숙이 기댄 그녀가 호르르 한숨을 내쉬었다.

"글쎄, 첫 번째는 나한테 진 빚부터 갚는 걸 테고, 두 번째는 뭐이가?"

동호가 트럭의 시동을 걸며 반문했다. 따스한 바람이 히터에서 쏴아 하고 쏟아졌다.

"우리 아빠 유골함을 제일 좋은 칸으로 옮기는 거예요. 햇볕이 잘 들고 눈에 잘 보이는 곳으로."

"기러면 내 빚 까는 건 고저 그 다음 차례로 하라우. 내레 기꺼이 양보하갔어."

"아니다, 우리 엄마 묘 옆으로 옮길래요. 두 분께선 서로 많이 사랑하셨을 테니까."

"것도 나쁜 생각은 아니구먼기래."

"그런데 방금 뵈니까 사장님은 어때요?"

"채율이 아버님?"

"네."

채율이 눈을 동그랗게 뜨고 동호의 대답을 기다렸다. 뭔가 멋진 반응을 기대하는 눈치였다.

"글쎄."

"글쎄라니, 전혀 아무런 느낌도 없었어요?"

솔직히 동호는 대답이 궁했지만 오늘 같은 날 채율을 실망시켜선 안 됐다. 어떻게든 폼 나게 둘러대야 했다.

"음, 나한텐 아무 말씀 없으시더구먼기래. 아마 너무 이른 시간이라 기침(起枕)하지 않으시고 아직 주무셨던 모양이디."

"흥, 사장님, 순 엉터리인 거 알죠?"

"그나저나 넌 가는 동안이라도 눈 좀 붙이라우."

"안 그래도 그러려고요. 그런데 저, 사장님 점퍼 좀 빌려줘요, 몸이 약간 으스스해요."

"칙칙한 공장 점퍼라며 기렇게 질색하더니만."

동호가 걸치고 있던 점퍼를 벗어 건네주었다. 채율은 점퍼를 담요처럼 온몸에 둘렀다. 안감이 주는 익숙한 따스함이 금세 몰려들었다.

"그동안 진짜 묻고 싶은 게 있었는데, 솔직히 대답해줄래요?"

"곤란한 질문이면 대답 못 할 수도 있디, 뭘."

"많이 곤란할 수도 있어요."

"기럼 내레 대답 안 하갔어."

"북한에 두고 왔다는 사장님이 사랑했던 분요. 그 여가수, 그 후로 어떻게 됐어요?"

채율이 점퍼 밖으로 눈을 빠끔히 내놓은 채 정말 뜬금없는 질문을 던졌다. 동호의 가슴이 공연히 철렁했다.

"……."

"소식 전혀 몰라요?"

"소식을 듣긴 들었지. 듣자니 잘 살고 있다네."

잠시 머뭇하던 동호가 차창 밖 멀리 막연한 시선을 던졌다. 그리고 약간은 목 멘 소리로 아는 만큼 이야기를 들려주었다.

소식에 따르면 그의 여자를 빼앗아간 공화국의 늙은 실력자는 재작년 말 반혁명 수괴로 몰려 급작스레 실각했다. 그 사건으로 여자는 실력자의 손아귀를 벗어날 수 있었고 보천보 악단도 떠났다고 했다.

"그래서 그 다음엔 어떻게 되었대요?"

"좋은 남자를 만나 짝을 이루고 단란하게 잘 살고 있다는구먼기래."

"와, 대체 누가 그런 소식까지 물어다준대?"

"살다 보면 바람 부는 것처럼 저절로 다 귀에 들려온다우."

"그래도 사장님은 그분이 아직 많이 보고 싶긴 하죠?"

채율은 궁금해서 그러는 건지 아니면 동호를 놀리고 싶은 건지 자꾸 꼬치꼬치 캐물었다. 그럴 때마다 동호는 고개를 저었다.

새삼스러운 얘기지만 정희는 동호가 조중(朝中) 국경을 넘을 때 이미 마음에서 놓아버린 여자였다. 정희의 주변에서 증발하기로 결심한 이상 아예 처음부터 존재하지 않은 사내가 되어야 했기 때문이었다. 서신 왕래마저 끊은 것도 벌써 까마득한 일이었다.

딱 한 번, 그녀의 근황이 너무도 궁금해 어렵게 편지를 넣어본 적이 있기는 했다. 하지만 그녀에게서는 답신이 없었다. 저편에 도달이 안 된 탓인지 아니면 일부러 그녀가 답을 안 한 것인지는 알 수 없었다. 아무튼 동호는 차라리 잘된 일이라고 결론지었고 그나마 찌꺼기처럼 남아있던 조그만 기대마저 아예 접어버렸다. 생각해보니 그때 일도 참으로 오래되었다.

"그럼 됐어요."

채율이 짐짓 새침한 표정을 지으며 짤막하게 대꾸했다.

"되긴 뭐이가?"

"아니에요. 그냥 됐다고요."

이후 채율은 머리를 기댄 옆 차창에서 눈을 떼지 않았다. 바깥 풍경이 휙휙 바람소리를 내며 빠르게 달려왔고 또 빠르게 지나갔다. 여름 문턱을 지나 가을의 한가운데 들어서서 창밖으로 흐르는 산과 언덕은 온통 붉은색과 노란색 지천이었다.

돌아보면 채율에게 지난 몇 달은 마치 천 년 같기도 했고 100년 같기도 한 시간이었다. 아니, 한 달 같기도 했고 어쩌면 단 하루뿐이었던 것 같기도 했다. 꿈처럼 흘러갔고 꿈이 아니라면 쉽게 설명되지 않을 이야기의 시작이고 끝이었다. 지금 이 순간조차도 그 꿈을 계속 꾸고 있는 건지 몰랐다.

또르르–

트럭 운전석 바닥에서 볼펜 구르는 소리가 들렸다. 노면이 일으키는 진동 탓에 떨어진 모양이었다. 채율이 허리를 굽혀 볼펜을 주워들었다. 손끝에 볼펜을 쥐자 문득 짤막하나마 뭔가 메모를 남기고픈 충동이 일어났다. 누구한테 뭐라고 쓸까. 채율은 메모를 보낼 상대를 머릿속으로 골똘히 골라봤다. 그동안 운전석으로 쏟아지던 햇볕이 어느새 방향을 바꿔 조수석에 앉은 그녀의 얼굴을 짓궂게 간질였다. 메모 생각은 어느 순간 사라지고 대신 기분 좋은 졸음이 쏟아졌다.

몇 시예요, 채율이 어렴풋한 잠결에 동호의 팔뚝에 손을 얹으며 시간을 물었다.

"6시 반쯤."

그러나 채율의 귀에는 알아들을 수 없는 웅얼거림으로만 들렸다. 감은 눈꺼풀이 점점 더 무거워졌다.

국제피아노콩쿠르 조직위원회 위원장은 새벽같이 걸려온 노수창의 전화에 그만 잠을 깨버렸다. 위원장은 노수창이 만사 자기 멋대로인 친구라는 소문은 적잖게 들어온 터였지만 직접 경험해보기는 처음이었다. 노수창은 당일의 조찬을 억지로 밀어붙였다. MK그룹은 콩쿠르를 후원하는 큰 스폰서 가운데 하나였기 때문에 위원장은 노수창의 요구를 마냥 거절할 수 없었다. 지난 수년간 눈비에도 어김없이 꼬박꼬박 지켜오던 아침 운동을 그날만큼은 취소했다.

한 시간쯤 흐른 뒤 위원장은 콩쿠르 결선장인 예술의 전당에서 얼마 떨어지지 않은 고급 호텔 1층 레스토랑에서 노수창과 만났다. 노수창은 말끔한 차림으로 나타나 위원장을 위해 간단한 아침식사를 주문했다. 그의 태도는 통화 중에 보인 모습과는 달리 시종 겸손하고 정중했다.

"아침부터 무례를 무릅써 죄송합니다. 실은 금일 있을 콩쿠르 결선의 심사위원진 문제 때문에 부득이하게 급히 뵙자고 한 것이니 부디 이해를 부탁드리겠습니다."

"결선 심사위원진 문제라니요?"

"자칫하다간 큰 말썽이 날 것 같아서요."

"무슨 말씀을 하시는 건지 잘 이해가 안 가는군요."

"단도직입적으로 말씀드리죠. 오스트리아에서 오신 요나스 슈바르츠 교수를 결선 심사위원진에서 빼주십시오."

깜짝 놀란 위원장이 손에 든 커피를 그만 테이블에 쏟았다.

"뭐라고요?"

"결선에 진출한 경연자 가운데 두 사람이 요나수 교수의 제자였답니다. 따라서 그분이 계속 남아 계신다면 공정성 시비가 발생할 가능성이 있습니다. 혹시나 두 사람 가운데 대상 수상자가 나온다면 세간의 의혹은 감당하기 어려울 겁니다. 늦었지만 지금이라도 위원장님께서 단안을 내리셔야 합니다."

"허어, 이런 낭패가!"

위원장은 몹시 당황해 옷에 묻은 커피를 닦아낼 생각조차 하지 못했다. 노수창이 갑자기 자리에서 벌떡 일어나더니 허리를 깊이 굽혔다.

"용서하십시오. 모두 제가 저지른 실수입니다. 세계적인 명성을 갖춘 분을 심사위원진에 모시겠다는 과욕이 너무 앞서 확인도 않고 서둘렀습니다."

"하지만 결선이 당장 오늘이에요. 그런데 당일 아침인 지금에 와서 심사위원 교체라니요? 언론에서 필시 시끄럽게 굴 겁니다."

"언론은 저 노수창이 맡겠습니다. 위원장님께선 요나스 교수를 대신할 심사위원을 빨리 알아봐주십시오."

"새로 모실 만한 분이 당장 찾아지겠습니까? 몇 시간 뒤면 곧바로 결선 시작인데, 이거 참."

"정 안 되면 한 명이 빠진 상태로라도 결선을 진행해야지요. 그건 어떻습니까?"

"곤란합니다. 그렇게 되면 총 여섯 분이 되는데, 심사 의견이 동수(同數)로 나뉘면 최종 대상 수상자를 가리지 못할 수도 있어요."

위원장은 웨이트리스를 불러 테이블에 쏟은 커피를 닦아내도록 했다. 옷에 묻은 자국도 물수건으로 살살 문질러 지워내던 그가 불현듯 시선을 들어 노수창을 쳐다봤다. 노수창이 반색하며 물었다.

"혹시 좋은 분이 떠오르셨습니까?"

"차라리 노대표께서 직접 심사위원을 맡으시는 건 어떻습니까?"

"제가요?"

노수창의 눈이 휘둥그레졌다.

"자격이 충분하시잖습니까? 콩쿠르의 스폰서라는 대표성이 있고, 또 피아니스트로서 화려한 국제 대회 입상 경력도 지니신 분이니까요."

"……."

"노대표께서 요나스 교수의 공석을 채운대도 아마 크게 이견을 달 사람은 없을 겁니다."

"아닙니다. 전 할 수 없습니다."

노수창은 펄쩍 뛰며 사양했다. 그러나 뾰족한 대안이 없었다. 결국 요나스 교수를 심사위원진에서 빼고 노수창이 합류하는 방향으로 합의는 일단 이뤄졌다.

이후의 상황은 급물살을 탔다. 위원장은 위원회 임원들에게 일일이 전화를 걸어 부득이한 상황을 설명하고 긴급 동의를 구했다. 다행히 임원들 전원은 요나스 교수의 공백을 노수창으로 채운다는 조율안에 반대나 토를 달지 않았다.

최종 심사위원진에서 탈락한 요나스 교수의 반발은 MK그룹 쪽에서 감당하기로 했다. 적절한 금전적 보상을 제시함으로써 별다른 잡음 없이 수습할 계획이었다.

노수창의 이 같은 돌변은 동호와 벌인 피아노 대결이 단초였다. 표면적인 승자는 노수창이었지만, 그 승리는 불구의 라이벌을 상대로 거둔 결과였다. 게다가 상대는 노수창으로 인해 손가락 두 개를 잃은 자였다. 지난밤의 대결은 승자에게 도리어 감당 못 할 열패감과 자괴감을 쏟아부었다. 매서운 자책이 노수창의 등짝을 밤새 회초리처럼 때렸다. 그는 생각할수록 스스로가 저지른 과거 행동이 역겨워 몇 번씩이나 화장실로 달려가 헛구역질을 했다.

그러면서 그는 마음먹었다. 콩쿠르 결선에서만큼 졸렬한 짓거리를 결코 반복하지 않으리라. 더럽고 비열한, 오물과 다름없는 승리는 이제 그만 사양하리라. 채율의 약점을 악용할 생각 따위는 깨끗이 거뒀다. 지더라도 깨끗이 지는 편이 나았다.

뒤늦게 소식을 접한 귀인이 부리나케 집무실로 들이닥쳐 미쳤느냐며 펄펄 날뛰었다.

"지금 제정신이에요? 다 된 밥에 코 빠트리려고 작정했어요?"

"물론 제정신이오. 당신은 재능에서나 실력에서나 반채율을 앞선다고 내게 장담하지 않았소?"

"뭐라고요? 이 시점에서 그걸 말이라고 하는 거예요?"

"어쨌거나 정정당당하게 겨뤄서 이겨주시오, 날 위해서. 부탁하오."

"이건 뭐, 꼭 신성한 올림픽 경기 출전하는 고매한 감독님 같은 말씀이시군요. 좋아요, 그래도 다행히 요나스 교수의 빈자리는 노대표님께서 직접 맡기로 하셨다니 기대는 놓지 않겠어요."

"……."

"노대표님과 나, 아직 우린 한 팀이니까, 그렇죠?"

말을 그렇게 하면서도 귀인은 당최 이해되지 않았다. 오스트리아에서 서울까지 기껏 어렵게 불러놓고 마지막 순간 요나스 교수를 다시 되돌려 보내겠다니……. 자칫하다간 계획 전체를 그르칠 수 있었다. 그런 위험을 자진해서 초래하는 노수창의 저의가 도대체 무언지 짐작조차 안 됐다. 그래도 희망은 충분히 남아있다고 판단했다.

일곱 명의 결선 심사위원 가운데 노수창이 한자리를 차지하게 된 이상 그가 매기는 최종 점수가 귀인 쪽에 유리한 방향으로 작용할 것은 분명했다. 어쩌면 채율이 기침으로 스스로 무너지길 바라는 요행보다 훨씬 확실한 보장이었다.

'승부는 이미 노대표의 손안에 든 것과 다름없어. 단지 개봉만 남기고 있을 뿐이야.'

긍정적인 결론을 내린 귀인은 의기양양하게 사라졌다. 그녀가 나간 뒤 노수창은 집무실 한편의 너른 유리창으로 눈길을 돌렸다. 회색빛 하늘이 제법 굵은 빗방울을 흩뿌리고 있었다. 유리창에 부딪힌 빗방울은 물줄기를 만들며 시야를 세로로 죽죽 긁어내렸다. 저 멀리 우면산 아래에 자리한 예술의 전당이 빗물 탓에 초점이 흐트러져 뿌옇게 보였다.

노수창은 손목을 들어 시계를 봤다. 슬슬 그쪽으로 떠나야 할 시간이었다.

31

콩쿠르 때문에 동호는 임시 휴일을 선포하고 사무실과 공장을 하루 동안 닫았다. 석수와 현주를 비롯한 공장 식구들은 소형 버스를 대절 해서 예술의 전당까지 우르르 몰려갔다. 채율을 응원하는 대형 플래 카드도 준비해서 청중석 한쪽에 잘 보이게 내걸었다. 모용하와 민다경 역시 일찌감치 도착해 자리를 잡았다. 채율에게 괜한 부담을 얹을까 싶어 참석을 미리 알리지는 않았다.

"참, 다경이 넌 오늘 임원 회의 있다고 했었잖아?"

"글쎄, 자칫 한눈팔았다간 이 멋진 애인님을 뺏길지도 모르는데 당 연히 여기가 먼저지. 나한텐 자기를 감시하는 게 훨씬 중요해."

민다경이 귀엽게 눈을 흘기며 그의 팔짱을 힘주어 꼈다. 비 오는 날 씨에도 객석은 벌써 반 이상 들어차있었다. 무대는 최종 준비로 부산 했다. 기다리는 동안 모용하는 관람하는 입장인데도 저도 모르게 긴 장해서 주먹 쥔 손에 자꾸 땀이 뱄다.

'채율이는 잘할 거야. 그래, 잘할 수 있고말고.'

모용하는 마법사가 주문을 외우듯 입안으로 읊조렸다. 결선 시작까지는 아직 한 시간도 더 남아있었다.

　무대에 오르는 경연자들은 우선 지정곡인 라흐마니노프의 〈피아노 소나타 No.1 in D minor Op.28〉를 연주해야 했다. 끝나면 슈베르트, 쇼팽, 슈만, 리스트 작품 중 한 곡을 자유 선택으로 연주했다.

　채율의 차례는 경연자 20명 가운데 맨 마지막이었다. 그래서 다른 경연자들의 차례에 대기실의 모니터를 통해 콘서트홀 안을 차분하게 지켜볼 수 있었다. 태전동 옥탑방을 나설 때만 해도 어느 정도 자신만만하던 채율이었다. 그러나 무대를 막상 눈앞에서 보니 낯선 전율이 온몸에 일면서 으슬으슬 떨렸다. 대기실까지 동행한 동호가 채율의 어깨를 따뜻하게 감싸며 부드럽게 다독였다.

　"다른 생각 하지 마라우. 오직 흰 건반과 검은 건반만 쳐다보면 되니끼니."

　"쳇, 말은 쉽지."

　별 효과 없는 식상한 위로라면서 채율이 삐쭉댔지만 동호는 개의치 않고 작전을 설명했다.

　"내레 딱 한마디만 하갔어. 평가는 지정곡과 자유곡 두 곡이 필시 배점이 다르다우. 지정곡이 70퍼센트, 자유곡이 30퍼센트 정도 되갔지. 왜냐믄 자유곡은 난이도 차이란 게 있어서리 심사위원들이 큰 점수 차 두기가 애매하니끼니. 승부는 지정곡에서 결정이 난다고 봐야 하갔디, 암."

　"어휴, 그만해요. 귀에 딱지 앉겠어요."

　"아, 참, 내레 좋은 뉴스와 나쁜 뉴스 각기 하나씩 있다우. 뭣부터 들을래?"

동호가 깜박 잊고 있던 게 생각났다며 손가락을 튕겨 보였다.

"뭔데요? 좋은 거부터 말해봐요."

"너랑 앙숙인 요나스 교수라는 양반 있지 않네? 그 양반이 갑자기 결선 심사위원에서 빠졌다는구면. 무슨 이유에선지는 몰라도 말이디."

"정말요? 왜요?"

"이유는 내레 모르갔다 하지 않았네."

"그럼 나쁜 뉴스는요?"

"요나스 교수가 빠진 그 빈자리를 노수창이가 채웠다는군."

"뭐, 뭐라고요?"

요나스 교수가 빠졌다면 채율은 연주를 훌륭하게 마칠 자신이 차고도 넘쳤다. 하지만 일곱 명 중 노수창이 들어있다는 것은 전에 못지않게 불리한 셈이었다.

"노수창이한테는 아예 기대 안 하는 편이 좋을 것 같구면."

결선 최종 점수는 심사위원 각각이 매긴 점수 가운데 최고점과 최저점을 뺀 나머지만을 합산해 평균했다. 그러므로 노수창 한 사람이 주는 점수가 반드시 대세를 좌우한다고 말하기는 무리였다. 그러나 만일 박빙의 승부라면 이야기가 달라질 수 있었다. 그 경우 심판진에 채율의 탈락을 꾸미는 이가 섞여있다는 사실은 치명적이었다. 노수창이 채율에게 악의적으로 최저점을 주어 판정을 뒤흔든다면 결과는 엉뚱한 방향으로 튈 게 분명했다. 그러나 채율로서는 방법이 아무것도 없었다. 무대에서 마지막까지 집중하고 최선을 다하는 것만이 할 수 있는 것이었다.

채율은 눈을 지그시 감고 버릇처럼 자신이 연주하는 모습을 그려보았다. 그것을 몇 번씩 반복해가며 다가올 자기 차례를 차분하게 기다렸다. 어느덧 경연은 막바지로 치달아 겨우 두 명만을 남겨두고 있었다. 공교롭게도 채율의 바로 앞은 이귀인이었다. 대기실 모니터 위에 콘서트홀로 들어서는 귀인의 모습이 크게 비쳤다.

경연이 진행되는 여태껏 귀인은 전혀 보이지를 않았었다. 대기실 안팎은 물론 주위에서도 마찬가지였다. 채율은 혹시나 귀인이 결선을 막판에 포기한 건 아닐까 추측해보기도 했었다.

그러나 귀인은 포기한 게 아니었다. 어딘가에 몰래 숨어서 지켜보다가 제 차례가 되자 비로소 모습을 드러냈다. 무대로 오르는 동안 귀인은 대상 수상자가 이미 자신으로 정해진 양 한껏 여유를 뽐냈다. 그녀는 피아노 앞에 앉자마자 곧바로 연주를 시작했다.

자신 있게 스타트를 끊은 귀인의 연주는 대단히 힘차고 씩씩했다. 완성도도 짐작했던 이상이었다. 그간 노수창의 혹독한 훈련을 거친 덕분인지 전에 알던 그녀의 수준과는 확연하게 달랐다.

심사위원들 대개는 내내 긍정적인 시선을 보냈다. 대기실 곳곳에서도 감탄사가 연이어 터졌다. 자기 차례를 끝낸 이들 가운데 소심한 몇몇은 벌써부터 낙담하는 기색을 감추지 못했다.

대기실의 어느 누구보다도 가장 놀랍고 당혹스러웠던 이는 채율이었다. 귀인은 유학 시절 수발이나 들던 곁들이 유학생 따위가 아니었다. 결코 만만치 않은 상대로 급성장해있었다. 채율의 마음이 조급해지기 시작했다. 간신히 가다듬었던 집중력이 재차 흐트러지려고 들었다. 한편 동호는 그저 잠자코 지켜볼 뿐 어떠한 표정 변화도 없었다.

"절대 기죽지 마라우. 겉으로는 완벽해 보여도 빈 구석이 많구먼기래. 고저 힘주어 쿵쾅댈 뿐이디. 결국 자기 색깔이나 개성 없이 모범 답안을 베끼는 수준에 불과하다우. 필시 심사위원들도 내 생각과 크게 다르지 않갔다."

"하지만 웃고 있는 저 얼굴들을 한번 보시죠."

채율은 모니터에 비친 심사위원들의 환한 표정을 팔짱낀 채 턱짓으로 가리켰다.

"노수창이 어드레해서리 번번이 나한테 깨졌는지는 아네?"

"모르죠. 왜인데요?"

"녀석은 훌륭한 과외 선생한테 배운 모범생일 뿐이었디. 기리니끼니 모범생같이 틀에 박힌 연주를 하는 거밖에 더 있간? 루바토^{rubato}가 증발된 연주, 기거이 녀석의 결정적 패인이었다우."

"루바토……"

"템포 루바토(임의의 템포) 있지 않네? 모든 곡에는 연주자가 나름의 개성 있는 해석으로 템포를 바꾸는 거이 기꺼이 허락되는 부분이 있다우. 그것 없이는 국제 무대에서 우승이란 거의 불가능하디."

"그러면 저는 그게 있어요?"

"반채율이, 니는 본래 네 멋대로 하지 않네? 니 느낌 가는 대로 지랄하는 똥고집, 기거이 바로 반채율의 강점이디 않갔어?"

채율은 동호의 설명을 참고 삼아 귀인의 연주를 다시 집중해서 들어보았다. 과연 그런 것도 같았다. 굳이 폄하해서 말한다면 시중의 음악 CD에서 흔히 들을 수 있는 전형적 연주라고도 할 수 있었다. 그래서일까, 초반에는 꽤나 만족스런 표정이던 심사위원들이 하나둘 하품을 하거나 잡담을 주고받는 등 집중력이 흐트러지기 시작했다.

귀인은 선택 곡인 베토벤의 〈피아노 소나타 No.14 in C$^{\#}$ minor

Op.27-2 '월광'〉까지 큰 무리 없이 끝마쳤다. 객석에선 기다렸다는 듯이 우레 같은 박수가 쏟아졌다.

'매끈한 연주였어. 그래도 준우승 수준일 뿐이지.'

노수창 역시 동호와 비슷한 의견이었다. 귀인이 대상 트로피를 당당히 움켜쥐려면 방금 이상의 무엇을 더 보여줬어야 했다. 그러나 아쉬움에도 불구, 현재까지는 그녀가 앞선 경연자들을 제치고 1위로 올라설 가능성이 농후했다.

귀인은 일어나 객석을 향해 목례하고 심사위원석을 향해서도 허리를 굽혔다. 그러면서도 치마 끝을 살짝 들어 인사하는 짧은 사이 노수창에게 찡긋 윙크를 날리는 것을 빼놓지 않았다. 노수창은 의식적으로 시선을 피했다. 그리고 그는 한동안 채점표 빈칸을 물끄러미 내려다보았다. 귀인에게 과연 몇 점을 주어야 마땅하고 공정할까. 가슴속에서 양심과 미련이 격렬하게 충돌했다.

이윽고 마지막 차례는 반채율이었다. 채율은 콘서트홀로 들어서자마자 눈앞이 아득해왔다. 입안이 가문 땅처럼 바짝 말라붙어 침을 삼킬 때마다 목젖이 끈적끈적했다. 대기실을 나서기 직전 동호가 유언처럼 당부했던 말이 뇌리를 울렸다.

"그저 신나게 놀다 오는 거다, 알갔네?"

"놀고 오라니, 지금 농담해요?"

"아무튼 내레 너한테 가르쳐준 건 싹 다 잊어버리라우. 채율이 네가 내 앞에서 처음 들려줬던 그대로 연주하는 거이 정답 아니갔어?"

"사장님께 제가 처음 들려줬던 연주요?"

"기래, 처음 내 앞에서 내키는 대로 뚱땅대던 그 엉터리 말이야. 기리니끼니 다른 사람 흉내 낼 것 없다우. 반채율이 네 신명이 절로 이

끌고 가는 대로 한번 끌려가보라우."

드디어 채율이 무대에 올라 피아노 앞에 앉았다. 그러자 심사위원들이 시야 가득 치고 들어왔다. 그들은 똑같은 곡을 이미 열아홉 번이나 듣느라 지루함에 찌든 얼굴이었다. 대부분은 따분함을 애써 감추려고도 하지 않았다. 마지막 경연자에게 그렇게 큰 기대도 별로 없어 보였다.

갑자기 채율은 불끈 오기가 솟아올랐다. 그들의 무례를 한 방에 시원하게 날려주고 싶었다. 긴장으로 잔뜩 움켜쥐었던 주먹이 저절로 편안하게 쫙 펴졌다.

'좋아, 신나게 놀아보는 거야. 내 마음, 내 느낌이 내키는 대로, 그리고 내 손가락이 움직이는 대로 그냥 놓아두는 거야. 그리고 부디 행운을 빌어주세요, 사랑하는 아빠.'

채율이 자신의 곱고 가느다란 손가락을 건반에 사뿐히 올려놓았다. 그녀의 열 손가락은 그녀만이 보여줄 수 있는 열정적이고 아름다운 춤사위를 수많은 청중 앞에 서서히 펼치기 시작했다.

눈 깜짝할 새 1분여가 흘렀다. 채율이 연주하는 동안 심사위원석 쪽 공기가 차츰 심상찮은 조짐을 보이기 시작했다. 마지막 경연자라는 생각에 일찍부터 긴장을 풀고 느긋하게 의자에 몸을 파묻고 있던 심사위원들이 하나둘씩 자세를 고쳐 앉았다. 몇몇은 넥타이를 고쳐 조이거나 젖혀진 재킷을 바로 입었다. 풀어졌던 눈동자마다 호기심 어린 생기가 선연히 감돌았고 작은 탄성도 간간이 새어나왔다. 심사위원들은 도무지 믿을 수 없다는 표정이었다. 그 모습은 중계 카메라를 통해 콘서트홀 대형 스크린에 가감 없이 비춰졌다.

객석의 반응도 하나같이 진지했다. 클래식 애호가이든 문외한이든 지금 이 연주가 다른 어느 경연자의 것보다 월등하게 뛰어나다는 판단에는 이견이 없어 보였다. 그들은 천재적인 신예 피아니스트가 굳은 껍질을 깨고 탄생하는 경이로운 순간을 기대했다. 그리고 그것을 자신의 눈으로 목도할지도 모른다는 흥분감에 숨소리 하나 내지 못했다.

반면 노수창은 심사위원석에 웅크린 채 어두운 기색을 얼굴에서 지워내지 못하고 있었다. 내심 그는 지정곡인 라흐마니노프의 소나타에서 승부는 이미 판가름 났다고 결론지었다. 지정곡에서 이만한 반응을 이끌어냈다면 자유곡은 들어보나마나였다.

채율이 드디어 라흐마니노프의 소나타를 끝냈다. 그러자 홀은 일시에 고요해졌다. 모두들 박수치는 것도 잊은 채 다음 연주를 기다렸다.

'이 정도면 됐어. 충분해.'

채율이 잠시 숨을 돌리며 새끼손가락을 잘근 깨물었다. 곧이어 그녀는 자유곡으로 선택한 쇼팽의 〈에튀드 Op.10 No.12 in C minor '혁명'〉을 연주했다. 노수창은 공연히 마음이 착잡했다. 〈혁명〉은 그가 피아노 치는 모습을 채율에게 들켰을 때 연주하고 있던 곡이었다.

귀인의 점수표는 여전히 공란으로 남아있었다. 노수창이 귀인의 채점을 채율의 연주 뒤로 미뤘기 때문이었다. 어쩌면 최종 승부는 지금 건반 위를 춤추는 채율의 손가락이 아니라 채점표 위에서 방황하는 노수창의 손끝에 달려있는지도 몰랐다.

동호는 대기실에 남아 채율의 연주를 화면으로 모니터링했다. 귀인의 연주 때와 마찬가지로 실금 같은 표정 변화조차 없었다. 과연 채율은 동호의 조언을 충실히 따르고 있었다. 정형적 완벽성 대신 자신만의 개성과 창의성에 승부수를 두었다. 물론 최종 판단은 그들이 아니라 일곱 명의 심사위원들 몫이었다.

마침내 연주가 모두 끝났다. 채율은 홀가분한 얼굴로 피아노에서 일어나 심사위원석과 객석을 향해 초등학생처럼 고개를 꾸벅했다. 총총히 무대 아래로 내려오는데 무사히 마쳤다는 안도감으로 호르르 한숨이 나왔다.

'이제 난 할 수 있는 만큼 다한 거야.'

심사위원들이 채점표를 모아 집계하는 동안 콘서트홀은 출입하는 인파로 얼마간 웅성댔다. 그러나 그 소란스러움은 그렇게 오래가지 않았다. 최종 결과를 기다리는 긴장과 기대로 장내에는 차츰 숨 막히는 적막이 흐르기 시작했다.

심사위원들이 서로 머리를 맞대고 입상 순위와 최종 결과를 조율하는 가운데 노수창이 벌떡 자리에서 일어섰다. 심사위원장이 거듭 붙잡아 앉히는데도 양해를 구하는 형식적인 시늉을 몇 번 하는가 싶더니 이내 휑하니 홀 밖으로 나가버렸다.

그런데 노수창의 표정이 어딘가 심상치 않았다. 거추장스러운 짐을 내려놓은 가뿐함처럼 보이기도 했고 그토록 노렸던 승리를 쟁취한 흡족함 같기도 했다. 멀리 객석에서 노수창을 지켜보던 모용하가 말했다.

"수창이 녀석 때문에 채율이는 아마 어려울 거야."

"형부 때문에요? 난 채율 씨가 제일 잘한 것 같은데."

"그건 나도 마찬가지야. 하지만 생각해봐, 수창이 그 녀석이 채율이한테 좋은 점수를 줬을 리가 만무하잖아."

"하긴 그렇겠네요."

민다경이 고개를 끄덕이는데 저 아래에서는 진행자가 마이크를 들고 무대에 올라 수상자 발표 및 시상식을 곧 시작한다는 안내 방송을 내보냈다. 대기실에 모여있던 경연자 전원은 시상식을 위해 콘서트홀의 준비된 좌석으로 이동했다. 경연자 무리에 섞여 콘서트홀로 향하던 채율이 공교롭게도 마침 로비를 가로질러 건물을 빠져나가던 노수창과 부딪쳤다.

"아얏!"

노수창은 채율을 알아보지 못한 모양이었다. 뭔가에 쫓기듯 매우 바빠 보였다. 그는 간단한 목례를 던지고는 걸어오던 속도 그대로 가버렸다. 하긴 그리 낯설지도 않은 무례였다. 채율은 익숙하게 무시하고 앞사람을 뒤쫓았다. 그런데 누군가 그녀 앞을 벽처럼 가로막았다. 가버렸다고 여겼던 노수창이 어느새 되돌아와있었다.

"방금 전엔 미안했소. 그리고 그간 수고 많이 했어요."

노수창은 미소와 함께 손을 내밀어 악수를 청했다. 태도가 전에 없이 공손하고 정중한 게 채율은 더 찝찝하고 켕겼다. 말이 생각보다 삐뚤게 나갔다.

"고생이라면 그쪽이 더 하셨잖아요. 막판에 심사위원까지 1인 2역을 하시느라고요."

"민망한 일이지만 어쩌다 보니 사정이 그렇게 됐소."

"혹시 내가 대상을 놓치게 되면 그쪽 탓으로 돌려도 무방하겠죠?"

"마음대로 생각하시오. 채율 씨는 늘 그래왔으니까."

"쳇."

"어쨌든 연주는 훌륭했었소. 최근 들었던 것들 가운데 제일 낫더구먼."

"정말 병 주고 약 주시네. 어딜 그렇게 급히 가는 거예요? 양심의 가책이 무서워서 차마 시상식은 직접 눈으로 못 보겠는 모양이죠? 그래서 미리 싹 내빼는 거예요?"

채율은 노수창이 도망치듯 사라지는 이유가 새삼 궁금해졌다.

"천만에. 난 잘못된 걸 바로잡으러 가는 거요. 시간도 별로 남지 않 았고."

"참 낯서네요. 그쪽에서 그런 말씀을 하시다니. 대체 그 바로잡아야 할 게 뭔데요?"

"아마 나중에 저절로 알게 될 거요. 그럼 축하 인사는 나중에 천천 히 나누도록 합시다."

"축하 인사요?"

노수창은 말을 끝내자마자 채율이 더 따져 묻기 전에 바람처럼 사 라져버렸다.

잘못된 걸 바로잡겠다니, 콩쿠르 결과를 엉망으로 만들어 놓았을 게 뻔한 그가 또 무엇을 바로잡으러 가겠다는 걸까?

콘서트홀의 경연자석은 무대 오른편에 마련되어 있었다. 다가서자 채율은 맨 앞줄 중앙에 일찌감치 자리해있는 귀인이 맨 먼저 눈에 들 어왔다. 앞줄 중앙은 대상 수상자를 위한 자리인데, 귀인은 마치 벌써 제 자리인 양 독차지하고 있었다. 채율의 따가운 시선이 뒤통수에 느 껴졌는지 귀인이 얼핏 고개를 돌려 뒤를 돌아봤다. 그러고는 손가락으 로 V자를 그리며 채율에게 윙크했다.

'아니, 저 빌어먹을 계집애가 또!'

채율이 주먹을 들어 감자떡을 답례로 날렸다. 깜짝 놀란 귀인이 새 침한 표정으로 얼른 몸을 돌렸다.

"계집애, 발표도 나기 전에 벌써부터 나대기는."

"많이 떨리네?"

언제 따라왔는지 동호가 채율의 등을 가볍게 툭툭 두드리며 물었다.

"혹시 최종 결과가 기대와 어긋나더라도 너무 실망하지 마라우. 상금 같은 거 못 타더라도 내레 채율이 빚은 다 갚은 걸로 쳐줄 테니끼니."

"아우, 됐거든요. 김빠지게 미리부터 위로하는 거예요? 그리고 맨날 돈에 쪼들리시면서 허세는!"

"이 에미나이 말본새 좀 보라."

"아무튼 상금 못 타면 전 목장갑 닳도록 열심히 일할 겁니다. 그래서 땡전 한 푼까지 몽땅 다 갚을 거니까 사장님이나 실망하지 마세요."

"위로가 아니래도. 콩쿠르 준비하는 동안 채율이 넌 나한테 진 빚, 이미 다 갚은 거나 다름없구먼기래. 그리고 네 그 손가락에 목장갑이 오데 어울리기나 하네? 그게 피아노 건반 위에나 있어야 할 손이디, 돌구이 판을 만질 손이나 되갔어?"

"어쭈, 저한테 젤 먼저 목장갑 던져준 사람이 누구셨더라?"

"허허."

"그리고요, 사돈 남 말 하지 마세요. 사장님 손이야말로 피아노에 더 잘 어울린다고요."

채율이 톡 쏘아붙였다. 하지만 그녀의 눈은 한껏 웃고 있었다. 동호가 그만 가서 다른 경연자들과 함께 착석하라며 채율을 토닥였다.

"알았어요. 그럼 이따 봐요."

경연자석으로 내려간 채율은 다른 경연자들과 수고했다며 서로 악수를 나눴다. 당연히 귀인은 제외였다. 그런데 그들과 악수하느라 잠깐 한눈을 파는 사이 동호의 모습이 홀연히 사라져버렸다. 그리고 다시 보이지 않았다.

모용하는 수상자 발표를 기다리는 동안 초조하게 발을 까딱거렸다. 민다경이 안달하는 모습이 어지간히 귀엽다는 눈으로 살포시 모용하의 어깨에 고개를 기댔다.

"너무 조바심 내지 마요. 용하 씨의 예상이 틀릴 수도 있으니까."

"틀릴 리 없어. 그렇지 않고서야 이렇게 질질 끌 까닭이 없잖아? 물론 채율이의 연주가 가장 뛰어났었다는 건 이 홀의 누구도 부정할 수 없는 사실이지만."

"우리 형부 말이에요. 난 형부를 한번 믿어보고 싶어요."

"수창이를 믿는다고? 어째서?"

모용하가 의아하게 쳐다보자 민다경이 두 뺨에 보조개를 지으며 웃었다.

"실은 형부가 아침에 전화를 했었어요. 언니가 지금 유럽 어디쯤 있냐고 물어보면서."

"뭐라고?"

"그래서 언니가 묵고 있는 피렌체의 호텔 이름을 알려줬죠. 아마 형부는 공항으로 열심히 달려가고 있는 중일걸요."

"설마!"

"진짜라니까요."

민다경이 예쁘게 눈을 흘겼다. 그리고 모용하의 팔뚝을 가볍게 때렸다.

"그러니까 수창이가 나현 씨를 만나러 이탈리아로 간다고 했단 거지?"

"네, 비틀린 걸 늦기 전에 바로잡고 싶다고 했어요. 결선 심사위원진에서 요나스 교수가 빠지게 된 것도 분명 형부가 내린 모종의 결심 때문일 거예요."

그래도 모용하는 여전히 반신반의하는 눈치였지만 민다경은 주장을 굽히지 않았다. 그녀는 언니의 소재를 묻는 노수창의 목소리에서 가슴까지 와 닿는 진정성을 느꼈었다.

"난 그래도 믿기지가 않아. 왜 갑자기 돌변한 거래? 여태 이 모든 것을 꾸민 게 수창이 그 녀석이었잖아?"

"최소한의 자존심은 남아있었나 보죠."

그사이 차분하던 무대 주위가 갑자기 분주해지기 시작했다. 수상자 발표가 임박했다는 신호였다.

32

　최종 결과를 손에 든 심사위원장이 무대 한가운데로 올라섰다. 객석의 모든 시선은 집중됐고 콘서트홀은 정적에 휩싸였다. 심사위원장은 짧은 인사를 끝낸 뒤 미소를 만면에 띠고 홀을 한번 훑어보고서는 단숨에 5위에서 3위까지의 입상자를 차례로 호명했다. 채율의 이름은 비껴갔다. 귀인도 명단에 없었다.

　'그렇다면 아예 입상권에 들지 못했거나, 아니면 대상 또는 준우승이라는 건데…….'

　채율이 낮게 중얼거렸다. 눈앞에 반짝 동호의 얼굴이 떠올랐다. 3위까지의 입상자들이 상장과 트로피를 받는 동안 채율의 입은 또다시 바짝바짝 타들어가면서 마른기침도 드문드문 나왔다. 손가락 지문이 닳아 없어질 만큼 꼼지락댔지만 긴장은 덜어질 줄을 몰랐다. 떨리기는 무대 위에서 연주할 때보다 발표를 기다리는 지금이 훨씬 더했다. 대상이 아닐 것 같으면 차라리 예선전에서 미리 떨어져버릴 걸 하는 바보 같은 후회마저 들었다.

　두 칸 건너 옆자리에 앉은 귀인도 속이 타들어가긴 마찬가지인 모양이었다. 오만할 만큼 여유작작하던 모습은 온데간데없이 사라지고 목을 길게 뺀 채 무대에서 시선을 한시도 떼지 못했다.

이윽고 3위 입상자가 수상을 마치고 단상 아래로 내려왔다. 심사위원장이 다시 무대 중앙으로 걸어나왔다. 바야흐로 1위와 2위 발표만이 남아있었다.

"자, 이제 대상과 준우승 입상자를 발표하겠습니다. 그러나 그전에 여러분께 꼭 드려야 할 말씀이 있습니다."

심사위원장의 말에 객석이 조용히 웅성댔다.

"고백하자면 1위와 2위는 우열을 가늠키 힘들 만큼 근소한 점수 차를 보였습니다. 그런 까닭에 심사위원진의 의견 역시 상당한 정도로 엇갈렸음을 이 자리를 빌려 털어놓고자 합니다. 위원진은 연주의 정형적 완성도와 창의적인 곡 해석, 어느 편에 가중치를 두느냐를 두고 치열하게 토론을 벌였습니다. 그러나 저희 전원은 이번 콩쿠르 본연의 취지를 살리자는 데에 의견을 하나로 모아 대상 수상자를 만장일치로 결정할 수 있었습니다. 자, 이제 그 영광스러운 이름을 발표하겠습니다."

그 뒤로도 심사위원장은 장황하게 소회를 늘어놓으며 발표를 질질 끌었다. 채율은 심장이 터져서 죽어버릴 것 같았다. 안달이 나기는 청중들도 같은지 점차 술렁대기 시작했다. 그런 심상찮은 분위기가 전해졌는지 심사위원장은 부랴부랴 소회 연설을 끝내고 경연자석에 앉아있는 두 명의 참가자에게 시선을 돌렸다.

"대상 수상자는 반채율 씨, 그리고 준우승은 이귀인 씨입니다. 두 분 모두 축하드립니다."

채율은 머릿속이 투명하게 텅 비는 느낌이었다. 그토록 기대했던 결과가 현실로 일어나고 말다니, 도저히 믿기지가 않았다. 숨이 막히고 눈물이 샘솟아 시야가 온통 함박눈을 뿌린 것처럼 뿌옇게 변했다. 객석에서 환호와 함께 우레 같은 박수가 쏟아졌다. 함께 기량을 겨뤘던 경연자들도 진심으로 축하해주었다. 그녀가 일어나 기쁨을 나누는 동안 심사위원장이 선정의 이유를 밝혔다.

"대상 수상자 반채율 씨는 작품의 주제를 새롭게 해석하려는 강한 의지가 매우 돋보였습니다. 그리고 자신만의 개성 넘치는 주법에 집중하는 일관성이 아주 높은 평가를 받았습니다. 한편 이귀인 씨의 연주는 흠 없이 빼어난 완성도가 매우 인상적이었습니다. 다만 정형성 안에 머무는 바람에 곡 해석의 참신함과 창의성이 다소 부족해 보였던 것이 못내 아쉬운 한계로 지적되었습니다. 아무튼 두 분 모두 수상을 다시 한번 축하드립니다."

귀인은 자리에서 일어서지 않고 그대로 앉아 피가 배도록 입술을 짓깨물었다. 준우승을 축하한다는 심사위원장의 인사 따위는 하나도 귀에 들어오지 않았다. 노수창의 채점이 제대로 반영되었다면 결코 이딴 엉터리 결과가 나왔을 리 없었다.

'이게 어떻게 된 거야? 노수창은 대체 뭘 한 거냐고?'

그에 대한 답을 주듯 심사위원장은 노수창에 관한 이야기도 빼놓지 않았다. 설명에 따르면, 젊은 심사위원 한 분께서 먼저 자리를 비우며 남긴 메모가 심사위원진이 이견을 모으고 합의에 이르는 데 결정적인 방향성을 제시해주었다고 했다. 그가 소개하는 메모는 이런 내용이었다.

'대한민국 국제음악콩쿠르는 재능과 기교를 겸비한 훌륭한 연주자를 찾아내는 데도 그 의미가 없지는 않겠으나, 개성 넘치고 창의적인 젊은 음악인을 발굴, 육성하는 데에 무엇보다도 크게 기여해야 한다고 생각합니다. 그러므로 심사위원진 제위께선 부디 그러한 본연의 취지를 충분히 살려주시면 대단히 고맙겠습니다. 감사합니다.'

심사위원장이 말하는 젊은 심사위원이란 바로 노수창이었다. 결국 노수창은 이귀인 대신 적인 반채율의 손을 마지막 순간 들어준 셈이었다.

채율은 수상 소감의 발표를 요청받았다. 예상치 못한 상황에 그녀는 적잖이 당황했다. 객석을 꽉 메운 수많은 청중들 앞에서 사전 준비 없이 즉흥으로 소감을 밝히자니 말이 툭툭 끊겼다. 그래도 할 말은 반드시 해야 했다.

"우선 먼저…… 이 자리에 제가 설 수 있도록 도와주신…… 대한민국 최고의 돌 구이 판 생산업체인 동우리빙아트의 원동호 사장님께 깊은 감사를 먼저 드려야 할 것 같습니다. 그리고 저 반채율을 한결같이 응원해준 우리 공장 식구들, 고석수 차장님, 그리고 현주 씨, 또 바이라, 썸밧 모두…… 정말 고맙고 또 고마워요. 저는 여러분들의 격려와 응원 덕분에 기쁘게 다시 피아노를 칠 수 있었답니다."

이어서 채율은 동우리빙아트에 처음 막일꾼으로 들어가 이번 콩쿠르에 출전하게 된 모든 히스토리를 털어놓았다. 엉뚱하고 유쾌한 소감에 객석은 금세 웃음바다가 됐다. 청중들은 발을 굴러대며 박장대소하면서도 고백 속에 녹아있는 진정성에 차츰 매료되기 시작했다. 그녀의 사연은 한낱 우스갯거리가 아니라 생생한 성장 궤적이었다. 관객들은 채율에게 공감하고 함께 가슴 뭉클해했다. 그래서인지 소감 발표 중반에 이르러서는 한껏 들떴던 장내가 차분하게 가라앉았다. 그날 새벽 채율이 돌아가신 아버지의 납골당을 찾아갔던 대목에 이르러서는 숙연해지기까지 했다.

다소 길었지만 감동적인 소감 발표가 끝나자 청중들이 일제히 일어섰다. 그리고 채율에게 다시금 열렬한 축하와 격려의 박수를 보내며 홀이 떠나가도록 앙코르를 외쳤다. 콘서트홀의 모든 이들은 이미 그녀에게 홀딱 반해있었다.

일반 콘서트와 달리 콩쿠르 수상자의 연주는 재청 받는 것이 흔치 않은 터라 조직위원들은 난감했다. 당혹스럽기는 채율이 더했다. 피아노 앞으로 선뜻 나서기도 민망했고 박수와 환호를 나 몰라라 하기도 곤란했다. 옆에서 지그시 지켜보던 심사위원장이 한발자국 다가와 채율의 귓가에 속삭였다.

"많은 콩쿠르를 경험해봤지만 이렇게 열렬한 반응은 처음입니다. 수상 여부를 떠나서라도 반채율 씨는 행복한 음악인입니다. 당신의 연주를 듣고자 간절히 원하는 분들이 벌써 이렇게 많지 않습니까?"

심사위원장이 주는 격려에 채율은 불끈 용기를 냈다. 그리고 피아노 앞에 성큼 다가가 다시 앉았다. 그녀의 양 볼은 어느새 발갛게 상기되어있었다. 그리고 손가락들은 그 흥겹고 아찔했던 춤사위로 여든여덟 개의 건반들을 다시 한번 화려하게 물들이기 시작했다.

33

　거센 빗줄기를 뚫고 공항에 거의 도착할 무렵이었다. 폭신한 뒷좌석에 묻혀 얕은 잠을 즐기던 노수창은 휴대폰 진동에 그만 깨고 말았다. 동호였다. 동호는 반채율의 대상 수상 소식부터 제일성으로 전했다.

　"그래요, 그것 참 잘된 일이군요."

　잠이 덜 깬 노수창은 마치 자신과 상관없는 일이라는 듯 무심한 어조였다. 반면 수화기 저편의 동호는 대단히 흥분해 감사 인사를 전했다.

　"공정한 심판을 내려줘서 정말로 고맙습네다."

　"천만에요. 심사위원이란 본래 공정하라고 존재하는 겁니다. 아, 반채율 씨한테는 내 몫까지 축하 인사를 전해주시구려. 분홍색 드레스가 잘 어울리더란 칭찬도 함께요."

　여전히 노수창은 사소한 일로 괜한 호들갑이라는 심드렁한 투였다. 그러나 동호는 노수창의 개구진 허세가 그다지 밉지 않았다. 그보다 꼭 묻고 싶은 질문이 있었다.

　"기런데 대체 왜 그런 겁네까?"

"뭘 말이오?"

"갑자기 마음을 바꾼 까닭 말입네다. 설마 다른 꿍꿍이가 있는 건 아니갔디요?"

"꿍꿍이? 당연히 있지요, 그럼 없겠어요?"

노수창이 돌연 폭소를 터트리며 말도 못 할 정도로 한참 웃어젖혔다.

"동우리빙아트의 제품을 계속 납품 받겠다는 약속은 반드시 지킬 거요. 그러니 그런 건 걱정 안 해도 됩니다. 내기도 분명히 약속이니까."

"……."

"단, 내가 생각하는 꿍꿍이는 말이오. 내년 콩쿠르에서 재차 겨뤄보자는 겁니다."

"재대결을 하자는 말씀입네까?"

"맞아요. 그런데 내년 콩쿠르에는 내 아내를 출전시킬 작정이오. 그땐 정말 어림없을 겁니다."

"농인지 진인지는 모르갔디만 아무튼 오늘 일은 진심으로 감사드립네다."

"농담 아녜요. 그리고 입장이 뒤바뀐 거 같은데 정작 고마워하고 사과해야 할 사람은 오히려 나 노수창입니다."

"네? 무슨 말씀인지……."

"지난 일은 정말 내가 어리석었습니다. 당연히 용서가 쉽지는 않겠지요. 그래도 나 노수창의 사과를 원사장께서 부디 너그러운 마음으로 받아주셨으면 좋겠습니다."

노수창은 그제야 동호의 다친 손가락에 대해 너무도 때늦은 용서를 구했다.

동호는 갑자기 어색하고 거북했다. 솔직히 노수창의 급작스런 변화는 동호의 이해 밖에 있었다. 콩쿠르 결선에서 드러난 반전도 그렇거니와, 10년씩이나 지난 케케묵은 죄과를 이제 와서 회개하며 사과하다니, 대체 무엇 때문에 그러는 건지 종잡을 수 없었다.

"원사장이 지금 무슨 생각을 하는지 잘 알아요. 내가 진심인가 의심하는 거겠지요."

"죄송합니다만 솔직히 그렇습네다."

"꼭 미친놈 같다고 생각하셨겠지요. 갑자기 이랬다저랬다 하니까요. 그래도 난 감수할 겁니다. 앞으로 두고 보세요. 곧 제 뜻을 아시게 될 겁니다."

"……"

동호는 대꾸할 말이 마땅치 않았다. 문득 기억의 심연에 잠들어 반쯤은 지워졌던 오래된 잔영이 희미하게 떠올랐다. 감자처럼 으깨져버린 왼손 두 손가락의 복원 수술이 모두 실패로 돌아간 뒤 동호의 의식이 마취 상태에서 서서히 되돌아올 즈음이었다.

흐릿한 시야 안으로 누군가 병실 문을 열고 들어오는 게 보였다. 마취약에 취해있어 형태가 마치 아지랑이처럼 어른거리기만 할 뿐 잘 보이지 않았다. 그 누군가는 침대 가까이 다가왔고 한걸음 떨어진 채 아주 잠시 동호를 물끄러미 내려다보다가 다시 홀연히 사라져버렸다.

그날 저녁 병원 원무과 직원이 동호의 수술과 병원 비용 일체가 완납되었다는 소식을 전해왔다. 아마 낮에 병실에 왔던 사람이 병원비를 치른 것이 아닐까 짐작됐다. 그러나 그 사람이 대체 누구였는지는 지금까지도 알아내지 못했다. 신장이 크고 유난히 어깨가 떡 벌어진 체구라는 기억만 파편처럼 남아있었다.

"일단 사과는 받아들이는 걸로 하디요. 기런 의미에서 노 대표님의 도전을 내레 피하지 않갔습네다."

"좋아요, 약속하는 겁니다?"

"물론이디요."

"아, 참, 그리고 마지막으로 나도 한마디 물어봅시다. 어젯밤 왜 하필 그 곡을 골랐습니까?"

노수창은 모차르트의 〈두 대의 피아노를 위한 소나타 in D Major, K.488〉를 말하는 것이었다. 동호의 대답은 의외로 명쾌했다.

"본래 그 곡은 대결 같은 데 어울리는 곡이 아니잖습네까?"

"그래서 지금 물어보는 겁니다. 대체 이유가 뭡니까?"

"아시겠지만 모차르트의 그 곡은 가까운 친구나 연인 간에 호흡을 맞춰 연주하는 곡이디요. 솔직히 전 이미 오래전부터 노대표님을 친구라고 생각했습네다. 그래서 오랜 친구로서 부탁드리고 싶었습네다."

"그랬군요, 이제 이해가 갑니다……. 고맙군요, 정말."

이로써 두 남자의 통화는 끝났다. 휴대폰을 내려놓은 노수창은 뒷좌석에 몸을 다시 깊숙이 묻었다. 콘서트홀에서 들었던 채율의 연주가 다시금 귓가를 울렸다.

빗줄기는 더 굵고 세차게 변했다. 동호는 콘서트홀 내부로 빗소리가 새지 않도록 홀의 출입문을 빠끔히 열어보았다. 무대 위의 채율은 앙코르 연주에 한창이었다. 객석의 청중들은 숨죽인 듯 고요했다.

'이로써 모두 해피엔딩인 건가?'

열었던 출입문을 다시 꾹 닫자 동호는 이제까지 쌓여왔던 긴장이 한 번에 풀리는 느낌이었다. 안도의 한숨이 나왔다. 노수창의 도전을 흔쾌하게 받아들인 이상 내년 콩쿠르는 올해보다 더욱 철저히 준비해야 했다. 이번엔 대상을 수상했다지만 채율의 실력은 더 다듬고 끌어올려야 할 부분이 적지 않았다. 물론 내년 콩쿠르 참가는 채율이 동호 곁을 떠나지 않는다는 전제 하에서만 가능한 일이겠지만…….

그러자면 채율을 붙잡아둘 방법이 필요했다. 딱 한 가지밖에 생각나는 핑계가 없었다. 너무도 터무니없어서 자꾸 헛웃음이 터졌다.

"청혼?"

입속으로 중얼거리며 스스로에게 되묻고 나니 더욱 쑥스럽고 민망했다. 동호는 양 주머니에 두 손을 찔러 넣은 채 구두 굽으로 대리석 바닥을 연신 실없이 걷어찼다. 솔직히 돌아보면 어떻게든 배상을 받아내겠다고 납치하듯 공장으로 데려온 채율이었다. 그렇게 어쩌다 시작된 인연이었다. 세상물정 모르는 철부지에 최악의 사고뭉치였던 그녀는 어느 순간부턴가 그의 가슴 속으로 쑥 들어와버렸다. 동호는 그 사고뭉치를 이미 사랑하고 있었다.

'내가 반채율이를?'

동호는 콘서트홀 출입문에 등을 기대고 눈을 감았다. 기분 좋은 상상이 몰려들었다. 상상 속의 그는 콘서트홀의 화려한 무대 위에서 수많은 청중들을 앞에 두고 채율과 함께 피아노를 치고 있었다. 곡은 〈두 대의 피아노를 위한 소나타 in D Major, K.488〉.

생각만으로도 사춘기 소년처럼 가슴이 두근거렸다. 심장이 피스톤처럼 가슴을 두방망이질했다. 마치 심장이 두 개로 늘어난 것처럼. 이러다가 심장마비라도 걸려 쓰러지는 건 아닐까. 동호는 눈을 번쩍 떴다.

짝짝짝—

마침 채율의 앙코르가 끝났는지 객석의 박수소리가 홀 바깥까지 크게 들려왔다. 동호는 돌연 조급해졌다. 이참에 고백하지 않으면 영영 못 할 것만 같았다. 그런데 옷차림이 마음에 걸렸다. 이걸 입으면 누구든 동네 아저씨가 된다며 채율이 질색하던 공장 점퍼 차림이었다. 얼른 벗어 왼손에 움켜쥐는데 주머니에서 노란색 메모지가 툭 떨어졌다.

메모지는 예쁘게 두 번 접혀있었다. 펴자 검정색 볼펜으로 또박또박 쓴 여자의 예쁜 글씨체가 드러났다. 눈에 익은 필체였다. 글씨는 달리는 차 안에서 쓴 것처럼 미세한 진동을 안고 있었다.

동호는 몇 자 되지도 않는 그 짧은 메모를 열 번도 더 넘게 읽고 또 읽었다. 눈으로 충분히 읽었다 싶은 뒤에는 입속으로 되뇌기를 다시 수차례 했다. 참아도 자꾸 웃음이 났다. 문득 콩쿠르 출전에 처음 합의했을 때 채율과 나눴던 대화가 떠올랐다.

"좋아요. 한번 해볼게요. 대신 조건이 있어요."

"조건? 대체 뭐인가, 그 조건이?"

"일단 빈칸으로 놔두죠. 그리고 나중에 말씀드릴게요."

그때 채율은 출전 조건이 무언지 지금까지도 실마리 하나 주지 않고 철저히 비밀에 부쳐두고 있었다. 혹시 메모지에 쓰인 내용이 조건이 아닐까. 연신 고개를 갸웃하면서도 동호는 진심으로 그렇게 생각하고 싶었다.

출입문을 살그머니 다시 열어보았다. 앙코르를 끝마친 채율이 청중의 성원을 받는 당당한 자태가 눈에 들어왔다. 무대에 선 그녀는 기쁨에 겨워 뿌듯하고 상기된 얼굴이었다. 저렇게 벅찬 모습은 그녀를 알고 나서 처음이었다.

동호는 메모지를 꺼내 다시 읽었다. 마치 겨드랑이에서 날개가 돋아나는 느낌이었다. 그의 두 뺨도 무대 위의 채율만큼이나 발그레하게 물들기 시작했다.

(끝)

　소설 속 주 무대로 등장하는 소규모 돌 구이 판 공장은 경기도 광
주시 태전동에 실재하는 장소다. 그리고 나의 남동생이 십 수 년째 경
영하고 있다. 90년대 후반 IMF로 아버지의 사업이 부도가 나자 당시
대학생이던 동생은 창고에 재고로 쌓여 잠자던 삽겹살 돌 구이 판을
무작정 차에 싣고 나가 대치동의 은마 아파트 사거리에서 가판을 벌
였다. 그것이 지금 그가 생업으로 삼고 있는 사업의 시작이다. 세월이
지난 지금은 양면 팬, 누룽지 팬, 붕어빵 구이 틀, 와플 팬 등으로 품
목을 다양화했으며, 처음의 돌 구이 판은 '천연석 곱돌 구이 판'이라
는 제법 근사한 이름으로 시중에 판매되고 있다.

　소설에 등장하는 공장과 공장에 딸린 식구들에 관한 이야기는 상
당 부분 동생이 늘어놓았던 수다에서 빌려왔다. 기껏해야 대여섯을 벗
어나지 못하는 소수의 직원들이 매일같이 부대끼다 보니 크고 작은
툭탁거림이 끊이지 않는 데다, 함께한 시간이 10년이 넘어가면서 그들
도 자신이 직원인지 가족인지 가늠하기 어려워진 묘한 관계 덕에 그곳
에는 늘 흥미로운 에피소드와 개성적인 캐릭터들이 넘쳐났다. 게다가

몽골, 태국, 캄보디아 등에서 온 외국인 노동자와 처자식들도 함께 어울려 생활하다 보니, 특유의 생동감 있는 이야기가 저절로 생기는 것은 당연했다. 그리고 이를 유머러스하게 옮기는 동생의 구수한 입담은 나의 상상력을 자극하기에 충분했다.

그곳 사장인 동생은 소설의 원동호와 달리 피아노에 거진 문외한이다. 동생은 어릴 적 나와 함께 피아노를 배우기 시작했지만 불과 서너 달 만에, 아마도 바이엘 상권을 반도 마치지 못한 채 집어치운 걸로 기억된다.

돌아보면 우리 형제가 피아노를 배우게 된 계기는 느닷없는 감이 있다. 내가 초등학교 2학년 때쯤 어머니께서는 아무런 예고 없이 검은색 업라이트 피아노를 거실 한쪽에 들이셨고 며칠 뒤 젊은 레슨 선생님을 집으로 부르셨다.

공교롭게도 그즈음은 아버지께서 새로운 취미에 몰입하시던 때와 겹쳐있다. 아버지는 지인을 통해 어렵사리 구한 외국산 골프클럽을 가족들 앞에서 자랑하고 싶으셨는지 거실 한가운데서 과감히 스윙 연습을 반복하시다가 어머니가 애지중지하던, 산 지 일주일도 안 된 피아노의 왼쪽 모서리를 가격하셨다. 이어서 와장창, 끔찍한 파열음과 함께 공들여 광택 처리한 피아노 표면의 도장(塗裝)이 우수수 떨어져나가는 비극이 발생했다.

여전히 인상적으로 남아 있는 또 다른 기억은 선생님이 악보에 그려주던 수십 개의 사과이다. 선생님은 레슨이 끝날 때면 과제를 내주셨고 곡을 한 번 연주할 때마다 사과들을 차례로 반쪽씩 지워나가라고 하셨다. 일주일에 3회 받는 레슨 한 번에 대개 20개씩 그려주셨으니, 한 주면 사과가 60개, 그러니까 난 같은 곡을 120번이나 연습해야 했다.

물론 한 곡을 완벽하게 마스터하기 위한 연습량으로 턱없이 부족한 횟수이기는 하다. 하지만 눈만 뜨면 엉덩이가 풍선처럼 들썩거리는 초등학생이던 내게는 여간한 고행이 아닐 수 없었다. 피아노고 뭐고 다 때려치우고 당장 집 앞 골목으로 뛰어나가 친구들과 어울려 놀고 싶은 마음이 굴뚝같았다. 친구들이 다방구, 오징어, 말뚝박기를 하며 외치는 생생한 소리가 담 밖에서 들리는데 피아노 앞에 얌전히 앉아 악보에 그려진 사과나 지우고 있어야 한다니 미칠 노릇이었다.

그 가운데 나를 가장 고통스럽게 한 것은 레슨 시간대였다. 하필이면 선생님은 평일 만화 영화를 방송하는 저녁 시간에 방문하셨다. 또 주말에는 얄궂게도 〈육백만 불의 사나이〉, 〈특수 공작원 소머즈〉, 〈두 얼굴의 사나이〉 등 텔레비전에서 인기 외화가 나올 때마다 날 골리려고 작정한 듯 들이닥치셨다.

다른 건 몰라도 〈육백만 불의 사나이〉만큼은 결코 양보할 수 없었다. 난 억지를 부려서라도 프로그램이 완전히 끝날 때까지 선생님을 기다리게 했다. 선생님은 20대 초반의 여대생이었다. 아마 나로 인해 그녀의 주말 스케줄은 엉망이 되어버렸을 것이다. 그 때문이었을까. 선생님들은 이상하게도 반년을 넘기지 못하고 계속 바뀌었다.

아무튼 피아노를 배우다 말다 하는 여러 번의 단속을 거쳐 초등학교 졸업 무렵에는 그럭저럭 체르니 30번까지 끝낼 수 있었다. 그러나 중학교에 올라간 이후로는 피아노를 쳐다보지도 않았다. 대신 기타에 빠져들었다. 진정한 남자의 로망은 일렉트릭 기타라고 신봉했으며 피아노는 치마 두른 여자애들이나 다루는 악기라고 얕잡아봤다. 이른바

남성 호르몬 과다 분비의 시기였다. 당시 나의 우상은 지미 헨드릭스, 에릭 클랩튼 그리고 그룹 딥 퍼플, 레드 제플린 등이었다.

그러다가 질풍노도의 시기를 지나고 또 세월이 흘러 세상을 보는 눈이 어느 정도 차분해지자 내 시선은 다시 피아노 건반으로 향했다. 하지만 이미 전문적으로 연주할 엄두는 낼 수 없을 때였다. 실력은 세미클래식이나 유행가 멜로디 정도만 띄엄띄엄 연주하는 초보적인 수준까지 한참 떨어졌었다. 그래서 다소 엉뚱한 발상의 전환을 했다. 차라리 피아노 이야기를 소설로 써보자고 생각한 것이다.

끝으로 출판에 아낌없는 도움을 주신 고마운 분들께 이 지면을 빌려 감사 인사를 전한다. 우선 작의(作意)의 발화점을 제공해준 사랑하는 동생 최지인 —하지만 아마 그는 자신이 무심코 기여한 중요한 역할을 분명코 모르고 있을 것이다.— 에게 누구보다도 고맙다는 말을 전해야겠다. 그리고 동생이 두서없이 풀어놓는 이런 저런 이야기에 매번 주석 달듯 보충 설명을 친절하게 보태준 제수씨께도 마찬가지 마음이다. 또 무엇보다 큰아들의 세 번째 소설 작품 출간을 눈 빠지게 기다리시며 항상 응원을 아끼지 않으시는 부모님께는 넙죽 큰절을 올리고 싶다.

북이십일의 김영곤 대표님께도 감사의 말씀을 드린다. 아울러 장선영 팀장님, 김성현, 이상화 편집자님께도 인사를 빼놓아선 안 되겠다. 감수를 맡아주신 송혜진 님, 조수진 님께도 각별한 사의(謝意)를 전하고 싶다.

마침 11월 늦가을 오후의 노오란 햇살이 노트북을 놓아둔 거실 깊숙이 기어든다. 차갑고 쌀쌀한 바깥과 달리 살그머니 숨어든 햇볕은 무척이나 따사로워서, 마음이 넉넉해질 뿐 아니라 자못 노곤한 기분까지 든다.

내가 그리고 싶었던 소설의 이미지는 늦가을 오후의 햇볕 같은 너그럽고 부드러운 따스함이었다. 인물들은 처음에는 서로 오해하고 증오했으며 심지어 상대를 다치게까지 했다. 하지만 나는 결국 그들이 갈등과 반목을 극복하고 화해함으로써 상처가 아물고 모든 관계가 바람직한 방향으로 매듭지어지길 원했다. 원동호와 반채율 사이에 이제 막 사랑이 싹트기 시작하고, 원동호가 노수창을 용서하고, 또 노수창과 민나현이 관계를 회복하게 되는 것처럼.

우리 사는 세상도 마침내는 그러할 것이라 믿고 싶다. 원동호와 노수창의 연주가 아름다운 앙상블을 이루었던 모차르트의 〈두 대의 피아노를 위한 소나타〉 선율처럼, 용서와 이해가 충만하고 온기가 서린 곳이었으면 좋겠다.

2016년 11월 늦가을 오후,

최지영

그 남자의 피아노
그 여자의 소나타

1판 1쇄 발행 2016년 12월 5일
1판 2쇄 발행 2017년 3월 6일

지은이 최지영
펴낸이 김영곤
펴낸곳 (주)북이십일 아르테
미디어사업본부 이사 신우섭
편집 이상화 **디자인** 김은란
미디어믹스팀 장선영 이희진 김성현
문학영업팀 권장규 오서영
프로모션팀 김한성 최성환 김주희 김선영 정지은
홍보팀장 이혜연 **제작팀장** 이영민

출판등록 2000년 5월 6일 제406-2003-061호
주소 (우 10881) 경기도 파주시 회동길 201(문발동)
대표전화 031-955-2100 **팩스** 031-955-2177 **이메일** book21@book21.co.kr

(주)북이십일 경계를 허무는 콘텐츠 리더

아르테 채널에서 도서 정보와 다양한 영상자료, 이벤트를 만나세요!
북이십일과 함께하는 팟캐스트 '[북팟21] 이게 뭐라고'
페이스북 | facebook.com/21arte **블로그** | arte.kro.kr
인스타그램 | instagram.com/21_arte **홈페이지** | arte.book21.com

ISBN 978-89-509-6817-5 03810
책값은 뒤표지에 있습니다.

이 책은 한국출판문화산업진흥원의 2016년 우수출판콘텐츠 제작 지원 사업 선정작입니다.